Les bijoux magiques de l'Archange

Antoine PRIOLO

A mon épouse, Caroline, sans qui ce livre n'aurait sans doute pas vu le jour.

Chapitre I

« Le symbole »

« Théo! Théo! Le repas est servi ! » Cria la mère du jeune homme depuis la salle à manger du rez-de-jardin. Théo jeta un œil à sa montre-bracelet : dix-neuf heures trente. Il saisit rapidement la souris de son ordinateur, ferma la fenêtre du navigateur Internet, rangea cahiers et livres éparpillés sur le bureau, empoigna fermement son smartphone, qu'il engagea dans la poche de ses Jeans, descendit quatre à quatre les marches de l'imposant escalier de la demeure familiale. Il déboula dans la salle à manger, embrassa son beau-père, Marc Duval, chirurgien, grand ponte de l'hôpital de Genève, qui lisait son journal en attendant que fût servi le souper. C'était un homme de quarante-quatre ans au regard sévère et profond, grand, bien charpenté. Des cheveux noirs frisés et une moustache fournie lui donnaient un look seventies. Il avait épousé la mère de Théo alors que l'enfant n'avait que quatre ans. Marc Duval était devenu son père de fait, Théo n'ayant gardé aucun souvenir précis de son géniteur. Son *vrai père* était mort dans un accident de voiture. Peu bavard, après une journée de douze heures à opérer, Marc Duval laissa tout de même tomber avec une marque d'intérêt :

« Comment s'est déroulée ta journée ? »

Théo ne répondit pas, absorbé par ses pensées. Monsieur Duval ne leva pas les yeux de son journal et ajouta :

«Et ton contrôle de maths ? »

L'adolescent restait plongé dans sa rêverie. Plus tôt, alors qu'il naviguait sur Internet à la recherche d'informations pour son cours d'histoire, il était tombé sur un site étrange, mikelians.org, qui parlait de démons, d'anges et d'une armée secrète de lutte contre le mal. C'était intéressant, bien qu'un peu loufoque. Cela l'a amusé un moment, jusqu'à ce qu'il tombe sur la gravure d'un médaillon aux prétendus pouvoirs magiques. Théo est resté longuement les yeux rivés sur le symbole au centre du médaillon. Tout d'abord, il crut le reconnaître, réfléchit, chercha dans ses souvenirs, se gratta la tête et finit par hausser les épaules. Il ne voyait pas. Il continua sa lecture des pages du site lorsque soudain un éclair jaillit dans son esprit. Un large sourire éclaira son visage et ses yeux pétillants s'illuminèrent :

« Oui, oui! s'exclama-t-il. C'est le même symbole que sur la bague du tableau de grand-père ! »

Théo se souvenait très bien de ce tableau immense. Lorsqu'il était plus jeune, chez son grand-père, en Afrique du Sud, il passait son temps à le regarder, fasciné par ce magnifique chevalier en armure qui pointait son doigt devant lui, avec cette chevalière qui semblait projeter des rayons de lumière autour d'elle.

Théo imprima la gravure du médaillon. Elle représentait une balance aux plateaux équilibrés dont le pied semblait être une épée à large lame, pointée vers le ciel. En réalité l'épée était placée devant la balance, ce qui en donnait l'illusion. Théo glissa la feuille imprimée dans une pochette cartonnée qu'il rangea dans le premier tiroir de son bureau. Maintenant, il se posait de nombreuses questions au sujet de ce médaillon et de cette chevalière. Quelle étrange coïncidence. Combien de chances existaient-elles de trouver un médaillon magique dont le symbole était identique à celui d'une bague que portait un chevalier, sur un tableau de son grand-père ? Très peu sans doute. Quelque chose au plus profond de son être lui disait que ce n'était peut-être pas le hasard, après tout, qu'il fallait creuser le sujet. Après le souper, il retournerait sur le site continuer sa lecture. Il y trouverait peut-être d'autres informations qui pourraient lui en apprendre plus.

En attendant Théo regardait au-dehors, à travers la large baie vitrée grande ouverte, le magnifique jardin arboré et fleuri aux couleurs chatoyantes d'un printemps radieux. Dans le prolongement du jardin, les eaux calmes, d'un bleu profond, du lac Léman scintillaient sous un soleil encore haut dans le ciel. Plus loin encore, les hauts massifs alpins formaient un écrin majestueux autour de ce joyau bleuté. Théo ne se lassait jamais de ce panorama extraordinaire. Bien qu'il n'ait que quatorze ans, bientôt quinze, il avait conscience de la chance qu'il avait de vivre là où il vivait et d'être un privilégié.

Madame Duval, la mère de Théo, la quarantaine, jolie brune aux cheveux châtains, yeux noisette et teint doré par le soleil printanier, regardait son fils avec tendresse :

« Théo, mange.»

Sa voix douce, mêlée d'autorité naturelle, sortit Théo de ses pensées :

« Qu'y a-t-il mon chéri ? Tu n'es pas avec nous. Quelque chose semble te tracasser ?»

Le jeune homme regarda tour à tour son beau-père et sa mère avant de dire :

« Non, non, ça va. Y'a rien du tout.

— Il n'y a rien du tout.» le reprit Monsieur Duval, très à cheval sur la grammaire. Le jeune garçon ne releva pas. Il demanda à sa mère :

« Dis, Maman, tu te souviens du tableau de grand-père qui représentait un chevalier en armure ?»

Madame Duval sembla surprise par cette question. Elle parut réfléchir avant de dire :

« Oui, pourquoi ?

— Non, comme ça, j'y pense, c'est tout.»

Il s'écoula encore un moment avant que Théo ne renchérisse :

« Tu sais s'il l'a toujours ?

— Quoi donc ? demanda Madame Duval.

— Le tableau.

— Je ne sais pas… La dernière fois que nous sommes allés le trouver il était toujours accroché au mur, il me semble.

— Ah, alors il est toujours avec lui en Afrique du Sud ! » se félicita le jeune homme d'une voix enjouée. Madame Duval jeta sur lui un regard amusé :

« Qu'est-ce que tu lui veux à ce tableau, tout à coup ?

— Rien, rien. C'est juste que j'y pense, comme ça, c'est tout. »

Le reste du repas se déroula comme chaque soir, Monsieur et Madame Duval se racontant leur journée et commentant les infos du jour. Théo ne dit mot, toujours absorbé par les nombreuses pensées qui affluaient en lui. Le repas terminé, il embrassa ses parents et fila dans sa chambre, non sans être passé d'abord par la salle de bains, sur les conseils appuyés de Madame Duval.

Le jeune homme passa le reste de la soirée scotché devant son écran d'ordinateur, dévorant toutes les informations du site mikelians.org.

§

Près de deux semaines s'étaient écoulées depuis que Théo avait découvert le site mikelians.org. L'été approchait. Le jeune ado avait la tête ailleurs. L'année scolaire avait été dense. Il commençait à avoir envie de vacances. La matinée s'annonçait belle et ensoleillée, seuls quelques cumulus floconnaient l'azur. Depuis la fenêtre de sa chambre Théo avait une vue à cent quatre-vingts degrés sur le lac, Genève et les Alpes. Il lui vint une envie irrépressible d'aller piquer une tête dans les eaux limpides, au bout du parc de la propriété. Il faisait déjà chaud en ce début de journée. L'adolescent avait faim. Il se dit qu'avant la baignade il prendrait bien un bon petit déjeuner. Il s'apprêtait à sortir de sa chambre lorsque le signal caractéristique de son ordinateur, lui annonçant l'arrivée d'un mail, retentit. Il fit demi-tour et s'empressa d'ouvrir son logiciel de messagerie. Le jeune homme fronça les sourcils lorsqu'il vit le nom de l'expéditeur : *Archange* et comme sujet : *Qui êtes-vous ?*. Sur le moment il pensa que c'était encore un de ces spams qui n'avait pas été filtré. Il faillit le supprimer mais se ravisa au dernier moment. « *Archange*, pensa-t-il. Est-ce que ça aurait un rapport avec ?... »

Il ouvrit le mail et lut :

« *Bonjour*

Vous avez consulté récemment notre site Web Mikelian.org. Nous aimerions avoir votre avis et mieux vous connaître. Si vous êtes intéressé par nos travaux, merci de répondre à ce mail.

J.G. »

Le mail était signé J.G. Qui était ce J.G. ?

« Mais, au fait, comment a-t-il eu mon mail ? » s'interrogea Théo. Passé la relative stupéfaction qui laissait place à la colère, il décida de répondre à J.G. :

« *Bonjour J.G.*

Je ne sais pas qui vous êtes mais je ne suis pas content que vous ayez piraté mon ordinateur pour vous procurer mon adresse mail.

Je me suis intéressé à votre site mais je vois que c'est une arnaque sans doute.

Ne m'envoyez plus de mail ou je vais porter plainte à la police !

T.O. »

Théo relut son mail. Satisfait, il le posta aussitôt. Il attendit quelques instants comme pour bien s'assurer que ses mots avaient été bien compris par J.G. Il ne se passa rien. Théo quitta son bureau et prit sa serviette de bain étendue sur le lit. Il la porta à son épaule droite, se dirigea à nouveau vers la porte. Alors qu'il s'apprêtait à saisir la poignée, la sonnerie retentit, faisant légèrement sursauter l'adolescent. Il se précipita sur son ordinateur et regarda sa boîte mail. J.G. insistait. Théo ouvrit le courrier et lut :

« Désolé si je vous ai froissé en cherchant à vous contacter.

S'il vous plaît, ne pensez pas que nous cherchions à vous harceler ou vous arnaquer.

Nous avons fait de nombreuses recherches, comme vous avez pu le constater sur les pages Web du site. Nous sommes parvenus à un point où nous sommes bloqués dans notre quête. Nous avons décidé de créer ce site afin de voir si nous pouvions recueillir des témoignages. Nous avons mis un traqueur en place afin de repérer d'éventuelles personnes qui pourraient porter un grand intérêt aux Mikelians.

Vous êtes le 1ᵉʳ qui ait passé autant de temps à le consulter.

S'il vous plaît, pouvons-nous dialoguer ?

Si vous ne le souhaitez pas, nous ne vous importunerons plus, c'est promis.

J.G. »

Théo haussa les épaules, regarda l'heure sur la pendule murale et quitta rapidement sa chambre.

L'eau du Léman était fraîche mais agréable. La température de l'air avoisinait déjà les trente degrés. Il n'était que dix heures trente. Ce printemps était particulièrement chaud et annonçait sans doute un été caniculaire. Un SMS arriva sur son smartphone. C'était Paul Werter, son meilleur ami, qui lui proposait de faire une sortie en ville dans l'après-midi. Cette idée réjouissait Théo qui aimait traîner avec Paul dans le centre de Genève. En attendant il savourait les rayons qui réchauffaient sa peau hâlée, mouillée et fraîche. Au loin, de nombreux voiliers et hors-bord naviguaient sur les eaux calmes du lac.

De retour dans sa chambre, Théo vit qu'il avait de nouveaux messages. Ali Massarat, un autre ami, lui avait envoyé quelques *blagues*. Jennifer Levy, sa plus proche camarade féminine, lui confirmait une invitation pour le week-end suivant. Mais ce qui attira l'attention de Théo était un nouveau message de J.G. :

« *Vous n'avez pas répondu à notre mail.*

Pouvons-nous dialoguer ?

J.G. »

L'adolescent ne savait trop que faire. Devait-il rentrer dans le jeu de J.G. ? Mais quel était ce jeu ? Ou J.G. voulait-il entraîner Théo ? Bon, pour le moment il ne risquait pas grand-chose mais il fallait se méfier tout de même. La curiosité naturelle du jeune homme le poussait à aller de l'avant tandis que les conseils de prudence, prodigués depuis des années par ses parents, lui disaient de faire très attention. Les doigts de Théo s'activèrent sur les touches du clavier :

« *Je vais vous faire confiance pour le moment.*

J'espère que je ne le regretterai pas. De toute façon, si je vois que vous essayez de me causer des problèmes, je couperais tout contact.

C'est bien compris ?

T.O. »

La réponse ne tarda pas :

« *Merci beaucoup.*

Je vous promets que vous n'avez rien à craindre de nous.

Nous voulons juste savoir pourquoi vous vous intéressez aux Mikelians et si vous avez des informations à nous donner sur le sujet ?

Vous voyez, ce n'est pas grand-chose.

J.G. »

Théo eut un petit sourire amusé. J.G cherchait des informations sur les Mikelians. Mais pourquoi ? Les Mikelians n'existaient pas et n'avaient jamais existé. Alors, quelles informations pouvait-il rechercher sur des gens qui n'étaient qu'inventions ? Bien que la curiosité le poussât à poursuivre la conversation, il décida de prendre son temps et de voir venir :

« *Je vous recontacterai.* » écrit-il avant de quitter sa messagerie. Si ce J.G. cherchait des informations, Théo ne pouvait pas grand-chose pour lui. Et puis cette histoire d'armée du bien contre le mal c'était digne des romans fantastiques. En attendant, après le repas, il serait temps de rejoindre Paul Werter pour une petite virée dans le cœur de Genève.

§

La maison des Duval se situait un peu au nord de Genève, dans un quartier huppé de Chambesy, sur les bords du lac Léman. C'était une demeure cossue, récente et moderne, cachée au fond d'une impasse sur la route de Lausanne. Madame Duval, originaire de Tours, en France, avait épousé en secondes noces Monsieur Duval, Genevois de naissance. Théo portait le nom de son défunt père, Orgone, auquel on avait accroché celui de son beau-père pour faire Orgone-Duval. Son père était suisse, originaire d'un petit village de montagne dans le Valais. Théo avait la double nationalité, franco-suisse. Madame Duval était elle-même issue du mariage d'un Américain et d'une Française. Son père était venu en France dans le cadre de son travail, était tombé amoureux de cette terre et de celle qui deviendrait bientôt son épouse. Il n'avait jamais plus quitté son pays d'adoption. Cette internationalité familiale valait à Théo d'être parfaitement bilingue : français et anglais. Il avait en outre une bonne maîtrise de l'italien et se débrouillait très bien en allemand, Suisse oblige. Bien qu'un peu rêveur, il était bon élève et poursuivait son cursus scolaire sans anicroche. Il mesurait un mètre soixante quinze, était mince, les cheveux châtain clair, les yeux bleus et un large sourire sur des dents parfaitement alignées (il avait porté un appareil assez longtemps pour ça), avait un visage allongé terminé par un menton volontaire. Ses sourcils épais étaient nettement plus foncés que ses cheveux. Au final il était plutôt beau garçon mais avait surtout beaucoup de charme et pas mal de charisme. Théo était sportif, pratiquait l'aïkido, jouait au tennis, faisait de l'aviron et montait à cheval. Durant l'année scolaire, sa vie était partagée entre les études et le sport. D'un naturel sociable, il avait de nombreux camarades et quelques amis. Il n'avait pas de petite amie attitrée, mais avait des filles parmi ses camarades.

§

Dimanche soir. Il faisait très chaud. Une brise légère venait caresser les rideaux de la chambre. Théo était en sueur. Il aurait pu fermer la grande baie vitrée qui donnait sur une spacieuse terrasse, tourner le bouton de la climatisation pour être au frais. Il aimait la chaleur, cette délicieuse sensation qu'elle procurait sur tout son être. La clim, il la mettait un peu la nuit pour bien dormir, c'est tout. Le jeune homme était allongé sur le lit, lisant le dernier Harry Potter. Comme beaucoup d'ados il avait lu toute la série, avait vu tous les longs-métrages. Il n'était pas un inconditionnel mais aimait le genre. Il fut tiré de sa lecture par son ordinateur. Un mail venait d'arriver. Il se dressa sur ses jambes, franchit la distance qui le séparait de son bureau, releva l'écran du portable et vit qu'il s'agissait encore de J.G. Une certaine satisfaction l'envahi. Il laissait mijoter J.G. et visiblement celui-ci était impatient. Ca lui donnait l'avantage. Théo se demandait s'il fallait répondre ou le laisser patienter encore un peu. Le problème c'est que Théo était impatient d'en apprendre plus.

« Après tout, voyons ce qu'il a à me dire. » se dit-il.

« *Bonjour,*

Je n'ai plus de nouvelles. Etes-vous fâché ?
J.G. »

Théo s'installa dans son fauteuil, posa les doigts sur le clavier, les balada au-dessus des touches, cherchant ce qu'il allait bien pouvoir répondre. Après plusieurs hésitations il écrivit :

« *Bonsoir J.G.*

J'ai bien réfléchi. Je veux bien que nous ayons un échange tous les deux, à condition que nous posions une question chacun à notre tour et qu'il y ait une réponse à chacune d'entre elles, sans détour.

T.O »

Théo faisait des efforts pour écrire de son mieux. Il ne voulait pas, par une écriture trop *djeuns*, dévoiler qu'il n'était qu'un ado. Sans doute J.G. pensait-il avoir affaire à un adulte. Ca mettait Théo sur un pied d'égalité avec lui. La réponse de J.G. ne tarda pas :

« *Merci beaucoup.*

Je suis d'accord. Je vous laisse poser la 1re question.

J.G. »

La première question ? Théo n'hésita pas longtemps avant d'écrire :

« *J.G. c'est les initiales de qui ?* »

Il avait déjà envoyé son mail lorsqu'il se rendit compte qu'il aurait pu écrire *ce sont les initiales de qui*. Ce n'était pas grand-chose mais les mauvaises tournures de phrases trahissaient le manque d'érudition ou la jeunesse de l'interlocuteur. Il ferait plus attention à ses phrases dorénavant. La réponse arriva :

« *Le J. c'est pour Jessie* ».

Une femme. Théo avait imaginé plutôt un homme, allez savoir pourquoi. Sans doute parce qu'il était lui-même un garçon. En attendant elle n'avait pas répondu complètement à la question. Théo avait un prénom mais pas de nom. Il le lui fit savoir :

« *Je croyais que nous devions répondre à toutes les*

questions sans détour ?
A quoi correspond le G. ? ».
Il fallut plusieurs minutes à Jessie pour se décider à répondre :
« *Graham. Ca vous va ?* »
Théo avait un nom et un prénom. Il se demandait toutefois si son interlocuteur disait la vérité. Après tout il aurait pu dire n'importe quoi. Pour le moment il fallait s'en contenter et lui faire confiance :
« *Ca me va.* » répondit-il.
La question de Jessie Graham ne tarda pas :
« *Qui se cache derrière T.O. ?* »
Le jeune homme se doutait de la question, ce qui le fit sourire :
« *Théo Orgone.*
Quel âge avez-vous ? » ajouta-t-il.
Encore un long moment d'hésitation pour Jessie. Elle ne semblait pas à l'aise dans cet exercice de questions-réponses. Que craignait-elle ? Finalement elle semblait être dans la même position que Théo, sur ses gardes, ne sachant pas si elle pouvait faire confiance à celui qui était, comme elle, invisible, impalpable et pourtant bien présent. C'était ça le Net. Les gens existaient quelque part si proches et si lointains à la fois. La réponse tomba :
« *18 ans.*
Et vous ? »
Cette fois Théo était vraiment très surpris. Une jeune femme de 18 ans à peine. Mais n'était-ce pas un piège ? Après tout, celui ou celle qui était derrière son ordinateur, quelque part, n'importe où, avait piraté son ordinateur afin d'avoir son mail. Il avait donc pu facilement se rendre compte que le contenu des dossiers était celui d'un jeune ado. Il y avait même des documents sur lesquels son âge ou sa date de naissance devait être inscrit. Il fallait se méfier et avancer prudemment. Théo décida d'en avoir le cœur net:
« *Vous ne le savez vraiment pas ?* »

11

Encore une hésitation de la part de Jessie :

« *Si, vous avez 14 ans.*

Je suis désolée, vraiment. Je devais savoir à qui j'avais à faire.

Ce que je fais est dangereux. »

Dangereux. Ce mot retentit dans l'esprit de Théo, poussant sa curiosité à aller de l'avant. Dangereux. Il était aussi plein d'excitation. Enfin, peut-être, quelque chose d'intéressant dans cette courte vie consacrée aux apprentissages, aux études et à l'obéissance. Pour le moment Théo ne voyait pas ce qu'il pouvait y avoir de dangereux. Il fallait sans doute chercher dans le contenu même du site. Mais pour Théo, tout ce qu'il contenait était juste une fable. Comment aurait-il pu en être autrement ? Jamais il n'avait entendu parler des Mikelians, de leurs luttes contre des organisations dévouées au mal. Tout ça n'avait pas de sens à vrai dire. Pour l'instant, la curiosité l'emportait sur toute autre considération et il fallait en savoir plus :

« *Dangereux ?* » demanda-t-il.

Elle répondit très rapidement cette fois :

« *Oui.*

Dangereux pour moi, mais peut-être aussi pour vous.

En tout cas, si vous êtes impliqué dans tout ça. »

Pourquoi Théo serait-il impliqué dans tout ça ? Il n'y avait aucune raison puisqu'il était juste un visiteur du site, rien de plus…. Rien, enfin presque. Tout à coup il se souvint tout de même que ce qui avait motivé sa curiosité depuis le début était le symbole du médaillon. Alors, pas impliqué ?

« *Qu'entendez-vous par 'impliqué'?* » écrit-il.

Jessie répondit promptement :

« *Pour quelles raisons vous êtes vous autant intéressé à mon site ?* »

Théo remarqua que Jessie n'utilisait plus la première personne du pluriel mais du singulier. Ce n'était plus *notre* mais *mon* site. Ce qui voulait peut-être dire que Jessie était seule. Cela expliquerait aisément qu'elle soit sur ses gardes. Surtout si elle pensait courir un quelconque danger. Théo était maintenant devant un dilemme. Devait-il mentir ou dire la vérité ? Il devait répondre à la question de Jessie et, s'il y répondait, devait parler du tableau. Si le symbole liait Théo au contenu du site de Jessie, si tout ça était dangereux, alors sans doute était-il périlleux de découvrir toutes ses cartes :

« *Votre site est très bien fait et j'ai trouvé les pages passionnantes.*»

Il envoya le mail sans conviction. La réponse ne se fit pas attendre :

« *Je croyais que nous devions répondre sans détour ?*

Si nous ne nous faisons pas un peu confiance, je crois qu'il vaut mieux laisser tomber

Excusez-moi de vous avoir importuné.

Bonne chance.

Jessie »

Bon, elle était vexée. Théo haussa les épaules, ricana doucement et referma l'écran de son portable. Après tout il n'avait rien demandé. C'était elle qui l'avait contacté et insisté pour lui parler. Il se fichait royalement de cette fille, de ce site et de toute cette histoire ! Théo était en colère. Il s'en voulait en fait. Cette colère n'était nullement dirigée contre Jessie mais contre ses propres réactions. Il était méfiant parce que ses parents l'avaient, depuis qu'il était petit, constamment mis en garde sur les dangers d'Internet :

« Fais attention. Ne discute pas avec des gens que tu ne connais pas. Ne donne jamais ton nom ou ton adresse. Etc.»

Maintenant Jessie avait coupé le fil de leur conversation. S'il reprenait contact, ce serait un aveu de faiblesse. Elle pourrait en profiter. Il haussa à nouveau les épaules. Après tout il s'en faisait tout un monde. Ne valait-il pas mieux être nature et aller de l'avant ? Si Jessie avait de mauvaises intentions il s'en rendrait bien compte. Il lui suffirait de couper définitivement la conversation.

Théo se rassit dans son fauteuil, souleva l'écran de l'ordinateur et reprit l'écriture :

« *Je suis désolé Jessie.*

Je crois que nous devrions, en effet, nous faire plus confiance.

Je vous propose une chose : je vous raconte mon histoire et vous me raconterez la vôtre.

Ca vous va ? »

Il n'y eut aucune réponse. Théo attendit plus d'une demi-heure, en vain. Il se résolut à quitter son bureau et reprit la lecture de son bouquin. Vers vingt et une heures trente Madame Duval passa voir Théo, comme chaque soir :

« Il est l'heure de dormir mon chéri, dit-elle.

— D'accord Maman. » répondit L'ado.

Il eut soudain une question qui lui brûlait les lèvres :

« Dis maman, ce tableau de grand-père, tu sais où il l'a eu ? »

Madame Duval, surprise, ne comprenait pas cet intérêt depuis quelque temps pour ce tableau. Elle fronça les sourcils :

« Bon sang, qu'est-ce que tu as donc avec ce tableau ? Tu peux m'expliquer ?

— J'ai vu sur Internet un objet qui avait le même dessin que la chevalière portée par le gars du tableau. Ca m'intrigue.

— Ca t'intrigue ? En attendant, demain il y a cours, il faut dormir. »

Madame Duval, qui était assise sur le bord du lit, embrassa son fils et se leva pour quitter la chambre. Lorsqu'elle fut sur le pas de la porte, elle se retourna et dit :

« Théo.

— Oui Maman ?

— Ce tableau est dans la famille de ton défunt père depuis toujours je crois. Son grand-père l'avait, paraît-il et à sa mort il est revenu à son père. Satisfait ?

— Oui. Bonne nuit Maman.

— Bonne nuit mon chéri.»

Un tableau qui était dans la famille depuis toujours. Ca n'avançait pas beaucoup Théo. Ca voulait juste dire que le symbole qui y était dessiné était très ancien. Aussi ancien, qui sait, que le médaillon. Il éteignit les appliques qui surmontaient la tête de lit et se tourna sur le côté pour dormir. Il sentait qu'il aurait du mal. Des tas de questions se bousculaient dans son esprit. Il ressentait l'excitation qui grandissait en lui, provoquée par toute cette histoire.

Les minutes passaient. Théo s'agitait dans son lit, essayant de trouver le sommeil sans y parvenir. Lorsque enfin il commença à somnoler, il fut alerté par le son de sa messagerie. Il se redressa, assis dans son lit, attendit d'être complètement réveillé avant d'aller lire le message qui venait d'arriver. Lorsqu'il vit l'entête, il sourit, soulagé. C'était Jessie. Et cette fois, l'expéditeur n'était plus *Archange* mais bien *Jessie Graham*. Théo s'empressa de le lire :

« Théo, vous avez raison, nous devons jouer cartes sur table tous les deux.

Je vais donc vous raconter mon histoire. J'espère que je n'aurai pas à le regretter mais tant pis.

Après tout, si je ne le fais pas, nous ne parviendrons jamais à nous comprendre.

Je suis américaine. Je vis à New York. Mon père est un homme extrêmement riche et puissant. Ma mère, grande avocate, fille de l'une des plus riches familles de Boston, est morte quand j'avais 12 ans. Depuis j'ai vécu principalement avec des précepteurs et des gens de maison qui se sont occupés de moi, mon père étant presque toujours absent.

Un jour, il y a un an à peu près, j'ai surpris une conversation entre mon père et un étrange personnage en pardessus et chapeau dont je n'ai pas pu connaître l'identité, ni voir le visage. Cet homme je l'ai appelé 'monsieur X ' (pas très original j'en conviens.). Dans cette conversation, mon père et monsieur X parlaient de la recherche d'un médaillon et d'une chevalière. Ils semblaient dire qu'une fois en possession de ces deux bijoux, ils disposeraient d'une telle puissance qu'ils pourraient asservir l'humanité. Je fus si surprise que je n'en croyais pas mes oreilles. J'avais l'impression de rêver les yeux ouverts. Je m'attendais à tout moment à me réveiller de mon cauchemar. J'ai alors décidé de faire des recherches sur le médaillon et la chevalière. J'avais entendu mon père parler des Mikelians. C'était, d'après ce que j'avais cru comprendre, un Ordre ancien qui possédait à l'origine ces bijoux. J'ai passé beaucoup de temps, presque tout mon temps, dans cette quête. J'ai investi des sommes importantes (je suis moi-même aisée grâce à l'héritage de ma mère) afin d'obtenir des renseignements pour tisser la trame de cette histoire. J'ai dû me rendre à l'évidence, je ne rêvais pas. J'ai découvert des traces du médaillon à force de ténacité. Le secret de cet Ordre était si bien gardé que très peu d'indices subsistent de son existence.

Une chose me paraît certaine aujourd'hui : ces bijoux ont réellement des pouvoirs magiques. Entre les mains de gens aussi mal intentionnés que celles de mon père ils représentent un danger terrifiant pour l'humanité tout entière.

Je sais que ce que je suis en train de vous raconter peut sembler totalement farfelu. Moi-même j'ai eu beaucoup de mal à m'en convaincre. Mais vous devez me croire, si personne ne fait rien, dans un futur proche nous serions tous à la merci de mon père et de ses acolytes.

Si vous savez quelque chose, Théo, je vous en prie, aidez-moi. Je ne sais plus quoi faire.

Jessie»

Théo resta un long moment prostré, incapable de mettre de l'ordre dans la quantité impressionnante de pensées qui se bousculaient dans son esprit. Lorsque enfin il réussit à reprendre le cours de ses réflexions, il repensa au tableau et à la chevalière. Si Jessie disait vrai, alors ce tableau représentait peut-être un indice pour trouver le bijou ? C'est alors qu'une peur panique l'envahit. Il venait de songer que si des gens recherchaient la chevalière, son grand-père courait un grand danger. Il fallait le prévenir, le mettre en garde, lui dire de se débarrasser au plus vite du tableau. Le seul problème, mais de taille, était d'expliquer à son grand-père pourquoi il fallait s'en débarrasser. Théo pensa qu'il fallait rester calme, ne pas paniquer et réfléchir à tête reposée. Il fallait dormir maintenant. Demain il aurait sans doute les idées plus claires. Il décida de raconter à Jessie l'histoire du tableau. Elle aurait peut-être une idée, elle aussi, pour l'aider :

« *Mon intérêt pour le site vient du symbole gravé sur le médaillon.*

J'ai reconnu ce symbole. Il est dessiné sur un tableau que possède mon... »

Théo se ravisa. Il ne fallait pas trop en dire pour le moment. Il modifia son mail :

« *... Une personne que je connais.* »

Il posta le mail. Jessie répondit :

« *Je vois. Ne m'en dites pas plus. Je vous recontacterai.*

A bientôt.

Jessie »

« Quoi, c'est tout ? Je vous recontacterai ? » dit le jeune homme à haute voix. Il ne comprenait plus rien. Pourquoi, tout à coup, Jessie mettait fin à leur conversation sans demander plus d'explications ? Elle n'avait même pas voulu savoir qui était la personne qui possédait le tableau, où elle se trouvait et comment elle l'avait eu. C'est ce que Théo aurait demandé à sa place. Bon, il ne fallait pas chercher trop à comprendre. Cette histoire était de toute façon un peu trop farfelue. Théo sentait la fatigue l'envahir rapidement. Il bailla en s'en décrocher la mâchoire. La pendule indiquait vingt-trois heures trente. Vite, il fallait dormir. Demain il avait les dernières évals du trimestre.

§

Chapitre II

« La rencontre »

Huit jours s'étaient écoulés. Théo n'avait plus de nouvelles de Jessie. Il ne parvenait pas à oublier cette histoire mais il avait fini par penser qu'il s'agissait d'un canular. De toute façon il avait la tête ailleurs car l'école était terminée. C'était les grandes vacances d'été qui commençaient.

Madame Duval prenait le petit déjeuner sur la terrasse devant la piscine. Théo la rejoignit, les yeux encore gonflés de sommeil. Il se laissa lourdement tomber dans le fauteuil d'osier qui émit des craquements et gémit. Madame Duval sourit :

«Eh bien ! s'exclama-t-elle, j'ai cru que tu ne te réveillerais pas ce matin. Tu es resté sur ton ordinateur jusqu'à quelle heure ?

— Tard.» répondit l'adolescent, l'esprit encore embrumé.

Il avait tchaté avec ses amis jusqu'à près de trois heures du matin. Il se servit un grand verre de jus d'orange frais qu'il engloutit d'un trait. Il saisit ensuite un croissant qu'il trempa dans un bol de lait chaud. L'été battait son plein, la chaleur était déjà suffocante. Le ciel sans nuages avait tourné au blanc-gris. La lumière vive faisait mal aux yeux. Le jeune homme rabattit ses lunettes de soleil, posées sur le crâne, devant ses yeux encore entrouverts. Il soupira. Le réveil était laborieux aujourd'hui. Il se promit de dormir plus tôt la nuit prochaine. Marina, la domestique roumaine, apporta le courrier. Il y avait un colis de taille modeste et des lettres. Madame Duval prit d'abord le colis, quelque peu intriguée. Elle le tendit à Théo en disant :

« Tiens, c'est pour toi. »

Théo hésita un instant à le prendre. Il n'attendait aucune livraison en ce moment. Ses derniers achats sur le Net dataient de plus de quinze jours et il avait tout reçu :

« Pour moi ? dit-il, étonné.

— Théo Orgone, c'est bien toi il me semble ? »

Madame Duval tendait le colis à son fils. Il finit par le saisir et regarda immédiatement l'expéditeur: Jessie Graham. Sa surprise fut grande. Il voulut l'ouvrir mais décida de le faire dans sa chambre, une fois seul. Il le posa prés de lui, sur la table :

« Tu ne l'ouvres pas ? s'étonna sa mère.

— Non, je verrais ça plus tard, ce n'est pas important. Une bricole que j'ai achetée sur le Net. » mentit l'ado.

Il termina son petit déjeuner sans précipitation et retourna dans sa chambre, son colis sous le bras.

Le colis contenait un smartphone haut de gamme de dernière génération. Encore mieux que celui qu'il possédait ! Une lettre accompagnait le magnifique objet bien rangé dans sa boîte d'origine :

« *Bonjour Théo,*

*Ci-joint un téléphone mobile à utiliser **uniquement** pour me joindre.*

Le numéro est en mémoire. Contactez-moi dès réception SVP.

Surtout, je vous en prie, ne donnez le numéro de ce mobile à personne.

C'est une question de vie ou de mort désormais.

Jessie »

Cette dernière phrase fit sourire Théo. Jessie en faisait sans doute un peu trop. Bah ! En tout cas elle ne se fichait pas de lui pour la qualité du matériel. Le tout dernier I Phone venu tout droit des States. Théo regarda dans le répertoire. Le numéro de Jessie y était bien inscrit. Il l'appela. Après quelques instants une voix douce, un peu inquiète, se fit entendre :

« Théo ? C'est bien vous ?

— Oui. Bonjour Jessie. Je ne pensais plus avoir de vos nouvelles.

— Je sais. Nous devons prendre des précautions désormais, dit-elle sur un ton grave. Ce téléphone, ainsi que celui que j'utilise moi-même, est en principe impossible à repérer pour ceux qui recherchent ce que vous savez. Nous ne devrons jamais évoquer explicitement ces choses-là. On ne sait jamais. Donc, nous devons nous contacter uniquement par ce moyen pour le moment. Plus de mails jusqu'à ce que nous ayons mis en place des boîtes parfaitement anonymes et sécurisées. C'est en cours de réalisation. Je vous en parlerai bientôt. Surtout, je vous en prie, gardez ce numéro secret et ne vous servez pas du mobile pour appeler qui que ce soit, c'est d'accord ?

— Oui, je comprends Jessie, répondit le jeune homme d'un ton hésitant. Vous ne croyez pas que vous en faites un peu trop quand même ? »

Jessie ne répondit pas tout de suite, laissant planer un lourd silence, avant d'ajouter d'une voix assurée :

« Je sais que ça peut sembler étrange pour vous, mais croyez-moi, nous courons réellement un danger. J'espère juste que votre messagerie n'a pas été piratée et que les *autres* ne savent pas que je vous ai trouvé.

— Trouvé ? s'étonna Théo

— Oui. Vous êtes un lien avec ce que vous savez. C'est ce qu'ils cherchent aussi. Ce lien vous met en danger, ainsi que son possesseur. C'est pourquoi nous devons nous rencontrer rapidement.

— Nous rencontrer ?... Oui mais… où et quand ? » demanda Théo que l'idée d'une rencontre ne rassurait guère :

« Je décolle ce soir même pour vous rejoindre. Dès que je serais sur place je vous contacterais et nous fixerons un lieu de rendez-vous, si vous êtes d'accord bien entendu. »

Théo ne savait que dire. C'était si soudain qu'il était un peu perdu. Jessie emballait tout à coup le rythme des évènements, ce à quoi il n'était pas préparé. Il se demandait si tout ça n'était pas un peu fou, si Jessie n'était pas une détraquée, mythomane et paranoïaque. Et n'essayait-elle pas tout simplement de l'entraîner dans sa démence et sa parano ? Des histoires d'objets magiques, de luttes pour la domination du monde, de dangereuses organisations prêtes à tout pour arriver à leurs fins. Tout ça c'était du cinéma hollywoodien. Pourquoi est-ce que ce serait vrai ? Et pourquoi est-ce que ça devait tomber sur lui ? Il n'était pas aisé de faire confiance à quelqu'un, fut-ce une jeune femme à la voix douce, qui venait vous débiter ce genre d'histoire, pour ne pas dire d'âneries. Cependant Théo avait beau tourner et retourner encore tout ça dans sa tête, il ne voyait pas où voulait en venir cette jeune femme. Les trois quarts du temps, les escrocs qui sévissent sur le Net en veulent à l'argent de ceux qu'ils piègent. Théo, du haut de ses quatorze ans, n'avait pas beaucoup d'économies. Sa mère, bien qu'ayant une bonne situation, n'était pas riche. Son beau-père avait une situation plus enviable, il possédait un patrimoine assez conséquent et des revenus bien au-dessus de la moyenne. Mais alors ? Un enlèvement contre une rançon? C'était peut-être ça la solution. Jessie voulait une rencontre. Et si elle n'était pas seule ? Un rendez-vous dans un lieu isolé et hop ! Ligoté dans une fourgonnette, ni vu ni connu ! Il fallait se méfier. Théo refuserait une rencontre ailleurs que dans un lieu très fréquenté où il serait vu par des centaines de personnes. Le centre-ville de Genève, en plein jour, dans une rue piétonne, aux heures de pointe. Et rien d'autre…

Le rendez-vous avait lieu dans la vieille ville de Genève, place du Bourg-de-Four, à la terrasse d'un troquet. C'est Jessie qui avait proposé ce lieu. Théo avait accepté dans la mesure où, non seulement il y aurait du monde, mais en plus on y trouvait un poste de police. C'était parfait. A croire que Jessie connaissait bien les lieux et qu'elle souhaitait donner confiance. Il était treize heures vingt-huit. Le rendez-vous était pour treize heures trente. Théo était arrivé un peu en avance. Il sirotait une menthe à l'eau à l'ombre d'un parasol. La température avoisinait les trente- cinq degrés. Le jeune ado regardait les passants qui allaient et venaient sur la place, scrutait les visages dans l'espoir d'apercevoir celui de Jessie. Comme il ne l'avait jamais vue, il ne pouvait que l'imaginer. Une fille qui passait son temps sur des ordinateurs à faire des recherches sur le passé devait être sans nul doute assez quelconque, portait des lunettes et ne devait pas être très à la mode, malgré tout son argent. Il crut enfin la voir arriver. Une jeune fille assez petite, cheveux bruns frisés, lunettes aux carreaux épais, jupe écossaise, se dirigeait droit sur lui. Il la fixa du regard, faillit se lever de sa chaise lorsqu'elle fut presque à la hauteur de sa table et se laissa retomber alors qu'elle passait devant lui sans le regarder. Il la suivit des yeux en se tournant et la vit s'engouffrer à l'intérieur de l'établissement. Lorsqu'il se retourna vers la place, il sursauta. Devant lui, debout, se tenait une belle jeune femme blonde aux yeux bleus gris magnifiques qui donnaient à son regard, force et profondeur. Elle devait mesurer prés d'un mètre soixante-dix, fine, élégante, dans une robe estivale échancrée de couleur à dominante turquoise. Sa peau, très blanche, s'empourprait sous les rayons brûlants du soleil d'été. Théo sourit en demandant :

« Jessie ? »

La jeune femme acquiesça d'un hochement de tête et un sourire se dessina sur son visage découvrant deux rangées de dents parfaitement alignées et blanches :

« Bonjour Théo. »

Elle lui tendit une main fine aux ongles manucurés. Le jeune homme la saisit et tira doucement Jessie vers lui en disant :

« Chez nous, entre garçons et filles, on se fait la bise. »

Jessie eut un large sourire amusé qui l'illumina. Elle se pencha en avant au-dessus de la petite table ronde qui les séparait. Elle tira ensuite le fauteuil devant elle et s'installa confortablement :

« Je ne vous avais pas imaginé comme ça. » dit-elle.

Théo sourit à son tour :

« Moi non plus. »

Ils rirent de bon cœur. Théo demanda :

« Vous prenez quelque chose ?

— Oui merci, un coca s'il vous plaît.

— On pourrait peut-être se tutoyer qu'en penses-tu ? risqua l'adolescent.

— Oui, je n'osais vous… te, le demander.

— Je suis content de voir enfin la mystérieuse Jessie Graham. J'avoue que j'ai longtemps cru à une blague. »

Jessie rit. Elle se disait qu'elle-même avait encore du mal à croire à cette histoire :

« Je te comprends, tu sais. Je t'avoue que je suis contente de pouvoir parler de tout ça à quelqu'un. Je vis dans l'angoisse depuis un an. Depuis que j'ai découvert les projets de mon père. Au début je me suis dit que je n'avais pas bien saisi la portée de la conversation, que je me faisais des films. Je n'avais que dix-sept ans et j'étais en pleine crise d'adolescence. J'ai voulu croire que ce que j'avais entendu ce soir-là était tout droit sorti de mon imagination, qu'il n'y avait rien de réel. J'ai décidé, pour m'en convaincre, de faire des recherches sur le médaillon et la chevalière. Au début je n'ai rien trouvé et ça m'a soulagé. Puis un jour je suis tombée sur un site d'ésotérisme et là j'ai eu un choc. Un tout petit article parlait d'une vieille légende selon laquelle une armée humaine avait été levée par les anges pour combattre le mal. »

Jessie marqua un temps d'arrêt. Le serveur venait de s'approcher de leur table. Théo commanda le coca de Jessie puis, lorsque le serveur se fut éloigné, demanda :

« Et c'est tout ? Il n'y avait pas de quoi faire le lien avec ton père il me semble.

— Non, ce n'est pas tout. L'article mentionnait un médaillon que les anges auraient donné aux hommes pour leur donner le pouvoir de combattre le mal.

— Ah, je comprends. En effet ça change tout.

— Cet article était perdu au milieu de centaines d'autres dans un listing de contes et légendes. Je me souviens que l'intitulé de la page était : *Fourre-tout des croyances occultes à travers les âges*. J'ai pris contact avec les gens du site en question pour savoir d'où ils tenaient cette légende. L'un des collaborateurs du site avait écumé les bibliothèques et les boutiques spécialisées en sciences occultes et avait collationné des centaines de légendes et histoires diverses liées à l'occultisme, aux démons, anges, armées du bien et du mal etc. L'article venait de l'un de ces livres. Par chance cette personne était très bien organisée. Elle notait la provenance en marge de chaque article. Le livre en question s'intitule : *Contes et légendes autour des religions du Moyen-Orient*. Il a été écrit dans les années soixante par Margaret Hopkins. C'est le genre de livre qu'on écrit plus pour soi-même que pour les autres je crois. J'ai retrouvé cette personne en Galilée où elle vit depuis plus de quarante ans. C'est une historienne passionnée, qui a passé une partie de sa vie à chercher des traces tangibles de l'existence de Dieu, de Moïse, de Jésus et de tout ce qui tourne autour des religions de cette région, en particulier en Galilée et en Palestine. Elle a mis au jour de nombreux écrits, soit gravés dans la pierre, soit sous forme de parchemins, soit encore des livres anciens datant de l'époque des croisades. C'est parmi ces trouvailles qu'elle a déniché ces histoires qu'elle a ensuite réunies dans un livre. Elle n'a pas vraiment réussi à démontrer l'existence de Dieu par contre.

— Cette histoire proviendrait, alors, du Moyen-Orient ?

— Oui et non. Elle prend sa source dans les contes orientaux mais elle semble intimement mêlée à la chrétienté, à cause des croisades sans doute.

— Je comprends.

— C'est assez flou en fait. Les écrits trouvés, concernant ce conte précisément, proviennent de la bibliothèque de Jérusalem. Ce sont des moines qui les ont écrits sans doute car ils sont en latin. Là s'arrête la trace. On ne sait pas d'où ils tenaient leurs informations.

— Et le médaillon ? demanda Théo.

— Ah ! médaillon. J'en ai parlé à Margaret Hopkins. Elle m'a dit qu'il avait, d'après les écrits, un immense pouvoir, à condition d'être couplé à la fameuse chevalière. Seul il n'avait aucun pouvoir.

— Ah bon !?

— Oui, aucun ou très peu. Les deux bijoux auraient été façonnés par les anges guerriers. Ils auraient recruté de valeureux combattants parmi les hommes, pour former une armée censée lutter contre le mal et les démons en tous genres qui peuplaient la Terre en ce temps-là. Grâce à la puissance des bijoux, portés par leur chef, ils devenaient invincibles et devaient venir à bout du mal.

— Visiblement ça n'a pas marché. » constata Théo avec désolation.

Jessie haussa les épaules :

« Visiblement. C'est à partir de là que j'ai eu des doutes sur la véracité de l'histoire. Si les anges avaient donné aux hommes une telle puissance, notre présent devrait être paisible et débarrassé du mal. Quand on voit ce qu'a fait Hitler il n'y a pas si longtemps !

— Alors, toute cette histoire n'est qu'une légende en fin de compte ?

— Non. C'est le paradoxe. J'ai trouvé des traces de l'existence du médaillon. Suite aux conseils de Madame Hopkins, qui n'avait jamais pu le faire, j'ai consulté de nombreux ouvrages de la grande bibliothèque de Paris. J'y ai passé des semaines ! J'en devenais folle à la fin. Mais j'ai trouvé ! affirma-t-elle, un large sourire illuminant à nouveau son visage. Dans un manuscrit du Moyen Age. Tu sais ces magnifiques ouvrages, plein d'enluminures, écrits en lettres calligraphiées, que l'on dirait tout droit sortis des films de sorcellerie ?

— Ah oui, je vois très bien. Une sorte de Grimoire ! s'enthousiasma Théo. J'adore ces trucs, ils sont magnifiques !

— Oui c'est vrai. Moi aussi je les trouve très beaux. Bon, pour revenir à notre histoire, dans ce manuscrit, qui parlait lui aussi d'anges et de démons, il y a une magnifique enluminure qui représente.... »

Elle s'interrompit à nouveau. Le serveur lui apportait son coca. Elle le laissa s'éloigner. Théo, n'y tenant plus, dit :

« Le médaillon, c'est ça ?

— Hum, hum, fit Jessie en hochant la tête. On voit un ange guerrier apporter le médaillon à un chevalier en armure. Ce qui est étrange, dans ce manuscrit, c'est qu'il n'est jamais fait référence à un quelconque pouvoir du médaillon. On n'y voit pas non plus la chevalière. Le texte dit que l'ange a apporté un médaillon au chevalier pour le protéger lors du combat qu'il doit mener.

— Il n'y a peut-être pas de rapport avec le médaillon magique.

— C'est ce que je me suis dit aussi. J'ai donc continué à chercher d'autres références. J'ai été à Londres et à Rome pour essayer de trouver d'autres indices, en vain. Cette représentation de l'ange apportant le médaillon est la seule que j'ai jamais trouvée à ce jour. »

Jessie semblait lasse, son visage se ferma. Théo était dubitatif. Comment rapprocher cette gravure de l'histoire de Madame Hopkins ? Jessie eut de nouveau le sourire. Elle fixait Théo, les yeux pétillants et vifs :

« Maintenant je suis certaine que le médaillon est le bon.

— Ah. Et pourquoi ? s'étonna Théo.

— Réfléchis. Si je suis là, avec toi, c'est bien à cause de la chevalière, non ? »

Théo se tapa le front du plat de la main avant d'avouer :

« Je suis bête ! Bien sûr ! Si la gravure du médaillon et celui de la chevalière sont les mêmes, c'est que les deux sont authentiques, c'est bien ça ?!

— Il ne peut en être autrement. On a, d'un côté, un symbole gravé sur un médaillon dessiné sur un manuscrit du Moyen Age et de l'autre, une chevalière peinte sur un tableau appartenant à quelqu'un de ta connaissance. Tu penses qu'il peut s'agir d'une simple coïncidence ? »

Théo essayait de ne pas s'emballer et de garder la tête froide. Il réfléchit avant de dire :

« Peut-être aussi que ce symbole représente quelque chose de plus ou moins connu et qu'il est représenté sur divers bijoux.

— Non, impossible. J'ai fait des recherches. Le symbole ne représente rien de connu, du moins représenté ainsi en tout cas. Bien sûr la balance et l'épée sont très courantes mais pas représentées ainsi. Ce n'est le sceau d'aucune confrérie, pas plus que le signe d'aucune religion. J'ai tout passé en revue. Enfin, je crois.

— Tu as fait un travail de titan à ce que je vois. »

Cette dernière phrase marquait le doute dans la voix du jeune ado. Comment Jessie avait-elle pu, seule, réaliser un travail aussi vaste et fastidieux ? Elle avait couru les bibliothèques du monde entier durant des mois, cherchée une correspondance du symbole dans toutes les religions, toutes les organisations… Même avec beaucoup d'argent, seul on ne peut pas tout faire. Jessie but son coca. La chaleur suffocante du début d'après-midi faisait perler la sueur le long de sa colonne vertébrale. Elle prit la carte des boissons sur la table et s'éventa avec des gestes rapides de la main. Elle finit par dire, presque gênée :

« Je ne suis pas seule.

— C'est vrai ? » fit Théo, feignant faussement l'étonnement.

Elle comprit :

« Bon d'accord, j'aurais dû te le dire tout de suite. Mais comprends-moi, je suis méfiante. Je ne savais pas si je pouvais te faire confiance.

— A côté de ça je ne suis qu'un jeune de quatorze ans. Tu n'as pas grand-chose à craindre de moi.

— Il ne faut jamais se fier aux apparences. Ceux qui cherchent les bijoux, comme moi, sont prêts à tout pour les obtenir. Lorsque j'ai créé le site je me suis demandé qui le trouverait en premier : les bons ou les méchants ? Je savais que je risquais peut-être ma vie en le faisant. J'ai décidé de le faire parce que je n'avançais plus dans mes recherches. Les indices ont été effacés, comme on efface la craie sur un tableau. Il en subsiste si peu que je me demande si je ne les ai pas tous trouvés.

— Vous êtes combien ? » demanda Théo.

Jessie ne répondit pas. Il se leva de sa chaise et quitta la table. Elle le saisit par le bras :

« Je t'en prie Théo, reste. »

Sa voix était suppliante. Le jeune homme se rassit et dit :

« On doit se faire confiance, Jessie, sinon il vaut mieux laisser tout tomber.

— Je suis d'accord. C'est vrai, tu as raison... J'ai peur Théo. »

La main de l'adolescent se posa délicatement sur celle de la jeune fille, comme pour l'apaiser :

« N'aie pas peur, ça va aller... je vais te dire qui a le tableau.

— Non ! Pas maintenant, pas ici ! supplia-t-elle. On pourrait nous écouter, qui sait. Marchons plutôt. »

Jessie sortit un billet qu'elle glissa dans la coupelle prévue à cet effet :

« Allons-y. » ajouta-t-elle en se redressant.

Les deux jeunes gens arpentèrent la place en discutant.

Théo expliqua :

« Ce tableau appartient à ma famille depuis toujours, d'après ce que ma mère m'a dit. Il est actuellement à mon grand-père paternel.

— Et où est-il ton grand-père ? Est-ce qu'on peut le voir ?

— C'est un grand vétérinaire, lança fièrement l'ado. Il tient une réserve en Afrique du Sud. Pour le voir il faudra aller là-bas.

— Ca, ce n'est pas un problème. Affirma-t-elle.

— Pour toi peut-être, mais pour moi c'est une autre affaire, dit-il d'un ton gêné.

— Pourquoi ça ?

— Je te rappelle que je n'ai que quatorze ans et que mes parents ne me laisseront pas partir comme ça, tout seul, avec une belle inconnue. »

Jessie esquissa un léger sourire à l'écoute de cette dernière remarque.

« Il faut pourtant trouver un moyen, très vite, Théo.

— Oui, mais comment ?

— Je ne sais pas moi, sois inventif ! » s'agaça Jessie.

Théo leva les bras au ciel en marmonnant :

« Inventif, inventif. Tu en as de bonnes toi !

— Je ne sais pas, tu pourrais dire que je suis ta petite amie et que je t'ai proposé de passer le week-end à la maison.

— Bah ! C'est n'importe quoi ! Mes parents ne croiront jamais que je sors avec toi.

— Pourquoi ? Je ne suis pas assez bien pour toi ? » dit-elle avec humour.

Théo rit :

« C'est pas ça. Tu es beaucoup trop vieille pour moi! Et puis ils n'accepteront jamais que je passe un week-end avec une fille !

— Ils sont drôlement vieux jeu tes parents, s'étonna la jeune Américaine.

— Eh bien oui, c'est des parents. Mais, par contre, tu me donnes une idée.

— Ah oui, laquelle ?

— Je peux passer le week-end chez mon ami Paul.

— Il sera d'accord pour te couvrir ?

— Oui, t'inquiète, j'en fais mon affaire. Mais comment je vais passer les frontières ?

— Ca c'est mon affaire, affirma Jessie en tournant les talons. On s'appelle.»

Elle s'éloigna en faisant un geste de la main en guise d'au revoir.

§

Chapitre III

« Le tableau»

Théo avait convaincu Paul Werter de le couvrir. Il avait aussi convaincu sa mère de le laisser partir passer quelques jours chez son ami. Ce n'était pas la première fois qu'il le faisait. Ses parents, en confiance, n'avaient émis aucune objection. Théo avait préparé son sac de voyage avec soin. Il avait pris son passeport, en douce, dans le tiroir de l'armoire du bureau de son beau-père, là où les papiers étaient toujours rangés. Il n'était pas rassuré de faire ce voyage lointain, à leur insu. Il n'était pas particulièrement menteur de nature et n'aimait pas dissimuler. Seulement cette fois il n'avait pas le choix. Sa mère, surtout, ne l'aurait jamais laissé partir faire un tel périple, seul, ou presque. Madame Duval s'était proposé d'accompagner son fils chez son ami Paul. Théo avait décliné la proposition, expliquant qu'une cousine de Paul, Jessie, passerait le chercher. Madame Duval n'y trouva rien à redire. C'est ainsi que Théo quitta la maison familiale par une belle et chaude journée d'été.

Jessie avait ramassé ses cheveux en chignon, dégageant son front haut et l'ovale de son visage. Elle était vêtue d'un ensemble composé d'une Saharienne beige et d'un short qui descendait à mi cuisses. Théo avait enfilé son éternel jeans et passé un tee-shirt noir avec, dans le dos, en lettres blanches : 'Black Eyed Peas'. La jeune femme roulait en direction de l'aéroport de Genève. Elle regarda Théo qui

restait silencieux depuis leur départ et demanda :
« Ca va ? »
Il la regarda à son tour et répondit timidement:
« Oui, ça va.
— Tu es inquiet ?
— Un peu.
— On sera de retour dans deux jours si tout se passe bien, ne t'en fais pas.
— D'accord. »
Théo n'était pas à l'aise de partir ainsi. Il avait peur de devoir regretter cette décision. Jessie ressentait le malaise du jeune homme. Elle ajouta :
«Je te promets que tout ira bien.
— Je sais. C'est juste que j'aie peur que mes parents l'apprennent.
— Dis-toi que c'est pour une bonne cause.
— C'est pour mon grand-père surtout, s'inquiéta Théo. J'ai peur, si tu dis vrai, qu'il lui arrive quelque chose.
— On va récupérer le tableau. Il ne risquera plus rien après ça. »
Tenta de le rassurer Jessie. Théo regarda sa montre :
« On décolle à quelle heure ?
— Dans quinze minutes.
— Quinze ! s'exclama-t-il, étonné. On n'y sera jamais ! Le temps de passer la douane il aura décollé depuis longtemps. »
Jessie rit avant de dire :
« Pas d'inquiétude, on y sera.
— Je te trouve bien sûre de toi. Il faut être à l'aéroport au moins une heure avant le décollage. »
La voiture prit la bretelle d'accès à l'aérogare, passa devant sans s'y arrêter, se dirigea vers une zone privée, close par des barrières. La jeune femme stoppa le véhicule, sortit un badge, qu'elle passa devant une borne magnétique, ouvrant la barrière. Elle s'engagea dans l'allée sur deux cents mètres environ avant de s'arrêter sur un parking. Les deux

jeunes gens sortirent de la voiture, prirent leurs bagages et s'engouffrèrent dans un hangar par une porte dérobée. A l'intérieur régnait le bruit assourdissant d'un réacteur d'avion. Théo suivait Jessie qui se dirigeait droit vers un jet privé. Il comprit pourquoi ils décolleraient à l'heure. Lorsqu'ils furent au pied de l'appareil, le commandant de bord descendit les accueillir :

« Bienvenue à bord mademoiselle Jessie. Bienvenu jeune homme. »

Le pilote, la cinquantaine, cheveux grisonnants, belle allure dans son uniforme bleu et blanc, les convia à monter l'escalier. Lorsqu'ils furent installés dans les confortables fauteuils qui se faisaient face, séparés par une petite table, Théo dit :

« Un Jet privé ! Il doit être drôlement riche ton père ? »

Jessie sourit, appuya sur le bouton d'un Interphone qui était fixé près de son fauteuil et demanda au pilote de décoller. Elle attacha sa ceinture. Théo fit de même. Elle le regarda dans les yeux et dit d'un ton calme:

« Il n'est pas à mon père.

— Ah ! Je me disais aussi.

— Il est à moi. »

Théo écarquilla les yeux. Il imaginait bien que seuls les milliardaires pouvaient s'offrir ce type d'appareil. Il n'en croyait pas ses oreilles :

« A toi ?! Mais... Il faut être très riche pour...

— C'est le cas. » le coupa-t-elle.

L'avion sortit doucement du hangar, roula jusqu'à la piste, s'immobilisa un moment avant que le vrombissement des réacteurs n'emplisse l'habitacle. L'appareil entra en vibration et accéléra fortement. Il ne roula pas très longtemps, beaucoup moins en tout cas qu'un avion de ligne ordinaire, avant de quitter le sol. Un bruit sourd retentit. Le train venait de se loger dans la carlingue fuselée du bolide qui fendait l'air à toute allure. Le sol s'éloignait rapidement. A travers le hublot Théo avait une vue d'ensemble sur Genève, le lac et les Alpes. Le mont Blanc luisait majestueusement dans le soleil matinal. L'appareil décrivit une large courbe vers la droite en s'éloignant toujours plus du sol. Il devait survoler les Alpes, traverser la Méditerranée et tout le continent Africain pour atterrir sur un aéroport proche de Johannesburg. Le voyage durerait une douzaine d'heures. Jessie détacha sa ceinture lorsque le voyant rouge passa au vert. Elle ouvrit un petit compartiment situé sur le côté et demanda :

« Tu veux boire quelque chose ?

— Tu as du jus d'orange ?

— Oui. »

Elle sortit deux petites bouteilles et deux verres, qu'elle posa sur la table :

« C'est top de voyager comme ça ! » fit Théo en vidant le contenu de la bouteille dans le verre.

Jessie ajouta :

« On est moins les uns sur les autres et c'est plus pratique pour aller où bon nous semble.

— C'est sûr. Mais dis-moi, comment se fait-il que tu sois si riche ?

— Je te l'ai dit, j'ai hérité de la fortune de ma mère. Mon grand-père était un banquier de Boston. A sa mort, c'est ma mère qui a hérité de tout. Elle était fille unique. En plus de ça ma mère possédait l'un des plus grands cabinets d'avocats des Etats-Unis. Autant te dire que sa fortune personnelle, avant héritage, était déjà conséquente.

— Tu as touché le jackpot en somme ! »

Théo venait de se rendre compte que cette réflexion était quelque peu déplacée car, si Jessie avait hérité, c'était bien parce que sa mère était morte. Il ajouta :

« Je suis désolé Jessie, je ne voulais pas dire…

— Bah, ne t'inquiète pas pour ça. J'ai appris à vivre sans ma mère. » dit-elle d'un ton désinvolte.

Théo perçut toutefois une émotion dans la voix et les yeux de la jeune femme :

« Elle te manque ? » questionna-t-il d'une voix feutrée.

Jessie buvait son jus d'orange. Elle fit un hochement de tête en clignant des yeux en guise d'acquiescement. Elle posa son verre et dit :

« Bon, nous devons parler de ce que nous ferons une fois sur place. Un 4x4 nous attend à l'aéroport. Nous irons à l'hôtel passer la nuit et demain matin, à la première heure, nous filerons vers la réserve de ton grand-père. D'après mes calculs elle se situe à quatre heures de Johannesburg. Nous devrions y être avant midi. Tu as réfléchi à ce que tu allais lui raconter pour récupérer le tableau ?

— Je vais lui dire la vérité.

— Non, je ne te le conseille pas. C'est trop gros pour qu'il puisse y croire.

— On peut essayer. »

Jessie haussa les épaules et grimaça :

« Après tout, c'est ton grand-père. Tu le connais mieux que moi. Si tu penses que c'est la solution…

— Nous avons toujours été très proches tous les deux. Je pense pouvoir le convaincre que je ne mens pas.

— Bon. Une fois en possession du tableau nous devons revenir au plus vite à l'avion et redécoller pour nous rendre à Hong Kong.

— A Hong Kong ! s'écria Théo, mais… C'était pas prévu ça ?

— Je sais, je ne t'ai pas tout dit pour ne pas te faire peur. Il faut mettre le tableau en lieu sûr.

— Et pourquoi Hong Kong ?

— Parce que c'est là que nous pourrons l'étudier. Nous avons quelqu'un là-bas qui va nous aider.

— Je peux savoir qui c'est ?

— Tu m'as demandé l'autre jour combien nous étions. Je n'ai pas répondu à ta question. J'ai un contact avec lequel je travaille depuis des mois. C'est un Chinois de Hong Kong. C'est lui qui a piraté ton ordinateur et ton adresse mail. C'est un petit génie de l'informatique qui est capable de faire des miracles !

— Et tu as confiance en lui au point de lui confier le tableau ? s'étonna Théo qui ne voyait pas ça d'un bon œil.

— Oui, il m'a beaucoup aidée dans ma quête. Sans lui je ne serai arrivée à rien. Il a passé un temps fou à chercher la signification du symbole, a exploré toutes les bases de données des bibliothèques de Paris, Londres, Rome etc. C'est comme ça que j'ai pu sélectionner les ouvrages à étudier, sans fouiller une à une les étagères poussiéreuses. Il a piraté des sites, des ordinateurs. Il est indispensable pour moi.

— Tu l'as connu comment ce Chinois ? »

Jessie se pinça les lèvres, hésitante. Devant le regard insistant de Théo, elle ajouta :

« C'est un camarade de classe.

— A Hong Kong ?

— Non, à New York. C'est le fils de l'ancien consul de Chine de la ville. Il a passé deux ans dans notre collège. C'est un garçon très brillant. Lorsque j'ai commencé à faire mes recherches j'ai tout de suite pensé à lui. J'avais besoin de quelqu'un comme lui, capable de faire des prouesses avec un ordinateur. Il m'a été d'une aide très précieuse. Sans lui j'aurais eu du mal à dénicher les indices concernant les Mikelians. Tu vas bientôt le connaître, Il nous rejoindra à Johannesburg.»

§

Il faisait froid ! Un comble alors qu'on était en Afrique ! Théo n'avait pas prévu de sweet-shirt ou de pull. Jessie avait revêtu un pardessus gris dont elle avait relevé le col pour se protéger du vent glacé. Le commandant de bord tendit un gros pull bleu marine à Théo en disant :

« Tenez, mettez ça, vous allez attraper mal. »

L'ado s'empressa de le revêtir. Il sentit la chaleur l'envahir progressivement. Jessie descendit l'escalier de l'avion. Elle se retourna vers Théo et dit :

« Viens, ne restons pas là, il fait trop froid. On va aller à l'hôtel se reposer.

— Tu es sure que nous sommes en Afrique ? S'inquiéta Théo qui n'arrivait pas à comprendre qu'il put exister de telles températures dans ce pays.

— Désolée, s'excusa la jeune femme, j'aurais dû penser à te prévenir. Johannesburg est en altitude, près de mille cinq cents mètres, je crois. En plus, ici, c'est l'hiver.

— Super ! Je n'ai pris que des tee-shirts.

— On va faire quelques emplettes dans les boutiques de l'hôtel, ne t'en fais pas. »

§

L'hôtel Hilton était situé à Sandton, une banlieue du nord de Johannesburg. Depuis l'aéroport il fallait une bonne demi-heure pour le rejoindre. C'était un bâtiment tout blanc, dont le plan en croix formait quatre ailes distinctes distribuées par une rotonde centrale. Il était situé sur Rivonia Road, une large artère bordée d'immeubles de bureaux modernes, noyés dans la verdure pour la plupart. Théo était habitué au luxe depuis toujours et ne s'étonnait guère de la décoration ostentatoire du grand hall d'accueil de l'établissement. Jessie avait réservé une suite luxueuse et spacieuse du dernier étage. L'accueil qui leur fut réservé était digne d'un chef d'Etat. Tout le personnel était au garde-à-vous, prêt à exaucer le moindre de leurs désirs. Cela, par contre, étonnait Théo. Il comprit soudain toute la différence qu'il pouvait y avoir entre la richesse de son beau-père et celle de Jessie. Lui, était reçu comme un client qui venait passer une nuit, ou plusieurs, dans un hôtel généralement de même catégorie que celui-ci. Le personnel était courtois, professionnel et dévoué à son endroit. Elle, était reçue comme une princesse, une star de la pop ou du cinéma. Le directeur en personne venait la saluer, faisait des courbettes, donnait des ordres à son personnel afin qu'il s'active pour satisfaire l'hôte de marque qui arrivait. C'était assez amusant de voir cette ruche s'agiter ainsi, soudainement, rompant l'apparente tranquillité du lieu. Jessie, visiblement à l'aise avec tous ces salamalecs, donnait ses directives, pour ne pas dire ses ordres, en ne s'adressant qu'au directeur qui, d'un regard et d'un geste de la main, activait ses subordonnés comme des lampes qu'on allume en tapant dans les mains.

Le smartphone de Jessie sonna. Elle décrocha et dit :

« Yu ? Tu es arrivé ? D'accord, on se retrouve pour le dîner. Disons dans trente minutes. »

Théo interrogeait la jeune femme du regard. Elle le prit par le bras :

« Viens, montons dans la suite nous préparer pour le dîner. Notre ami est arrivé.

— Tu veux dire le Chinois ?

— C'est ça. Il va venir avec nous chercher le tableau. »

Les deux jeunes gens s'engouffrèrent dans l'ascenseur pour rejoindre leur suite.

§

Lee Yu était un jeune homme de seize ans, mesurant un mètre soixante-cinq, un peu rondouillard, ce qui lui donnait un air jovial. Il souriait. Jessie se précipita dans ses bras pour l'accueillir. Ils échangèrent les banalités habituelles des gens qui sont heureux de se retrouver. Jessie relâcha son étreinte et se tourna vers Théo, un bras tendu vers lui :

« C'est Théo, le jeune garçon dont je t'ai parlé. » lança-t-elle. Lee Yu s'avança vers Théo en tendant sa main droite, un large sourire sur le visage :

« Je suis heureux de te rencontrer Théo.

— Moi aussi… Lee c'est ça ?

— Oui, Lee c'est mon nom de famille. Appelle-moi Yu. Chez nous, en Chine, on donne d'abord le nom, suivi du prénom. Le contraire de vous autres occidentaux.

— D'accord Yu. Je ne savais pas. » s'excusa Théo. Jessie les convia à prendre place autour de la table du dîner. Il était déjà tard dans la soirée et elle mourrait de faim. Le restaurant de l'hôtel était presque vide à cette heure. Un maître d'hôtel approcha, précédé d'un serveur qui tendit une carte tour à tour aux trois convives. Yu demanda au maître d'hôtel s'il y avait de la pizza à la carte. Ce dernier écarquilla les yeux et prit un air presque offusqué. De la pizza dans un restaurant aussi luxueux ! Le maître d'hôtel, stylé, très « british » dans l'attitude, expliqua à Yu qu'il y avait une pizzéria dans le centre commercial qui se trouvait un peu plus loin. Jessie n'apprécia guère la remarque et demanda que l'on prépare trois pizzas. Le maître d'hôtel s'inclina et ordonna que la cuisine fasse préparer les pizzas. Théo en resta bouche bée. Il découvrait en Jessie une femme que l'immense fortune pouvait rendre autoritaire, voire capricieuse. Lui qui avait toujours été éduqué à agir exactement à l'inverse de cela, dans l'humilité et le respect du travail des autres, ne comprenait pas que l'on put agir ainsi, même très riche. Il le fit savoir à Jessie qui, visiblement, ne comprit pas les remarques de son jeune compagnon.

§

« J'adore les pizzas ! »
Lança Yu qui dévorait une énorme bouchée. Les jeunes gens rirent de bon cœur devant la satisfaction du jeune Asiatique :
« Je suis content d'être là avec vous, ajouta-t-il. J'ai hâte de voir le tableau. J'espère qu'il nous fournira des indices sur l'Elu. »
Jessie lança un regard réprobateur à Yu et lui envoya un coup de pied sous la table. Yu cria :
« Aïe ! Quoi ? Qu'est-ce que j'ai dit ?
— Rien, mange ! »

Jessie n'était pas contente de son camarade. Théo, qui évidemment n'avait pas perdu une miette de cet épisode, lança :

« C'est quoi cette histoire d'Elu ? Vous voulez bien m'expliquer ? »

Les deux jeunes gens se turent, piquèrent le nez dans leur assiette et continuèrent à manger. Théo soupira avant d'ajouter :

« Bon, écoutez les amis, si vous ne me dites pas tout ce que vous savez, je laisse tomber et je ne vous conduis pas à mon grand-père. Depuis le début, Jessie, tu me caches la vérité sur ce que tu sais. Et je crois que tu en sais bien plus que tu ne veux bien m'en dire. Si je dois marcher avec vous deux il faut que je connaisse toute l'histoire vous ne croyez pas ? »

Yu regarda Jessie et lui fit un petit signe de tête approbateur. Elle regarda Théo dans le fond des yeux, scrutant sa détermination et finit par lâcher :

« Il y a des choses que nous n'avons pas mises sur le site, concernant cette histoire. Le but était de recueillir des renseignements, pas d'en divulguer. Nous avons plus d'indices que j'ai bien voulu l'avouer.

— C'est drôle, je m'en doutais un peu. » ricana le jeune ado.

Jessie reprit :

« Nous savons que l'Ordre des Mikelians a été fondé, d'après les écrits, par l'archange Saint-Michel en personne. Il aurait donné des pouvoirs immenses à celui-ci au travers des bijoux magiques afin que ses membres terrassent le mal. Le pouvoir des Mikelians était si grand qu'ils auraient dû réussir leur entreprise sans trop de difficultés.

— Qu'est-ce qui les en a empêchés ?

— Ce n'est pas très clair. Il semble qu'ils furent trahis par un des leurs sans doute et que le pouvoir des bijoux s'en soit trouvé diminué.

— De quelle façon ?

— Nous ne le savons pas. Les textes que nous avons mis au jour ne le précisent pas. Après cette trahison les Mikelians ont été progressivement battus. Toutefois ils ont lutté longtemps et ont infligé aux forces adverses de lourdes pertes. A la fin les deux camps furent si affaiblis qu'ils faillirent disparaître tous les deux. Mais les Mikelians furent anéantis jusqu'au dernier, ou presque.

— Il y a eu des survivants ? demanda Théo, de plus en plus intrigué.

— D'après ce que nous en savons, oui. Le dernier Maître de l'Ordre demanda à Saint-Michel d'épargner son unique fils, qui venait de naître, afin qu'un jour il puisse perpétuer la lignée des Mikelians et reprendre le combat. L'archange décida d'épargner l'enfant mais il retira tout pouvoir à sa descendance jusqu'à la vingtième cinquième génération afin que le mal ne puisse découvrir leur existence. Il emporta le nouveau-né et le cacha quelque part, le confiant sans doute à des inconnus. Plus personne n'entendit parler de lui et des Mikelians.

— Vous avez retrouvé la trace de ces descendants ?

— Non, pas encore. C'est pourquoi nous recherchons des indices. Je ne t'ai pas tout dit de la conversation que j'ai surprise entre mon père et monsieur X. Ils ont parlé des bijoux mais aussi de l'Elu.

— Qui est cet Elu ? Le descendant des Mikelians, c'est ça ?

— Nous en sommes persuadés. L'Elu est celui qui retrouvera la force qui lui permettra de vaincre à nouveau le mal.

— C'est une sorte de messie en fin de compte ?

— Non, c'est un homme qui disposera de pouvoirs surnaturels qui lui permettront de lutter.

— Eh bien ! il va avoir un sacré boulot ce pauvre gars ! s'amusa Yu qui engloutissait une part de pizza.

— Nous devons retrouver à tout prix les bijoux, affirma Jessie et les remettre à l'Elu.

— Mais il est où cet Elu ?

— Ca, nous ne le savons pas. C'est pour nous toute la difficulté actuellement. Nous devons être sur tous les fronts en même temps : rechercher l'Elu, le médaillon et la chevalière ! Et comme je pense que rien n'a été fait pour faciliter les choses, ça m'étonnerait fort qu'on les trouve tous les trois au même endroit!

— Et vous comptez sur le tableau de mon grand-père pour vous apporter des indices. Je comprends mieux. »

Théo réfléchit un moment avant d'ajouter :

« Ce que j'aimerais comprendre, c'est ce qui lie ma famille à ce tableau et donc aux Mikelians ?

— Pour le savoir, nous devons récupérer le tableau et chercher les indices qu'il recèle. Yu et moi fondons de grands espoirs là-dessus.

— Et si, supposa Yu, nous ne trouvons rien de concret ? »

Jessie le regarda et leva les mains au ciel :

« Alors nous n'aurons plus qu'à chercher ailleurs. Notre quête continuera quoi qu'il en coûte, il le faut. »

§

Le 4x4 filait à toute allure sur les pistes poussiéreuses de la savane Africaine. Cela faisait plus de trois heures que Jessie, Yu et Théo avaient quitté leur hôtel de Johannesburg en direction du nord-ouest. Progressivement une chaleur étouffante remplaça le froid relatif de la mégapole Sud-Africaine. Théo et Yu regardaient dans toutes les directions le spectacle de la savane. Pour les deux jeunes gens c'était la première incursion sur ce continent magique qui faisait rêver enfants et adultes du monde entier. Ils apercevaient, de-ci de-là, hyènes, phacochères, éléphants, rhinocéros et girafes. Le spectacle était à la hauteur de ce qu'ils avaient pu imaginer. La présence d'autant d'animaux indiquait qu'ils approchaient de la réserve. Jessie regardait dans ses rétroviseurs, l'air inquiet. Depuis un moment un véhicule semblait les suivre à distance. Maintenant, il approchait à vive allure, laissant derrière lui un nuage de poussière impressionnant. Les mains de la jeune femme se crispèrent instinctivement sur le volant :

« Je peux me tromper mais j'ai l'impression que l'on nous suit depuis un certain temps », expliqua-t-elle.

Ses camarades se retournèrent comme un seul homme. Un 4x4 noir fondait sur eux. Yu, assis à l'arrière, posa une main sur l'épaule de Jessie :

« Tu devrais ralentir et le laisser passer. Nous verrons bien s'il nous suit vraiment.

— Il a raison », reconnut Théo.

Jessie leva le pied de l'accélérateur. Le 4x4 arrivait à fond de train. Lorsqu'il fut à la hauteur du véhicule des jeunes gens, il fit une embardée et vint le percuter violemment. Jessie cria de peur. Elle sentait la situation lui échapper. Son volant devint incontrôlable, balançant ses bras de gauche à droite avec violence. Elle ressentit un choc vif suivi d'un second. L'habitacle tangua fortement vers la gauche. La poussière envahit tout avec une surprenante rapidité. Tous se mirent à tousser presque en même temps tandis que le 4x4 était de plus en plus ballotté. Jessie appuyait de toutes ses forces sur la pédale de freins, tentant d'immobiliser sa puissante monture, en vain ! Un nouveau choc, un bruit sourd et enfin le silence et l'immobilité. Personne ne bougeait, chacun retenant sa respiration attendant d'être bien certain qu'il n'y avait plus de danger. La poussière retomba doucement. Théo ouvrit la portière le premier et sortit, en prenant soin de regarder où il mettait les pieds. Le nuage était assez dissipé maintenant et il pouvait se rendre compte qu'ils n'étaient plus sur la piste. Celle-ci était à une cinquantaine de mètres. Le 4x4 qui les avait percutés avait disparu. Théo alla à l'avant du véhicule afin de constater les dégâts. Entre-temps ses compagnons étaient sortis et l'avaient rejoint. Le 4x4 était venu finir sa course

contre un bloc rocheux de petite taille. Le pare- chocs solide semblait avoir joué son rôle, épargnant de grosses répa-
rations. Toutefois un liquide suintait sous le moteur. Yu se
pencha et passa son doigt sur le sol, à l'endroit où les
gouttes commençaient à former une petite flaque verdâtre.
Il jugea la texture du liquide en le frottant entre ses doigts
et affirma :

« C'est du liquide de refroidissement du moteur. Ca
goutte à peine. Ce n'est pas trop grave. Si rien d'autre n'est
cassé nous devrions pouvoir rejoindre la réserve.

— Nous n'en sommes plus très éloignés », confirma
Jessie qui se massait un poignet gauche endolori:
«Tu crois que c'est fait exprès ?» demanda Yu à Jessie.
Elle ne savait trop que penser à vrai dire :

« On dirait que c'est le cas mais nous devons nous garder de faire de la parano.» répondit-elle.

Théo fit le tour du véhicule, ne constatant aucun autre
dégât apparent. Jessie remonta dans l'habitacle et tenta de
démarrer le moteur. Celui-ci ne voulut rien savoir,
s'étouffant à chaque tentative. Yu demanda à Jessie
d'ouvrir le capot avant. Il jeta un œil à l'imposant moteur
diesel, toucha tous les fils, toutes les durites sans rien trouver d'anormal. Il trifouilla ainsi durant près d'une demi-
heure. Rien n'y faisait. Le moteur toussotait mais
s'étouffait à chaque fois. Yu finit par se rendre à l'arrière
et, après quelques instants, demanda à Jessie de retenter un
nouveau démarrage. Le 4x4 s'ébranla, le moteur rugissant
sous les coups d'accélérateur. De la terre et des cailloux
avaient obstrué la sortie du pot d'échappement. Les deux
garçons remontèrent à bord et tous trois reprirent leur route
en conservant une allure modérée.

Les bâtiments en bois de la réserve étaient distribués en
« U » autour d'une vaste cour de terre battue ocre rouge qui
lui donnait l'aspect d'un immense court de tennis. Nichées
sous de grands arbres ombrageux, ces cabanes spacieuses
constituaient pour la plupart l'hôtellerie du parc. A

l'extrémité d'une aile se trouvaient les locaux administratifs. Il n'y avait pas de mouvements visibles. L'endroit semblait désert. Seule la cime des plus hauts arbres s'agitait sous la légère brise. Il régnait un silence de mort qui glaçait les os. Théo, pétri par la peur, prit son courage à deux mains et s'avança, d'une démarche qu'il voulut assurée, vers le bâtiment administratif. Ses amis lui emboîtèrent le pas, guère plus rassurés que leur camarade. Théo franchit à grandes enjambées les trois marches de l'escalier qui menaient à une terrasse de bois, mal entretenue, qui devançait l'entrée des locaux. Une porte pleine, large et massive, barrait le passage. Le jeune homme tourna la poignée doucement, évitant autant que possible de faire du bruit dans ce silence pesant. La porte s'ouvrit. Théo poussa le lourd battant qui grinça, faisant sursauter les trois jeunes gens. Leur souffle était haletant. Ils avaient la peur au ventre. Jusquelà, Jessie et Yu surtout, avaient fait des recherches dans des livres et sur le net. Jessie avait bien rencontré Margaret Hopkins en Galilée mais ce n'était pas dangereux. Ils savaient que ce qu'ils faisaient pouvait être périlleux, mais cela restait abstrait, lointain. Ils étaient confrontés pour la première fois au danger, palpable, bien réel. L'accident dont ils avaient été victimes peu avant, les confrontait désormais à une dangereuse réalité demeurée virtuelle jusqu'alors. Ils étaient là, dans ce silence, redoutant le pire derrière cette porte. La gorge serrée, le cœur battant, le souffle court, Théo entra dans la pièce. Devant lui se dressait le comptoir de la réception. Sur les murs de côté, étaient placardées des affiches colorées sur la réserve et ses merveilles. Derrière le comptoir, au milieu d'étagères encombrées de dossiers, livres, bibelots et papiers épars, une porte était entrouverte. Théo contourna le comptoir et s'engouffra dans l'ouverture. Les autres étaient restés en retrait, avançant à pas mesurés. Soudain ils entendirent la voix de Théo :

« Oh ! mon Dieu ! Grand-père !... Eh ! Venez vite ! cria-t-il, j'ai trouvé mon grand-père ! »

Ils accoururent. Le grand-père de Théo gisait sur le sol, face contre terre. Yu fit une grimace de dégoût avant de demander avec précaution:

« Il est mort ?

— Non, il respire. Aidez-moi à le relever. »

§

Mathieu Orgone était un solide gaillard d'un mètre quatre-vingt-sept, la soixantaine passée, cheveux gris courts et barbe parfaitement entretenue. Il avait la peau mate et burinée par le climat de la savane où il avait vécu une grande partie de sa vie. *Docteur Mat* comme on l'appelait ici, dirigeait d'une main de fer cette réserve animalière qui était toute sa vie, son bébé, son unique passion. Mat avait été marié, là-bas, en Suisse. Il avait eu un fils, le père de Théo. Il vint s'installer en Afrique du Sud avec sa famille, mais son épouse ne supporta pas l'Afrique, son climat et les dangers de sa faune. Elle finit par rentrer en Suisse avec son fils, laissant Mat seul, assouvir sa passion. Son enfant venait passer une partie de ses vacances d'été jusqu'à ce qu'il fût adulte. Ensuite il ne le revit que trop rarement jusqu'à l'accident qui lui coûta la vie. Théo, son petit-fils, était déjà venu le voir deux fois depuis sa naissance et Mat était venu trois fois à Genève. Théo adorait son grand-père. Il était pour lui comme un grand aventurier, vivant au milieu d'une faune aussi belle que sauvage et dangereuse. Il admirait cet homme qui semblait tout droit sorti d'un roman de Rudyard Kipling.

Mat, assis dans un fauteuil, les coudes appuyés sur son bureau, se tenait la tête entre les mains. Il reprenait doucement ses esprits. Il avait du mal à remettre ses idées en place et surtout il ne comprenait pas que son petit-fils soit là, devant lui. Le bureau avait été entièrement retourné, les tiroirs et les armoires vidés, les étagères, balayées, saccagées. Il y avait des papiers jetés et éparpillés partout sur le sol. La fouille avait été faite à la hâte. Les agresseurs ne semblaient pas trop savoir ce qu'ils cherchaient. Théo était assis sur une chaise qui faisait face au bureau de son grand-père. Jessie et Yu commençaient à remettre de l'ordre en ramassant les papiers et objets disséminés sur le sol. Mat Orgone regarda son petit-fils et esquissa un sourire. Il était heureux de voir Théo, même si les circonstances étaient particulières. Il secoua la tête, respira un grand coup et demanda :

« Qu'est-ce que tu fais ici ?

— C'est une longue histoire grand-père. Nous sommes venus, mes amis et moi, pour éviter que tu aies des problèmes. Mais je vois que nous sommes arrivés un peu trop tard.

— Qui était ces types ? Qu'est-ce qu'ils me voulaient ? Tu as un rapport avec tout ça ? » s'étonna Mat.

Théo secoua la tête en disant :

« Non, non, grand-père, pas directement. Je vais tout te raconter. Tu vas devoir me faire confiance. »

Mat fronça les sourcils, plongea ses yeux dans ceux de Théo. Il se dressa sur ses deux jambes et ouvrit une porte d'armoire située derrière le bureau, contre le mur. Il fut soulagé de constater que les bouteilles et les verres n'avaient pas subi le sort du reste du contenu de son bureau. Il sortit un verre et une bouteille de Scotch, se servit et s'excusa de n'avoir rien de plus doux à offrir aux jeunes gens. Il but une gorgée, se racla la gorge et revint s'installer dans le fauteuil. Théo lui raconta dans les détails tout ce qu'il savait de cette affaire. Plusieurs fois durant son récit il put lire de l'étonnement, voire de l'incrédulité, sur le visage de son grand-père. Toutefois celui-ci n'interrompit à aucun moment son petit-fils, le laissant finir son récit.

Les trois jeunes gens étaient immobiles, suspendus aux lèvres de Mat Orgone. Théo avait fini de conter son histoire. Son grand-père n'avait pas dit un mot depuis plusieurs minutes. Il était là, callé dans son fauteuil, rejeté en arrière. Il avait les yeux rivés sur son verre, qu'il faisait tourner doucement entre ses doigts, signe d'une intense réflexion. Le silence était pesant. Dehors, la lumière vive contrastait avec la pénombre de la pièce. Mat Orgone finit par rompre le silence :

« Je ne suis pas certain, dit-il d'une voix posée, de croire à toute cette histoire. Comme je ne suis pas certain que vous puissiez réellement y croire vous-même, à vrai dire. »

Il regarda tour à tour les trois jeunes gens, se gratta la barbe et ajouta :

«Toutefois, aujourd'hui, il s'est passé quelque chose ici. J'ai vu débouler deux individus qui m'ont assommé et mis à sac mes locaux. Ces faits me poussent à accorder un peu de crédit à votre histoire, bien que j'aie l'impression d'entendre une fable. ».

Le docteur Orgone posa son verre, ouvrit un tiroir de son bureau et en sortit un pistolet de gros calibre. Les jeunes gens eurent un mouvement de recul. Théo, impressionné, demanda d'une voix inquiète :

« Qu'est-ce que tu vas faire grand-père ?

— Je prends mes précautions, Affirma le vieil homme. Tout est allé si vite que je ne sais même pas si ces hommes sont partis. »

Il se leva et leur enjoignit de le suivre. Il traversa le bureau, la réception, longea la terrasse et s'engouffra par une porte, dans une annexe. Les trois jeunes suivirent, Théo en tête.

La chambre de Mat Orgone était, comme le bureau, sens dessus dessous. Tout avait été retourné, vidé, dépendu, renversé et étalé. Mat Orgone avait les yeux fixés sur un mur de la pièce. Il regarda son petit-fils, pointa du doigt un point précis et dit :

« Le tableau était là. »

Il avait disparu, emporté par les deux agresseurs. Ce qui interpellait Yu c'était que tout avait été retourné. Pourquoi, si les deux hommes savaient ce qu'ils cherchaient, avoir tout saccagé ainsi ? Pourquoi perdre du temps et risquer l'arrivée de quelqu'un et compliquer leur affaire ? Il en fit part aux autres. Jessie, après quelques instants de réflexion, répondit :

« Ils ne savaient peut-être pas ce qu'ils cherchaient.

— Ca pourrait expliquer pourquoi ils ont tout retourné, constata Théo. Mais comment ont-ils su où aller après nous avoir percuté ?

— Oh, ça c'est facile à comprendre, expliqua Yu. Ils nous ont suivis, sans doute depuis Johannesburg et à mesure que nous nous approchions de la réserve ils ont dû, équipés d'ordinateurs et de téléphones satellites, rechercher ce que nous pouvions bien venir faire dans le coin. Je suppose, Docteur, que vous êtes sur Internet ? questionna-t-il en se tournant vers Mat Orgone.

— Oui, bien entendu. Nous avons notre propre site et nous sommes répertoriés chez tous les tours opérateurs qui proposent l'Afrique du Sud comme destination.

— Voilà, ça se tient. Une fois fait le rapprochement avec Théo, ils ont dû penser qu'ils pourraient trouver seuls ce qu'ils cherchaient. »

Yu était fier de ses déductions. Un large sourire illuminait son visage poupon. Jessie se laissa tomber lourdement sur le lit en disant, d'un air dépité :

« Ca a marché. Ils ont emporté le tableau. Nous avons perdu. En tout cas j'avais raison au moins sur un point. »

Ses camarades restaient suspendus à ses lèvres :

«Eh Bien oui ! Vous me taxiez de paranoïaque quand je vous disais qu'il fallait se méfier, que nous risquions d'être écoutés et suivis. Maintenant on en est certain.

— C'est vrai que je ne prenais pas trop ça au sérieux », avoua Théo.

Yu haussa les épaules :

« Moi aussi je pensais que tu délirais un peu à vrai dire. Je trouvais le jeu sympa mais je ne croyais pas vraiment que tout ça était réel. »

Jessie regarda Yu en secouant la tête, complètement désabusée. Elle avait été la seule à croire à la réalité de cette histoire ! Yu pensait jouer un jeu ! Elle n'en revenait pas. Théo passe encore, Il venait de débarquer dans l'aventure. Mais Yu ! Elle ressentait comme une trahison de sa part. Le fait qu'il ne crût pas à la véracité de ce qu'ils faisaient depuis près d'un an la dépassait. Elle ne trouvait pas de mots. Et puis à quoi bon les mots ? Cela ne servait à rien. La piste la plus sérieuse venait de s'envoler. Elle songea qu'il faudrait encore des mois, voire des années, avant de retrouver des indices aussi importants que ceux qu'aurait pu dévoiler le tableau. C'était désespérant.

Le docteur Orgone ouvrit une armoire. L'intérieur n'avait pas été saccagé. Les voleurs avaient sans doute trouvé ce qu'ils cherchaient avant. Il fouilla un moment et sortit ce qui semblait être un livre d'une assez grande taille. Il attira l'attention des jeunes gens :

« Je ne sais pas si ça pourrait vous servir, dit-il en ouvrant le livre qui s'avérait être en réalité un album photos, mais il me semble bien avoir des clichés sur lesquels l'on distingue…

« Le tableau ! » s'écria Théo qui venait d'apercevoir l'objet de leur quête sur une photo.

Mat rit :

« Oui, c'est bien ça, le tableau. Tenez, regardez, il est sur cette photo. On le voit à moitié seulement sur celle-ci. Je dois en avoir d'autres.»

Mat tournait les pages de l'album. Il s'arrêta et pointa une photo en disant :

« Bingo ! Regardez celle-ci. »

Tous se penchèrent au-dessus de l'album et retrouvèrent le sourire. Le tableau apparaissait clairement dans son ensemble. Le docteur Orgone détacha la photo de l'album et la tendit à Théo :

« Tiens, fais en bon usage. »

Théo observa la photo avant de la tendre à Jessie qui, après l'avoir observée à son tour, la passa à Yu :

« C'est petit mais la photo est nette. Tu crois que tu pourras en tirer quelque chose ?

— Je vais la scanner en très haute résolution. On devrait voir apparaître les détails.

— Reste à espérer que les indices soient dans la peinture et non cachés derrière le tableau. »

Après avoir passé le reste de la journée avec Mat Orgone et visité la réserve, les trois compères regagnèrent Johannesburg et embarquèrent dans le jet pour un vol de nuit afin de regagner Genève au plus tôt.

§

Chapitre IV

«Le monastère »

Jessie occupait la suite *Bella Vista* du grand Hôtel Kampinski de Genève. Le palace, situé sur les bords du lac Léman, jouissait d'une vue exceptionnelle sur la ville, le lac et son fameux jet d'eau. La suite, luxueuse et raffinée, donnait sur une terrasse qui surplombait le port. Elle comptait plusieurs chambres. L'une d'elles était occupée par Yu. Celui-ci se consacrait à chercher les indices que pouvait receler la reproduction photographique du tableau. Il avait scanné la photo en très haute résolution après avoir isolé le tableau seul. L'image résultante était d'assez bonne qualité. Yu l'avait travaillée avec un puissant logiciel de retouche d'images, il était satisfait de son travail. Il explorait l'image à partir de son ordinateur portable qu'il avait connecté sur l'écran TV haute résolution du Salon. Ainsi, il bénéficiait d'une vision très agrandie de chaque petit recoin du tableau. Pour le moment il n'avait pas trouvé d'indices majeurs.

Une sonnerie retentit, douce et légère. C'était celle des portes de l'ascenseur qui venait de s'immobiliser. Elles s'ouvrirent. Théo arrivait. Il avança d'un pas décidé vers Yu :

« Salut Yu, dit-il d'une voix enjouée, tu es tout seul ? Ca avance ? Tu as trouvé quelque chose ?

— Oui, oui, non. Pour répondre à tes trois questions.» dit le Chinois sans se détourner de son travail.

Théo s'arrêta devant la table sur laquelle trônaient les reliefs du petit déjeuner. Il saisit un croissant dans une panière et se mit à le dévorer. Il vint se caler dans l'un des confortables canapés de cuir qui faisait face à l'écran plat. Yu observait le tableau avec un fort grossissement, ce qui ne montrait que quelques centimètres carrés de l'œuvre. Théo se demanda s'il ne fallait pas plutôt regarder celui-ci afin d'en avoir une vue d'ensemble. Il en fit part à Yu qui, las de forcer ses yeux, fit un zoom arrière et décida de faire une pause sur la terrasse.

Théo observait l'image du tableau qui, dans son souvenir, était de grande taille. L'on y voyait un chevalier en armure, le bras et la main tendus devant lui, dévoilant le sceau de la chevalière. Dans le plan médian l'on pouvait observer un cheval blanc sellé et équipé de son chanfrein articulé, sorte d'armure censée protéger la tête de l'animal. L'arrière-plan était plus flou, noyé en partie dans une brume épaisse. L'on y distinguait vaguement des bâtiments avec des colonnes, des arcades, un clocher. Dans la partie gauche l'on devinait une plaine légèrement ridée, également embrumée, rase, dépourvue de la moindre végétation. La chevalière semblait luire et diffuser ses rayons tout autour du chevalier. Ce tableau Théo l'avait regardé de nombreuses fois. Son regard était désormais tout autre. Il cherchait le détail qui lui ferait comprendre ce qu'il cherchait. Les minutes passaient sans qu'il pût déceler le moindre indice. Finalement, après un quart d'heure, il finit par rejoindre Yu sur la terrasse. Le jeune Asiatique prenait un rafraîchissement, allongé sur un transat, à l'ombre d'un parasol. Théo s'installa dans l'un des fauteuils qui entouraient une table de teck circulaire. Il regardait les eaux calmes du lac, légèrement ridées par la douce brise qui soufflait. Soudain Théo comprit. Il courut vers l'écran, regarda de près, en détail, la partie qu'il avait prise pour une plaine embrumée puis revint observer le lac. Il se tourna vers Yu :

« Je crois que je tiens quelque chose ! » lui lança-t-il.

Yu le fixa, l'air interrogateur :

« Tu es sérieux ?

— Je n'en suis pas sûr, mais j'aimerais ton avis. Regarde l'eau du lac. Observe-la bien. »

Il laissa le temps à Yu de bien regarder puis il l'entraîna devant l'écran et lui montra du doigt la zone plane :

« Regarde bien. Je crois que c'est de l'eau en fait. Un fleuve ? Un lac ? Ou une mer plutôt, qu'en penses-tu ? »

Yu prit son portable en main, fit un zoom dans la zone en question, l'observa longuement. Avec son doigt il faisait défiler l'image zoomée, cherchant des détails. Théo tendit un doigt :

« Arrête-toi ! Regarde. Ce ne serait pas une sorte de côte rocheuse, ça ? Et ça, on dirait l'écume des vagues tu ne crois pas ? »

Yu observa l'arrière-plan très sombre dont la patine du temps avait fini par masquer les couleurs et les détails de l'œuvre. Il acquiesça. Il ne comprenait pas comment il avait pu passer à côté de ces détails. En y réfléchissant bien il se demanda à quoi cela pouvait bien servir de savoir que c'était la mer ? Il en fit part à Théo dont le visage s'éclaira :

« Ce n'est pas la mer en soi, l'indice, mais les bâtiments qui la bordent. Si tu les observes bien tu peux constater qu'il y a un clocher dans ce coin et ici, tu vois, on a des colonnes autour d'un jardin avec une fontaine au centre. Ça ne te dit peut-être rien car tu n'es pas Chrétien.

— Je crois voir ce que tu veux me montrer. Je ne suis pas chrétien mais je ne suis pas stupide pour autant, dit-il, vexé. On dirait un monastère n'est-ce pas ?

— Exactement. C'est en tout cas ce qui s'en rapproche le plus. J'ai eu du mal à le distinguer avec la brume, les rayons de lumière et le bras du chevalier, qui le masquent en partie. Mais je suis presque sûr de mon coup. Et puis dans le coin, là, tu vois ? On dirait un château ou une fortification.

— Je le vois aussi bien que toi maintenant.

— Un monastère au bord d'un lac ou d'une mer, c'est peut-être ça l'indice ? »

Yu, perplexe, roula de grands yeux, leva ses épaules et dit :

« Combien y'a-t-il de monastères au bord de l'eau rien qu'en Suisse ?

— En Suisse sans doute peu. Mais je ne pense pas qu'il ne faille chercher qu'en Suisse.

— Je ne crois pas non plus. On devrait essayer de cibler les pays possibles tu ne crois pas ?

— Oui. Il faut réfléchir. »

Théo se concentrait. De son côté Yu s'activait sur son ordinateur.

« Mon père et mon grand-père étaient suisses, songea Théo à haute voix. Mais mon arrière-grand-père était français, originaire du sud du pays. Si l'on considère que notre famille possède le tableau depuis de nombreuses générations, il représente peut-être un endroit de France.

— Ou pas.

— Ou pas. Mais c'est une possibilité ?

— Oui. Seulement ça peut être aussi en Italie ou en Grèce ou n'importe où ailleurs. Combien y'a-t-il de kilomètres de côtes en Europe, mers et lacs compris ? Tu en as une idée ? Et je me répète : combien de monastères ?

— Je penche plutôt pour un bord de mer que de lac.

— Pour quelles raisons ?

— Parce que la côte rocheuse que l'on distingue avec des vagues me fait plus penser à la mer qu'à un lac.

— Oui mais l'eau est calme comme celle d'un lac.

— Je pencherai pour une mer qui prend parfois l'allure d'un lac.

— Ca existe ça ? S'étonna Yu

— J'en connais une qui peut avoir parfois la platitude des eaux du Léman : la Méditerranée.

— La mer des plus grandes civilisations occidentales :

Egypte, Grèce et Rome.

— La mer autour de laquelle toutes nos religions et nos légendes se sont forgées.

— Ca paraît logique dans le fond. De toute façon on n'a pas mieux à se mettre sous la dent. Je vais lancer une recherche sur les lacs. »

Théo regarda l'écran de l'ordinateur portable de Yu. Il utilisait un navigateur qu'il ne reconnaissait pas. Curieux, il demanda :

« C'est quoi le navigateur que tu utilises ?

— C'est un programme de mon cru.

— Vraiment ?

— Oui, enfin, j'en suis l'un des auteurs. Je fais partie d'un petit groupe de passionnés qui développe des outils un peu particuliers.

— Je vois, vous êtes des hackers, c'est ça ?

— Ce n'est pas tout à fait ça mais presque. Nous créons des outils qui nous permettent de mieux naviguer sur le Web et d'entrer partout où nous avons besoin d'aller.

— On n'appelle pas ça du piratage ? ironisa Théo.

— Bon ok, si tu veux. L'important c'est que ça nous permet d'avoir des logiciels plus performants que la plupart des utilisateurs du Web.

— Il fait quoi de plus qu'un navigateur ordinaire le tien ?

— C'est un navigateur doublé d'un système de recherche performant. Par exemple, il te permet de rentrer des mots- clés prioritaires et d'autres secondaires et ainsi de suite. Ainsi lorsque tu tapes un ensemble de mots clé de recherche tu as les sites qui apparaissent classés en fonction de la priorité des mots-clés. Ca évite de te taper des dizaines de sites inutiles comme avec un moteur de recherche classique. Tu gagnes un temps précieux. Je vais te montrer avec la recherche que nous devons faire. »

Yu fit une démonstration des possibilités de son logiciel qui ravit Théo. A la fin de sa démonstration, Yu proposa :

« Prends le portable de Jessie et cherche autour de la Méditerranée. Ca te fera un entraînement ».

Théo s'installa dans le moelleux canapé et commença à pianoter sur les touches de son clavier.

§

Jessie arriva sur les coups de midi, accompagnée d'un groom, les bras chargés de sacs. Elle avait fait un peu de shopping. Le groom posa les sacs et s'éclipsa après avoir reçu un généreux pourboire. La jeune femme s'affala sur un sofa, visiblement exténuée. Les deux garçons la regardaient, souriants jusqu'aux oreilles. Jessie les dévisagea, s'interrogeant sur le pourquoi d'une telle mine réjouie. Elle se redressa d'un coup, réalisant qu'il s'était passé quelque chose. Elle les interrogea du regard avant de demander :

« Vous avez trouvé ? C'est ça ? »

Les deux ados acquiescèrent d'une même voix. Elle ajouta : « Montrez-moi », et vint se caler entre eux deux, face à l'écran. Ils lui expliquèrent le cheminement de leur raisonnement concernant le monastère et la mer qui le bordait. Ils lui confièrent qu'ils avaient lancé une recherche sur le net et qu'ils avaient isolé plusieurs monastères en restreignant les critères au fur et à mesure de leur avancée, qu'ils avaient écarté tous ceux qui ne ressemblaient en rien à celui du tableau, ceux qui étaient trop éloignés du rivage, ceux qui avaient été rasés au cours de l'histoire. Bref, tous ceux qui ne pouvaient correspondre. Jessie coupa les explications de Théo :

« Et alors, il vous en reste combien ? »

Les deux garçons attendaient cette question avec impatience. Ils rayonnaient de fierté, souriaient presque bêtement :

« Bon alors ! Ca vient ? » s'impatienta Jessie.

Les deux ados se regardèrent et lâchèrent :

« Un seul ! »

Théo, dans sa recherche des monastères qui bordaient la Méditerranée, en avait trouvé plusieurs. Il les avait tous passés en revue jusqu'à ce qu'il tombe sur le site de l'abbaye notre-dame de Lérins. Ce qui le frappa immédiatement était cette fortification qui avait les pieds dans l'eau. Bien que les photos qu'il observait n'étaient pas prises selon le même angle que la représentation du tableau, il eut immédiatement l'intuition qu'il était tombé pile. L'abbaye de Lérins était bâtie sur une petite île, l'île St Honorat, à quelques encablures de la ville de Cannes, sur la Riviera Française. L'on y accédait facilement par une navette qui partait du port de Cannes et desservait le petit archipel dont l'île principale était L'île Ste Marguerite, séparée de l'île Ste Honorat par un bras de mer d'à peine cinq cents mètres de large.

§

Jessie, Yu et Théo étaient sur un hors-bord, loué pour la circonstance, qui filait bon train vers l'abbaye. La journée était belle et chaude et l'air marin légèrement rafraîchissant. Le pilote du hors-bord accosta à l'embarcadère de Ste Honorat à peine quinze minutes après qu'ils avaient quitté le port de Cannes. L'île était couverte en partie de pins maritimes, d'oliviers et de diverses essences méditerranéennes. Ce devait être un lieu paisible sans doute l'hiver, mais en cette saison une foule de touristes se pressait pour la visiter. Les trois jeunes gens arrivèrent aux portes de l'abbaye. Ils furent accueillis par un moine, le frère Gilles. Celui-ci était en quelque sorte chargé des relations publiques du monastère. Jessie l'avait contacté par Internet afin d'obtenir une entrevue avec le Père supérieur de la congrégation. Frère Gilles avait alors répondu qu'il serait compliqué de voir le Père supérieur, surtout en cette saison. Jessie, qui arrivait toujours à ses fins, fit une promesse de don pour les bonnes œuvres de l'abbaye. Le chiffre dut être conséquent car l'entrevue fut décidée pour le lendemain. Tout juste le temps de faire préparer le jet pour un aller-retour Genève-Cannes dans la journée.

§

L'abbaye était constituée d'un ensemble de bâtisses de diverses époques, articulées principalement autour de l'église, dont l'une des plus anciennes était la partie fortifiée au bord de l'eau. Frère Gilles conduisit les trois compères jusqu'au bureau du Père Jean-Marie, supérieur de la congrégation. L'homme devait avoir entre soixante-cinq et soixante-dix ans, portait un collier de barbe et avait un visage sévère. Il les accueillit toutefois avec un large sourire qui l'adoucit un peu. Le bureau du Père supérieur était austère mais sans froideur. Une bibliothèque occupait deux pans de murs, derrière et sur le côté droit d'un bureau massif et rustique. Trois chaises avaient été disposées devant pour recevoir les hôtes. Le Père Jean-Marie les pria de prendre place. Il resta souriant encore un moment puis son visage reprit son aspect de sévérité :

« Je n'ai pas bien compris le but de votre démarche parmi nous, je vous l'avoue, commença-t-il en s'adressant plus particulièrement à Jessie. Vous avez demandé à me voir, que puis-je faire pour vous ?

— C'est un peu compliqué, mon Père. Nous sommes à la recherche de quelque chose que nous pensons... plutôt, que nous espérons, trouver ici. »

Le Père Jean-Marie ouvrit les bras devant lui, paumes des mains tournées vers le ciel :

« Il y a de nombreuses choses que vous pouvez trouver ici, confia-t-il d'une voix douce et calme. Mais la principale est la paix et la communion avec notre seigneur.

— Oui, nous comprenons, mon Père. Ce n'est pas vraiment cela que nous sommes venus chercher ici aujourd'hui.

— Je m'en doutais un peu. S'il vous plaît, venez-en au

fait, j'ai de nombreuses tâches qui m'attendent.

— Oui, pardon mon Père. Nous sommes à la recherche de deux objets. Un médaillon et une chevalière. Ils portent tous deux le même signe gravé en eux. »

Jessie sortit de son sac à main une feuille blanche sur laquelle était reproduit le médaillon. Elle la tendit au Père Jean-Marie. Il l'observa un moment, dévisagea tour à tour les trois amis puis lui rendit la feuille et demanda :

« Qu'est-ce qui vous fait croire que ces objets se trouvent ici ?

— Nous avons suivi des indices qui nous ont conduits ici. Vous les avez ? »

Le Père Jean-Marie ne répondit pas. Il restait impassible, scrutant tour à tour les trois jeunes gens, les mettant presque mal à l'aise. Il croisa ses mains sur le bureau :

« Non, nous ne les avons pas. » laissa-t-il tomber, rompant le lourd silence.

Les trois compères se regardèrent, déçus. Le Père Jean-Marie ajouta :

« Toutefois j'ai quelque chose qui peut certainement vous intéresser. »

Il se leva de son fauteuil et se dirigea vers un secrétaire qu'il ouvrit en sortant une clé de sa toge. Il en retira un petit coffret de bois précieux sculpté qu'il déposa sur le bureau, face à ses hôtes. Jessie écarquilla les yeux et donna un coup de coude à Théo, qui était proche d'elle, en montrant du regard le coffret. Théo acquiesça d'un hochement de tête. Il avait vu lui aussi le symbole dans le bois sculpté : le même que sur le médaillon ! Le Père Jean-Marie sourit :

« Je crois que vous reconnaissez ce signe n'est-ce pas ? Je l'ai moi-même reconnu immédiatement lorsque j'ai vu votre dessin.

— Qu'y a-t-il à l'intérieur du coffret ? demanda Yu.

— Je n'en sais rien. Nous n'avons jamais eu la clé.

— Comment allons-nous l'ouvrir alors ? » s'inquiéta le jeune Chinois.

Jessie le regarda en soupirant :
« Ne sois pas stupide, c'est un coffret en bois, pas un coffre-fort ! »
Elle se tourna vers le Père supérieur :
« Nous aimerions comprendre mon Père. Quel est le rapport entre le coffret et les autres objets ? Avez-vous une explication ?
— Hélas non, mes enfants. Ce coffret est dans notre monastère depuis bien longtemps. Chaque Père supérieur l'a confié à son successeur en lui faisant promettre de le conserver et de ne jamais tenter de l'ouvrir.
— Dans quel but ?
— Dans le but d'arriver à ce jour et à votre venue. »
Cette phrase laconique interpella les trois compagnons. Toute cette histoire devenait de plus en plus mystérieuse et incompréhensible :
« Que voulez-vous dire mon Père ? Nous avons un peu de mal à saisir. » demanda Jessie qui commençait à se sentir un peu larguée. Le Père Jean-Marie rit :
« J'avoue que je n'ai jamais trop compris moi-même cette histoire. Je me demandais si ce coffret n'était pas un canular que l'on se passait de Père en Père. J'ai même pensé que c'était un test que l'on nous faisait passer pour voir si nous étions dignes de la fonction. Que se serait-il passé si j'avais ouvert le coffret ? M'aurait-on destitué et remplacé ? J'ai donc rangé le coffret à l'endroit où il avait toujours été et j'ai fait en sorte qu'il y reste durant toutes ces années. Et puis vous êtes arrivés et tout à coup j'ai compris que c'était moi le dernier père protecteur du coffret.
— Pourquoi ça ?
— Le père André, mon prédécesseur, m'a confié le coffret, m'expliquant que je devais le conserver à l'abri des regards indiscrets, même de nos frères, aussi longtemps que personne ne viendrait le chercher. Je lui ai demandé qui viendrait ? Il m'a répondu que Dieu seul le savait. Il a ajouté : « *Celui qui viendra vous présentera le même symbole*

que celui du coffret. Alors vous le lui remettrez. » Je crois que le moment est donc venu de m'en séparer. »

Il le saisit entre ses mains robustes et le tendit à Jessie qui s'en empara délicatement. Elle ressentait une grande émotion l'envahir. Un nouvel indice se trouvait sans aucun doute dans ce coffret. Lui-même était peut-être l'indice. Elle le tenait comme quelque chose d'extrêmement précieux et fragile, qu'il ne fallait en aucun cas brusquer ou choquer. Elle n'arrivait plus à parler tant son cœur battait et sa gorge était serrée. Elle finit par balbutier :

« Merci, merci beaucoup mon Père. »

Le Père Jean-Marie les raccompagna jusqu'à l'entrée de l'abbaye. Au moment de les quitter, il leur dit :

« Mes enfants, je ne comprends pas ce qui se passe mais je prierai tous les jours pour vous. Que dieu vous garde. »

§

Dans la suite du Grand Hôtel Kampinski, Yu avait installé des brouilleurs électroniques pour détraquer les mouchards éventuels qui auraient pu être cachés durant leur absence. Il avait aussi mis en place un système sophistiqué de redirection d'adresses IP (les adresses que nous utilisons tous lorsque nous sommes connectés sur le Net) afin de masquer les accès de leurs ordinateurs et éviter ainsi que l'on ne puisse les pirater. Les jeunes gens espéraient ainsi pouvoir travailler en toute sérénité sans être espionnés. Ils avaient fait l'aller-retour Genève-Cannes sans être inquiétés, preuve que le dispositif mis en place devait bien fonctionner.

Le coffret était posé sur la table basse, devant les canapés. Théo et Jessie avaient les yeux rivés sur les mains de Yu qui tentait de l'ouvrir par effraction, en faisant le moins de dégâts possible. Le Chinois œuvrait précautionneusement, muni d'une lame effilée qu'il avait insérée dans la serrure, cherchant à débloquer le mécanisme de fermeture.

Il la tritura et la malmena un long moment avant que se fasse entendre un petit *clic* annonçant qu'elle venait de céder. Personne ne dit mot. Yu se retourna vers ses amis, l'air grave, s'adressant à Jessie :

« A toi l'honneur Jess. »

Il venait de l'appeler par le diminutif que tous ses camarades de classe utilisaient lorsqu'ils étaient au collège ensemble. Jessie souleva délicatement le couvercle du coffret avec une pointe d'angoisse. Elle avait peur qu'il ne soit vide ou ne contienne rien de ce qu'ils recherchaient. Au fond d'elle-même elle nourrissait l'espoir de trouver soit le médaillon, soit la chevalière et même, pourquoi pas, les deux. Le couvercle découvrit une enveloppe blanche qui les plongea tous dans la stupéfaction la plus totale...

Jessie prit l'enveloppe et la tendit à Théo en disant :

« Ca a l'air d'être pour toi, il me semble. »

Théo saisit l'enveloppe et regarda les deux mots écrits à l'encre noire:

« *Pour Théo* ».

Passée la légitime stupéfaction qu'il avait ressentie, il prit un coupe-papier dans un secrétaire et entreprit d'ouvrir l'enveloppe. Il en tira une feuille de papier de couleur vieux rose qu'il déplia lentement, anxieux de découvrir ce qu'elle pouvait bien contenir. Il lut le contenu de cette lettre avec la plus grande attention, jeta un regard à sa montre sur laquelle il lut quatorze heures vingt-sept, parut perplexe. Il la relut une seconde fois, examina l'écriture avec attention, prit un briquet publicitaire de l'hôtel, dans un panier d'osier qui trainait sur la table basse et mit le feu à la lettre. Jessie et Yu, stupéfaits, crièrent en cœur :

« Qu'est-ce que tu fais !? Pourquoi !? »

Théo ne répondit pas, tournant la feuille qui s'embrasait afin qu'elle finisse de brûler complètement.

Jessie et Yu étaient silencieux. Ils dévisageaient Théo, cherchant dans l'expression de son visage une explication à son geste. Pourquoi avait-il détruit une lettre, qui certes lui était adressée, mais qui était dans le coffret et qui constituait donc certainement un indice important. Jessie se décida à briser le silence :

« Tu peux nous expliquer ? »

Théo fit un geste de refus de la tête. Jessie sentit la colère monter en elle. Elle voulait des explications :

« C'est quand même incroyable ! On n'a pas fait tout ça pour rien quand même ! Tu vas parler, oui ou non ?! »

Il leur demanda de s'asseoir, calmement, posément et réfléchit avant de dire :

« Je ne peux rien vous dire au sujet de ce courrier. Vous devez me faire confiance car maintenant je sais quelque chose qui va changer le cours de l'histoire de l'humanité. »

Théo avait pris un ton grave et solennel. Yu demanda d'une petite voix presque timide :

« Et on peut savoir ce que c'est ?

— Non. Personne ne doit savoir. De toute façon ça ne vous avancerait à rien de connaître le contenu de la lettre.

— Tu peux au moins nous mettre sur la piste, insista Yu.

— Non, n'insistez pas. Faites-moi confiance c'est tout.

— Tu n'as pas confiance en nous ? » demanda Jessie, très déçue.

Théo vint s'asseoir auprès d'elle, lui prit la main et la regarda droit dans les yeux :

« J'ai, au contraire, une confiance totale en vous deux. Nous devons continuer nos recherches sans faiblir. Ce que je viens d'apprendre dépasse tout ce qu'on aurait pu imaginer. Mais aussi ça veut dire, Jessie, que tout ce que tu as fait jusqu'ici est d'une importance capitale. Vous devez me faire confiance. Un jour vous comprendrez, je vous le jure. »

Devant la sincérité de Théo, Jessie et Yu se détendirent et finirent par accepter la situation. Il n'y avait pas que l'enveloppe dans le coffret. Sous celle-ci se trouvait un petit manuscrit ancien à la couverture usée, aux pages cornées. Il n'y avait pas de titre sur la couverture. Jessie entreprit de l'ouvrir. Il ne s'agissait pas d'un manuscrit mais d'une sorte de carnet dont les pages étaient couvertes d'une écriture calligraphiée. Jessie se leva tout en lisant les premières phases du carnet. Elle commença à marcher de long en large dans la pièce. Elle se tourna vers ses camarades :

« C'est le carnet d'un certain George Hubert Trahan. Il est, d'après ce qu'il écrit, un descendant d'Hubert Trahan, écuyer de Geoffroy Chastelain, grand maître de l'Ordre des Miquéliens !

— Miquéliens ? s'étonna Yu.

— Oui, Miquéliens. Mikelians, en anglais. Ecoutez ça. Il dit qu'il a reçu en héritage de ses aïeux le secret de l'existence de cet Ordre disparu. Il raconte sa quête du médaillon et de la chevalière. C'est incroyable !

— Ce type, dit Yu, a fait ce que nous sommes en train de faire ? Mais quand ? Il y a des dates ? »

Jessie tourna les pages, cherchant désespérément une date :

« Non, je n'en vois pas. A en juger par l'état du carnet et la qualité du papier, on peut penser que ça ne date pas d'hier. Mais écoutez plutôt. Il a trouvé plusieurs indices qui lui ont permis de remonter la piste assez loin. Il était sur le point de trouver la chevalière, d'après ce qu'il dit.

— Mais il ne l'a pas trouvée ? questionna Théo.

— On dirait que non. »

Jessie tournait les pages, lisant le récit. Soudain, au beau milieu du carnet, celui-ci se terminait. Derrière il n'y avait plus que des pages blanches :

« Oh mince ! s'écria Jessie. Il a attrapé la peste ! Il est sur le point de mourir. Sa dernière phrase est : *J'ai résolu l'énigme du désert qui doit me conduire aux armes de l'Archange. Grâce à elle j'espère que ma quête se terminera enfin. Puisse Dieu me prêter vie.* Je crois qu'il a dû mourir après ça.

— L'énigme du désert, souligna Théo. Ce serait ça notre indice alors ? »

Yu fit une grimace :

« De quel désert il parle ? Le Sahara ?

— Ca peut être un désert du Moyen Orient, suggéra Théo. Après tout, cette histoire est née dans ces coins-là. Qu'en penses-tu Jessie ? »

Jessie tournait et retournait les pages du carnet de George Hubert Trahan. Elle avait vaguement lu, en les feuilletant, quelque chose sur un désert. Elle ne parvenait plus à le retrouver. Ses yeux couraient rapidement le long des lignes calligraphiées, espérant y retrouver ce qu'elle cherchait. Elle finit par s'énerver toute seule :

« Oh! bon sang ! Mais où est-ce que je l'ai vu ?! » s'écria-t-elle. Théo et Yu la regardaient gesticuler, tournant les pages nerveusement :

«Tu cherches quoi exactement ?» demanda Yu qui semblait s'amuser de la soudaine perte de sang-froid de Jessie. Elle pointa son doigt sur une page et dit :

« Ah ! Enfin, j'ai trouvé !

— Quoi donc ?

— L'énigme du désert ! Ecoutez bien : *sur le chemin de la foi, non loin du désert, dans une chapelle de l'Ordre tu trouveras le feu de l'Archange.*

— Ca a l'air d'être ça. Mais ça veut dire quoi ? » se demanda Yu.

Théo se gratta la tête :

« Je crois que nous devons commencer par trouver ce qu'est le chemin de la foi. Vous avez une idée, vous ?

— Pas la moindre. Oh et puis je déteste les énigmes ! »

Jessie était à cran. On la sentait prête à exploser soudainement. Elle semblait lasse. Ses traits étaient tirés, son teint livide. Elle se laissa tomber lourdement dans l'un des canapés. Théo s'approcha d'elle, posa une main sur son front :

« Tu es brûlante. Ca ne va pas ?

— Si, si, ça va, répondit-elle, agacée. Je n'ai rien.

— Je t'assure que tu es brûlante, insista Théo. Je vais faire venir un médecin, tu dois avoir choppé quelque chose.

— Ce n'est pas nécessaire. C'est juste un peu de fatigue. Je vais me reposer un moment et ça ira mieux. »

Jessie ferma les yeux et s'endormit dans la foulée. Théo téléphona au médecin de famille, le docteur Jeanson, qui fut sur place deux heures plus tard. Il examina Jessie et lui prescrivit du repos et des fortifiants. Il lui administra des cachets pour la faire dormir. Elle avait eu un gros coup de fatigue. Il faut dire que depuis des mois elle dormait peu, courait la planète et portait quasiment seule sur les épaules le poids de toute cette histoire. Il y avait de quoi craquer. Pourtant Jessie ne craquait pas. Seul son corps donnait des signes de faiblesse. Son mental était intact. Elle était une battante, une jeune femme forte, déterminée, volontaire. Pour Théo c'était quelqu'un d'admirable et de respectable. Il pensa que peu de femmes, mais d'hommes aussi, avaient son courage et sa ténacité.

§

Chapitre V

« Non loin du désert »

Jessie avait dormi plus de vingt heures d'affilée. Théo était rentré chez lui, avait passé la journée avec son ami Paul Werter qui l'avait rejoint autour de la piscine. Ce fut un bon moment de détente qui permit au jeune homme de se changer les idées et de se reposer du tumulte de ces derniers temps. Le soir venu, Monsieur Duval avait organisé une sortie et, là encore, Théo avait pensé à autre chose, vidant son esprit, le temps d'une bonne soirée en famille.

La petite équipe était à nouveau réunie dans la magnifique suite du Kampinski. Jessie avait retrouvé un visage reposé et radieux. Elle et Théo étaient assis, scrutant Yu du regard. Pendant que l'une dormait et l'autre prenait du bon temps, il avait fait des recherches sur le Net. Il allait livrer le fruit de son travail :

« J'ai donc lancé une recherche sur *le chemin de la foi*. J'ai eu des centaines de résultats. J'en ai épluché des dizaines et des dizaines. De façon générale ce terme désigne la recherche de la spiritualité, le chemin vers la croyance en Dieu, l'accomplissement de soi. Bref, tout sauf une route sur une carte !

— Rien de ce côté-là alors, c'est ennuyeux ? » s'inquiéta Théo. Yu dodelina de la tête :

« Non, rien.

— Et le désert, s'enquit Jessie. Et la chapelle de l'Ordre, ça a donné quelque chose ?

— Pour le désert, je n'ai pas grand-chose de concret. J'ai, bien sûr, eu la liste de tous les déserts, en plus des sens figurés du mot. Autant dire qu'il y a de quoi faire aussi. Pour la chapelle de l'Ordre j'ai eu de nombreux résultats aussi. Je crois que là, il y a peut-être du concret. L'Ordre pourrait être celui des Templiers. J'ai fait une recherche sur cet Ordre. Il a été créé aux alentours du douzième siècle et a été dissout vers le quatorzième. D'après ce que nous savons des Mikelians, ils ont été contemporains des Templiers. Leur déclin et leur disparition coïncident même, à quelques années près, avec celui de l'Ordre.

— C'est bizarre, vous ne croyez pas ? songea Théo, étonné. Est-ce que les Mikelians et les Templiers auraient eu des liens ?

— Nous n'avons rien trouvé de concret là-dessus mais c'est fort possible. » répondit Jessie.

Yu ajouta :

« Nous pensons que les deux forces devaient se côtoyer et qui sait, livrer des combats communs. Mais nous ne savons pas encore quels étaient leurs liens véritables.

— Si je résume, au final nous n'avons pas grand-chose, fit remarquer Théo.

— Je crois, considéra Jessie avec une certaine lassitude, que cette énigme va nous mettre à rude épreuve. »

Théo proposa, après réflexion :

« Je pense qu'il faut nous partager le travail. Toi Yu tu dois continuer les recherches à partir des mots de l'énigme. Epluche tout, ne laisse rien de côté. »

Jessie remarqua que Théo semblait de plus en plus prendre les rênes. Il avait quelque peu changé depuis leur retour du monastère. Elle le sentait plus impliqué, plus fort, plus mûr. Elle savait au fond d'elle-même que c'était à cause de la lettre. Cette lettre si mystérieuse, si incroyable, qu'il l'avait brûlée, ne pouvant, ne devant, la montrer à qui que se soit, pas même à ses propres amis. Elle avait perçu cet éclair furtif qui avait traversé son regard à ce moment-là, transformant son âme de jeune ado insouciant en celle d'un jeune homme plein de résolutions, prêt à relever tous les défis. Il avait changé. Ses yeux, sa voix, ses gestes reflétaient la détermination et l'assurance. Jessie ne saurait peut-être jamais ce que la lettre contenait mais elle avait la certitude que Théo n'était pas là par hasard. Elle sentait qu'elle pouvait avoir une confiance aveugle en lui car elle en était maintenant persuadée : c'était lui... l'Elu.

Théo, se tournant vers elle, ajouta :

« Toi Jessie, reprends toutes vos notes sur les Mikelians, épluche-les et cherche ce qui pourrait nous mettre sur la voie. Moi, je vais en apprendre un peu plus sur l'Ordre des Templiers. »

§

L'homme entra dans l'ascenseur privé qui conduisait au dernier étage. Un liftier en uniforme rouge, stoïque et silencieux, actionna la commande et la cabine s'ébranla. Elle prit de la vitesse, obligeant ses deux occupants à fléchir légèrement les genoux. Il fallut près de deux minutes pour atteindre le sommet du gratte-ciel. Les portes s'ouvrirent enfin sur un long couloir large et sombre. Le sol et les murs étaient couverts de marbre anthracite, luisant comme un miroir. L'éclairage blafard accentuait le côté sinistre du lieu. L'homme avança d'un pas rapide et décidé jusqu'au bout du corridor qui finissait sur une imposante porte à double battant, noire, sculptée de figures allégoriques. L'ouverture se fit automatiquement, découvrant un vaste loft tout aussi sinistre. Au fond, tournant le dos aux baies vitrées qui s'ouvraient sur l'immense mégapole, trônait un bureau aux dimensions démesurées, noir et anthracite lui aussi. La nuit venait de tomber, rendant l'ambiance encore plus sinistre. Calé dans un fauteuil de ministre, cossu et confortable, Oswald Graham attendait son hôte, le visage grave. L'homme s'immobilisa devant le bureau, s'inclina pour saluer Monsieur Graham. Il attendit, silencieux, les yeux baissés, que son patron et Mentor lui adresse la parole :

« Monsieur Flemming !... Monsieur Flemming ! » répéta Oswald Graham d'une voix de stentor qui résonnait dans l'immense pièce aux allures de lugubre cathédrale :

« M'apportez-vous de bonnes nouvelles, Monsieur Flemming ?

— Je le crois monsieur, répondit Flemming d'une voix neutre.

— Allons, parlez ! J'ai hâte de savoir ce que vous avez à m'apprendre !

— C'est au sujet de votre fille, monsieur.

— Ma fille ? »

La voix de Graham se fit plus douce. Oswald Graham aimait sa fille unique. Il n'avait guère l'occasion de la voir. Il n'avait jamais eu souvent l'occasion à vrai dire. Sa vie de capitaine d'industrie, de financier, gérant de multiples entreprises, employant des centaines de milliers de personnes à travers le monde, ne lui laissait guère de temps pour son enfant :

« Où en est-on avec elle ? demanda-t-il froidement.

— Elle poursuit ses recherches, en Europe.

— En Europe ? Encore ! C'est bien. Elle va finir par trouver si elle s'entête, la chère petite.

— Elle a pris contact avec un jeune garçon, Théo, en Suisse. Ils ont effectué un voyage en Afrique du Sud puis un autre sur la Riviera Française.

— Vous avez pu savoir pourquoi ? demanda Graham avec intérêt, fronçant les sourcils

— Oui. En Afrique du Sud, ils ont pris contact avec Monsieur Lee Yu, son ancien camarade de collège.

— Tiens donc ! Monsieur Lee songea Graham. Je m'en souviens très bien. C'est le fils du consul de Chine, n'est-ce pas ?

— Oui monsieur, c'est bien cela. Ensuite ils ont rejoint une réserve animalière à la frontière avec le Botswana.

— Qu'est-ce qu'ils ont bien pu aller faire dans une réserve ? s'étonna Graham.

— Nous avons découvert que le propriétaire de la réserve n'est autre que le grand-père paternel du jeune Suisse.

— Et alors ? Quel intérêt ?

— Monsieur, Il y a eu un... problème, dit Flemming d'une voix ennuyée

— Quel problème ? Parlez ! s'emporta Graham.

— Les hommes de Kovak ont provoqué l'accident de leur 4x4 et s'en sont pris au grand-père du jeune homme.

— Ah! Kovak ! Encore ! pesta le magnat. Je commence à perdre patience avec cet homme-là! Et ma fille, elle n'a rien ?

— Non, rassurez-vous. Une simple sortie de route sans gravité.

— J'aime mieux ça.

— Les hommes de Kovak en ont profité pour les devancer et s'occuper du grand-père. Ils l'ont neutralisé et ont fouillé ses locaux.

— Ont-ils trouvé quelque chose ?

— Oui, ils ont emporté un tableau.

— Un tableau ? s'étonna Graham. Ca a un rapport avec notre quête ?

— Nous le croyons. Nos agents sont sur le coup. Ils ont suivi les hommes de Kovak. Le tableau est en route pour les Etats-Unis, dans une caisse, sur un cargo.

— Kovak ! Pourquoi est-ce qu'il n'en fait toujours qu'à sa tête ?! songea Graham.

— Nous pensons que le tableau recèle un indice important, monsieur.

— Il nous le faut alors. Débrouillez-vous pour le récupérer. » ordonna Graham.

Flemming esquissa pour la première fois un semblant de sourire :

« Je crois que c'est inutile monsieur.

— Pour quelles raisons ?

— Nous pensons que le second voyage de Jessie, en France, a un rapport avec le tableau.

— Expliquez-vous ! s'impatienta Graham

— Nous ne savons ni pourquoi ni comment, mais il semble que votre fille, aidée du jeune Suisse et de Yu, ait réussi à découvrir l'indice que recelait le tableau.

— Vous pensez, ou vous en êtes sûr ?

— Nous en avons l'intime conviction, monsieur. Ils ont dû trouver un moyen d'examiner le tableau avant qu'il ne soit volé. C'est sans doute l'explication.

— Etrange, songea-t-il. Savez-vous ce qu'ils ont fait en France ?

— Ils ont rejoint un monastère. Là ils ont reçu des mains du Père supérieur, un coffret. Celui-ci portait le sceau de l'Archange.

— Ils ont donc trouvé un indice important. » se félicita Graham en se frottant les mains.

Il se dressa sur ses deux jambes et arpenta l'immense pièce qui dominait la ville de New York et ses illuminations. Au bout d'une minute il se tourna vers Flemming, pointa un doigt sur lui et lui donna ses ordres :

«Ne les lâchez pas d'une semelle, mais gardez vos distances ! Il ne faut pas qu'ils s'aperçoivent de la présence de vos agents. Ma fille et ses amis vont finir par réussir, là où, malgré tous nos agents et les sommes dépensées, nous avons échoué lamentablement. »

Graham finit cette phrase d'une voix complètement dépitée :

«Mais bon, consolons-nous ! C'est la providence qui a mis Jessie sur notre chemin. Cette petite m'étonnera toujours ! Elle est douée, vous ne trouvez pas ? demanda-t-il d'une voix soudain enjouée.

— Oui, bien sûr, monsieur. Puis-je me retirer, monsieur ?

— Allez-y Flemming. »

L'homme fit une courbette, se retourna et marcha vers la

sortie. La voix de Graham résonna à nouveau :

«Ah ! Flemming !

— Oui monsieur ?

— Faites en sorte de tenir les hommes de Kovak loin de ma fille et ses amis.

— Ce sera fait, monsieur. »

§

«J'en ai appris plus sur les Templiers, affirma Théo. L'Ordre fut créé en mille cent dix-huit par Hugues de Payns. Il a été dissous en mille trois cent douze, moins de deux cents ans après sa création. La principale activité de l'Ordre était de protéger les routes de pèlerinage vers Jérusalem. Les Arabes et les Turcs attaquaient les pèlerins et leur faisaient payer de lourdes taxes de passage. Je me suis demandé si ces routes de pèlerinage pouvaient avoir un lien avec notre *Chemin de la foi*. Ces routes traversent des zones arides, surtout au Moyen Orient.

— Il faudrait chercher une chapelle sur la route des pèlerinages qui serait proche d'un désert alors ? se demanda Jessie.

— J'ai cherché, ajouta Théo, les zones désertiques qui pouvaient être traversées par ces routes. J'en ai pas trouvé des tonnes. Il y a la Cappadoce en Turquie qui est très aride, quasi désertique. Pour le reste, j'ai pas grand-chose. Et toi Yu, t'as trouvé quoi ?

— Pour le désert, rien de plus que toi en fait. Alors j'ai cherché les chapelles et les églises de l'Ordre du Temple qui pouvaient se trouver près d'un désert.

— Et alors ? questionna Jessie.

— J'ai trouvé quelques possibilités dans le sud d'Israël, près du désert du Néguev. J'ai aussi de nombreuses chapelles et églises en Cappadoce.

— En Cappadoce ? Voilà qui est intéressant, dit Théo. Nos infos se recoupent on dirait.

— Ce serait la solution, tu crois ? se demanda Yu.

— Je ne sais pas. Qu'est-ce que t'en pense Jessie ?

— Aucune idée. Combien de chapelles en tout, Yu ?

— Au moins une vingtaine est proche d'une zone désertique.

— Ca fait beaucoup mais ça vaut le coup d'aller voir, vous ne croyez pas ? répondit-elle en souriant. Je fais préparer le jet ? On y va ? »

Théo baissa les yeux. Son visage se ferma. Yu piqua du nez également. Jessie ne comprenait pas ce qui se passait. Elle les interrogea:

« Quoi ? J'ai dit une bêtise ?

— C'est pas ça Jessie. On est vendredi soir. »

Théo avait presque honte de ce qu'il allait dire. Jessie ne voyait pas où il voulait en venir:

« Bon et puis ? Il y a quelque chose de particulier le vendredi soir ? demanda-t-elle

— C'est le week-end, sembla-t-il s'excuser. Ma mère ne travaille plus jusqu'à lundi.

— Oh, je comprends. » s'excusa Jessie d'une petite voix. Elle ne pensait plus que Théo n'était qu'un ado de quatorze ans qui ne pouvait pas, comme elle, aller où bon lui semblait quand bon lui semblait. Elle haussa les épaules, sourit au jeune homme et ajouta :

« Ce n'est pas grave, on ira avec Yu.

— Tu sais Jessie, expliqua Yu mal à l'aise, il va falloir une semaine pour toutes les visiter. Et puis je vais devoir rentrer moi aussi. »

Il n'avait que seize ans et même s'il avait plus de liberté que Théo, il ne pouvait partir aussi longtemps. Jessie dut se résoudre à reporter le voyage :

« J'abandonne, faute de troupes, lança-t-elle sur un ton taquin. On remet ça à lundi alors, Théo ?

— Oui, je crois que c'est mieux.

— Et toi Yu, quand reviendras-tu ?

— Je ne sais pas Jessie. Mes parents ont accepté que je

passe une semaine chez toi. Je ne sais pas trop comment je pourrai leur faire avaler d'en passer une autre.

— Bon, je comprends. On se téléphone alors ? Théo et moi te tiendrons au courant de nos recherches, d'accord ?

— Je suis désolé les amis, s'excusa Yu. C'était une super aventure cette semaine. J'aimerais pouvoir continuer. Je vais essayer de revenir bientôt. Je te ferai téléphoner par mon père, Jessie. Il faudra le convaincre en trouvant une bonne excuse pour que je passe plus de temps avec vous.

— Si tu veux, c'est moi qui l'appelle. Je trouverai bien un truc.

— Non, non. On va d'abord mettre au point une idée et ensuite je lui dirai de te contacter.

— Comme tu veux. »

Yu prépara son sac et ils quittèrent l'hôtel. Jessie déposa Théo chez lui, c'était sur la route de l'aéroport, puis elle conduisit Yu au Jet qu'elle avait préalablement fait préparer. Le commandant ferait l'aller-retour dans le week-end. Il serait de retour juste à temps pour redécoller vers la Turquie.

§

Théo était tranquillement assis sur le sofa de la maison familiale. Il regardait la télé en sirotant un verre de jus de fruits. La journée avait commencé par une bonne grasse matinée. La sœur de Théo, Véra, petite blonde bouclée de huit ans, dégustait un Esquimau glacé, assise près de son grand frère. Il était treize heures quinze. Un magazine de reportages traitait des plus beaux villages du sud de la France. C'était de saison avec les vacances à la mer, au soleil de la Méditerranée. Théo écoutait d'une oreille distraite, jouant à chatouiller sa petite sœur qui riait aux éclats. Véra était sa demi-sœur, fille de Marc Duval et de sa mère. Bien qu'elle fût un peu chipie, Théo l'adorait. L'attention du jeune homme fut attirée par le reportage qui était présenté. Il cessa de jouer avec Véra et lui intima l'ordre de se taire. Il saisit la télécommande et monta le volume sonore pour mieux entendre. Le présentateur parlait d'un magnifique village qui se trouvait dans le département français de l'Hérault, sur les bords de la Méditerranée dont le nom résonna à ses oreilles : Saint-Guilhem-le-Désert...

« Le désert. Serait-il possible que ça ait un lien avec l'énigme ? » se demandait le jeune homme.

Il y avait tant de choses étranges dans cette histoire qu'il ne fallait rien négliger, il le savait. Depuis qu'il avait lu la lettre que contenait le coffret il ne devait s'étonner de rien tant ce qu'il avait lu était incroyable. Mais le secret que contenait ce courrier était si important qu'il ne pouvait s'en confier à personne. Théo entreprit de regagner sa chambre et de faire des recherches sur le Net concernant ce village.

Après consultation de plusieurs sites, il en vint à la conclusion que le village n'abritait pas de chapelle ou d'église de l'Ordre du Temple. Il resta perplexe un moment, sentant dans son for intérieur qu'un rapport existait avec l'énigme. Il ne savait dire pourquoi mais il en avait l'intuition. Il repassa dans son esprit tout ce qu'il avait appris ces derniers temps lorsque soudain il eut une illumination ! Il avait lu l'histoire des Templiers ces derniers jours et se souvint que l'Ordre avait des commanderies un peu partout en France et notamment dans le sud du Massif Central. De plus l'énigme disait ceci: s*ur le chemin de la foi, **non loin** du désert, dans une chapelle de l'Ordre tu trouveras le feu de l'archange.* C'est ce *non loin* qui fit réfléchir Théo. Non loin, cela pouvait vouloir dire que ce n'était pas dans le village, mais proche du village du désert. L'ado retrouva les pages du site qui listait les commanderies templières de France. Il retrouva celle qu'il cherchait : la commanderie de la Couvertoirade, un village situé sur le causse du Larzac. A l'époque des Templiers, cette commune était située sur le territoire de l'abbaye de Gellone, à Saint-Guilhem-le-désert ! Théo rechercha ensuite des infos sur le village de la Couvertoirade. Il y avait une église, pas une chapelle. Il apprit que celle-ci avait remplacé l'ancienne église qui se situait en dehors du village, vers le quatorzième siècle. Tout cela paraissait coller assez bien, d'autant que le village était situé à proximité d'une route qu'empruntaient les pèlerins pour rejoindre la Méditerranée et embarquer vers Jérusalem.

§

La voiture roulait sur l'étroite route qui serpentait entre les collines. Le ciel était chargé de lourds nuages noirs. Des éclairs fendaient l'horizon, annonçant la pluie qui ne tarderait guère. La chaleur lourde précédant l'orage plombait la campagne alentour. Théo tournait et retournait le bouton de la clim, en vain. Elle ne fonctionnait pas. Jessie, en sueur, demanda, quelque peu irritée :

« Ca ne marche pas ?

— Non, je crois qu'elle est naze.

— Pff ! C'est incroyable ! J'ai loué cette voiture une fortune ! râla la jeune femme. Ils vont m'entendre ! »

Jessie n'était pas habituée à rouler dans une voiture sans climatisation. Toute sa courte vie elle n'avait connu que ce qui se faisait de mieux dans tous les domaines, que ce soit pour les automobiles, les avions, les hôtels, les villas. C'était le privilège que lui procurait son immense fortune. Elle souffla :

« On est encore loin ?

— Non, tu prends la prochaine à droite et on y est d'après le GPS. »

Les gouttes de pluie commencèrent à mouiller le pare-brise du véhicule, d'abord éparses, ensuite abondantes. Le tonnerre grondait, déchirant le silence. Les éclairs fusaient de toutes parts. Cette fois c'était le gros orage, comme il en éclatait l'été lorsque la chaleur devenait suffocante. La route devint torrent en quelques instants, la visibilité, quasi nulle tant la pluie était dense. Les gouttes crépitaient sur le capot et le toit, résonnant fort dans l'habitacle. Jessie roulait lentement, cherchant des yeux la route qui disparaissait derrière le rideau de pluie. Soudain elle aperçut quelques maisons sur sa gauche, en bord de route et juste après, l'imposante muraille d'une fortification se dressa sur sa droite. Théo chassa la buée de sa fenêtre avec la main et dit :

« C'est bon, on y est. Gare toi. »

Ils attendirent que la pluie se calme. Lorsque ce fut le cas, ils sortirent, coururent, s'engouffrèrent dans le passage sous une haute tour carrée couronnée de mâchicoulis, traversèrent les étroites ruelles pavées jusqu'aux escaliers qui menaient à l'église sise sur son promontoire. La pluie se mit à redoubler de violence, trempant les deux jeunes gens jusqu'aux os. Ils gravirent quatre à quatre les marches qui menaient à la porte de l'édifice religieux et entrèrent sans ménagement dans les lieux. Essoufflés et trempés, ils restèrent un moment devant le bénitier de pierre, essayant de retrouver le calme et la sérénité que commandait le lieu. Théo trempa les doigts dans l'eau bénite et se signa. Jessie le regarda, se pencha sur le bénitier, comme pour voir ce qui pouvait bien se cacher au fond, puis haussa les épaules. La porte de l'église s'ouvrait sur le côté. Il fallait prendre à droite pour rejoindre l'autel. Jessie s'avança doucement, scrutant autour d'elle le moindre indice. Théo longea le mur gauche qui était assis sur la roche apparente. Son regard se portait partout : sur le sol, le mur, les bancs de bois, la voûte sur croisée d'ogives et les piliers. Il devait y avoir quelque chose qui serait reconnaissable et leur indiquerait où chercher. Quelques touristes, trempés eux aussi, admiraient l'édifice dans un relatif silence. L'on entendait le grondement de la pluie emplir le vaste espace et résonner jusque dans le moindre recoin. L'orage était pile sur le village. Le tonnerre faisait vibrer l'air et les murs. Les éclairs illuminaient la nef de pierre plongée dans la pénombre, offrant un spectacle surréaliste. C'était à la fois beau et effrayant. Jessie avait la chair de poule. Elle détestait l'orage, sursautait à chaque coup de tonnerre. Avec ses vêtements trempés elle avait presque froid. Ses mains étaient gelées. Elle les frotta pour les réchauffer. Arrivée devant l'autel de pierre, massif et rustique, elle décida d'en faire le tour. Théo passa devant elle, se rendit sur la droite de l'église et commença à redescendre l'allée en direction de la porte d'entrée. Celle-ci claqua lourdement, les faisant sursauter à nouveau. Deux badauds venaient de quitter les lieux. Il ne restait plus qu'une jeune femme qui arpentait elle aussi les allées. Jessie et Théo ne la remarquèrent pas, absorbés par leurs recherches. Au pied de l'autel Jessie tomba en arrêt devant une dalle du sol. Elle appela Théo en chuchotant :

« Théo, Théo, viens par ici, je crois que j'ai trouvé ! »

Le garçon remonta l'allée jusqu'à elle. Elle pointa son doigt vers la dalle au sol en disant :

« Là, regarde, le symbole. »

Théo sourit. Il avait eu raison de suivre son instinct. Là sous leurs yeux, gravé dans la pierre, le symbole des Mikelians trônait juste à l'endroit où le prêtre se tenait pour célébrer la messe. Il se baissa, caressa le symbole de ses doigts:

« Trop top ! On est les meilleurs ! » lança-t-il dans un accès de joie.

Jessie se baissa à son tour pour examiner la pierre. Elle fit le tour de la dalle du regard :

« Tu crois que c'est sous cette dalle ? Elle semble bien scellée.

— C'est forcément là-dessous, le symbole est sur la dalle. Il va falloir trouver des outils pour la retirer.

— Ici, dans ce village ? dit-elle incrédule. Je ne crois pas qu'on puisse trouver grand-chose. Tout ce que j'ai vu c'est des boutiques de souvenirs et un troquet ! »

Jessie eut à peine le temps de terminer sa phrase qu'un pied féminin joliment chaussé d'une sandale de cuir blanc se posa sur la dalle, couvrant le symbole. Jessie et Théo se lancèrent un regard furtif et dressèrent la tête pour découvrir la propriétaire de ce pied. C'était une jeune fille âgée entre quinze et dix-sept ans, chevelure auburn mi longue, bouclée. Elle était fine, la peau dorée par le soleil estival, de grands yeux verts, le menton légèrement saillant, la bouche large, souriant sur une belle dentition. Une fille qui était un mélange de douceur et de force. Théo ressentit une émotion l'envahir devant cette apparition soudaine. Un sentiment qu'il ne savait décrire venait de l'envelopper tout entier. La fille portait un short et un chemisier couleur kaki. Elle était, comme eux, mouillée par la pluie. Ses cheveux humides frisaient aux pointes. Elle était resplendissante ! C'est ce que pensait Théo qui entendait son sang battre fort dans ses artères. Il se redressa doucement, suivi par Jessie qui toisait l'arrivante :

« On peut savoir ce que vous faites ? » lui dit-elle sans ménagement.

La jeune fille cessa de sourire, recula légèrement, ôtant son pied de la dalle et du symbole. Elle le regarda, leva les yeux et toisa tour à tour Jessie et Théo :

« Je peux vous demander la même chose. »

Elle pointa du doigt le symbole. Jessie recula à son tour, mettant un peu de distance entre elles deux :

« Je ne vois pas de quoi vous voulez parler, mentit la jeune Américaine.

— C'est ça, prenez-moi pour une idiote! lança la jeune fille. Vous savez ce que ça signifie, pas vrai ? »

Elle plantait son regard droit dans celui de Jessie, montrant qu'elle avait du caractère et qu'elle ne s'en laissait pas conter. Théo sentait l'agressivité relative qui s'instaurait entre les filles. Il crut bon de s'interposer et de calmer le jeu :

«Je m'appelle Théo. Et toi ? »

Le jeune homme tendait une main à l'inconnue. Elle le fixa du regard, tendit sa main en retour :

« Je suis Lisa.

— Lisa !? S'exclama Théo, de l'étonnement dans la voix.

— Oui, c'est si étonnant que ça ? »

Le ton de la jeune fille était sarcastique. Théo balbutia timidement :

« Non, non. Elle, c'est Jessie. Je suis en... enchanté de te connaître. »

Théo avait de l'émotion dans la voix. Il en bafouillait. Il ne s'en rendait pas compte mais il avait soudain une attitude presque niaise sur le visage. Lisa le regarda en riant, se moquant un peu de lui :

« Ouah ! En-chan-té ! Tu parles drôlement bien pour un garçon de ton âge ! »

Théo sentit la moquerie dans cette phrase. Son visage s'empourpra. Il était très impressionné par Lisa. Elle était si belle, si forte, si... Il ne comprenait pas ce qui lui arrivait. Le regard de la jeune fille le paralysait. Il n'avait jamais ressenti cela auparavant. Lisa tendit ensuite la main à Jessie. Celle-ci hésita un instant avant de la saisir :

« Heureuse de faire ta connaissance, Jessie.

— Moi aussi Lisa, finit-elle par dire en signe d'apaisement. Je crois qu'il faut que nous parlions. » ajouta-t-elle.

L'orage avait cessé. Les nuages s'éloignaient, poussés par un vent soutenu. Quelques trouées de ciel bleu firent leur apparition, inondant la place du village de lumière. Lisa, Jessie et Théo étaient attablés à la terrasse du troquet, sous un parasol :

« Pourquoi est-ce que tu t'intéresses au symbole gravé sur la dalle ? » commença Jessie.

Lisa releva le menton, plongea son regard dans celui de la jeune femme :

« Pourquoi est-ce que c'est moi, demanda-t-elle, un peu sur ses gardes, qui devrait répondre à vos questions en premier ?

— Bon, si tu ne veux pas qu'on parle, on s'en va. » rétorqua Jessie en faisant mine de se lever. Théo lui saisit le poignet pour la retenir :

« Ca va Jessie ! Je crois qu'on peut lui faire confiance.

— Lui faire confiance ! s'étonna-t-elle. On la connaît d'où pour lui faire confiance ?

— On ne la connaît pas mais je me fie à mon instinct. »

Jessie haussa les épaules mais ne répondit rien. Théo se tourna vers Lisa et dit, d'une voix posée :

« Nous allons te raconter notre histoire en premier, d'accord ? Ensuite tu nous parleras de toi. »

Lisa acquiesça d'un hochement de tête. Théo prit le temps de raconter dans les détails tout ce qu'ils savaient, au grand dam de Jessie qui n'avait aucune confiance en cette fille. Ce fut ensuite au tour de Lisa de livrer ses secrets :

« Je m'appelle Lisa Dubois. Je suis la fille de Jean-Philippe Dubois, un artiste peintre un peu connu des milieux bobos. Nous vivons à côté de Blois, dans un petit village. Je vais sur mes seize ans. J'ai découvert l'ésotérisme il y a près d'un an et ça m'a passionné. J'ai lu des tas de livres et consulté des dizaines de sites internet sur le sujet. J'ai ensuite eu l'idée de faire des recherches historiques afin de voir comment les légendes, la symbolique et les individus s'inséraient dans la réalité historique. C'est un travail qui a été réalisé en partie par de nombreux passionnés et j'ai compilé un grand nombre de travaux là-dessus. Durant mes recherches je suis tombé sur un site qui racontait une histoire que je n'avais encore jamais entendue nulle part. J'ai d'abord cru qu'il s'agissait d'une fable ou d'une supercherie. »

Lisa marqua un temps d'arrêt, sirota son Coca avant de reprendre :

« Jusqu'à ce que je vois un médaillon qui comportait le fameux symbole de la dalle. »

Là, Jessie et Théo se regardèrent, comprirent que le site en question était celui de Jessie, redoublèrent d'attention.

Lisa poursuivit :

« Je connaissais ce symbole. Il était gravé au pied d'une statue en bois de la vierge, dans l'église de mon village ! Incroyable, non ?! » leur lança-t-elle en levant les bras au ciel.

Théo avait l'impression d'entendre à peu de chose près sa propre histoire concernant le symbole. Jessie se posait des questions. Elle ne comprenait pas pourquoi, alors que Yu avait mis en place des traqueurs sur son site, elle n'avait pas repéré Lisa alors qu'elle n'avait eu aucun mal avec Théo ? Elle lui fit part de ses réflexions. Lisa répondit :

« C'est sans doute parce que j'utilise un aspirateur de sites. Je télécharge directement plein de sites sur mon ordinateur lorsque je m'absente. Ensuite je peux les consulter tranquillement et plus rapidement hors connexion.

— Oui, c'est logique, songea Jessie. Du coup les traqueurs n'enregistrent qu'un bref passage sur le site. C'est ce qui fait que tu es passée inaperçue à leurs yeux.

— Certainement. J'ai donc décidé de me rendre à l'église pour voir si les deux symboles étaient bien identiques. C'était le cas. Parfaitement i-den-tiques ! Je me suis alors demandé si la statue de la vierge pouvait comporter un indice qui pourrait me mettre sur la voie du médaillon. J'y ai passé un peu de temps mais j'ai fini par trouver. Un petit mécanisme libéra un tiroir secret dans lequel il y avait un vieux parchemin qui contenait une énigme qui m'a conduite ici.

— Tu es venue seule ? » s'étonna Théo.

Lisa acquiesça d'un mouvement de tête :

« Mon père est à Paris en ce moment. De toute façon il me fait confiance. Je peux aller où bon me semble.

— Tu en as de la chance. Moi je suis obligé de mentir pour venir ici.

— C'est normal, tu es encore jeune. » lui glissa-t-elle d'un ton condescendant.

Théo trouvait que Lisa n'était pas très sympa avec lui.

Elle était certes plus âgée que lui mais il n'y avait pas de quoi *faire sa belle*. C'est vrai que Théo était jeune mais la plupart des quinze/seize ans ne pouvaient pas aller et venir comme bon leur semblait. Il le fit remarquer à Lisa :

« C'est quand même pas courant d'avoir des parents qui laissent leur fille de quinze ans aller où elle veut.

— Je te l'accorde. Je n'ai que mon père, ma mère est morte à ma naissance. Dès que j'ai été en âge de me débrouiller, mon père m'a laissé plus d'autonomie. J'ai appris très vite à me passer de lui, surtout qu'il navigue constamment entre Paris, Londres, New York et notre village.

— C'est top ! »

Théo enviait Lisa. Elle avait tant de liberté. Jessie n'avait plus guère de patience. Elle voyait l'heure tourner et la dalle était toujours scellée :

« Bon, si on passait aux choses sérieuses ? Il nous faut des outils pour la dalle. Quelqu'un a une idée ?

— Je crois bien que oui. » répondit Théo qui venait de repérer des ouvriers qui travaillaient dans une maison de village, de l'autre côté de la place.

§

Théo était en sueur. Cela faisait plus de deux heures qu'il s'employait à faire sauter le joint qui maintenait la dalle solidaire de ses voisines. Les trois jeunes gens avaient condamné l'accès à l'église en calant une lourde chaise en biais contre la poignée de la porte d'entrée, empêchant quiconque de les déranger dans leur forfait. Régulièrement, Lisa et Jessie prenaient le relais du garçon, le soulageant un peu de sa peine. Le joint était ôté aux trois quarts autour de la dalle. Théo arrêta de frapper le burin avec son marteau. Il se releva, souffla fortement en s'essuyant le front du revers de la main :

« On va pouvoir essayer de la relever maintenant. Le reste du joint devrait céder à mon avis. »

Il prit un pied-de-biche, qu'il avait emprunté, comme le reste des outils, aux ouvriers qui travaillaient dans la maison, le plaça entre deux dalles, pour essayer de la soulever. Il y mit toutes ses forces, en vain. La dalle ne bougea pas d'un pouce. Il essaya encore, toujours en vain. Jessie et Lisa, sans se concerter, vinrent lui prêter main-forte. Les trois jeunes poussèrent de tout leur poids sur l'outil qui commença à s'abaisser, soulevant du même coup la dalle. Jessie lâcha le pied-de-biche et passa les mains sous la dalle pour y récupérer ce qui s'y cachait. Lorsque ce fut fait, ils laissèrent retomber la dalle lourdement, ramassèrent les outils et quittèrent rapidement les lieux.

§

Chapitre VI

« La chevalière »

Les trois jeunes gens regardaient l'objet qu'ils avaient retiré sous la dalle de l'église de la Couvertoirade. Il s'agissait d'un cube noir, sans éclat, d'environ huit centimètres de côté, lisse, aux arêtes et coins arrondis, sans la moindre aspérité. Jessie le tournait et le retournait en tous sens, semblant chercher des yeux ce qui aurait pu lui échapper, un petit détail, un indice pouvant leur expliquer ce qu'il représentait. Les trois jeunes gens étaient perplexes devant cet objet incongru. Ils étaient dans la voiture, au bord de la route, au milieu des paysages arides et austères du causse. Le soleil, encore parfois voilé par des bandes de nuages qui s'étiolaient lentement, déclinait vers l'horizon. L'heure tournait, il fallait rentrer sur Genève. Jessie posa le cube sur le tableau de bord, paraissant jeter l'éponge. Elle leva les mains, les agita en un signe d'impuissance et dit :

« Vous avez une idée, vous, de ce que ça peut être ? Moi je n'y comprends rien ! »

Théo approcha la main droite de l'objet pour s'en saisir lorsqu'il eut un mouvement de recul, surpris par ce qui venait de se produire. Ses camarades, surprises autant que lui, le regardèrent, interrogatives. A l'approche de la main, le cube s'était mis à luire intérieurement d'une lumière rougeoyante. Lorsque Théo avait retiré sa main, le cube était redevenu noir, terne. Le jeune homme tenta une nouvelle approche. Lorsqu'il fut à une vingtaine de centimètres du cube, celui-ci rougeoya à nouveau. Théo garda la main à distance un moment. Il ne ressentait rien de particulier : ni chaleur, ni froid, ni picotements. Aucune sensation désagréable ou même agréable. Il approcha encore. La lumière devint plus intense et vira au blanc. Toujours aucune sensation. Il posa la main sur le cube. Il restait froid bien que luisant d'une lumière d'une grande intensité qui obligeait les trois compères à détourner les yeux. Théo saisit le cube. La lumière disparut aussitôt. Lorsque leurs regards se tournèrent sur la main du jeune homme, le cube avait disparu ! Il avait le poing fermé. Il regarda ses amies, plein d'étonnement et ouvrit lentement la main, paume vers le haut, découvrant un nouvel objet niché au creux de celle-ci : la chevalière...

Tous les regards étaient fixés sur la main ouverte du jeune homme. Personne n'osait parler ni même bouger. Ce qui venait de se produire était stupéfiant, magique, surréaliste ! Le cube avait disparu et laissé place au bijou tant convoité. Ou peut-être s'était-il transformé de cube en chevalière ? Personne n'avait pu le voir à cause de l'intense lumière. Théo lui-même n'avait rien ressenti de particulier. Il tenait un cube et l'instant d'après, une chevalière ! Le long moment de stupeur passé, Jessie, pleine d'excitation, prit la parole :

« C'est incroyable ! Jusqu'à présent je suis allée de surprise en surprise mais là ça dépasse tout ! C'est de la magie ! De la vraie... magie ! J'ai toujours cru que ces choses-là n'existaient pas, que ce n'était que dans les films et les romans. Et là, ça c'est passé sous nos yeux ou presque.

— Comment tu as fait ça Théo ? » demanda Lisa qui, comme Jessie, n'en revenait toujours pas.

Théo haussa les épaules et pinça les lèvres en guise de réponse. Que pouvait-il répondre ? Il n'en savait pas plus que ses camarades. Il n'avait rien fait. Il n'était pour rien dans cet évènement extraordinaire. Lisa approcha une main de celle de Théo et dit :

« Je peux ?

— Oui, bien sûr, prends-la. »

Lisa se saisit de la chevalière et l'approcha lentement de son annulaire gauche. Jessie empoigna fermement son bras :

« Qu'est-ce que tu fais !? dit-elle, agressive.

— Rien, je voulais l'essayer, c'est tout.

— Je ne m'y risquerai pas à ta place !

— Pourquoi ? s'étonna la jeune Française.

— Parce que c'est une arme d'une puissance inconnue, affirma Jessie et que nous ne savons pas comment la manipuler.

— Et alors tu crois que si je la passe à mon doigt, demanda Lisa, sarcastique, je vais déclencher la fin du monde ? »

Jessie Plongea son regard dans celui de l'adolescente et ajouta froidement :

« Cette chevalière est sans doute cent fois plus puissante que la bombe d'Hiroshima. Tu ne déclencherais pas la fin du monde mais tu pourrais tout pulvériser sur des dizaines de kilomètres alentour ! »

Lisa éloigna rapidement la chevalière de son doigt. Elle la tendit à Jessie qui s'en saisit prestement. Elle s'adressa à ses deux camarades :

« Il faut que nous la mettions en lieu sûr le plus vite possible. Il faut juste espérer que ceux qui sont à sa recherche, comme nous, n'aient pas vu ce qui vient de se produire. »

Ils se regardèrent puis tournèrent la tête vers l'extérieur, chacun dans une direction opposée, afin de chercher du regard d'éventuels espions cachés Dieu sait où. Jessie tendit la chevalière à Théo :

« Je crois qu'il est plus sûr que ce soi toi qui la garde pour l'instant, Théo.

— Pourquoi moi ?

— Je ne sais pas, un pressentiment.

— Vraiment ? fit-il, étonné.

— J'ai touché le cube et il ne s'est rien produit. Tu l'as touché et il s'est mis à luire. Tu ne trouves pas ça étrange ? »

A vrai dire Théo n'avait pas pris le temps de beaucoup réfléchir sur l'évènement qui venait de se produire. Il était encore sous le choc. Il commençait seulement à reprendre ses esprits. Jessie n'avait peut-être pas tort. Elle avait même certainement raison. S'il avait été le seul à pouvoir *ouvrir* le cube, ce n'était pas pour rien. Sans doute personne d'autre que lui n'aurait pu le faire. C'était évident maintenant. Le jeune homme devait mieux contrôler ses émotions et accepter le fait qu'il allait vivre désormais dans un monde où l'étrange et l'anormal deviendraient sans doute son quotidien et la norme, l'exception. Il savait qui il était désormais.

§

Théo avançait dans le sous-bois. Le sol était tapissé de feuilles mortes, couleurs d'automne. La brume réduisait la visibilité à quelques mètres. Il faisait très froid et humide. Le lourd silence n'était rompu que par le bruit de ses pas sur le lit de feuilles et, parfois, par les crissements d'un oiseau qui glaçaient le sang. Le sentier montait doucement entre les arbres centenaires aux troncs épais et tortueux couverts de mousse. Au pied des arbres, d'immenses fougères s'agitaient lentement au gré de la brise légère. L'atmosphère était pesante, la lumière lugubre. Une voix féminine, lointaine, appelait :

« Théo ! Théo ! Rejoins-nous Théo ! »

Le jeune homme ne parvenait pas à repérer d'où provenait cette voix. Il continua d'arpenter le sentier à travers bois un long moment. La voix semblait se rapprocher doucement. Elle martelait toujours les mêmes mots. Le sentier devint plus pentu. L'ascension dura plusieurs minutes au bout desquelles Théo parvint au sommet de la colline. De là il apercevait une vallée embrumée, couverte de forêts. Au centre de celle-ci, sur un piton rocheux, se dressait un château fort majestueux entouré de puissants remparts. L'endroit semblait sans vie. Théo descendit la colline par le sentier qui semblait le mener tout droit au château. La voix se fit plus claire et proche désormais. Un peu avant d'arriver au piton rocheux, une clairière sur la droite du sentier attira son œil. Il y avait un plan d'eau avec, au centre, un jet d'eau. La brume qui enveloppait la forêt se dissipait peu à peu sous les rayons d'un soleil blafard, bas dans le ciel. Théo quitta le sentier et avança vers le plan d'eau d'où semblait provenir la voix. A travers la brume il aperçut furtivement une silhouette qui disparut presque aussitôt. Elle réapparut plus distinctement au fur et à mesure de ses pas. Il s'agissait d'une femme menue, élancée, vêtue d'une magnifique robe longue, pourpre, d'une autre époque. Le bas de la robe était baleiné. De délicates dentelles ornaient le décolleté bateau et les manches. Le riche tissu était brodé de fils d'or. Le visage de la femme avait encore des contours flous, malgré la proximité croissante. Théo fixait ce visage mais il ne parvenait pas à le voir vraiment. Il semblait à la fois familier et trouble. La voix se tut. Soudain il vit clairement le visage, entouré de magnifiques cheveux auburn. Il cria d'étonnement :

« Lisa !? »

La jeune fille sourit délicatement :

« Théo, tu dois nous rejoindre.

— Vous rejoindre ?

— Oui Théo, rejoins-nous. Tu fais partie de nous. Tu es comme nous.

— Mais c'est qui *nous*, Lisa ?

— Nous sommes les tiens Théo. Continua la voix d'un ton suave. Rejoins-nous.

— Je ne comprends rien Lisa. Comment puis-je vous rejoindre et où ?

— La chevalière, Théo, la chevalière. »

Lisa tendit son bras gauche en direction du plan d'eau. Au sommet du jet d'eau la chevalière dansait sur le courant qui la portait, luisant d'une lueur vive. Théo s'approcha du bord de l'étang. Il s'avança lentement dans l'eau glacée qui lui arriva rapidement à la ceinture. La voix de Lisa répétait à nouveau :

« Rejoins-nous Théo, tu es des nôtres ! »

Plus Théo approchait du jet d'eau, plus il s'enfonçait sous les eaux, à tel point qu'il avait de l'eau jusqu'à la bouche maintenant. Il sentit le sol se dérober sous lui brutalement, l'entraînant vers les profondeurs sombres de l'étang. Il tenta de nager vers la surface, en vain. Une force inexplicable l'attirait inexorablement vers le fond. La voix de Lisa continuait sa litanie. Il l'entendait distinctement bien qu'il fût totalement immergé. Il aperçut cependant une lueur vive qui provenait du fond. C'était la chevalière qui brillait de mille feux. Lisa était là, debout, les pieds dans la vase, les cheveux flottant dans le courant. Théo commençait à suffoquer. Ses poumons devenaient de plus en plus douloureux. Lisa, toujours souriante, lui dit :

« Rejoins-nous Théo, tu es des nôtres. N'aie pas peur de nous, aie confiance. »

Le jeune homme avait mal. Ses poumons allaient exploser. Il fallait qu'il respire ! Il fallait qu'il quitte le fond de l'étang ! Il fallait…

Il inspira à fond. L'air emplit ses poumons et la douleur disparut. Il ouvrit les yeux. Il haletait. Son sang cognait dans ses oreilles. Il était dans la pénombre de sa chambre… dans son lit ! Un rêve ! Ce n'était qu'un rêve ! Il se dressa et s'assit sur le bord du lit, en sueur. Le jeune homme ne remarqua pas immédiatement la pâle lueur jaune orangée qui baignait une partie de la pièce. Sa respiration reprit son rythme normal, les battements de son cœur ralentirent. Il se leva, se dirigea vers la salle de bain, ouvrit le robinet d'eau froide et s'aspergea abondamment. Il regarda son visage dans le miroir, eu l'impression, l'espace d'un instant, de ne pas se reconnaître. Qui était-il ? Qui était-il vraiment ? Il sentait peser sur ses frêles épaules tout le poids des responsabilités qu'un jeune de quatorze ans à peine ne pouvait porter seul. Une douce brise traversa la pièce. Théo crut entendre une voix qui l'appelait depuis sa chambre, derrière la porte. Il s'avança lentement, à pas feutrés, poussa le battant et vit la lueur jaune orangée qui, de blafarde, était devenue vive désormais. Théo comprit que cela venait de la chevalière. Elle était dissimulée dans l'un des tiroirs de son bureau. Il sortit de la salle de bains. Le spectacle qui s'offrait à ses yeux était incroyable ! Le bureau luisait de l'intérieur dans un semi transparence. Cela paraissait impossible ! Comment du bois pouvait-il devenir translucide ? Pourtant c'était le cas. La douce brise semblait envelopper Théo dans une caresse apaisante. Il n'avait pas peur. La voix se fit entendre, aérienne, comme le souffle du vent :

« Théo, rejoins-nous. Tu es des nôtres. »

Le jeune homme avança jusqu'au bureau. Il ouvrit délicatement le tiroir. La chevalière luisait. Sa lumière était douce. Il approcha lentement sa main et saisit avec délicatesse le bijou magique. Il n'était ni chaud ni froid. A son contact Théo se sentit bien, détendu, apaisé. Il passa la chevalière à son annulaire droit. Lorsqu'elle fut en place, il sentit qu'elle s'ajustait à son doigt.

Soudain il ressentit comme des aiguilles s'enfoncer dans sa chair. La douleur fut vive mais brève. Une déferlante d'images se mit à tournoyer dans son esprit, le faisant vaciller. Il dut se retenir au bureau pour ne pas tomber. Les images défilaient, incohérentes, sans rapports entre elles. Théo avait l'impression que son esprit saturait, que son crâne allait exploser, que sa chair se déchirait, que ses os se brisaient ! Il voulait crier mais aucun son ne sortait de sa bouche. Il était paralysé. Le flot d'images sembla accélérer pour devenir si rapide qu'elles ne furent plus qu'un torrent flou. Lorsque au paroxysme de la douleur il crut mourir, tout s'arrêta net. Plus d'image, plus de douleur. Il fut envahi d'une douce sensation de bien-être et eut l'impression de flotter dans les airs. Il s'endormit.

§

A son réveil Théo était allongé sur son lit, reposé, détendu. Il avait l'étrange sensation d'être comme quelqu'un qui revient chez lui après une longue absence. Il regarda autour de lui avec l'impression de voir pour la première fois cette pièce pourtant si familière. Il était envahi par une douce mélancolie qui l'empêchait de bouger, d'avoir l'envie de se lever, l'envie de vivre. Il resta longtemps, les yeux rivés au plafond, à rêvasser. Il fut tiré de sa rêverie par l'intense chaleur de cet été caniculaire. Suant à grosses gouttes, il décida de prendre une douche froide, bondit hors de son lit et se dirigea vers la salle de bains. Lorsqu'il se vit dans le miroir il eut un choc. Son corps avait changé. Il était plus rempli, plus musclé. Sa frêle silhouette avait laissé place à un corps d'athlète aux muscles saillants. Il s'observa sous toutes les coutures. Il était désormais dans un corps d'homme. C'était à la fois agréable et effrayant, même si le fait avoir un corps de rêve, svelte et musclé, fort et robuste, était à son goût. Il replia ses avant-bras et banda ses muscles. Ses biceps se gonflèrent comme des baudruches, laissant apparaître de puissantes artères. Il sentait en lui cette force nouvelle. Cette musculature devait lui donner beaucoup plus de puissance qu'auparavant. Mais comment était-ce possible ? Comment la chevalière pouvait-elle transformer à ce point un corps ? Et qu'allait-il dire à ses parents et son entourage pour justifier ce soudain changement ? Il regarda la chevalière. Elle semblait ne faire qu'un avec son annulaire. Il hésita un instant puis se décida à la retirer. Il tira doucement. Un picotement léger au doigt le fit sursauter. Il tira encore. La chevalière coulissa sans effort. Il la tenait dans sa main gauche et la regardait. Il eut une sensation d'affaiblissement soudain. Il leva les yeux vers le miroir et constata avec stupeur que son corps était redevenu comme avant. C'était donc bien la magie du bijou sacré qui opérait sur lui ! Cela le soulagea. Il pensa qu'ainsi il pourrait rester discret et n'attirer aucun soupçon sur lui. Toutefois ce qui l'ennuyait c'est qu'une fois passée la chevalière il avait eu si mal qu'il s'était évanoui. S'il avait besoin de sa puissance en urgence ne pourrait-il compter sur elle ? Il fallait en avoir le cœur net. Prenant son courage à deux mains, il passa la chevalière à son doigt et ferma les yeux en se recroquevillant sur lui-même, attendant que la violente douleur reprenne. Il attendit quelques instants. Une sensation de force et de puissance le submergea et il se regarda dans le miroir : son corps redevint puissant et musclé. Aucune douleur, pas le moindre picotement, pas d'images qui défilent. Il comprit que ce qui s'était produit la première fois ne se produirait probablement plus jamais. Théo se demanda comment il pourrait cacher la chevalière, lorsqu'il ne la portait pas, afin que personne ne puisse la lui dérober. Alors qu'il réfléchissait à son problème, il sentit un léger picotement à son doigt et l'affaiblissement général de sa force. Il regarda son annulaire et constata qu'elle avait disparu ! Il regarda autour de lui, la cherchant du regard. Il ne céda pas à la panique, comprenant qu'elle n'avait pas disparu mais qu'elle s'était cachée ! Comment le savait-il ? Une certitude dans son esprit. Il comprit que l'interaction entre la chevalière et lui ne se limitait pas à la force physique. Un lien mental existait aussi. Ce lien lui permettait de comprendre ce que faisait la chevalière. Il se concentra afin de la faire réapparaître. Il sentit la force revenir et le bijou reprit sa place, à son doigt. Théo trouva que c'était formidable. Il pouvait ainsi le garder tout le temps sur lui et l'utiliser quand bon lui semblait, en un éclair ! L'Archange avait bien fait les choses.

§

Madame Duval prenait son petit déjeuner avec sa fille, comme tous les matins, au bord de la piscine. Théo les rejoignit, son maillot de bain enfilé, prêt à plonger dans l'eau fraîche du matin. Sandra Duval fixa son fils par-dessus ses lunettes de soleil. Après avoir embrassé Véra, sa sœur, celui-ci s'installa autour de la table, souriant. Il vit le regard insistant de sa mère :

« Quoi ? Qu'est-ce qu'il y a ? fit-il un peu déstabilisé. Pourquoi tu me regardes comme ça ?

— Pour rien mon chéri. Tu vas bien ? s'inquiéta Madame Duval.

— Oui, ça va, merci.

— Tu as bien dormi ?

— Oui, très bien. »

Théo trouvait sa mère un peu étrange. Elle n'arrêtait pas de le fixer comme s'il avait une grosse verrue sur le nez. Il eut tout à coup un haut-le-cœur, se tâta les bras, le torse et le ventre le plus discrètement possible. Il venait de penser que la chevalière l'avait peut-être mis en *mode athlète* à son insu et que sa mère l'avait vu. Mais non, il n'en était rien. De plus, si tel avait été le cas, Théo aurait immédiatement ressenti la force l'envahir. Bon, qu'est-ce qui intriguait sa mère alors ? Il n'en avait aucune idée. Il se risqua à la questionner :

« Et toi, ça va maman ?

— Très bien. Tu sais quel jour on est ? »

La question surprit Théo. Quel jour était-ce aujourd'hui ? Hier c'était lundi. Donc aujourd'hui c'était mardi. Quelle question ? Théo se servit un bol de céréales avec du lait froid et se mit à dévorer littéralement sa nourriture. Il prit ensuite un croissant qu'il engloutit en seulement deux bouchées. Il prit un second croissant et se servit un autre bol de lait froid. Il avala le tout presque aussitôt. Il n'en revenait pas d'une telle fringale. Jamais il ne mangeait autant le matin. D'habitude la nourriture lui levait le cœur au réveil et il n'avalait que le strict nécessaire. Madame

Duval regardait son fils dévorer ainsi son petit déjeuner avec un certain amusement :

« Quoi ? Qu'est-ce qui te fait rire Maman ?

— C'est toi, répondit-elle en gloussant, je ne t'ai jamais vu manger autant le matin au réveil. Il faut dire que ça ne m'étonne guère.

— Ah bon, pourquoi ?

— Parce que tu n'as rien avalé depuis deux jours.

— Deux jours !? »

Théo s'arrêta net. Que voulait-elle dire par : deux jours ? Il avait pris son dernier repas la veille au soir avec ses parents, comme d'habitude :

« Pourquoi dis-tu que ça fait deux jours ?

— On est quel jour aujourd'hui ? Tu n'as toujours pas répondu à ma question.

— On est mardi.

— Mauvaise réponse mon fils, plaisanta-t-elle.

— On n'est pas mardi ? »

Théo venait de comprendre pourquoi sa mère le dévisageait ainsi. Il avait dormi plusieurs jours. Lorsqu'il était entré en contact avec la chevalière, la puissance du choc avait dû être si forte que son organisme avait eu besoin de reprendre des forces. Et quoi de mieux que le sommeil ? Mais alors, quel jour étions-nous ? Théo commençait à être rassasié. Il se cala dans le fauteuil de jardin et souffla. Il adressa un large sourire à Véra qui jouait avec sa poupée et se tourna vers sa mère :

« J'ai dormi combien de temps ?

— Cela fait presque soixante heures ! Bravo mon chéri, tu as battu tous les records cette fois ! »

Madame Duval aimait bien taquiner son grand garçon. Théo en resta bouche bée. Bon sang ! Soixante heures ! Ca faisait plus de deux jours, presque trois ! Mais alors, on n'était pas mardi et même pas mercredi ! Et Jessie ? Qu'allait-elle penser ? Ils devaient se retrouver dès le mardi matin pour faire le point et orienter leurs nouvelles recherches. Elle avait dû l'appeler, en vain. Il fallait immédiatement qu'il la contacte et lui explique tout. Madame Duval prit la main de son fils :

« Tu sais que tu m'as fait peur.

— Ah bon, pourquoi ?

— Je ne t'ai jamais vu dormir autant. J'ai cru que tu étais malade. J'ai demandé à Marc de t'ausculter. Il a pris ta tension, regardé tes pupilles, écouté ton rythme cardiaque et que sais-je encore.

— Et alors ? Il a dit quoi ?

— Rien, que tu étais un ado et que c'était normal. Ca arrive fréquemment à ton âge, paraît-il.

— Tant mieux ! » s'écria le jeune ado.

Madame Duval prit un air interrogateur :

« Tant mieux ?

— Oui, enfin je veux dire que c'est tant mieux que je n'ai rien.

— Ah, oui c'est mieux comme ça. Tu te sens bien alors ?

— Parfaitement. Tu n'as pas à t'inquiéter. Je crois que ça m'a vraiment fait du bien de dormir autant. J'ai une pêche d'enfer ! lança-t-il en regardant sa montre. Il faut que je parte, j'ai à faire en ville aujourd'hui.

— Tu traines avec qui ?

— Avec Paul. Nous allons dans le centre retrouver des copains.

— Et des copines ?

— Aussi. Je ne rentre pas déjeuner. Je serai là dans la soirée. »

Théo quitta la demeure familiale vers dix heures après avoir passé un coup de fil à Jessie. Il la retrouverait dans sa suite du Kampinski.

§

Jessie sirotait une tasse de café sur la terrasse de sa suite. Elle admirait le panorama si romantique du Léman et des hauts sommets alpins. Jessie adorait l'Europe. Elle avait décidé qu'une fois sa quête terminée, elle s'y installerait définitivement. De tous les endroits au monde, c'était là qu'elle se sentait le mieux. Bien sûr l'Europe était vaste et il y avait tellement de lieux où poser ses valises. Mais peu importait où. Elle se sentait bien partout sur ce continent. Elle avait certes quelques préférences : Paris bien entendu mais aussi Rome ou Athènes. Elle aimait bien aussi Séville et d'autres lieux qu'elle avait eu le loisir de visiter. Elle fut tirée de sa rêverie par l'arrivée de Théo qui avait hâte de raconter ce qui s'était passé avec la chevalière. Le jeune homme était souriant, frais et dispo. Jessie faisait sa tête des mauvais jours. Elle semblait inquiète et angoissée. Elle se précipita vers l'adolescent et l'enlaça, le serrant fort contre elle. Il fut surpris mais se laissa faire sans protester. Jessie lui expliqua :

« J'ai eu si peur Théo qu'il te soit arrivé quelque chose.

— Ca va Jessie, tout va bien. »

Jessie relâcha son étreinte et recula un peu. Elle réussit à esquisser un léger sourire avant d'ajouter, inquiète :

« Que s'est-il passé ? Pourquoi n'as-tu pas donné de tes nouvelles depuis deux jours ? Je suis passée devant la maison de tes parents. J'ai essayé de voir s'il y avait quelque chose d'anormal. Je n'ai rien vu. J'ai voulu avoir des nouvelles, en vain. J'ai même appelé ton ami, Paul Werther. Rien.

— Tout va bien Jessie, je t'assure. Il faut que tu te calmes et te détendes. Je vais te raconter et tu comprendras pourquoi je n'ai pas donné signe de vie. Assieds-toi dans le canapé. Ce que je vais te dire est tout simplement incroyable ! »

Et Théo fit le récit de son expérience avec la chevalière. Jessie le regardait maintenant avec un large sourire. Ses angoisses s'étaient évanouies. Elle avait écouté le récit de son ami avec la plus grande attention. Ce qui s'était passé la confortait dans l'idée qu'il était bien l'Elu. Seul celui-ci pouvait maîtriser les bijoux sacrés de l'Archange Saint-Michel. Elle se dit que Théo savait lui aussi désormais qui il était. Elle pensait même qu'il en avait pris conscience le jour où il avait eu en main la lettre qui lui était destinée. Elle se risqua à lui en parler :

« Cette histoire est incroyable ! Tu te rends compte que nous avons mis la main sur un objet divin, façonné de la main de l'Archange et peut-être de Dieu lui-même ?! C'est tout bonnement hallucinant ! Et le fait que tu aies pu la porter et commencer à la maîtriser nous donne un bon indice sur qui est l'Elu, tu ne crois pas ? »

Théo eut un léger sourire aux coins des lèvres. Il était évident que Jessie, qui avait oublié d'être stupide, en avait déduit que Théo était l'Elu. Le jeune homme l'avait lu sur la lettre qui lui était adressée, mais il en avait pris conscience au moment même où la chevalière s'était soudée à lui et avait déversé son flot ininterrompu d'images. Tout était alors devenu clair en lui. Il était celui que Jessie recherchait. Il était le descendant des Mikelians. Il semblait inutile d'essayer de nier l'évidence auprès de la jeune femme :

« Tu le soupçonnes depuis longtemps ?

— Depuis le monastère.

— Je vois. La lettre, songea-t-il.

— Oui. Une lettre qui t'était destinée, écrite depuis le passé. Je crois que ça ne pouvait être une coïncidence, n'est-ce pas ? »

Théo rit. Jessie, surprise, ajouta :

« Quoi ? J'ai dit une sottise ?

— Non, pas vraiment. Seulement... »

Il sembla chercher ses mots. Jessie l'interrogea :

« Seulement ?

— Pour la lettre, tu te trompes.

— Vraiment ?

— Elle ne provenait pas du passé. »

Jessie fronça les sourcils. Que voulait-il dire ? Le coffret était au monastère depuis des siècles sans doute. Son contenu y avait été placé au Moyen Age. Elle décida d'en savoir plus :

« Que veux-tu dire ? Si elle ne provenait pas du passé, d'où alors ?

— Je ne sais pas si je dois te le dire. C'est tellement fou que j'ai mis longtemps à me persuader que c'était possible.

— Qu'est-ce qui est possible ? Parle-moi Théo, supplia-t-elle, je suis ton amie. Je suis dans ton camp.

— Je le sais Jessie. J'ai toute confiance en toi.

— Tu en es sûr ? demanda-t-elle, doutant de sa sincérité.

— Oui, pourquoi ?

— Je ne sais pas. A cause de mon père peut-être ?

— Ton Père ? Non. Je sais que tu n'es pas comme lui. Je ne veux pas tout te révéler pour ne pas compromettre l'avenir. »

Théo venait de lâcher un mot qui fit tilt dans l'esprit affûté de Jessie. Soudain elle comprit. Son étonnement se lut sur le visage. Théo acquiesça de la tête. Jessie en restait bouche bée. Elle finit par dire :

« Le futur ! C'est de là qu'elle provenait, n'est-ce pas ?

— Oui Jessie, répondit-il avec solennité. Du futur.

— Mais alors, qui l'a envoyée ? »

Théo baissa les yeux. Il ne voulait pas en révéler plus. Ce n'était pas prudent, il le savait. Jessie en savait déjà beaucoup trop. La mettre totalement dans la confidence faisait prendre un risque au futur. Personne, à part lui, ne devait soupçonner ce qui était écrit dans cette lettre et surtout de la main de qui ça l'était. Jessie comprit qu'il n'en dirait pas plus. Elle n'insista pas, se dirigea vers la terrasse et plongea son regard dans le lointain, essayant de faire le vide pour digérer tout ce qu'elle venait d'apprendre. Elle resta ainsi un moment puis, sans se retourner, elle demanda :

« Et maintenant, Théo, qu'allons-nous faire ?

— Nous devons trouver le médaillon.

— Comment ?

— Je ne sais pas encore. Il doit y avoir un indice que nous n'avons pas exploité sans doute.

— Maintenant que nous avons trouvé la chevalière j'ai l'impression que nous sommes dans un cul-de-sac.

— Nous allons trouver, j'en suis certain. Nous devons réunir l'équipe au complet. Ensemble nous trouverons la pièce manquante du puzzle.

— Je contacte Yu. J'espère qu'il pourra venir.

— Très bien. Je me charge de Lisa.

— Lisa! s'exclama Jessie. Parce qu'elle fait partie de l'équipe maintenant ? »

Théo sentait depuis le début que Jessie n'appréciait guère la jeune fille. Il ne savait pas pourquoi. Sans doute une sorte de rivalité entre filles à laquelle il ne comprenait strictement rien. Il soupira, prit les mains de la jeune femme et dit :

« Tu dois lui faire confiance.

— Comment peux-tu en être si sûr ?

— Parce que son prénom était cité dans la lettre.

— Lisa ? Et que disait la lettre sur elle ?

— Elle disait que je devais faire confiance à Jessie, Yu et Lisa. Donc je fais confiance à ces trois-là.

— Bon, j'espère que celui ou celle qui l'a écrite savait de quoi il parlait.

— Crois-moi, il le savait sans aucun doute. »

§

Chapitre VII

« La Colonie de vacances »

« Maintenant que vous êtes au courant des derniers re-
bondissements dans notre affaire, commença Théo,
j'aimerais que vous réfléchissiez et me disiez si vous avez
une petite idée de ce que nous devons faire. »

Il regarda tour à tour Yu et Lisa. Le jeune Chinois, qui
arrivait tout droit de Hong Kong par le premier avion, prit
la parole :

« Il me semble que le mieux est de reprendre toutes nos
notes et de trouver ce qui a dû nous échapper concernant le
médaillon.

— C'est un travail de fourmi ! lança Jessie. Nous avons
accumulé tellement de documentation depuis près d'un an.

— Oui Jessie, je sais. Tu propose quoi d'autre alors ?

— Rien. J'ai beau tourner et retourner ça dans ma tête,
je suis dans l'impasse.

— En se partageant le travail méthodiquement on devrait pouvoir faire ça en quelques jours seulement. »

Yu essayait tant bien que mal d'insuffler de l'optimisme
dans l'équipe qu'il trouvait un peu déprimée. Théo, après
avoir longuement réfléchi, dit :

« Je crois que Yu a raison. Si nous procédons méthodiquement nous devrions passer au crible toutes les infos et,
espérons-le, trouver ce qui nous a échappé pour...

— Je crois que c'est inutile. » le coupa Lisa d'une voix à
peine audible.

Théo la regarda :

« Excuse moi Lisa, je n'ai pas compris ce que tu viens de dire.

— J'ai dit que je crois que c'est inutile. »

Lisa répéta cette fois bien haut et bien fort pour que tout le monde entende. Elle riva ses yeux dans ceux de Théo et ajouta :

« Je ne vous ai pas tout dit, l'autre jour, sur l'énigme qui m'a permis de vous rencontrer à la Couvertoirade.

— Et tu veux lui faire confiance ! » lança Jessie à Théo en dodelinant de la tête.

Lisa eut un petit sourire amusé. Elle ne comprenait pas l'animosité de Jessie à son égard mais elle avait suffisamment de caractère pour s'en accommoder. Elle poursuivit :

« Vous allez comprendre pourquoi rapidement. L'énigme disait ceci, à peu près mot pour mot : *sur la route de la foi, non loin du désert, dans une chapelle tu trouveras le feu de l'Archange. Celui qui le domptera partagera avec toi le souvenir d'un lieu commun.* »

Lisa se tut, laissant chacun s'imprégner de l'énigme et en comprendre le sens. Après un moment de silence et de réflexions, Jessie prit la parole :

« *Celui qui le domptera* est de toute évidence Théo. Mais comment Théo et toi pouvez-vous partager un lieu en commun ? Et puis, ce qui m'étonnes le plus c'est que toi, Lisa, puisse partager un souvenir en commun avec Théo.

— Pourquoi ça ?

— C'est toi qui as découvert cette énigme, certes. Toutefois, si quelqu'un d'autre l'avait fait, aurait-il partagé le même souvenir avec Théo ? Vous ne trouvez pas ça étrange, vous tous ?

— Ce que dit Jessie n'est pas faux, affirma Yu. Comment une personne, au hasard, qui découvre l'énigme se retrouve systématiquement à partager un souvenir avec l'Elu ? Ca n'a pas de sens !

— A moins que, dit Théo qui semblait réfléchir à haute voix.

— A moins que quoi ? questionna Yu.

— A moins que ce ne soit pas le hasard qui ait guidé Lisa.

— Tu penses que la présence de Lisa, réfléchit Yu, ne serait pas le fruit du hasard ? Intéressant… C'est une hypothèse séduisante à vrai dire.

— Réfléchissez un peu, proposa Théo. Pourquoi sommes-nous réunis ici tous les quatre ?

— Le hasard. » affirma Yu.

Théo le regarda au fond des yeux :

« Je ne crois pas. Commençons par Jessie : Elle est la fille du plus grand ennemi actuel de la cause des Mikelians. Et c'est elle qui a reçu pour mission de trouver l'Elu et les bijoux sacrés de l'Archange. Vous ne trouvez pas ça étrange ?

— Il n'a pas tort. » lâcha Lisa en se servant un verre d'orangeade.

Théo continua :

« Yu, petit génie de l'informatique est devenu son meilleur ami et la seconde dans sa quête depuis le départ. Elle aurait pu avoir un littéraire, féru de philosophie, à la place de Yu. Les choses se seraient sans doute déroulées différemment. Moi, j'ai cru trouver le site de Jessie par hasard et il se trouve que cela m'a permis de me trouver et de révéler que j'étais l'Elu. Encore un hasard ? Et Lisa. Elle habite par hasard dans un village dont l'église possède une statue contenant une des énigmes disséminées Dieu sait où. C'est encore le hasard ? Vous croyez encore que n'importe qui aurait pu lire le contenu de cette énigme ? Moi j'en doute fort.

— Tu penses, songea Yu, qu'il n'y a pas de hasard, que tout est organisé, planifié ? Que nous sommes manipulés en somme ? Mais par qui ? Pourquoi ? »

Cette idée le fit frissonner. Il n'aimait pas penser qu'il

n'était pas maître de son destin. Ca allait à l'encontre de son raisonnement cartésien. Pour lui, ça n'avait pas de sens de croire que quelqu'un d'autre tirait les ficelles de sa propre existence. Théo leva les mains au ciel en signe d'impuissance :

« Je n'en sais rien. Je ne dis pas non plus que j'ai raison. Mais avouez que l'histoire dans laquelle nous sommes plongés nous dépasse. Il y a en jeu des forces que nous ne soupçonnons même pas. Nous sommes pris entre deux feux : anges d'un côté et démons de l'autre. Vous croyez que ces forces surnaturelles ne sont pas à même de nous manipuler ? Vous croyez quelles ne sont pas en mesure de prévoir nos actions et nos réactions ? Je crois que nous devons avancer prudemment et nous méfier des évidences.

— Alors, si ton raisonnement est le bon, réfléchit Jessie, Lisa était prévue et il ne pouvait en être autrement.

— C'est un peu ça Jessie. L'énigme, telle qu'elle est posée, tend à le prouver. Si Lisa et moi partageons un souvenir commun, c'est que personne d'autre que Lisa ne pouvait se trouver là, à sa place. J'en ai l'intime conviction.

— Bon, admettons. Reste à trouver ce fameux souvenir que vous partagez. Quelqu'un a une idée ? »

Jessie lança sa question sur le ton de la plaisanterie. Tous se mirent à rire. Ils se rendirent compte qu'ils n'étaient sans doute pas encore au bout de leur peine. Comment trouver un lieu commun aux deux jeunes gens dans l'immensité des souvenirs de chacun, même s'ils étaient encore jeunes ? Ca ne devait pas être chose aisée. Yu reprit la parole:

« Je pense qu'il faut, encore une fois, procéder de façon méthodique.

— Explique-toi. Tu as une idée ?

— Oui, je crois. On peut resserrer très rapidement le champ de recherche.

— Comment ?

— Tout d'abord vous devez chercher les pays communs

que vous avez visités. Ensuite, pour chaque pays vous devez isoler les villes qui sont communes et ainsi de suite jusqu'à trouver le lieu.

— Un travail de mémoire. Ok allons-y. Je suis prêt. Et toi Lisa, Prête ?

— Oui, c'est un jeu qui peut être amusant. Vas-y commence, Théo.

— D'accord... Je connais... bien entendu la Suisse, la France, l'Afrique du Sud, l'Italie, l'Espagne, l'Allemagne... »

Théo et Lisa passèrent des heures et des heures à se souvenir de tous les endroits qu'ils connaissaient. Yu notait de façon méthodique chaque lieu commun aux deux ados, sur un logiciel qui permettait de créer des nœuds qui se déployaient en branches multiples au bout desquelles d'autres nœuds étaient créés au fil de leurs souvenirs. Cette arborescence devait fatalement aboutir à un dernier nœud commun qui serait le lieu recherché. Le problème était qu'il y avait de nombreux derniers nœuds au bout de nombreuses branches et que le nombre de lieux communs aux deux était beaucoup trop important. Par exemple ils étaient tous les deux allés à Paris, avaient visité la tour Eiffel, l'Arc de Triomphe, le musée Beaubourg, le Sacré Cœur de Montmartre etc. Et le cas se représentait aussi à Rome, à Londres et à Madrid, pour ne citer que ces villes. Il apparut au bout de quatre heures que la tâche était insurmontable en procédant de la sorte. La méthode Yu était loin de réduire le champ d'investigations. C'est alors que Lisa eut une idée :

« Nous devons chercher un lieu où nous avons été tous les deux, ok ? Et si on y avait été en même temps ? Ca réduirait les possibilités, vous ne croyez pas ? »

Yu retrouva le sourire et l'espoir :

« Oui, c'est peut-être la solution. Là c'est sûr ça va se réduire comme peau de chagrin.

— Ne nous emballons pas trop, tempéra Théo. Il n'est précisé que le lieu commun, pas une présence commune en ce lieu. Je ne suis pas certain que ce soit la solution. Toutefois, vu que l'on a rien à perdre d'essayer, allons-y. » décida-t-il.

Bien entendu les possibilités se réduisirent mais la grande difficulté pour les deux jeunes gens était de donner des dates précises de leurs séjours en divers endroits. De fait, très rapidement ils abandonnèrent cette idée. Ils étaient à nouveau dans l'impasse. Il serait très difficile, voire impossible, de retrouver ce lieu commun en procédant de la sorte. La journée se terminait. Ils décidèrent d'arrêter et de se revoir le lendemain matin. La nuit portant conseil ils espéraient qu'une idée lumineuse leur traverserait l'esprit durant leur sommeil.

Finalement la nuit fut bonne conseillère. Les jeunes gens décidèrent qu'il fallait opter pour une nouvelle méthode. Théo et Lisa devaient fouiller dans leurs souvenirs respectifs : photos, films, documents en tous genres en leur possession. Yu bricola deux ordinateurs portables pour sécuriser parfaitement la transmission de données entre eux. Lisa partit avec Jessie pour sa maison des environs de Blois, dans le village de Chitenay. Théo se rendit chez lui et commença à réunir les albums photos, les films de famille et les divers papiers du foyer. Il put le faire sans attirer l'attention car il n'y avait personne dans la maison, mis à part la femme de ménage. Théo établit une liste de lieux, au fur et à mesure de ses investigations au cœur des souvenirs familiaux. Lisa, une fois arrivée chez elle fit de même avec l'aide de Jessie. Le père de Lisa les aida également, indiquant à sa fille que la plupart des souvenirs se trouvaient dans le grenier de la maison.

Vers la fin d'après-midi chacun avait terminé sa liste et la transmit à Yu qui, aidé d'un puissant logiciel, ne mit que quelques secondes à isoler les lieux communs aux deux. Il en restait tout de même plus de cinquante ! Toutefois, grâce à une datation plus précise, le logiciel isola seulement trois lieux où auraient pu se trouver les deux jeunes gens en même temps. Bien que ce critère ne fût pas essentiel, il pouvait être la clé de leur recherche. Ce n'était que pure hypothèse mais ils décidèrent de commencer par là. Dans la liste des trois lieux on notait : La station balnéaire de Rimini, en Italie, Madrid, en Espagne et une colonie de vacances dans l'Aveyron, près du village de Belcastel. Ce dernier attira l'attention de Théo et Lisa plus particulièrement. C'était le seul lieu privé où ils auraient pu se connaître, se côtoyer. Il fallait commencer par là.

« Je ne me souviens pas de toi, en tout cas. » lança Lisa avec ce ton condescendant.

Théo comprit qu'il s'agissait, de sa part, plus de taquinerie qu'autre chose. Il regarda Lisa dans la petite fenêtre sur l'écran de son portable :

« Moi non plus à vrai dire. Tu étais dans le groupe des dix ans et moi dans celui des huit. On ne pratiquait pas les mêmes activités sans doute.

— Oui certainement, mais on a bien dû se croiser au réfectoire, sur le terrain de jeu ou dans les dortoirs. Je n'ai aucun souvenir de toi qui me vienne.

— Tu étais comment à l'époque ? Tu as une photo ?

— Attends, j'en cherche une. Je crois même que j'en ai qui ont été faites à la colonie. »

Lisa feuilleta l'album photo et finit par trouver ce qu'elle cherchait. Elle sortit la photo de l'album et la présenta devant la webcam. Théo fit une capture d'écran afin d'avoir l'image sur son propre ordinateur. Il observa la photo un long moment, essayant de faire ressurgir un souvenir de sa mémoire, en vain. Il décida de montrer sa propre photo de l'époque à Lisa. Peut-être aurait-elle une meilleure mémoire que lui. Lisa regarda la photo de Théo et se mit à rire. Jessie, curieuse, regarda à son tour. Lisa pointa son doigt sur les cheveux du garçon. Jessie rit également. Théo ne comprenait pas pourquoi elles riaient de si bon cœur mais il se doutait que c'était à cause de lui. Il regarda la photo qu'il avait choisie et haussa les épaules. Il ne voyait pas ce qu'il y avait de risible. Les rires des jeunes femmes finirent par se calmer. Théo, un peu vexé que l'on se moque ainsi de lui, se défendit :

« Je ne vois pas ce qui vous fait rire. J'étais petit. J'ai changé depuis. »

Les deux jeunes femmes rirent de plus belles. Lisa réussit à hoqueter, entre deux fous rires :

« On dirait Titeuf avec sa plume sur la tête ! »

Il est vrai que Théo, à l'époque, avait une coupe de cheveux très étrange sur un visage poupon qui lui donnait effectivement de faux airs du personnage de bande dessinée si prisé des enfants. Lorsque Lisa réussit à se maîtriser, elle regarda Théo, s'excusa et avoua :

« La première fois que nous t'avons vu, avec mes copines, nous avons eu le même fou rire qu'aujourd'hui. Je m'en souviendrai toujours. »

Théo mit de côté sa vexation et bafouilla :

« Tu... tu... tu te souviens de moi ?

— Je ne pourrai jamais oublier ce petit garçon à la dégaine si particulière, mais si gentil et si courageux. »

Le ton de Lisa se fit doux, presque maternel. C'était la première fois que Théo entendait de la douceur dans la voix de cette belle jeune fille. Elle continua :

« Je me souviens que c'était un vendredi. Nous jouions à cache-cache près d'une vieille ruine, sur un promontoire rocheux. Je suis partie me cacher au milieu des ruines et je suis tombée dans un trou profond qui était caché par des broussailles. Je me suis tordu la cheville et j'avais très mal. J'ai appelé mais personne ne m'entendait. Je me souviens que je pleurais, croyant que j'allais mourir là, seule. Et soudain j'ai entendu une petite voix me dire :

« N'aie pas peur, je vais venir t'aider ».

La voix venait d'en haut, de l'entrée du trou. J'ai attendu quelques minutes et soudain j'ai vu une corde descendre vers moi. Dans la foulée, un jeune garçon est descendu. C'était Théo. Il est venu jusqu'à moi et m'a demandé si je pouvais me lever. Il semblait si fort, si sûr de lui, alors qu'il paraissait si frêle, si petit ! J'ai cessé de pleurer et me suis relevée. Il m'a aidée à grimper à la corde et je suis sortie du trou. Il est monté à son tour, a récupéré la corde, m'a fait un grand sourire un peu édenté et m'a dit :

« Fais attention la prochaine fois. »

Il est parti sans rien ajouter. Je ne l'oublierai jamais. Il était incroyable ce petit bout de chou ! Après ça on ne s'est plus jamais revu.

— Jamais ? Pourquoi ? s'étonna Jessie.

— Parce que c'était le dernier jour et que le lendemain on est tous rentrés chez nous. ».

Théo se remémora ce souvenir. Il l'avait enfoui si profond dans son esprit qu'il l'avait presque complètement oublié. Les images étaient remontées à la surface soudainement, lui rappelant qu'il avait été, un jour, le héros de la belle Lisa. Sa poitrine se gonfla, son ego grandit et il se sentit fier de ce qu'il avait accompli à l'âge d'à peine huit ans. Lisa jeta un regard tendre au jeune homme à travers l'écran et lui dit :

« Ah ! Mon Théo ! Mon héros ! J'ai souvent pensé à toi. Tu m'avais sauvée et je ne connaissais même pas ton nom. Ce jour-là j'avais eu si peur et tu es arrivé, tout petit, tout fluet et pourtant si grand par ton comportement. Tu sais quoi ? Je crois que si tu avais été plus âgé, je serais certainement tombée amoureuse de toi ce jour-là. »

Elle rit. Jessie lui emboîta le pas. Théo ne savait jamais sur quel pied danser avec Lisa. Elle pouvait dire les choses sérieusement et, d'un coup, rire et se moquer. Il ne la comprenait décidément pas. Jessie fut émue par le récit de Lisa :

« C'est super touchant comme histoire, en tout cas. Finalement Théo se comportait déjà comme l'Elu, sans le savoir.

— C'est vrai. Il avait comme une force en lui qui m'a impressionnée.

— Mais c'est sûr, côté physique, à l'époque c'était pas le top ! »

Les deux filles repartirent à rire de plus belle. Le jeune homme regarda la photo de ses huit ans et finit par rire lui aussi. Il faut dire qu'il avait une drôle de dégaine à cette époque. Heureusement il avait changé. La chenille s'était transformée en papillon. Soudain il entendit Lisa s'écrier :

« Oh ! Le trou ! C'est dans le trou !

— Quoi ? Qu'est-ce que tu dis ? Le trou ?

— Oui, le trou ! Je me souviens ! J'étais assise sur le sol et face à moi, sur un mur, ou un rocher, je ne sais plus, il y avait le symbole !

— Des Mikelians ? Tu es sure ?

— Certaine ! Je le vois encore comme si j'y étais. C'est incroyable ! Je le vois ! »

§

Jessie stoppa la voiture près de l'entrée de la colonie *Beau Sourire*. Après avoir jeté un œil alentour elle constata :

« On ne pourra rien faire avant la nuit. Il faut attendre que tout le monde soit couché pour entrer.

— Je crois que tu as raison, admit Lisa. En attendant va un peu plus loin. Si je me souviens bien, la ruine se trouve vers le fond du terrain, près de la rivière. »

Les deux jeunes femmes repérèrent les lieux et décidèrent de revenir pendant la nuit. Afin de patienter elles s'installèrent au bord de la rivière et en profitèrent pour se faire dorer au soleil radieux de ce mois de juillet.

Il était près d'une heure du matin lorsque la voiture s'immobilisa sur le bord de la route, le long de la clôture du terrain de la colonie de vacances. La lune, à son premier quartier, éclairait modestement mais suffisamment pour distinguer le paysage. Lisa sortit la première, suivie de Jessie qui ouvrit le coffre et prit une pince-monseigneur, un pied-de-biche, deux lampes torches et une corde. Ainsi équipées elles grimpèrent le petit talus qui les séparait du grillage. Lisa coupa le treillage métallique, créant une ouverture assez grande pour les laisser pénétrer dans la propriété. Elles se dirigèrent rapidement à travers bois vers le sommet d'une petite colline. Un peu avant de l'atteindre elles aperçurent enfin la ruine qui dressait ses vieux pans de murs dentelés dans la lumière fantomatique. Jessie frissonna. Cet endroit, à cette heure, donnait la chair de poule. Lisa avança d'un pas assuré vers les broussailles au milieu de la ruine. Elle s'arrêta et désigna l'endroit de la main :

« C'est ici. Passe-moi la corde, je vais l'accrocher à ce tronc d'arbre. »

Elle désigna l'arbre qu'avait utilisé Théo six ans auparavant pour la secourir. Elle enfila une paire de gants de jardinage, qu'elle avait pris la précaution d'emporter, afin d'écarter les broussailles et les ronces. Elle pointa la lampe torche sur l'endroit qu'elle venait de dégager. Un trou profond de trois mètres environ se dévoilait sous la lumière blanc bleuté des LED. Le silence de la nuit fut brisé par le cri strident d'un oiseau de proie qui devait tournoyer non loin dans les airs. Jessie sursauta. Lisa, tout en commençant sa descente le long de la corde, la rassura :

« Ce n'est rien, n'aie pas peur. Ne te laisse pas impressionner par la nuit. Il n'y a personne et aucun danger ici. »

Jessie découvrait petit à petit la vraie Lisa. C'était une jeune femme au caractère bien trempé, avec une grande force intérieure, qui semblait n'avoir peur de rien. Elle restait calme et sereine au milieu de ce paysage, ce silence, cette lumière qui faisait frissonner. Ce calme, cette force, ce n'était pas banal. Qui était vraiment Lisa ? Et quel rôle devait-elle jouer dans tout ça ? Sans doute Théo avait-il raison : elle n'était pas là par hasard. C'était maintenant une évidence. Un peu comme Théo avait été une évidence pour Jessie. La voix de Lisa la tira de ses réflexions :

« Tu descends Jessie ou quoi ? »

Le fond du trou révélait une pièce rectangulaire de dimensions moyennes. Le plafond voûté, assez bas, indiquait qu'il s'agissait sans doute d'une étable ou d'un cellier. Jessie éclaira les murs de pierres, faits de gros blocs lisses parfaitement ajustés. Elle pointa les murs extérieurs de la ruine, au-dessus du trou et observa qu'ils étaient faits de petits blocs taillés grossièrement. Elle fit part de ses réflexions à Lisa :

« Tu trouves pas ça étrange que les murs du sous-sol soient faits de gros blocs de pierre de taille parfaitement alignés et que les murs supérieurs soient très différents ? »

Lisa regarda à son tour et confirma. Elle éclaira le symbole gravé sur un gros bloc lisse :

« Regarde, le symbole ! Exactement comme dans mon souvenir.

— Bravo, bonne mémoire. » reconnut Jessie.

Elle caressa le bloc de pierre, essayant de comprendre ce quelles étaient venues chercher ici. A part le symbole, il n'y avait rien dans cette pièce. Lisa éclaira le sol. Il était fait de terre battue ravinée par les pluies et couvert par endroits de mousses d'un beau vert sombre. Il n'y avait rien à cet endroit. Pas de trappe, pas de dalles, rien qu'on ne puisse ouvrir ou soulever. Les murs ne possédaient aucune niche, aucune ouverture, rien qui ne puisse se pousser, se tirer ou s'abaisser. Seul le symbole trônait ici, leur rappelant qu'il devait nécessairement y avoir quelque chose, un indice, un objet, quelque part dans ces quelques mètres carrés :

« Qu'est-ce qu'on fait maintenant ? Tu as une idée, Lisa ?

— Je ne sais pas, avoua la jeune fille. Il faut peut-être retirer le bloc de pierre de son logement. Il doit sûrement y avoir quelque chose derrière. »

Jessie éclaira le bloc. Il faisait, au bas mot, quatre-vingts centimètres de côté. Le bloc devait peser une tonne ! Même avec la meilleure volonté du monde les deux jeunes femmes n'auraient pu le bouger d'un seul centimètre ! Jessie fit la moue :

« C'est tout ce que tu as comme idée ?

— Tu en as une meilleure toi ?

— Pas pour l'instant.

— On devrait demander aux garçons.

— Oui, bien sûr, rétorqua Jessie. Comme ça on va passer pour deux cruches qui ne savent pas se débrouiller !»

Elle n'aimait pas l'idée de l'échec. Elle passerait le temps qu'il faudrait dans ce trou mais elle voulait trouver pourquoi elle était venue ici. Lisa s'approcha du bloc sur lequel était gravé le symbole. Elle pointa sa lampe torche dessus et tenta de déceler un indice qui aurait pu les mettre sur la voie. Mais le bloc et le symbole ne disaient pas grand-chose à part que les Mikelians avaient sans doute laissé quelque chose en ce lieu. Où et comment le trouver ? C'était toute la question. L'adolescente passa sa main sur le bloc, presque de façon machinale, comme si ce geste avait pu lui donner la solution. Soudain les deux amies sursautèrent. Un grondement sourd, suivi d'un long grincement, rompirent le silence du lieu. Les deux jeunes femmes pointèrent le faisceau de leurs lampes sur le bloc de pierre qui finissait de disparaître en coulissant dans le mur, découvrant une niche profonde d'une soixantaine de centimètres. Au centre, posé sur un socle de pierre, était posé un cylindre de cuir, couleur chocolat, d'une trentaine de centimètres de long sur cinq de diamètre. Jessie regarda Lisa :

« C'est toi qui as fait ça ?»

Lisa secoua la tête en signe de négation. Elle n'avait strictement rien fait, du moins le pensait-elle :

« C'est bizarre. Il ne s'est pas ouvert tout seul quand même. Tu es certaine de n'avoir rien fait ?

— Rien, je t'assure. Enfin si, j'ai passé la main devant le bloc, c'est tout. Je ne l'ai même pas touché.

— Bon, ce n'est pas le plus important. Je crois que nous avons trouvé ce que nous sommes venues chercher. »

Jessie pointa du doigt le cylindre de cuir :

« Prenons-le et partons d'ici. »

Elle se dirigea vers la niche et voulue se saisir du cylindre mais une lumière blanche intense et brûlante l'en empêcha. Elle recula en criant de douleur. Lisa se précipita vers elle :

« Jessie, ça va ? Tu as mal ?

— Ca va, ça va, rassura-t-elle. J'ai senti une brûlure mais je crois que je n'ai rien. C'est déjà passé. On dirait qu'on ne veut pas qu'on s'empare de cette chose.

— Oui, je crois bien. Qu'est-ce qu'on va faire ? Demanda Lisa, un peu dépitée. Il faut pourtant qu'on sache ce que c'est et ce que ça cache.

— Essaye, toi, proposa Jessie. Tu auras peut-être plus de chance que moi.

— Pourquoi ça serait le cas ? » s'étonna Lisa.

Jessie, qui réfléchissait vite, avait compris que si Lisa avait réussi à ouvrir la niche, sans doute pourrait-elle aussi s'emparer du cylindre. Ce qui tendrait à prouver que sa présence n'était non seulement pas un hasard mais une nécessité. Pourquoi ? Ca c'était une chose qu'elle n'avait pas encore réussie à comprendre. Lisa approcha du cylindre. Elle tendit lentement la main, redoutant de ressentir elle aussi la brûlure de la lumière. Il n'en fut rien. Elle saisit le cylindre de la main droite et le sortit de sa niche sans aucun problème. Elle le glissa dans son sac à dos. Les deux femmes grimpèrent la corde vers la sortie et quittèrent le terrain de la colonie *Beau sourire*.

§

« *Tu trouveras l'esprit de l'Archange au cœur des trois rochers où fut enfermé le cœur du lion.* »

Lut à haute voix Lisa qui venait d'extraire un parchemin de l'étui de cuir. Yu se mit immédiatement à pianoter sur son ordinateur. Le moteur de recherche commença à afficher sa liste de trouvailles hétéroclites. Le Chinois chercha du regard les mots en gras pour chaque site trouvé, ceux qui correspondaient aux mots qu'il avait saisis pour sa recherche. Il cherchait les meilleures associations qui pourraient donner de bons indices :

« Tu as quelque chose ? » demanda Théo.

Yu passait rapidement de page en page, essayant de trouver les meilleures correspondances :

« J'ai des trucs, dit-il, concentré sur son écran, sur la mythologie germanique : des histoires de gens enchaînés à trois gros rochers…Je crois pas que ce soit ça. J'ai des châteaux en Alsace et en Rhénanie. Attends… Je crois que c'est le même en fait… Oui, c'est ça : le château de Trifels, en Rhénanie-Palatinat… Ecoutez ça, je crois que c'est intéressant : Trifels, nom de la forteresse que l'on peut traduire par *Trois Rochers*. Je clique sur l'article complet… C'est un château fort sur un piton rocheux scindé en trois rochers, qui surplombe la vallée de la Queich et la petite cité d'Annweiler. Ce qui est intéressant c'est que le roi Richard Cœur de Lion y fut emprisonné à son retour de croisade. Trois rochers, le cœur du lion, je crois que ça correspond bien, qu'en dites-vous ?

— Un piton rocheux ? Il y a des photos ? » questionna Théo.

Yu ouvrit une nouvelle page de recherche et saisit :

« Photos château de Trifels ».

Une série de photos apparut. Théo, qui entre-temps l'avait rejoint, s'écria :

« C'est ça, ne cherchez plus ! On y est. C'est le château que la chevalière m'a montré en rêve ! »

Lisa et Jessie, qui n'en revenaient pas de la facilité avec laquelle leurs deux camarades venaient de trouver la solution de l'énigme, se rapprochèrent de Yu pour voir le fameux château. Il se dressait fièrement sur son piton rocheux. Plusieurs photos le montraient sous tous les angles. Théo montra du doigt une photo du château prise depuis une colline. Le fond de la vallée était couvert de brumes, le laissant émerger seul, tel un navire sur les flots :

« C'est exactement l'image de mon rêve. J'arrivais au sommet d'une colline et je le voyais, au centre de la vallée, entouré de brumes. Incroyable !

— Ce qui est incroyable c'est d'avoir trouvé aussi vite ! s'exclama Lisa

— C'est ça quand on a le meilleur navigateur Internet au monde! répondit Yu qui arborait un large sourire satisfait. On ne s'en rend pas toujours compte mais sur Internet on trouve toutes les informations sur tout. Il suffit juste de bien formuler sa demande.

— Si Georges Trahan avait eu Internet, songea Jessie, nul doute qu'il aurait trouvé la solution à toutes les énigmes avant nous. »

Elle songea à ce pauvre bougre qui était mort sans aller au bout de sa quête. Théo tempéra un peu l'enthousiasme général en disant :

« Bon, on sait où il faut chercher mais on n'est quand même pas au bout de nos peines. Les châteaux sont vastes et pleins de recoins. On n'a pas plus d'indications que ça. De plus on doit se méfier de ceux qui nous talonnent. Jusqu'à présent ils ne se sont pas beaucoup manifestés mais j'ai dans l'idée qu'ils sont tout de même sur nos traces. S'ils ne bougent pas plus que ça c'est parce qu'ils comptent sur nous pour les mener au médaillon. Je suis presque sûr qu'ils savent que nous possédons déjà la chevalière.

— Tu crois vraiment ? s'inquiéta Yu. Nous avons pourtant été les plus discrets possible. J'ai sécurisé tous nos appareils de communication et mis des brouilleurs de fréquences un peu partout. Je ne pense pas qu'ils aient pu capter grand-chose de nos conversations.

— Tu as fait un super travail Yu, mais le fait de sécuriser nos conversations ne suffit pas. Ils ont certainement réussi à nous suivre et nous épier, partout où nous sommes allés. Je fais confiance à l'intelligence du père de Jessie et à ceux qui travaillent pour lui. Nous devons mettre au point une stratégie afin de les éloigner de notre objectif, qui est le dernier si on se fie à l'énigme.

— Tu penses que le médaillon se trouve là-bas ? » questionna Jessie.

Théo prit le temps de la réflexion :

« Oui, j'en suis persuadé. C'est la seconde énigme où il est fait directement référence à l'Archange. La première fois, il était question du *feu de l'Archange* et nous avons trouvé la chevalière. Cette fois l'énigme parle de *L'esprit de l'Archange*. Je ne sais pas ce que ça signifie, mais je suis sûr qu'il s'agit bien du médaillon. De plus la chevalière m'a indiqué ce lieu dans ce rêve. Je n'ai pas compris ce qu'il signifiait mais il est évident qu'il ne peut s'agir d'un endroit où se trouve une autre énigme. Ca n'aurait pas vraiment de sens, à mon avis.

— C'est bien raisonné, avoua Lisa. Tu as une idée de stratégic ?

— Oui. Il faut la peaufiner, mais j'ai les grandes lignes : nous devons trouver un moyen d'éloigner tous ceux qui sont sur nos pas.

— Comment ? » demanda-t-elle.

Théo regarda Yu :

« Tu es certain de ton installation de brouillage ? On peut vraiment parler en toute sécurité ici ? »

Yu parut un peu déstabilisé par ces questions. Il bafouilla quelques mots en chinois, pianota sur l'ordinateur, vérifia les branchements de son matériel de brouillage, tourna un ou deux boutons et, toujours affublé de son sourire satisfait, affirma :

« Aucun problème ! Personne ne peut nous entendre. Je viens même d'augmenter la puissance du brouillage. Les clients de l'hôtel ne vont pas être contents. Leurs smartphones vont avoir un peu de mal à capter...

— Bien. Alors voilà ce que je vous propose : il faut orienter nos poursuivants vers une fausse piste pendant que nous irons chercher le médaillon.

— Comment allons-nous faire ? demanda Jessie. Nous ne savons ni qui ils sont ni où ils sont. De plus je fais confiance à mon père pour qu'il ait engagé un nombre considérable de forces, surtout s'il soupçonne que nous sommes proches du but.

— C'est pour ça Jessie que nous devons absolument ruser et faire en sorte qu'ils se retrouvent à l'opposé de notre objectif. J'ai pensé qu'il faudrait que nous nous séparions en deux groupes. Le premier se dirigerait vers le faux objectif sans se cacher, comme d'habitude, avec le jet. Le second devra quitter Genève en toute discrétion et faire par la route les quelques centaines de kilomètres qui nous séparent de Trifels.

— Si nous nous séparons, ils vont comprendre que nous préparons quelque chose, affirma Lisa. Ou alors il faut bien jouer le coup et leur faire croire que nous partons tous les quatre 10ensemble.

— C'est exactement ça. Il faut trouver des doublures crédibles pour qu'on n'y voit que du feu.

— Mais qui ?

— J'ai ma petite idée là-dessus. Vous trois occupez vous de la logistique. Moi je me charge du reste. »

Théo changeait. Il devenait plus fort, plus mûr, plus sûr de lui chaque jour. Ses amis s'en rendaient compte et saluaient son rôle croissant de leader du groupe. Son caractère se renforçait au fur et à mesure que surgissaient les problèmes et même son langage reflétait sa nouvelle maturité. Il s'exprimait mieux. Jessie, qui la première l'avait soupçonné d'être l'Elu, s'en réjouissait, comprenant qu'il évoluait désormais grâce à la chevalière. C'était une arme mais pas seulement, apparemment. Elle devait certainement transformer, en partie, celui qui la portait pour en faire une sorte de surhomme. Théo devenait, pas à pas, ce surhomme qui serait un jour capable de combattre le mal.

Chapitre VIII

« Le château »

Le puissant 4x4 de marque allemande avalait les kilomètres dans un silence et un confort appréciables. La traversée de la plaine d'Alsace touchait à sa fin. Dehors, la
température avoisinait les trente-cinq degrés mais à
l'intérieur du véhicule elle n'excédait pas vingt-quatre degrés. L'auto appartenait à Max Werter, le frère de Paul, le
meilleur ami de Théo. Lisa et Yu étaient assis à l'arrière.
Théo avait enrôlé ses amis de collège afin qu'ils lui donnent un bon coup de main. Paul, sensiblement de même
corpulence que Théo, avait pris sa place auprès de Jessie
qui s'était envolée pour Murat, dans le Cantal, en France.
Avec eux, Jennifer, également amie de Théo, avait pris la
place de Lisa, affublée d'une perruque auburn et de ses
vêtements. Pour camper Yu, Théo avait fait appel à son ami
Ali qui, une fois coiffé comme le jeune Chinois, faisait un
sosie très acceptable. La tâche ne fut toutefois pas aisée car
il fallut monter un stratagème pour convaincre les parents
de lâcher leurs progénitures durant deux jours. C'est là que
le grand frère de Paul, Max, avait joué un rôle capital. Théo
l'avait convaincu, moyennant finance, non seulement de
leur servir de couverture mais également de les conduire au
château de Trifels. Il avait été raconté aux parents que les
ados allaient faire de la randonnée et du camping avec Max
Werter. Ce dernier étant adulte (il avait vingt-sept ans) les
parents acceptèrent. Ils se réunirent discrètement chez Max

où Théo leur apporta tout ce qu'il fallait pour se déguiser. Pour convaincre ses amis de l'aider, il ne donna guère d'explications. Ils lui faisaient confiance et n'avaient pas hésité un seul instant à lui rendre service. C'était ça l'amitié. Jessie fut la seule à ne pas être remplacée. Il fallait garder un certain réalisme et, de plus, elle était la seule à pouvoir faire passer la frontière aux ados sans encombre. Sans compter que l'équipage du Jet aurait trouvé suspect qu'une fausse Jessie s'envole à son bord. Alors qu'avec les amis de Théo elle s'envolait pour la France, celui-ci prenait la route de l'Allemagne à bord du véhicule de Max Werter avec Yu et Lisa. Celui-ci fut grassement payé et ne posa aucune question sur les motivations des ados.

A Landau la voiture quitta l'autoroute et s'engagea sur la route B10 en direction d'Annweiler am Trifels, la commune où se trouvait le château de Trifels. Il ne restait plus que quelques kilomètres à parcourir. Théo jeta un œil à sa montre. Il était près de quinze heures trente. Ils étaient partis de Genève vers onze heures trente. Max avait bien roulé, surtout sur les autoroutes allemandes où il avait poussé sa puissante monture à plus de deux cent vingt kilomètres heure !

La petite ville d'Annweiler était très pittoresque avec ses maisons à colombages. A la sortie de la ville, la voiture prit une route qui s'enfonçait dans la forêt rhénane, grimpant vers les sommets qui culminaient à moins de cinq cents mètres. Au fur et à mesure de leur progression, une étrange sensation de bien-être envahissait Théo. Son corps devenait plus léger. Toute fatigue s'évanouissait. Il lui semblait que son acuité visuelle, elle-même changeait, qu'il voyait plus nettement tout ce qui l'entourait. Ses muscles, bien que détendus, semblaient plus forts. Il les tâta, se demandant si la chevalière ne s'était pas activée. Ce n'était pas le cas. Après sept ou huit kilomètres, le château était enfin en vue, posé majestueusement sur son piton rocheux, se dressant fièrement au-dessus de la forêt et des monts.

Soudain, Théo fut déconnecté de la réalité et se retrouva dans un rêve. Il finissait de gravir le sentier sur la colline au milieu des bois et débouchait dans la vallée, face au château noyé dans les brumes matinales. Une voix féminine, douce et suave, l'appelait :

« Théo, viens avec nous, tu es des nôtres. »

Il lui sembla qu'elle provenait du château. Il se remit en marche, descendant le sentier qui serpentait entre les arbres séculaires et fut bientôt au fond de la vallée, dans le brouillard persistant. Il reconnut la clairière sur sa droite et l'étang où se trouvait le jet d'eau. Il s'avança et aperçut la silhouette d'une femme. Il savait que c'était Lisa, comme dans son premier rêve. Il s'en approcha, ne distinguant pas son visage. Lorsqu'il fut quasiment à sa hauteur, il se rendit compte qu'elle lui tournait le dos. Il l'appela :

« Lisa, je suis là. »

La silhouette se retourna sur un visage terrifiant ! Théo sursauta, recula et vacilla. Il voulut crier mais aucun son ne sortit de sa bouche. La bête qui se tenait devant lui était indescriptible d'horreur ! Ses yeux incarnaient le mal absolu dans un visage, amas de chairs, crocs et tentacules visqueux ! La voix douce se changea en un râle rauque :

« Viens Théo, viens. Tu fais partie de nous. Viens, rejoins-nous ! »

Les tentacules qui s'agitaient autour de son visage s'allongèrent à vive allure et vinrent s'enrouler autour du jeune homme qui fut bientôt totalement incapable de remuer. La voix rauque ajouta :

« Rejoins-nous Théo, rejoins le cercle. Le mal et le bien ne sont qu'un, souviens-toi »

Les tentacules relâchèrent leur étreinte et la silhouette disparut rapidement dans le brouillard épais. Théo fut tiré de son rêve par la voix de Yu :

« Théo, on arrive.

— J'ai dormi combien de temps ? demanda l'ado.

— Dormi ? S'étonna Lisa. Tu n'as pas dormi. »

Théo regarda autour de lui. La route débouchait sur un parking et une esplanade où se trouvaient des bâtiments avec buvette, toilettes et boutique de souvenirs. Il y avait du monde en cette saison estivale. Trifels recevait plus de cent mille visiteurs par an, d'après ce qu'avait lu Théo sur le Net. Avec cette chaude journée d'été, les touristes étaient au rendez-vous. Le parking était plein. Yu, qui avait toujours son ordinateur avec lui, indiqua une route qui montait vers le château. Max s'y dirigea. Un panneau sens interdit empêchait les véhicules de l'emprunter. Max, comme Théo, parlait et lisait couramment l'Allemand. Sous le panneau un écriteau indiquait : *sauf livraisons*. Max emprunta la route qui montait directement vers le château, que de nombreux touristes arpentaient à pied, lançant souvent des regards noirs aux occupants du luxueux 4x4. Théo demanda à Max de garer son véhicule sur une aire qui se trouvait un peu en contrebas de l'entrée de l'édifice moyenâgeux. Lisa, Yu et Théo quittèrent la voiture, laissant Max seul.

Après avoir franchi la caisse qui se trouvait à l'entrée, les jeunes gens empruntèrent un chemin dallé de pierre, en escalier, qui menait en zigzaguant jusque dans l'enceinte du château. Celui-ci était constitué d'un corps principal, massif, flanqué d'un donjon carré d'une belle hauteur. Deux ou trois autres bâtisses plus petites venaient compléter l'ensemble. Plusieurs terrasses s'étageaient pour permettre l'accès aux différents bâtiments. Il y avait un monde fou dans les allées, les chemins de ronde, les terrasses et, sans aucun doute, à l'intérieur des édifices. Les trois ados trouvèrent un petit coin plus tranquille pour s'organiser. Théo prit la parole :

« Bon, nous savons que le château que nous voyons là n'est pas celui d'origine de l'époque médiévale. Ce qui veut dire qu'il va être très difficile de trouver ce que nous cherchons. Nous allons nous séparer et fouiller tous les bâtiments et les extérieurs. Nous devons ouvrir l'œil et ne rien négliger. Regardons partout : murs, sols, plafonds, meubles. La seule chose dont nous soyons certains, c'est que c'est ici, quelque part. Lisa, tu vas commencer par la bâtisse principale. Yu, tu vas faire l'extérieur, remparts, terrasses, dalles de sol et murs des bâtiments. Moi je vais commencer par la bâtisse plus petite qui se trouve face à l'entrée du donjon. Lorsque j'aurai terminé, si je n'ai rien trouvé, je viendrai aider Lisa. Prenez votre temps, ne laissez rien passer. Si nous n'arrivons pas à trouver aujourd'hui, vu qu'il est un peu tard, nous reviendrons demain, à l'ouverture et nous y passerons la journée s'il le faut. Ok pour tout le monde ?

« Ok pour moi, affirma Yu.

— C'est bon pour moi aussi, confirma Lisa.

— Vous avez branché vos Talkie-walkie ? » demanda Théo.

Lisa et Yu acquiescèrent après avoir vérifié que leurs oreillettes étaient bien en place. Avant de se quitter, ils firent des essais de communication. Chacun prit la direction de son lieu de recherche. Le château fort était vaste, avec de nombreux recoins. Les recherches prendraient sûrement un certain temps. Mais ce qui inquiétait le plus Théo était le fait que Trifels, tombé en ruine au fil du temps, ait été restauré pendant l'entre-deux-guerres sans respecter les plans originaux. Autant dire que ça compliquait sérieusement les choses. Il n'était même pas sûr que des indices subsistent pour mettre la main sur le médaillon. Pourtant, il savait qu'il était là, quelque part. La chevalière le lui avait montré en rêve. Cela ne pouvait être une simple coïncidence. Théo n'avait rien voulu dire de son dernier rêve à ses camarades, car il pressentait le danger croissant, maintenant qu'ils étaient proches du but. Le visage de la bête était un signe. La chevalière devait sans doute vouloir le prévenir. La proximité du médaillon devait aussi avoir un effet, car il sentait un accroissement de son potentiel intellectuel en plus de la force physique que lui procurait désormais la chevalière. Il comprenait ce que disait l'énigme en parlant de *L'esprit de l'Archange*. Le médaillon devait sans doute compléter la force destructrice de la chevalière par une force mentale exceptionnelle. Théo en ressentait déjà les effets. Ce qui prouvait que celui-ci était là, à proximité. Il fallait le trouver au plus vite. Il entra dans l'ancien bâtiment des gardes. Les murs de pierre semblaient récents, ce qui ne l'étonna guère puisqu'il savait que sa reconstruction datait d'à peine quatre-vingts ans. De nombreux touristes allaient et venaient en tous sens, ce qui était gênant pour investiguer sereinement. Tant pis, il faudrait faire avec. Il commença à regarder partout de façon minutieuse, n'omettant le moindre recoin. Il y avait les pierres, les dalles, les restes du château d'origine, exposés çà et là, au gré de la visite. Il s'attardait plus particulièrement sur ces morceaux de colonnes, ces restes de bas-reliefs, ces dalles de pierre et voûtes sur croisée d'ogives.

Théo ne vit pas passer le temps, concentré sur sa tâche. Il fut tiré de sa concentration par la voix de Yu dans l'oreillette de son talkie :

« Vous trouvez quelque chose ?

— Rien pour le moment, répondit Lisa.

— Rien non plus, affirma Théo. Et toi ?

— Rien. Je commence à fatiguer, c'est pénible à faire, répondit Yu, découragé.

— Je sais, mais nous devons rester motivés jusqu'au bout. Nous sommes à la fin de notre quête, encouragea Théo. Et toi Lisa, ça va ?

— Oui, Théo, je me concentre. Nous allons trouver, j'en suis sûre. »

Lisa avait vraiment une grande force de caractère, plus que la plupart des gens. Elle impressionnait de plus en plus Théo qui, non seulement la trouvait superbe physiquement, mais admirait cette force qui émanait d'elle. Les trois jeunes gens se remirent au travail jusqu'à l'heure de fermeture du château, vers dix-neuf heures trente. Ils durent se résoudre à quitter les lieux et décidèrent de reprendre dès le lendemain matin à l'ouverture.

Les trois amis avaient demandé à Max de réserver des chambres dans un hôtel de la région, depuis Genève, à son nom afin de ne pas attirer l'attention. Il était difficile en cette saison de trouver des chambres dans les zones très touristiques et ils n'eurent guère le choix. Seuls les hôtels quatre et cinq étoiles avaient parfois des chambres libres. Ce fut le cas à une dizaine de kilomètres d'Annweiler, dans la petite bourgade d'Hauenstein. L'hôtel Felsentor était une grosse bâtisse dans le plus pur style régional : toits très pentus et colombages. Max ne réussit à avoir que deux chambres. Il fut décidé que Lisa aurait l'une d'elles et que les deux ados et Max se partageraient l'autre. La soirée avec Max fut sans le moindre intérêt et les ados ne purent parler que de banalités devant lui. Un peu frustrés de ne pouvoir s'exprimer à leur aise, ils allèrent se coucher tôt pour être vite au lendemain.

§

Le grappin tomba sur le sol dans un fracas métallique qui rompit le silence de la nuit. Théo attendit un moment avant de tirer sur la corde, de peur que quelqu'un n'ait entendu le bruit. Le grappin ripa sur les dalles de pierre et vint s'immobiliser contre le parapet en haut du mur d'enceinte. Après s'être assuré de la solidité de la prise, le jeune homme grimpa la dizaine de mètres avec une facilité déconcertante. Il étaitSpectacle3535 certes sportif, mais les performances que lui donnait la chevalière étaient dignes d'un super-héros de comics américains. Il avait, du reste, lancé le grappin à plus de dix mètres de haut sans le moindre problème. Lisa lui emboîta le pas et, bien qu'elle eût un peu plus de mal que lui, n'en fut pas moins vite au sommet. Yu eut beaucoup plus de mal à franchir la mi-hauteur et s'arrêta net, à bout de forces. Il manquait cruellement d'exercice. Théo et Lisa en rirent et l'ado vint au secours de son ami en tirant la corde jusqu'à ce que Yu fut au sommet. Théo lui tendit une main et l'attira sur le chemin de ronde :

« Tu devrais te mettre au sport, je te trouve un peu rouillé, lui lança-t-il sur le ton de la plaisanterie.

— Je fais du sport, souligna Yu, mais la corde ça n'a jamais été mon truc !

— Ca, on avait remarqué. » se moqua gentiment Lisa.

Yu haussa les épaules en bougonnant dans sa langue. Lisa regarda alentour si personne ne se trouvait dans les parages. Il faisait nuit mais pas vraiment noir. Le château était mis en valeur par un éclairage subtil qui, comme cela se faisait un peu partout, rasait les murs, laissant se détacher l'ensemble du bâti sur le fond noir. Théo se repéra au milieu de ces vieilles pierres et entraîna ses camarades vers le donjon, à pas feutrés. Ils gravirent les volées de marches qui menaient sur une terrasse posée à même le rocher, donnant sur l'entrée du Donjon. Au milieu de celle-ci trônait un puits circulaire fermé par une solide grille métallique. La terrasse était éclairée comme en plein jour par de puissants projecteurs qui illuminaient le donjon de bas en haut. Les trois jeunes gens se déplaçaient accroupis afin de se soustraire aux regards. Ils arrivèrent autour du puits, déposèrent leurs sacs à dos, en sortirent rapidement tout le matériel nécessaire et se mirent au travail. Le puits était leur objectif. Pourquoi et comment en étaient-ils arrivés là ?

Plus tôt dans la journée, ils avaient arpenté de long en large le château fort, cherchant l'indice qui les mènerait au médaillon, en vain. Vers le milieu d'après-midi, alors que la température ne cessait de monter avoisinant les quarante degrés, ils durent se rendre à l'évidence : il ne restait plus aucun indice visible de l'ancien château. La reconstruction avait totalement occulté les traces pouvant les conduire à leur but. Las de perdre leur temps, ils décidèrent de quitter le château et de gagner la buvette, un peu plus bas, afin de se désaltérer et se reposer. Déçu de n'avoir trouvé ce qu'ils cherchaient, chacun restait silencieux face à l'échec. Théo passait et repassait l'énigme dans sa tête, essayant de trouver, infime espoir, ce qui aurait pu leur échapper et les mettre sur la voie :

Tu trouveras l'esprit de l'Archange au cœur des trois rochers où fut enfermé le cœur du lion. En même temps il visualisait chaque recoin du château que son œil avait balayé. Soudain il se frappa le front du plat de la main, faisant sursauter ses camarades :

« Je crois que j'ai trouvé ! s'exclama-t-il.

— Trouvé quoi ? questionna Yu, surpris.

— Le moyen de retrouver le médaillon. Ecoutez. L'énigme précise la chose suivante : *au cœur des trois rochers.* Il appuya le mot *cœur.*

— Oui, c'est ça, c'est bien ça ! lança Lisa qui venait de comprendre.

— C'est ça quoi ? demanda Yu qui nageait dans le brouillard.

— Le cœur ! Le cœur, c'est ça la solution ! expliqua Lisa, laissant Yu encore plus perplexe et perdu.

— Je ne comprends rien à votre histoire de cœur ! Quel cœur ? Je n'ai vu aucun cœur.

— Le puits ! Il faut passer par là ! assura Théo qui, associant l'image du puits à l'énigme, avait eu un flash.

— Ah, ça y est, je comprends ! » affirma Yu avec soulagement, toujours flanqué de son large sourire satisfait.

C'est ainsi qu'ils décidèrent de s'attaquer à leur objectif en pleine nuit. Yu, muni d'une petite scie circulaire électrique, coupa l'anneau du cadenas qui verrouillait la grille. Pendant ce temps, Théo attachait solidement une corde d'escalade et Lisa vérifiait une dernière fois les lampes torches et les Talkies-walkies. Le cadenas céda. Théo tira la grille qui pivota sur ses gonds. Le trou béant du puits s'ouvrait devant eux. Lisa plongea le faisceau de sa lampe torche vers le fond et dit avec une pointe de déception:

« Je vois de l'eau.

— De l'eau ? Mais alors, on ne va pas pouvoir passer, souligna Yu.

— Pas de panique. Je vais descendre le premier et voir de quoi il retourne. » les rassura Théo avec un grand sang froid.

Il agrippa la corde, enjamba la margelle du puits, alluma sa lampe torche accrochée à la ceinture et se laissa glisser doucement vers le fond. Le puits avait été creusé directement dans la roche. Ses bâtisseurs n'avaient pas eu besoin d'habiller d'un mur de pierre la paroi circulaire. La roche était lisse, presque sans aspérités. Difficile de s'y accrocher. Théo éclaira le fond qui se rapprochait rapidement. Il voyait briller l'eau et sentait une légère fraîcheur en remonter. Lorsqu'il fut proche de la surface, il balaya la paroi des yeux espérant y trouver un passage, sans succès. Il fit grise mine, descendit encore un peu jusqu'à toucher l'eau de la pointe de sa chaussure. Le contact rida la surface lisse. Théo descendit encore un peu, enfonçant ses jambes jusqu'aux mollets. Curieusement la température de l'eau semblait équivalente à celle de l'air, car il ne ressentit aucune différence. Il s'enfonça encore un peu, jusqu'aux genoux. Il n'eut même pas l'impression d'être mouillé. Il comprit très vite qu'il ne l'était pas du tout. Curieux, il descendit jusqu'à ce que son menton affleure la surface de l'eau. Il prit un grand bol d'air et plongea la tête sous la surface. Il vit le fond du puits à moins de deux mètres sous lui, au sec, sans la moindre goutte d'eau ! Il prit sa respiration et finit sa descente. Devant lui une galerie ouvragée, voûtée, large d'environ un mètre et haute d'un mètre quatre-vingts, semblait s'enfoncer en pente douce dans les entrailles de la montagne. La paroi du fond du puits était habillée de pierre de taille, indiquant que ce niveau se situait sous le rocher, dans une couche sans doute plus friable. La voix de Lisa retentit dans son oreillette :

« Ca va Théo ? Tu en es où ?

— Je suis au fond. Vous n'allez pas me croire.

— Dis toujours, nous allons voir si quelque chose peut encore nous étonner, douta Yu d'un ton blasé.

— J'ai traversé la surface de l'eau et ce n'était pas de l'eau. Je suis au sec et j'ai devant moi un passage qui descend dans la montagne.

— Ok, on peut encore être étonné, reconnut Yu.

— Descendez, il n'y a aucun risque. »

Lisa fut la première à se lancer. Elle descendit rapidement jusqu'à la surface de l'eau mais ralentit à son approche, sans doute un réflexe naturel. Elle enfonça lentement ses pieds dans le liquide et ressentit la fraîcheur de l'eau qui s'insinuait dans ses chaussures :

« Eh ! Mais c'est de l'eau ! Et elle mouille !

— Quoi ? s'étonna Théo. J'ai traversé sans problème et je suis juste sous toi, au sec, je t'assure.

— Oui, mais moi j'ai de l'eau dans mes chaussures et je t'assure qu'elle n'est pas sèche ! »

Théo prit un moment de réflexion avant de dire :

« Ca doit être à cause de la chevalière. Elle doit me permettre de passer une sorte de portail qui ne peut être franchi autrement.

— Bon, c'est bien beau tout ça mais qu'est-ce que je fais maintenant ? s'impatienta Lisa qui restait accrochée à la corde, juste au-dessus de l'eau.

— Ne bouge pas, je monte te chercher. »

L'ado empoigna la corde et se hissa, traversant la surface de l'eau dans l'autre sens. Il aperçut Lisa qui était remontée à deux mètres au-dessus de celle-ci :

« Descend jusqu'à moi, indiqua-t-il, je vais te faire traverser. »

Lisa descendit et s'agrippa à Théo. Ensemble, ils franchirent le portail et se retrouvèrent dans le fond du puits. Ensuite, ce fut le tour de Yu qui eut autant de mal à descendre qu'il en avait eu à monter, un peu plus tôt.

Les trois amis s'engagèrent dans la galerie, Théo en tête, suivi de Lisa et de Yu qui fermait la marche. Le passage descendait en douceur et tournait sur la droite, aboutissant à une volée de marches qui menait une bonne dizaine de mètres plus profond. Au sortir de l'escalier de pierre aux marches larges et basses, la galerie courait droit sur une trentaine de mètres. Le sol était de terre battue, lézardée çà et là de petits rus creusés par l'écoulement de l'eau qui s'infiltrait sous la surface de la montagne. Les murs de pierre étaient par endroits couverts de mousses, confirmant la présence d'humidité. La température avait nettement baissé. Lisa eut presque froid. Au bout de la ligne droite, un nouvel escalier, beaucoup plus raide cette fois, s'enfonçait dans les entrailles du mont Sonnenberg, nom de la montagne sur laquelle était construit le Trifels. Après une cinquantaine de marches hautes et étroites, un large palier s'ouvrait sur une seconde volée de marches, tout aussi raide que la première. La température décrut encore un peu au fur et à mesure de la descente. Dans la seconde moitié de l'escalier, la maçonnerie de l'ouvrage céda la place à la roche brute, brun rouge, d'où suintait l'eau par endroits. Au pied de l'escalier, une imposante porte de bois sculpté barrait le passage. Ce qui frappa de prime abord était l'étonnant état de conservation du bois, sans doute du chêne, ainsi que des pentures dont le métal, recouvert de peinture noire, n'avait aucun point de rouille. Les trois jeunes gens se regardèrent, souriants, devant la sculpture qui s'étendait à cheval sur les deux vantaux de la porte. Elle représentait une balance à fléau, les plateaux équilibrés et une épée à la verticale, pointe vers le haut, qui à première vue semblait tenir lieu de colonne centrale pour la balance. Pourtant, à y regarder de plus près il n'en était rien. L'épée se tenait devant la balance à fléau, bien centrée, certes, mais désolidarisée de celle-ci. Sous le symbole était gravée une inscription en lettres gothiques : *Meminit verborum bestiae.* Yu regarda ses camarades et demanda :

« Quelqu'un sait ce que ça veut dire ?

— C'est du Latin, reconnut Théo, je crois que ça veut

dire… *Mémorise le verbe des bêtes*, ou un truc dans le genre en tout cas. »

Théo n'était pas trop sûr de lui. Il entendit rire Lisa derrière lui, se retourna, s'aperçut qu'elle se moquait gentiment. Il écarta les mains, paumes ouvertes dans sa direction et dit : « Tu as peut-être mieux à nous proposer, le latin c'est pas mon fort.

– Oui. Mais je crois bien que ça n'est pas le mien non plus. On peut traduire cette phrase de plusieurs façons, mais je pense que la plus proche est : souviens-toi des paroles de la bête.

— Oh ! Super ! On va avancer avec ça ! » s'exclama Yu, du dépit dans la voix. Théo s'avança vers la porte et tenta de pousser les vantaux, en vain. Il l'observa en détail, constata qu'il n'y avait ni poignées, ni anneaux, pas plus que de serrures. Cette porte ne s'ouvrait visiblement pas de façon ordinaire. Il appela la chevalière qui apparut à son doigt immédiatement. Il maîtrisait de mieux en mieux la communication avec elle. Il chercha sur la porte un endroit où la placer, songeant qu'elle pouvait servir de clé, qui sait. Il ne trouva rien qui corresponde. Par acquit de conscience, il la colla contre la porte mais, là encore, rien ne se produisit. Lisa se mit à chercher à son tour en observant au faisceau de sa lampe torche les pierres qui constituaient le chambranle de la porte. Elle tirait, poussait et secouait chacune d'entre elles dans l'espoir de découvrir le mécanisme d'ouverture. Après une bonne vingtaine de minutes à chercher, ils s'arrêtèrent, s'assirent à même le sol pour tenter de réfléchir :

« Il y a forcément un moyen de franchir cette porte, estima Théo.

— Bien entendu. Il suffit de le trouver, c'est tout, ajouta Yu.

— Nous sommes arrivés jusqu'ici. Ce n'est pas une porte qui nous arrêtera ! s'enflamma Lisa, rageuse.

— Essayons de réfléchir intelligemment, proposa Théo.

Pas de serrures, pas de poignées, aucun mécanisme dans le chambranle et rien d'apparent dans la roche. Ca veut dire que son ouverture n'est peut-être pas conditionnée à une action physique, vous êtes d'accord ?

— Je pense comme toi, dit Yu. Et je pense qu'il doit s'agir d'un système de reconnaissance, un peu comme nous en avons de nos jours : Scan de l'iris, des mains ou de la voix. Mais dans le style de la magie de l'époque.

— Un système de reconnaissance ? Ce n'est pas bête, reconnut Lisa.

— Pas bête ?... Les paroles de la bête. Les paroles de la bête... » Répéta Théo à haute voix, plongé dans d'intenses réflexions. Lisa l'interrogea :

« Tu penses à quelque chose ?

— Je ne sais pas. J'ai fait un autre rêve durant le trajet qui nous menait au château. J'étais toujours sur le même sentier et je suis arrivé près de l'étang où je croyais t'avoir vu. A ta place il y avait une bête infâme dont les yeux reflétaient le mal absolu. Elle m'a dit cette phrase : *rejoins le cercle. Le mal et le bien ne sont qu'un, souviens toi.*

— D'accord, mais on en fait quoi ? se demanda Lisa.

— Il faut peut-être prononcer la phrase en face de la porte, proposa Yu.

— On peut essayer. » admit Théo qui se plaça face à la porte, bien au centre des deux vantaux. Il prit une inspiration et se lança :

« Rejoins le cercle. Le mal et le bien ne sont qu'un. »

Ils attendirent, retenant leur souffle, scrutant la lourde porte. Il ne se passa rien. Yu suggéra de ne prononcer que la phrase : *le mal et le bien ne sont qu'un.* La porte ne réagit pas plus. Lisa se proposa de prononcer la phrase, la porte réagissant peut-être à une voix féminine. Elle resta désespérément close.

« Devant quoi on est passé ? se demanda Théo. Qu'est-ce qu'on a pas su voir ? Il y a nécessairement quelque chose. On doit trouver.

— Je suis sûre que nous ne sommes pas loin de trouver la réponse. Cette phrase en latin et ton rêve ne peuvent pas être des coïncidences.

— Qu'est-ce que tu as dit ? » questionna Théo qui, plongé dans ses pensées, avait écouté les paroles de Lisa d'une oreille distraite.

« J'ai dit que la phrase et le rêve ne peuvent pas être des coïncidences.

— Non, ce n'est pas ce que tu as dit. Tu as dit : *la phrase en latin*. En latin ! Il faut prononcer la phrase en latin ! Ca doit être ça ! affirma le jeune homme, certain de son fait.

— Pourquoi je n'y ai pas pensé plus tôt ? se demanda Yu.

— Lisa, toi qui t'y connais en latin, traduis nous la phrase s'il te plaît, suggéra Théo.

— Je m'y connais un peu, mais je ne suis pas non plus une pro, se défendit Lisa.

— Ca ne fait rien. Tu es notre unique espoir. Fais-le, nous verrons bien. »

Lisa se concentra et chercha dans sa mémoire. Elle se dit qu'elle aurait dû moins rêvasser en cours de latin, qu'elle aurait dû se douter qu'un jour cette langue, qui était parfois une vraie torture pour elle, se vengerait d'avoir été si maltraitée par sa bouche et sa plume ! Maintenant, le sort de l'humanité tenait peut-être à sa capacité à faire une simple phrase en latin ! Quelle ironie ! Elle réfléchit à haute voix :

« Voyons voir. Le mal... se dit : Malis ou malus ou malla peut-être ? Je ne sais plus. Ou bien les trois se disent ?

— Nous ne sommes pas sortis de l'auberge, susurra Yu à l'oreille de Théo.

— Elle va y arriver, je lui fais confiance, répondit Théo avec assurance.

— Et le bien... bonum... bonis... non, bonum... oui, je crois que c'est ça. Ne sont qu'un... Alors là je ne sais pas trop... »

Lisa chercha dans ses souvenirs comment elle allait pouvoir traduire ces derniers mots. Elle finit par dire :

« Je crois que j'aurai dit tout simplement : unus…. mais bon je n'en suis pas certaine.

— Ok, on va faire avec ce que tu as. Alors, on récapitule: le mal ? demanda Théo

— Malus.

— Et le bien ?

— Bonum.

— Ok. Ne font qu'un ?

— Je dirai unus.

— Le tout ça fait ?

— attends voir, je réfléchis… Je crois qu'on doit pouvoir dire : bonum et malus unus.

— Bien, on va essayer. »

Théo se campa devant la porte, soupira et marqua un court silence avant de prononcer la phrase en latin. Rien n'y fit, la porte resta sourde :

« Bon, reprenons. Tu es sûre de bonum ? interrogea Théo.

— Je pense que oui.

– Malus, c'est bon pour toi ?

— Oui. Enfin je n'en sais trop rien, je n'ai jamais été très bonne dans cette langue !

— Malus, c'est bon ou pas ? Insista Théo.

— Oui.

— Unus ?

— Je crois.

— Il y a quelque chose à ajouter peut-être ou à inverser qui sait ? proposa Yu dans l'espoir d'aider.

— Eh ! Ce n'est pas bête ce que tu dis ! C'est vrai qu'en latin les phrases sont souvent inversées. Affirma Lisa. On pourrait dire autrement : unus bonum et malum, par exemple.

— Ok, j'essaye. »

Théo respira profondément et pria pour que la porte

s'ouvre en prononçant la phrase. Il ne se passa rien. Il leva un poing rageur vers la porte et cria :

« Eh zut! On ne va pas y arriver ! »

A peine eut-il fini de prononcer ces mots qu'un grondement sourd emplit l'espace, faisant vibrer l'air. Les trois amis se regardèrent médusés et tournèrent leurs regards vers la porte qui s'ouvrait lentement, découvrant un espace plongé dans les ténèbres. Ils rirent de joie d'avoir enfin vaincu cette porte et cette énigme. Théo poussa un ouf de soulagement. Il était temps.

§

Antoine Priolo

Chapitre IX

« Le médaillon »

La pièce était circulaire, de dimensions moyennes. Les murs de pierre étaient percés de douze niches disposées à un mètre du sol, voûtées en leur sommet et profondes de cinquante centimètres. Toutes les quatre niches, on trouvait une torchère au bout d'un manche de bois incliné dans un support de fer forgé. Le sol était constitué de dalles de pierre grise lisses jointées au mortier. Au centre de la pièce se dressait une sorte de sarcophage de pierre orné de bas reliefs, représentant des chevaliers au combat. Théo reconnut la croix de Malte, emblème des Templiers. Yu sortit un briquet de son sac à dos et embrasa une torchère. La lumière du flambeau éclaira la pièce d'une lueur blafarde. Lorsqu'il eut embrasé les trois autres, la lumière devint plus vive, plus chaude, donnant à ce lieu une atmosphère surréaliste. Le plus étonnant était que les torchèrent fonctionnaient encore parfaitement. Lisa fit le tour de la pièce, inspectant chaque niche. Dans le fond de chacune d'elles était gravé un symbole unique. Lisa reconnut immédiatement en chacun d'eux les douze signes du zodiaque. Yu et Théo inspectaient les bas-reliefs sur le sarcophage. Une longue épée à lame large était gravée sur la dalle qui le recouvrait. Sous le pommeau de celle-ci l'on pouvait lire une inscription en latin : *Non nobis domine non nobis sed nomini tuo da gloriam.* Théo appela Lisa à la rescousse. Elle lut l'inscription et réfléchit un moment avant de dire :

« Je crois que ça veut dire à peu près : non pour nous, mais pour ton nom et ta gloire.

— Ca veut dire quoi ? questionna Yu, perplexe.

— Ca me dit quelque chose, déclara Théo.

— A moi aussi, affirma Lisa. »

Ils réfléchirent, se regardèrent et lancèrent, d'une même voix :

« La devise des Templiers ! »

Pas de doute possible, c'était bien un tombeau Templier. Mais alors pourquoi un tombeau Templier ? Le médaillon appartenait aux Mikelians, pas aux Templiers. Yu s'interrogea à voix haute :

« C'est peut-être le lien qui nous manquait entre les Mikelians et les Templiers ? Nous soupçonnions les deux Ordres d'avoir eu des liens, sans jamais réussir à l'établir vraiment.

— Ca semble évident désormais. » conclut Théo.

Les deux garçons tentèrent de pousser l'imposante dalle de pierre qui recouvrait le sarcophage. Elle ne bougea pas d'un iota. Yu fouilla dans son sac, sortit un gros tournevis et essaya de le glisser entre le couvercle et le caisson du sarcophage, sans succès. Il pesta. La pierre devait peser une tonne. Théo fit apparaître la chevalière. Il se concentra et posa les mains sur la lourde dalle. Il sentit une force puissante envahir tout son être, poussa la pierre, ragea de voir qu'elle ne bougeait pas. La chevalière ne semblait pas délivrer une force suffisante. Il en conclut que c'était sans doute lui qui ne maîtrisait pas encore le fonctionnement de celle-ci. Il inspira profondément et une fois concentré, tenta à nouveau de le bouger. Il y mit toutes ses forces, hurla de colère, poussant des bras, des jambes et du buste, projetant son corps en avant dans une lutte désespérée. Ses muscles tétanisés par l'effort le firent hurler de douleur et il stoppa son combat, à bout de forces. Il resta là, les mains agrippées à la pierre, penché en avant, la tête entre les bras, reprenant sa respiration lentement. Le couvercle de pierre avait glissé sur une trentaine de centimètres, laissant entrevoir l'intérieur du sarcophage. Un panache de poussière avait jailli de l'intérieur par l'interstice créé par l'ouverture. Une odeur forte et désagréable emplit la pièce. Lisa et Yu approchèrent. La jeune fille alluma sa lampe torche et la pointa sur l'intérieur du sarcophage. Ils virent un corps momifié vêtu de sa tenue de chevalier de l'Ordre du Temple : cotte de mailles, chaussures, gambison et baudrier de cuir, surcot écru cousu d'une croix de Malte rouge. Le chevalier tenait entre ses mains une épée à la lame large et luisante, posée sur son corps, dont la pointe effleurait le menton. Sur la lame, dans le sens de la longueur étaient écrits d'autres mots en latin. Lisa chercha à les traduire. Après quelques tergiversations elle livra le fruit de ses réflexions :

« Alors, si je ne me suis pas trompée, ça donne à peu près : *Seule une porte te conduira à l'esprit de l'archange, le nombre du Temple.*

— Le nombre du Temple ? C'est quoi ce charabia ? Interrogea Yu.

— Aucune idée, déclara Lisa. Ma traduction n'est peut-être pas très fiable. »

Yu sortit son smartphone dans l'espoir de faire une recherche sur le Net. Il dut se rendre à l'évidence : à cette profondeur sous terre les ondes ne passaient pas. Il ragea :

« On devrait essayer de réfléchir un peu, suggéra Théo. On a bien compris que le message nous dit qu'il n'y a qu'une porte qui peut nous conduire au médaillon, ok ? »

Ses camarades acquiescèrent. Théo reprit :

« Où y a-t-il des portes ici ? s'interrogea-t-il. Je ne vois que des niches en dehors de la porte qui nous a conduits dans cette crypte.

— Il ne s'agit peut-être pas de portes physiques, supposa Yu.

— Vous ne trouvez pas étrange qu'il y ait douze niches avec les douze symboles du zodiaque ? interrogea Lisa.

— Tu penses à quelque chose ? demanda Théo.

— Je me dis que si ces niches sont là, c'est qu'elles doivent servir à quelque chose, non ?

— Oui, sans doute. Mais quel rapport avec des portes ? Tu as déjà entendu parler de portes concernant les signes du zodiaque ?

— Pas à ma connaissance en tout cas.

— Admettons que les niches soient les portes, de toute façon on n'a rien d'autre, comment trouver la bonne ?

— Le nombre du Temple, répondit Yu.

— De quel Temple ? se demanda Lisa.

— Si nous considérons que nous sommes dans la crypte d'un chevalier de l'Ordre du Temple, la réponse est claire, observa Théo.

— Et de quel nombre s'agit-il ? »

Théo rechercha dans les souvenirs de ce qu'il avait lu récemment au sujet des Templiers. Après quelques instants de concentration, les images des pages Web défilèrent rapidement devant ses yeux. Le plus étonnant était qu'il pouvait relire toutes les pages en bloc, visualiser et se remémorer toutes les informations qu'elles contenaient, comme si elles avaient été apprises par cœur quelques instants auparavant. Il ne fut pas long à retrouver l'information qu'il cherchait et en fit part à ses amis :

« Je me suis souvenu de ce que j'avais lu sur les Templiers. Trois chiffres en particulier doivent nous intéresser : le 3, le 8 et le 9.

— On passe d'une chance sur douze à une sur trois, calcula Yu. C'est déjà bien.

— Le 3 est le chiffre le plus important pour l'Ordre. Des tas de choses marchaient par trois dans leur organisation militaire et spirituelle. Le 8 est surtout important dans l'architecture des Templiers. Les églises et les chapelles templières sont souvent octogonales. Le 9 est le carré de 3. Il apparaît souvent dans les moments importants de l'Ordre, à sa fondation et sa dissolution entre autres. Le 3 exprime le spirituel, l'intellectuel dans l'homme. Le 9 est un chiffre qui a une grande valeur rituelle. Il est associé au commencement et à la fin. Il est aussi synonyme de changements, d'ère nouvelle, de renaissance. »

Lisa regarda autour d'elle les douze niches et dit :

« Nous pouvons éliminer le 8 je crois. Il n'y a rien d'octogonal ici, les niches sont douze et nous ne sommes que trois.

— Je suis assez d'accord avec elle, approuva Yu.

— Restent le 3 et le 9, releva Théo.

— Une chance sur deux, constata Yu.

— Qu'est-ce qu'il nous reste, s'interrogea Lisa. D'un côté le spirituel, l'intellectuel et de l'autre le commencement, la fin et la renaissance. Pour ma part, je pencherai plutôt pour la renaissance.

— Ca paraît logique, admit Yu. Si Théo est le descendant des Mikelians, il est le renouveau, le départ d'une nouvelle ère de lutte contre le mal.

— Je me range à votre avis, approuva Théo. Espérons que ce soit le bon. »

Le jeune homme fit le tour de la pièce, regardant les niches une à une et demanda à Lisa :

« Le zodiaque commence par quel signe ?

— Le bélier. J'ai déjà calculé, il s'agit de la niche avec le Sagittaire, la neuvième.

— Reste à déterminer ce qu'il faut faire pour franchir cette porte, ajouta Théo avec lassitude.

— J'ai bien observé les niches, affirma Lisa, elles n'ont pas de bouton-poussoir...

— Ah ? Et pas de scanner de l'iris non plus ? plaisanta Théo.

— Rien d'apparent en tout cas. Il va falloir chercher ailleurs.

— J'ai peut-être la solution. » affirma Yu qui était en train d'observer attentivement le sarcophage et le chevalier qui s'y trouvait.

Ses camarades approchèrent. Il leur montra l'épée du

doigt et expliqua :

« Regardez, l'épée pointe en direction des niches 4 et 5, juste entre les deux. On dirait une flèche, un indicateur. Mieux, une aiguille de montre. Reculez un peu et regardez le sol. Vous voyez, le sarcophage est posé sur une dalle circulaire qui semble d'un seul tenant. Je crois qu'il doit pouvoir pivoter et se positionner sur la niche voulue.

— Ouah ! Si c'est ça Yu, tu es un génie ! s'écria Lisa.

— Il n'est pas là par hasard. » fit remarquer Théo qui, accroupi, commençait à observer avec attention la dalle circulaire.

Il se releva et demanda :

« Quelqu'un a une idée de la façon dont on va bien pouvoir faire pivoter tout ça ?

— Il doit y avoir un mécanisme quelconque, supposa Lisa.

— Il suffit de le trouver. » plaisanta Yu.

Chacun se mit à chercher la poignée magique qui mettrait en mouvement le sarcophage. Les bas-reliefs ne donnèrent rien. Pas le moindre élément mobile. Il ne restait que l'intérieur du sarcophage à examiner. Munie de sa lampe torche, Lisa l'observa avec attention. Les parois étaient lisses, sans la moindre aspérité visible. Elle regarda le chevalier et se demanda si le déclencheur du mécanisme pouvait se trouver sur lui. Bien qu'un peu dégoûtée, elle plongea une main dans le tombeau et commença à trifouiller tout ce qui était à sa portée. Lorsqu'elle saisit le pommeau de l'épée, elle le tritura en tous sens, comme elle le faisait pour tout ce qu'elle touchait. Celui-ci pivota sur lui-même d'un quart de tour. Un grondement résonna, suivi d'un léger tremblement. Lisa, surprise, lâcha prise et retira la main de façon machinale. Le grondement s'arrêta ainsi que le tremblement :

« Tu as fait quoi ? questionna Yu. Ca a bougé, je l'ai vu !

— Je ne sais pas trop, j'ai trifouillé là-dedans, expliqua Lisa.

— Recommence, dit Théo, Yu a raison, le sarcophage a bougé. »

Il indiqua du doigt l'épée qui ne pointait plus tout à fait entre les niches 4 et 5 mais plus la niche 5 désormais. Lisa replongea la main et saisit le pommeau qu'elle tourna. Le grondement recommença et le sarcophage se mit à pivoter lentement. Il fallut deux interminables minutes pour que l'épée du chevalier pointe enfin sur la niche numéro 9, celle du Sagittaire. Lisa relâcha le pommeau et le mouvement cessa. Les trois amis regardèrent en direction de la niche, immobiles, retenant leur souffle. Rien ne bougea. Les secondes s'égrenaient dans un silence de plomb. Ce fut Yu qui le rompît :

— Ce n'est pas normal ! s'écria-t-il. L'épée pointe sur la niche ! »

A peine eut il terminé sa phrase qu'un nouveau grondement emplit la crypte. Les yeux fixèrent la niche. A ses pieds le mur s'enfonça dans le sol, entraînant avec lui le mur du fond. Lorsque l'ensemble eut totalement disparu, une porte se dévoila aux regards des trois jeunes gens. Ils se regardèrent, médusés, les yeux pétillants d'excitation. Ils avaient réussi ! Restait à espérer qu'ils ne s'étaient pas trompés dans le choix du chiffre 9.

§

La serrure de la porte était très particulière, mais Théo comprit immédiatement que la clé qui l'ouvrait était en sa possession : il s'agissait de la chevalière. Il l'apposa à l'emplacement voulu. Elle s'inséra parfaitement. Un petit clic et la porte s'entrouvrit. Théo la poussa, éclaira devant lui avec sa lampe le long escalier qui s'enfonçait encore un peu plus dans les entrailles de la montagne. Il entama la descente, toujours suivi de Jessie et Yu. Celle-ci parut interminable et mit les mollets à rude épreuve. Au pied de l'escalier s'ouvrait un espace large et haut. Un rapide examen du lieu indiqua qu'il s'agissait d'une cavité naturelle. Quelques stalactites et stalagmites l'attestaient. Au sol un chemin serpentait entre d'imposantes masses rocheuses brunes, adoucies par le ruissellement de l'eau. Théo entendit une voix féminine qui appelait :

« Théo ! Viens avec nous, tu es des nôtres ! »

Il reconnut la voix de ses divers rêves. Il regarda autour de lui ses camarades pour être certain de ne pas être à nouveau dans l'un de ces rêves. Il leur demanda :

« Est-ce que vous entendez ?

— Quoi ? s'enquit Yu.

— La voix.

— Il n'y a aucune voix Théo, affirma Lisa qui tendait l'oreille. Tout ce que j'entends, c'est de l'eau qui coule.

— Vous n'entendez vraiment pas ? » fit le jeune homme, étonné.

Il reprit sa marche le long du chemin. La voix devenait plus claire et audible à mesure de ses pas. Le bruit de chute d'eau devint plus présent. Au détour d'un rocher, les jeunes gens aperçurent une petite cascade dans un renfoncement profond, en entonnoir. L'eau tombait d'une bonne hauteur dans une large vasque de pierre, taillée de la main de l'homme, qui débordait en permanence. L'eau semblait filer ensuite par un trou dans la roche. Théo entendait clairement la voix venir de la cascade. Il s'en approcha avec lenteur et précaution. Lorsqu'il fut assez proche de la cascade pour sentir sur sa peau les fines gouttelettes des projections qui remontaient de la vasque, il lui apparut distinctement que la voix provenait de l'intérieur de celle-ci, malgré le grondement de la chute. Il fit un pas en avant, se protégeant avec le bras le visage qui recevait de plus en plus d'eau. Le grondement arrêta net. Théo retira son bras et vit que la cascade avait tari. Il s'avança au-dessus de la vasque de granit, de forme parabolique et regarda le fond de l'eau.

Un large sourire illumina son visage. Son pouls s'accéléra. Il plongea le bras dans l'eau glacée, jusqu'au coude et le retira. Il tendit le bras en se tournant vers ses amis qui étaient restés quelques mètres en retrait. Alors, ils virent l'objet que tenait Théo au bout de son bras : le médaillon... Lisa et Yu applaudirent et rirent de joie. Enfin, ils atteignaient leur but ! Leurs efforts n'avaient pas été vains. La quête touchait à sa fin. Lisa approcha de Théo, lui prit le médaillon des mains délicatement et, le regardant droit dans les yeux, lui dit avec solennité :

« Laisse-moi passer ce médaillon autour de ton cou. Tu es l'Elu, sa place est là, contre ton cœur. »

Elle passa la chaînette par-dessus la tête de l'Elu, la descendit avec précaution jusqu'à la base du cou et plaça le médaillon bien au centre de sa poitrine. Théo cessa de sourire, grimaça et s'effondra sur le sol, inanimé...

§

Un tourbillon d'images, de textes, de sons et d'odeurs avait aspiré littéralement Théo dans un vortex insondable. Il ressentit la douleur du poids de toutes les informations que son esprit recevait. Il avait eu la même sensation le jour où il avait porté la chevalière pour la première fois, mais en beaucoup moins fort alors. Cette fois son esprit semblait se disloquer, comme poussé de l'intérieur par un flot ininterrompu, tel un immense fleuve en crue. C'était interminable, insupportable, impensable ! La douleur s'amplifiait encore. Théo criait à s'époumoner, priant pour que Dieu ait pitié de lui et que la mort vienne le délivrer. Dieu sembla l'avoir entendu. La douleur cessa, le vortex disparut et ce fut le trou noir...

« Théo ! Théo ! Réveille-toi. »

Furent les premiers mots qu'il entendit, distants. Il émergea dans un brouillard cotonneux, eut un moment l'impression de flotter. Il ressentit d'abord un picotement dans tout le corps, puis ses muscles tétanisés le firent hurler de douleur ! Il avait l'impression que son corps venait de passer sous un train. Son souffle devint haletant, son cœur s'emballa. Il voulut se relever, mais en fut incapable. Il reconnut la voix qui appelait :

« Théo, je t'en prie, réveille-toi. »

C'était Lisa. Il réussit à ouvrir les paupières, non sans mal, distingua une silhouette floue penchée au-dessus de lui. De nombreuses lumières bleutées semblaient s'agiter autour d'elle. Il avait du mal à voir clair, entendit une voix lointaine, masculine. Une voix qu'il ne reconnaissait pas. Elle lui arrivait aux oreilles avec de l'écho, mais il finit par comprendre ce qu'elle répétait :

« Allez ! Relevez-le ! Relevez-le ! »

Théo sentit son corps se redresser, tiré par les aisselles. Sa vue s'éclaircit rapidement. La douleur, encore présente, s'atténuait. Il commença à distinguer quatre ou cinq silhouettes sombres qui se tenaient devant lui, à quelques mètres. Elles agitaient des lampes torches et s'empressaient en tous sens. Il regarda sur sa droite, reconnut Yu, sur sa gauche et vit Le beau visage de Lisa. Ils le soutenaient tenant ses bras par-dessus leurs épaules. Son souffle et son pouls retrouvèrent leur rythme habituel. Il était à nouveau pleinement conscient…

L'homme qui semblait diriger les autres était grand, solide, brun, barbu, le regard noir. Théo avait compté cinq hommes en plus de leur chef. Ils étaient tous vêtus de combinaisons noires faites dans une matière lisse et satinée, sans doute un matériau composite. A la ceinture était accroché un holster contenant un revolver. Certains avaient aussi d'autres objets qui pendaient le long de leurs hanches. Théo crut reconnaître une bombe lacrymogène et des outils divers. Les yeux du jeune homme se figèrent sur les mains du chef de bande. Elles tenaient la chevalière et le médaillon ! Il comprit ce qui se passait : les hommes d'Oswald Graham les avaient suivis, lui et ses amis, jusque dans les entrailles de la montagne. Ils avaient attendu sans doute le moment opportun pour agir, le moment où Théo avait perdu connaissance. Maintenant, il était dépossédé des bijoux sacrés de l'Archange. Le mal s'en était emparé. Il n'avait plus le moindre pouvoir pour lutter contre ces hommes solides et puissamment armés. Il ressentit un profond sentiment de honte et d'échec. Il avait failli. Ses aïeux avaient fondé l'espoir d'une reconquête du bien à travers lui et il avait failli. Graham gagnait. Le mal gagnait. Désormais il n'y aurait plus d'espoir pour l'humanité tout entière. Théo s'en voulait terriblement. Le chef approcha du jeune homme, plongea ses yeux noirs dans les siens :

« Ca va mon garçon ? questionna-t-il. Tu as l'air d'avoir été sacrément secoué !»

L'homme n'avait pas d'animosité dans la voix et semblait plutôt amusé de l'état de l'ado. Théo songea à ses camarades, à ce qui allait sans doute leur arriver. Sa gorge se serra, son cœur se brisa à l'idée que l'on puisse leur faire du mal. Il demanda avec calme :

« Qu'allez-vous faire de nous maintenant que vous avez ce que vous voulez ?

— De vous ? s'étonna l'homme. Que voulez-vous que nous fassions ? Vous n'avez plus aucun intérêt pour nous. »

Il dit cette dernière phrase sur un ton dédaigneux. Théo comprit ce qui allait arriver dans la mesure où ni lui, ni ses camarades n'avaient d'intérêt pour eux. Il dit :

« Tuez-moi, mais je vous en supplie, épargnez mes deux camarades. Ils ne représentent aucun danger pour vous. Ils sont inoffensifs. »

L'homme rit de bon cœur, se moquant presque des propos tenus par Théo :

« Vous tuer ? Nous n'allons pas vous tuer. Pour quoi faire ? Tu l'as dit toi-même mon garçon : vous êtes inoffensifs. Sans ces bijoux, tu n'as aucun pouvoir. Nous allons quitter ce lieu et vous laisser. Vous trouverez bien un moyen de sortir, je vous fais confiance. »

Il rit de plus belle, ordonna à ses sbires de reprendre le chemin de la sortie et s'éclipsa à son tour avec un petit geste de salut de la main. Théo s'écria :

« Attendez ! »

L'homme, interpellé, se retourna, perplexe. Théo demanda :

« J'aimerais savoir comment vous nous avez retrouvés ?

— Ah ! La curiosité, répondit l'homme, amusé. Votre petit stratagème était assez amusant mais digne d'un mauvais polar. Personne ne tomberait dans un piège aussi grossier !

— Vraiment ? Je pensais pourtant que c'était une bonne idée, avoua Théo. Une dernière question, si vous permettez ?

— La dernière alors, j'ai à faire.

— Comment avez-vous franchi le puits ?

— La porte dérobée du puits ? C'est un vieux truc de magicien. » affirma l'homme.

Il tourna les talons et disparut dans l'escalier, laissant les trois ados seuls, dépités et hagards.

§

« Ouf ! On a eu de la chance, pensa Yu en se grattant la tête.

— De la chance ? Tu crois ça ? s'indigna Théo. Disnous plutôt comment nous allons sortir d'ici sans la chevalière ? »

Yu perdit le sourire qui d'ordinaire s'affichait lorsqu'il était satisfait. Lisa soupira, regarda autour d'elle et dit :

« Nous ne pouvons pas repartir par le puits, c'est évident. Mais il y a peut-être une autre issue.

— A quoi penses-tu ? s'enquit Théo.

— L'énigme sur l'épée disait qu'une seule des douze portes donnait accès au médaillon. Ce qui veut dire que les onze autres doivent mener ailleurs.

— Pas bête, convint Yu, mais où ? Nous ne savons pas si ce ne sont pas des pièges qui peuvent nous égarer dans des labyrinthes d'où nous ne sortirions jamais. Peut-être même que la mort nous attend derrière certaines d'entre elles, qui sait.

— De toute façon, ajouta Lisa, tu préfères rester ici et attendre qu'elle vienne te chercher, peut-être ?

— Elle a raison, reconnut Théo. Nous n'avons rien à gagner à rester ici. Si nous devons mourir, autant que ce soit en nous battant pour rester en vie ! Retournons dans la crypte du chevalier. »

Les trois amis gravirent les marches du grand escalier qui les reconduisit dans la crypte aux douze portes. Ils tentèrent à nouveau de réfléchir intelligemment pour trouver laquelle des onze portes restantes était susceptible de les faire sortir du piège dans lequel ils étaient enfermés. Théo prit la parole :

« Bon, voyons voir, nous avons trouvé la bonne porte grâce aux chiffres des Templiers pour trouver le médaillon. Je pense que nous devrions commencer par reprendre notre raisonnement sur ces chiffres avant de songer à tout autre chose.

— C'est une excellente idée, admit Yu.

— Je vous ai dit que les Templiers avaient trois chiffres de prédilection. Le 9 nous l'avons déjà utilisé donc nous le mettons de côté. Il nous reste le 3 et le 8. Je vous ai expliqué ce que représentaient ces deux chiffres. Pour ma part, j'opterai plutôt pour le 3. Qu'en pensez-vous ?

— C'est assez logique, il me semble, concéda Lisa. Le 3 était d'une grande importance dans l'Ordre et donc il paraît tout naturel de s'y fier et…

— Eh ! Attendez un peu, coupa Yu, c'est peut-être un piège !

— Que veux-tu dire ? s'inquiéta Lisa.

— Oui, réfléchissez. Lorsqu'on a cherché la porte qui conduisait au médaillon, on a eu le même raisonnement que maintenant. On en est, heureusement, arrivé à la conclusion que le meilleur chiffre était le 9. Pas le 8 et pas le 3 non plus… Vous comprenez ?

— Très bien, confirma Théo. Ton raisonnement n'est pas faux. Si nous avions choisi le 3 ou le 8 nous serions peut-être déjà morts à cette heure.

— Exactement ! s'écria le jeune Chinois.

— D'accord, dit Lisa, admettons que vous disiez juste. Ca nous laisse neuf autres portes possibles.

— Ce qui ne nous arrange pas, admit Théo.

— Les signes du zodiaque, songea Yu à voix haute.

— Oui, les signes, j'y ai pensé, avoua Lisa. Pourquoi sont-ils là ? Quel rapport entre le zodiaque, les Templiers et les Mikelians ?

— Et à quoi penses-tu ? » demanda Théo.

Lisa ne répondit rien et se plongea dans une intense réflexion qui dura de longues minutes. Durant ce laps de temps Yu et Théo cherchèrent un indice qui aurait pu les mettre sur la voie. Lisa sortit de ses pensées et leur livra le fruit de ses réflexions :

« Alors voilà, j'ai essayé de raisonner à partir des quelques connaissances que j'ai dans le domaine de l'astrologie. Nous avons douze signes, bien connus de tous, qui sont répartis en quatre catégories principales : le feu, l'eau, l'air et la terre. Les quatre éléments. Je me suis dit que c'était peut-être ce qu'il fallait regarder dans les signes. Si l'on part du principe que certaines portes peuvent être des pièges et d'autres pas, nous pouvons alors considérer les signes comme des indicateurs. Sur les quatre éléments, lesquels peuvent nous faire du mal, d'après vous ?

— Le feu, affirma Yu.

— Oui, le feu. Il peut nous brûler.

— L'eau peut nous noyer, dit Théo.

— Exact.

— Pour la terre, je ne vois pas, avoua Yu.

— Elle peut nous ensevelir, trouva Théo.

— C'est tout à fait ça, confirma Lisa. Et l'air ? Vous pensez que l'air peut nous faire du mal ?

— Un vent violent le peut, contesta Yu

— Le vent est un déplacement de l'air mais pas l'air lui-même et de plus ce n'est pas le vent, mais les objets qu'il déplace qui peuvent nous atteindre. Des quatre éléments, l'air est le seul qui, de lui-même, ne peut nous atteindre. C'est en tout cas ce que je pense.

— Ton raisonnement tient la route, reconnut Théo. De toute façon nous n'en avons pas de meilleur à proposer. Je crois qu'il faut essayer en ce sens. Quels sont les signes d'air, Lisa ?

— Gémeaux, balance et verseau si mes souvenirs sont bons.

— Il faut que tu sois sûre, insista Théo.

— Je le suis.

— Bon, les gémeaux sont en troisième position en partant du bélier. On élimine le trois. La balance est en... » Théo compta les niches avant de dire :

« En sept. Le verseau est en onze. Une idée ?

— Je dirai la balance, proposa Yu.

— La balance. Pourquoi ?

— C'est un élément du symbole des Mikelians et c'est le chiffre sept, un porte-bonheur.

— Lisa ? demanda Théo, Tu dis quoi ?

— Ca paraît évident... Trop peut-être à mon goût, répondit la jeune fille avec scepticisme.

— C'est aussi ce que je pense. On va prendre le onze, le verseau. » affirma Théo en pointant la porte du doigt.

§

Chapitre X

« L'enlèvement »

L'escalier débouchait sur une cavité naturelle dans la roche, large de cinq ou six mètres, d'une bonne longueur à première vue. Au bout d'une centaine de pas la grotte finissait en cul-de-sac. Aucun autre chemin, aucune issue possible. Les lampes torches s'agitaient en tous sens pour essayer de trouver un passage vers le haut, sur les côtés ou vers le bas. C'est en éclairant le sol, couvert de terre que Lisa remarqua les traces de pas plutôt marquées qui s'arrêtaient devant la roche :

« C'est curieux, constata-t-elle, vous ne trouvez pas ? Les pas s'arrêtent devant le rocher, mais il n'y a pas de traces dans l'autre sens. »

Yu et Théo s'accroupirent et observèrent à leur tour. Les traces profondes d'un bon centimètre avaient dû être faites par le passage d'au moins deux personnes. La profondeur des empreintes était due au fait que la terre devait être boueuse au moment de leur passage. Les pas se dirigeaient droit sur la roche et donnaient effectivement l'impression que ceux qui étaient passés par là avaient franchi le bloc rocheux. Yu fut le premier à s'approcher de la roche. Il l'observa à l'aide de sa lampe et se tourna vers ses amis :

« Elle n'a pas l'air d'une porte qu'on passe aisément, d'un coup d'épaule. » affirma-t-il.

Et comme il prononçait ces mots, voulant joindre le geste à la parole, il se projeta sur la roche, épaule en avant.

Théo et Lisa se regardèrent, médusés. Yu venait de disparaître à travers la roche ! La surprise passée, ils rirent. Lisa lança :

« Tu crois que Yu a trouvé la sortie !?

— J'en ai bien l'impression. On le suit ?

— J'allais te le proposer. » affirma la jeune fille.

Théo se proposa de passer le premier. Il approcha la roche et posa sa main délicatement dessus. Elle était on ne peut plus solide. Il la palpa de haut en bas et de droite à gauche :

« Je ne comprends plus rien, avoua-t-il. Comment Yu a-t-il pu la franchir ?

— Il s'est projeté, épaule en avant. On devrait essayer ça.

— Tu as raison. Après tout on ne doit plus s'étonner de rien après ce que nous avons déjà vu. »

Théo se plaça devant le rocher et s'élança, épaule en avant. Il disparut, lui aussi, de la vue de Lisa.

§

L'endroit était relativement grand, sans doute plus d'une centaine de mètres carrés et formait un rectangle. Les murs droits étaient directement taillés dans la roche calcaire, faisant penser à certaines carrières souterraines. Par endroits l'on trouvait des pans entiers de roche non taillée. Le plafond n'était pas très haut, guère plus de trois mètres au-dessus du sol. Il y faisait chaud. Très chaud ! Le contraste était saisissant avec les autres cavités rencontrées jusque-là. Lisa arriva sur le sol calcaire, paraissant tomber de nulle part. Elle se releva, tourna sur elle-même pour chercher ses amis et lorsqu'elle les aperçut, s'écria :

« Il fait chaud ici ! Et humide ! On est où exactement ?

— On dirait une carrière souterraine, répondit Théo, ou un truc dans le genre en tout cas.

— S'il fait si chaud, c'est qu'on est proches d'une sortie

vers l'extérieur. »

Elle alluma sa lampe, regarda sa montre et ajouta :

« Dix heures trente-cinq, il doit faire déjà trente degrés dehors à cette heure.

— C'est quand même bizarre, ici la roche est calcaire, remarqua Yu. Alors que jusqu'à présent nous traversions des roches granitiques.

— Pourquoi bizarre ? questionna Théo que la géologie avait toujours ennuyé.

— Parce qu'on passe rarement d'une roche granitique à une roche calcaire et vice versa, en quelques mètres seulement.

— Et d'une température glaciale à une fournaise. » ajouta Lisa qui s'épongeait le front du revers de la main.

Théo se dirigea vers une ouverture dans l'un des murs. Il s'agissait d'un trou d'à peine plus d'un mètre de haut et autant de large. Il y projeta le faisceau de sa lampe, découvrit un boyau presque carré qui courait sur une dizaine de mètres et qui semblait être un cul-de-sac. Il appela ses camarades :

« J'ai trouvé un passage, mais je ne suis pas certain qu'il mène quelque part. Je vais y aller pour en avoir le cœur net. »

Lisa et Yu jetèrent un œil dans le boyau. Théo avait déjà fait trois ou quatre mètres. Ils virent s'éloigner la lumière de sa lampe dans le noir puis… plus rien !

« Théo ! Tu m'entends ? » demanda Lisa, inquiète.

Elle n'obtint pas de réponse, répéta plusieurs fois sa phrase sans succès. Elle dit à Yu :

« Ne bouge pas d'ici, je vais aller voir ce qui se passe.

— Tu devrais peut-être attendre encore un peu. Il va sûrement revenir. »

Il n'avait pas fini sa phrase que tout à coup la lampe de Théo illumina à nouveau le tunnel :

« Eh ! Venez ! cria-t-il. J'ai trouvé un passage ! Vous allez voir, c'est incroyable ! »

Lorsque Lisa et Yu furent au bout du passage, ils virent Théo légèrement au-dessus d'eux, accroché à une main courante de bois vernis, usée par les nombreux passants qui s'y étaient accrochés. Le boyau remontait en pente assez abrupte sur une distance qu'il n'était pas possible d'évaluer, les faisceaux des torches se perdant au bout d'une vingtaine de mètres. Sur chaque côté du passage étaient fixées les mains courantes et au sol courait une sorte d'escalier fait de planches de bois disposées dans le sens de la longueur et de traverses servant à caler les pieds durant l'ascension. La chaleur était encore plus insupportable que dans la grande salle. Les jeunes gens, bien qu'épuisés, décidèrent d'attaquer l'ascension sans plus attendre. Elle fut longue, pénible et exténuante. Le boyau semblait interminable. Les trois jeunes gens avaient dû gravir près d'une centaine de mètres lorsqu'ils aperçurent de la lumière, enfin ! Après encore quelques mètres ils perçurent le murmure étrange d'une foule ! Encore quelques mètres et ils devinèrent des projecteurs qui éclairaient la partie supérieure du tunnel. Enfin, ils atteignirent un couloir étroit et haut qui était... noir de monde !...

Un guide de type nord-africain conduisait un petit groupe de touristes vers un escalier qui remontait dans le sens opposé au boyau. Un autre en descendait avec d'autres touristes. Il leur parlait dans une langue que ni Théo ni ses amis reconnurent. Ils se fondirent discrètement dans ce groupe et furent bientôt à l'air libre...

A peine posaient-ils un pied dehors que le téléphone de Théo sonna. C'était son répondeur. Il avait de nombreux messages provenant du téléphone de sa mère. Il aurait normalement dû rentrer dans la matinée. Il expliqua :

« Je crois que ça va se compliquer un peu. Ma mère me harcèle de messages. Je ne sais pas quoi lui dire, avoua-t-il un peu dépité.

— Rappelle-la et dis-lui de ne pas s'inquiéter, proposa Lisa.

— Tu penses vraiment que ça va suffire ? Tu ne connais pas ma mère.

— Elle sera rassurée de te savoir en vie et en bonne santé. Je n'ai pas connu ma mère, mais je sais que lorsque mon père se fait du souci, ça le rassure de me savoir en vie.

— Elle va me demander où je suis et pourquoi je ne suis pas rentré avec mes amis. Je ne sais pas quoi lui répondre.

— Dis-lui que tu ne peux rien dire pour le moment, mais que tu lui donneras toutes les explications dès ton retour.

— Bon, je tente le coup. On verra bien... »

Théo téléphona à sa mère, donna les explications fournies par Lisa et dut palabrer longuement pour la calmer et obtenir qu'elle ne s'affole pas.

§

Lisa, Yu et Théo n'en croyaient pas leurs yeux ! Ils contemplaient les mastodontes de pierre qui leur faisaient face, dans la lumière crue d'un soleil accablant. Les nombreux touristes s'empressaient en tous sens telles des fourmis ouvrières. Yu expliqua:

« La plus grande, celle d'où nous sommes sortis, c'est celle de Khéops, je le sais. Mais les deux autres, je ne m'en souviens plus.

— La moyenne, c'est celle de Khephren, affirma Lisa et la plus petite celle de Mykérinos.

— Elles sont magnifiques, vous ne trouvez pas ?

— Oui, confirma-t-elle, c'est ce que l'Egypte nous a légué de plus grand et de plus mystérieux aussi.

— Bon, les amis, coupa Théo, il est presque midi, j'ai faim, j'ai soif et je suis épuisé. Nous devrions gagner le Caire et notre hôtel pour nous reposer.

— Tu as raison, ajouta Lisa, je n'ai qu'une envie : dormir. »

Ils quittèrent le plateau de Gizeh laissant derrière eux les magnifiques et monumentales pyramides, prirent un taxi et gagnèrent le centre-ville du Caire où Jessie venait de leur réserver des chambres d'hôtel.

§

Jessie arriva à l'hôtel Hilton du Caire vers dix-sept heures quarante-cinq. Elle y rejoignit sa suite, prit le temps de s'installer et, vers dix-neuf heures trente, frappa à la porte de la chambre de Théo. Celui-ci était réveillé depuis plus d'une heure. Il avait récupéré de sa folle nuit dans les entrailles de la terre. Ils furent bientôt rejoints par Lisa et Yu. Le Chinois avait du mal à émerger de sa longue sieste et baillait tant et plus.

Théo était debout, les autres assis sur un grand lit. Il prit la parole :

« J'ai des tas de questions qui se bousculent dans ma tête et je suppose que c'est pareil pour vous. La première question qui me vient est la suivante : comment les hommes de Graham on-t-ils su où nous allions ? Les explications de leur chef ne m'ont pas convaincu. Je suis certain que nous avons bien joué notre coup et qu'il était presque impossible de le savoir.

— Tu l'as dit toi-même : presque impossible, rétorqua Jessie. Ce qui veut dire que nous avons sans doute commis des erreurs et que leur perspicacité est plus grande que nous ne le pensions.

— Ils peuvent aussi avoir placé une ou plusieurs balises dans nos affaires afin de nous suivre à la trace, suggéra Yu.

— C'est possible, admit Théo.

— Peut-être aussi, ajouta Lisa, qu'il y a un traître parmi nous. »

Elle fixa tour à tour ses camarades. Il y eut un moment de flottement, chacun réfléchissant aux propos de la jeune fille. Jessie répondit de façon quelque peu abrupte :

« C'est n'importe quoi ! Un traître ! Qui ,Théo,

L'Elu ? »

Elle pointait un index rageur vers le jeune homme :
« Yu ? C'est sûrement lui le traite ! C'est un Chinois.
Ces gens-là, on sait pas trop ce qu'ils pensent ! »

Son ton mêlait colère et ironie. Elle se tourna vers le
grand miroir qui était adossé au mur, se regarda et continua
d'ironiser, calmement cette fois:

« Mais non, le traître ce n'est pas Yu, c'est Jessie ! Jessie, la fille de son cher petit papa. Jessie dont on se méfie
parce qu'on ne sait pas dans quel camp elle est.

— Tais-toi, c'est ridicule ! s'écria Lisa. Je n'ai pas mis
l'un de nous en cause ! Lorsque j'ai dit : parmi nous, je
voulais dire : dans notre entourage. »

La tension retomba après les explications de Lisa. Théo
se tourna vers Jessie et demanda :

« Tu es sûre de ton personnel navigant ?

— Pas plus que ça. Ce sont des gens qui ont été recrutés
par mon staff de conseillers en tous genres. Mais de toute
façon, si l'un d'eux avait alerté les hommes de mon père,
ça ne leur aurait pas dit où vous alliez, fit-elle remarquer.

— C'est vrai, reconnut Théo. Seulement, ça leur aurait
mis la puce à l'oreille et ils auraient pu nous pister dès
notre départ de Genève. Bon, il faudra que nous élucidions
ça. Yu, tu trouves le matériel nécessaire pour détecter les
balises et mouchards en tous genres. Jessie, tu essayes
d'avoir plus d'infos sur ton personnel. Moi je me charge de
mes camarades de collège, on ne sait jamais. »

Chacun acquiesça. Théo marqua une courte pause avant
de reprendre :

« La seconde question qui me turlupine est : dans quoi
sommes-nous passés pour nous retrouver à plusieurs milliers de kilomètres de notre point de départ ?

— J'ai pas mal réfléchi à la question, avoua Yu. Et je
pense que les portes secrètes que nous avons franchies sont
certainement des portails spatiaux temporels, un peu
comme dans les films de science-fiction, vous voyez ? On

entre à un certain endroit et on sort ailleurs dans l'univers !» termina-t-il d'une voix passionnée.

Ses camarades le regardèrent de façon étrange, se demandant s'il n'avait pas un peu disjoncté. Il s'en rendit compte, se calma et ajouta :

« Enfin, c'est une simple hypothèse.

— Ce que je ne comprends pas, reconnut Théo, c'est que la sortie se fasse par le sous-sol de la grande pyramide de Kheops. Les Mikelians auraient-ils pu être contemporains des Egyptiens ? Se pourrait-il qu'ils aient vécu il y a plus de quatre mille cinq cent ans ?

— Nous savons, répondit Jessie, d'après les éléments que nous avons pu recueillir, que l'Archange a décidé de former sa milice à une époque où le mal s'est répandu sur la surface de la terre, sans avoir de date précise. Nous supposons que c'était bien avant Jésus-Christ.

— Donc, ils auraient pu vivre à l'époque de l'ancienne Egypte, songea Théo.

— C'est une possibilité.» admit Jessie.

Théo réfléchit longuement puis il se tourna vers Yu :

« Il faut que tu fasses des recherches sur ce système de déplacement via les portails spatiaux temporels, comme tu les appelles.

— Tu penses à quoi ?

— Je n'en sais rien. Fouille dans les bases du net. C'est l'une de tes spécialités, non ?

— Oui, Théo, c'est mon job.

— Autre question importante, lança-t-il à ses camarades : comment récupère-t-on les bijoux sacrés ? »

Le silence de Lisa, Yu et Jessie en disait long sur leur désarroi devant les évènements qui s'étaient produits. Personne n'avait osé en parler, mais tous l'avaient en tête. C'était bien là tout le nœud du problème. Comment reprendre les bijoux de l'Archange à une armée d'hommes déterminés, suréquipés et surentraînés quand on n'était qu'une bande d'adolescents sans grande expérience ? Jessie se lança la première :

« J'ai eu le temps de réfléchir à la situation durant le trajet. Je crois que mon père, si c'est bien lui qui a les bijoux, va certainement les faire disparaître d'une manière ou d'une autre. Il ne pourra pas les utiliser.

— Tu penses que Théo est vraiment le seul qui le puisse ? questionna Lisa.

— Si ce n'était pas le cas, pourquoi Théo serait-il l'Elu ?

— Tu crois, demanda Théo, que ton père aurait pu ne pas être au courant de ce fait ?

— Non, je ne pense pas. Il le sait sans aucun doute.

— Alors, pourquoi s'emparer des bijoux ? se demanda Yu.

— Pour une raison très simple : priver Théo de la puissance offerte aux hommes par l'Archange. Si mon père veut s'emparer du monde, il lui faut développer ses forces mais aussi éliminer ses adversaires potentiels. En s'emparant des bijoux, il se débarrasse d'un sérieux contrepoids.

— Donc, ton père n'a pas pris les bijoux dans l'intention de les utiliser, songea Théo, mais juste de les cacher quelque part afin que je ne puisse plus m'en servir.

— J'en mettrais ma main au feu, affirma Jessie.

— Toi qui le connais bien, tu n'aurais pas une petite idée de l'endroit où il serait susceptible de les cacher ?

— Je ne connais pas bien mon père, souligna-t-elle. Personne ne connaît bien cet homme. Il y a longtemps que nos rapports se sont limités à de stériles discussions d'argent. Avant, raconta-t-elle de l'amertume dans la voix, lorsque ma mère était encore là, nous passions du temps ensemble. Nous allions à la mer, dans notre grande maison de Martha's Vineyeard, dans le Massachusetts. Nous faisions du bateau, nous étions heureux… Nous avions aussi une petite maison sur un lac, je ne sais plus trop où. Je crois que c'est l'endroit où j'ai été la plus heureuse de toute ma vie.»

Jessie se tut. La tristesse se lisait dans ses yeux. Elle

souffrait du manque d'amour de son père et encore plus, sans doute, de savoir ce qu'il était devenu et ce qu'il manigançait.

« Tu prendras le temps d'y réfléchir, suggéra Théo, il n'y a pas le feu. Nous devons mettre la main sur les bijoux, c'est impératif. Le sort de l'humanité en dépend.

— Je vais faire de mon mieux, je te le promets Théo. Nous allons les retrouver et tu accompliras ta destinée.» ajouta-t-elle, péremptoire.

Comme il était tard, ils décidèrent de souper à l'hôtel et d'y dormir. Le lendemain, ils quittèrent le Caire et rentrèrent sur Genève. Lisa rentra dans son village de Chitenay et Yu reprit un avion pour Hong Kong. Les quatre amis se retrouveraient dès que le besoin s'en ferait sentir. En attendant, chacun d'eux avait du pain sur la planche...

§

Théo soupira, regarda par la fenêtre le temps maussade de ce début de matinée. Le mois d'août avait mal commencé. Max, le frère de Paul Werter, était rentré seul, paniqué d'avoir perdu les ados qu'il convoyait. Il avait ameuté les parents de Théo qui avaient remué ciel et terre, police suisse et allemande en tête. Le jeune homme ne pouvant donner les véritables raisons de son escapade, fut sévèrement réprimandé et assigné à résidence dans sa chambre. Il lui était formellement interdit de la quitter, sous aucun prétexte, sauf pour prendre les repas familiaux. Théo ne pouvait s'y soustraire. Sa mère, ayant pris ses congés annuels, était présente en permanence dans la demeure familiale.

Le tonnerre grondait au loin. L'orage se rapprochait à grands pas. La pluie ne tarderait plus. Théo songea au ridicule de la situation : lui, l'Elu, le seul humain sur cette planète à pouvoir sauver l'ensemble de ses congénères, était cloué dans sa chambre, puni !

« Il est beau le héros ! se dit-il. Privé de sortie, incapable d'aller sauver le monde à cause d'une punition ! »

Le jeune homme se posait beaucoup de questions depuis quelques jours sur ses rapports avec ses parents. Il aurait voulu leur parler, leur expliquer afin qu'ils comprennent, qu'ils lui donnent la liberté dont il avait absolument besoin pour agir. Mais comment leur raconter l'incroyable histoire ? Comment pourraient-ils le croire, le prendre au sérieux ? C'était impossible ! D'ailleurs, qui pourrait croire une histoire pareille ? Lui-même avait encore parfois du mal à y croire ! Il était coincé entre, d'un côté, le mal qu'il fallait combattre et de l'autre... Maman... Alors, que faire? D'autant plus que là, ses parents étaient vraiment très, très contrariés. Heureusement, il pouvait toujours communiquer avec ses amis et ils se réunissaient en vidéo-conférence tous les jours vers dix-huit heures pour faire le point de l'avancée de leurs travaux respectifs. Cela faisait deux jours qu'ils étaient rentrés d'Egypte et deux jours que Théo ne quittait plus sa chambre. Il savait que sa mère lâcherait prise assez vite. Elle pouvait être sévère, mais en général ses punitions ne duraient jamais bien longtemps. Le problème était pour la suite. Théo devrait sans doute se rendre à l'autre bout du monde pour continuer son combat et reprendre les bijoux sacrés. S'il ne trouvait pas un moyen de convaincre ses parents, sa mère surtout, de lui mettre la bride sur le cou, il courait au désastre ! S'il quittait le domicile sans prévenir, durant plusieurs jours, voire des semaines, ses parents remueraient ciel et terre pour le retrouver. Sans compter qu'il ne désirait pas les faire souffrir de sa disparition et les inquiéter outre mesure.

Un cri, du bruit, des voix distantes, confuses et encore des cris... Théo sursauta, tiré brutalement de ses réflexions. Les cris étaient ceux de sa petite sœur Véra. Les voix ? Il avait reconnu celle de sa mère, c'est tout. Il sauta sur ses jambes et courut vers la fenêtre pour voir ce qui se passait. Il vit deux silhouettes furtives, tout de noir vêtues, cagoulées et lourdement armées, filer à grandes enjambées vers le portail de la propriété. Il tourna les talons et se précipita vers la porte de sa chambre, comprenant qu'il se passait quelque chose de grave. Il descendit l'escalier en courant et se retrouva dehors en un rien de temps. Il s'arrêta, cherchant du regard les silhouettes qui avaient déjà disparu dans la rue qui menait à la propriété, retourna à l'intérieur, tremblant, la peur au ventre, craignant qu'il ne soit arrivé quelque chose à sa mère et à sa sœur. Il entra dans le vaste salon de la maison et aperçut Madame Duval, gisant sur le sol, immobile. Il se précipita vers elle en criant :

« Maman ! Maman ! »

Sa mère était allongée sur le tapis, face contre terre. Il se pencha sur elle, la retourna et constata qu'elle était en vie. Elle ouvrit les yeux, bredouilla quelques mots incompréhensibles, s'agita et gémit, porta une main à sa nuque. Théo comprit qu'elle avait été assommée ! Il l'aida à se relever lentement et l'allongea sur le canapé. Elle continua de bredouiller des paroles confuses. Théo, constatant que sa mère se remettait, se précipita à la recherche de Véra, sa petite sœur. Il fouilla la maison, criant et martelant son nom dans toutes les pièces mais ne la trouva pas. Il décida de chercher autour de la piscine, dans le pool house, dans le garage et de faire le tour du jardin. Là encore, rien ! Véra avait disparu ! Théo se força à garder son calme, tentant de raisonner avec intelligence. Il comprit immédiatement que ce qui venait de se produire n'était pas le fait de cambrioleurs. Rien ne semblait avoir été dérobé, à première vue. De toute façon les cambrioleurs ne se déplaçaient pas avec des armes aussi voyantes et en plein jour qui plus est! Les silhouettes qu'il avait aperçues de sa chambre ressemblaient étrangement à celles des hommes de Graham qu'il avait déjà croisés. Mais où était Véra ? Où se cachait-elle ? Elle avait dû avoir peur et s'était sans doute réfugiée dans un trou de souris. Pourquoi ne sortait-elle pas ? Théo retourna auprès de Madame Duval qui avait retrouvé ses esprits. Lorsqu'elle vit Théo, elle cria :

« Véra ! Ils ont pris Véra ! Appelle la police, vite ! »

Elle fondit en larmes. Théo prit sa mère dans ses bras pour la consoler :

« Ne t'inquiète pas maman, je vais la retrouver, je te le promets. Tout ça c'est à cause de moi. »

A ces mots, Madame Duval cessa ses sanglots. Elle écarta son fils, le prit par les épaules et s'écria, proche de l'hystérie :

«A cause de toi ?! Qu'est-ce que tu as fait ?! Parle ! Explique-toi ! Qui sont ces gens ?! Qu'est-ce qu'ils nous veulent ?! Qu'est-ce qu'ils te veulent ?!

— Calme-toi Maman, je t'en prie. » répondit Théo avec sang-froid.

Il prit son smartphone et téléphona à Jessie pour la prévenir de ce qui se passait. Il attendit que sa mère se calme un peu avant de reprendre :

« C'est très compliqué, Maman, tu sais ?

— Non, non, je ne sais pas justement. J'aimerais bien que tu m'expliques. Dans quoi t'es-tu fourré ?

— Ce serait trop long à expliquer et je ne suis pas certain que tu pourrais comprendre.

— Ah vraiment !? Tu me prends pour une imbécile ? s'insurgea-t-elle.

— Non Maman, ce n'est pas ça. Si je te raconte tout, tu ne me croiras pas.

— Essaye toujours, on verra bien.

— Je t'assure que tu ne comprendras pas et que tu ne me croiras pas non plus. Ce que je peux te dire, c'est que je ne trempe dans rien d'illégal et que je n'ai rien fait de mal, bien au contraire.

— Ca a un rapport avec votre petite escapade de l'autre jour ? questionna Madame Duval qui avait retrouvé son calme.

— Oui, j'en suis presque sûr. Si c'est bien le cas, tu ne dois pas t'inquiéter pour Véra. Ils ne lui feront aucun mal.

— Comment peux-tu en être certain ?

— Parce que… c'est moi qu'ils veulent. »

Madame Duval accusa le coup et ne répondit rien. Elle ne comprenait pas ce qui se passait mais le calme, le sang froid et la détermination de son fils lui procuraient une sensation d'apaisement, de confiance. Elle n'aurait su dire pourquoi mais c'était ce qu'elle ressentait. Théo reprit :

« Je pense qu'ils ne vont pas tarder à me contacter maintenant. Nous devons rester calmes et attendre. »

Théo avait jaugé rapidement la situation et compris ce qui se passait. Graham s'était emparé des bijoux, non pas, comme le prétendait Jessie, pour que Théo ne puisse s'en servir contre lui, mais bien pour les utiliser afin de vaincre plus vite. Et comme il ne pouvait pas contrôler lui-même les bijoux sacrés, il avait besoin de l'Elu des Mikelians pour le faire. En enlevant Véra, il détenait un otage et pouvait faire pression sur Théo afin de l'obliger à travailler pour son camp.

Madame Duval regardait son fils, les yeux remplis de tendresse. Elle le trouvait changé. Il n'était plus ce jeune adolescent de quatorze ans, insouciant et peu sûr de lui. Il dégageait maintenant une grande force de caractère et un sang froid surprenants pour quelqu'un de son âge. Elle lui prit la main et dit :

« Tu ne veux vraiment pas essayer de m'expliquer ce qui se passe ?

— J'aimerais le faire, je t'assure. C'est une histoire tellement folle que je sais qu'aucune personne censée ne pourrait me croire.

— Et si je te croyais, moi ? insista-t-elle. Je ne sais pas pourquoi mais j'ai le sentiment profond que je peux et que je dois te faire confiance.

— Vraiment ? s'étonna le jeune homme.

— Oui, vraiment. Je suis ta maman, Théo. Si je ne te fais pas confiance, si je ne te crois pas, alors qui le fera ? »

Théo ne répondit rien. Il réfléchissait. Lui dire ou ne pas lui dire la vérité ? Tel était le dilemme. Il avait envie de tout raconter, bien entendu. Il avait peur de sa réaction. D'un autre côté, que pouvait-il inventer pour expliquer l'enlèvement de Véra ? Il finit par dire :

« Bon ok, je te raconte toute l'histoire. Mais avant, il faut que tu me promettes de ne rien dire avant de l'avoir entendue jusqu'au bout.

— Je te promets » dit-elle, en levant la main devant elle.

Théo lui raconta son incroyable histoire en essayant de ne rien omettre. Madame Duval écouta sans mot dire, bien qu'elle fût souvent à deux doigts de le faire. Théo scrutait ses réactions chaque fois qu'il évoquait des phénomènes extraordinaires. Elle sourcillait parfois, mais restait impassible. Lorsqu'il eut terminé son récit, il se tut et attendit ses réactions. Madame Duval resta un très long moment prostrée dans le silence. Elle semblait avoir besoin de digérer tout ce que lui avait raconté son jeune fils. Elle finit par dire :

« Ecoute Théo, je ne comprends pas grand-chose de tout ce que tu viens de me raconter, je l'avoue. Tu m'avais prévenue que j'aurais du mal à te croire et c'est vrai. Mais comme tu m'as accordé ta confiance, je vais respecter ma promesse. Je vais te croire.

— Merci maman, soupira l'adolescent.

— Promets-moi, mon fils, de nous ramener Véra, c'est tout ce qui importe. » le supplia-t-elle.

Théo prit sa mère dans ses bras, la serra fort contre lui avant d'ajouter :

« N'aie crainte, je la ramènerai. »

Le smartphone vibra et sonna, faisant sursauter Madame Duval. Théo lui jeta un regard apaisant et déterminé qui en disait long sur les motivations du jeune homme. Il décrocha et attendit. Une voix rauque, masculine, désagréable retentit :

« Monsieur Orgone ? C'est vous ? »

Théo ne répondit pas. La voix reprit en ricanant :

« Oui, c'est bien vous. Vous êtes là, sûr de vous n'est-ce pas ? Vous savez pourquoi ? »

L'homme laissa un blanc comme pour bien marquer sa question, puis il reprit sur un ton calme et posé :

« Ce sont les bijoux de l'Archange qui vous procurent cette puissance. Vous êtes entré en contact avec des forces qu'aucun humain ne peut même imaginer... Le plus amusant dans l'histoire, c'est que, vous l'avez déjà compris bien entendu, vous êtes le seul à pouvoir maîtriser ce pouvoir fabuleux. Vous savez aussi pourquoi nous avons enlevé votre petite sœur. Vous êtes intelligent bien sûr, Mais savez-vous que les bijoux pouvaient décupler vos capacités mentales et intellectuelles ?... Oui, je suis sûr que cela aussi vous l'avez compris, n'est-ce pas ?...

— Dites-moi clairement qui vous êtes et ce que vous voulez, coupa Théo qui n'avait que faire des palabres de son interlocuteur anonyme.

— Vous savez aussi ce que nous voulons bien sûr, affirma-t-il. Vous travaillerez pour nous et, lorsque votre travail sera terminé, nous vous laisserons partir, vous et votre petite sœur. C'est un marché honnête, qu'en pensez-vous ?

— Je veux bien faire ce que vous demandez, mais à une seule condition, objecta l'adolescent.

— Une condition ? s'étonna l'homme.

— Oui. Je travaille pour vous, mais vous relâchez ma sœur. »

L'homme partit d'un rire franc et moqueur. Il arrêta net et ajouta sur un ton menaçant:

«Vous n'êtes pas en mesure de dicter la moindre condition Monsieur Orgone ! Me croyez-vous stupide à ce point !? Si je laisse partir votre sœur, dès que vous serez en contact avec les bijoux, vous prendrez le contrôle de la situation. Tant que j'ai cet otage, je garde la main.

— Vous n'avez pas répondu à ma question, rétorqua Théo. Qui êtes-vous ?

— Mon nom est Dragan Kovac. Cela vous suffit-il ?

— Vous travaillez pour Graham ?

— Graham ? fit Kovac étonné qui repartit à rire de plus belle. Graham est une larve que je vais écraser sous le talon de ma botte !» lança-t-il en vociférant.

Visiblement la simple évocation de ce nom mettait Kovac dans un état second. Théo comprit que ce n'était donc pas Graham qui avait récupéré les bijoux et enlevé sa sœur. Mais qui était ce Kovac dont il entendait parler pour la première fois ? Tout cela devenait plus confus. Jusque-là il connaissait son adversaire qui était clairement identifié en la personne d'Oswald Graham. Et voilà qu'un nouveau venu entrait dans la partie, sans que nul sache d'où il sortait. Théo reprit :

« Comment voulez-vous que nous procédions ?

— Vous allez vous rendre à Moscou.

— C'est tout ? Pas d'adresse, rien ?

— Nous prendrons contact avec vous dès votre arrivée. Prenez le prochain vol direct au départ de Genève.»

Kovac raccrocha sans plus de précisions.

§

« Je dois me rendre à Moscou, maman, affirma Théo.

— Seul ?

— Oui et non. Je dois prendre le prochain vol direct tout seul, mais je vais prévenir mes amis afin qu'ils me rejoignent sur place.

— Que va-t-il se passer là-bas ? s'inquiéta Madame Duval.

— Je n'en sais rien. Rassure-toi, il ne nous arrivera rien. Ceux qui ont enlevé Véra veulent que je les aide. Tant qu'ils penseront que c'est le cas, nous ne risquerons rien elle et moi.

— Bon, je crois que je n'ai guère le choix. Va et fais ce qu'il faut pour que vous reveniez tous les deux en vie.

— Et Marc ?

175

— Ne t'inquiète pas pour lui, je m'en charge. »

Théo prévint Jessie puis alla préparer un sac de voyage. Sa mère réserva un billet aller-retour pour Moscou sur le vol Swiss 1338 de vingt et une heures zéro cinq. Elle téléphona à la mairie de Chambesy afin d'obtenir en urgence une autorisation de sortie du territoire pour enfants mineurs. Il fallait normalement entre vingt-quatre et quarante-huit heures pour l'obtenir, mais elle la fit délivrer sur-le-champ, étant adjointe au maire de la commune. Vers dix-neuf heures Madame Duval accompagna son fils à l'aéroport international de Genève, tout proche, d'où le garçon s'envola pour Moscou à vingt et une heures zéro cinq comme le voulait la légendaire précision suisse.

§

Chapitre XI

« La tour moscovite »

Théo jeta un œil à l'horloge : deux heures quarante-cinq. L'Airbus A320 dans lequel il se trouvait venait de se poser à l'aéroport de Moscou. Le vol n'avait duré que trois heures quarante, mais il y avait deux heures de décalage horaire entre Genève et Moscou. Ici c'était le milieu de la nuit. Après avoir franchi la douane et récupéré son bagage, le jeune Homme décida de prendre un taxi en direction du centre-ville. Il sortit de l'aérogare, ne vit pas immédiatement le chauffeur d'une luxueuse limousine noire qui attendait, portière ouverte. Il se dirigea vers la file de taxi qui, à cette heure, ne se pressaient plus pour prendre les clients. Le chauffeur de la limousine, en uniforme bleu roi, coiffé d'une casquette, lâcha la portière et se précipita vers le jeune homme :

« Monsieur Orgone ! s'écria-t-il, je suis Igor, votre chauffeur. »

Igor montra la voiture, l'invitant à le suivre d'un geste de la main. Théo ne dit mot et s'engouffra dans l'habitacle capitonné de cuir. La limousine s'engagea sur l'autoroute en direction du centre de Moscou à une quarantaine de kilomètres de là.

Théo profita du trajet pour dormir un peu.

Il se réveilla, ouvrit les yeux, regarda par la fenêtre, vit de grands immeubles modernes et des gratte-ciel rutilants, brillants de mille feux dans la nuit moscovite. La limousine s'engagea dans une entrée de parking souterrain aux abords de l'une des plus hautes tours. La voiture traversa l'immense parking quasi vide à cette heure, franchit une lourde porte métallique qui donnait dans une zone privée et vint s'immobiliser sur un emplacement réservé au nom de... Dragan Kovac. Igor, le chauffeur, sortit et ouvrit la portière. Il pria Théo de le suivre. Ils empruntèrent un corridor long d'une quinzaine de mètres, large et bien éclairé dont les murs étaient recouverts de bois vernis brillant et le sol de marbre gris. Au bout du corridor les portes d'un ascenseur s'ouvrirent. Ils s'y engouffrèrent. Igor sélectionna le bouton du dernier étage. La cabine s'éleva d'abord en douceur puis elle accéléra fortement, donnant à ses deux passagers une impression étrange d'écrasement. Alors que la cabine montait rapidement, Théo ressentit une force puissante s'emparer de son être. Il n'eut pas le temps de réfléchir, fut aspiré dans un tourbillon frénétique qui l'entraînait Dieu sait où ! Des images, des sons, des visages, des lieux se bousculaient devant ses yeux ébahis. Il tombait de plus en plus vite dans ce maelström infernal dont la rotation s'accélérait, libérant de plus en plus d'informations. Soudain, plus rien. Le calme plat. Un long corridor gris. Des portes fermées sur les côtés. Une lumière orangée qui pulsait dans le fond. La voix se fit entendre, suave, familière :

« Théo ! Rejoins-nous, tu es des nôtres ! »

Théo comprit que les bijoux sacrés de l'Archange l'appelaient. Il pouvait sentir leur présence toute proche et savait qu'ils étaient là, quelque part au fond de ce couloir terne. Il avança rapidement et se trouva nez à nez avec une lourde porte fermée qui luisait dans une semi transparence. De l'autre côté se trouvaient les bijoux. Il n'y avait pas de poignée, pas de Digicode, pas de scanner, rien qui puisse lui permettre d'entrer. La voix appelait de plus belle, sentant Théo si proche. Il chercha désespérément le moyen d'entrer sans y parvenir.

L'ascenseur ralentit après seulement trente secondes et finit par s'immobiliser. Une sonnerie retentit, sortant Théo de son rêve. Les portes coulissèrent, découvrant un vaste et luxueux espace à la décoration moderne et soignée. Deux hommes, l'un grand et costaud et l'autre plus petit, se tenaient debout devant les baies vitrées, face à la ville qui s'étendait à perte de vue à leurs pieds. La vaste pièce semicirculaire était une sorte de salon bureau avec, au centre, d'immenses canapés de cuir blanc disposés autour d'une table basse démesurée et dans le fond, devant les baies vitrées, un bureau ministre en bois précieux. Sur la gauche un bar s'adossait à une paroi de verre épaisse et opaque, presque blanche. Sur la droite une large porte à deux battants ouvrait sur une chambre où trônait un lit rond, lui aussi de dimensions hors normes. Tout ici respirait le luxe et l'opulence. Le plus petit des deux hommes se retourna et s'avança vers lui. Il regarda Théo avec des yeux froids, impitoyables. Son visage portait une cicatrice qui barrait sa joue gauche en diagonale depuis l'oreille jusqu'à la commissure des lèvres. Sa peau était creusée de trous, en particulier autour des pommettes et sur le nez. Il était brun, mesurait un mètre soixante-quinze à vue d'œil et avait l'air d'un tueur mafieux sadique. Lorsqu'il ouvrit la bouche pour parler, Théo sut immédiatement à qui il avait affaire:

« Bonjour Monsieur Orgone. Soyez le bienvenu, dit l'homme d'une voix rauque. Je suis Dragan Kovac. Je vous en prie Théo, vous permettez que je vous appelle Théo ? Asseyez-vous et détendez-vous. »

Kovac avait esquissé un sourire qui donnait à son visage dur une expression presque grotesque. Théo trouvait le personnage particulièrement antipathique et ses simagrées pour paraître affable ne faisaient que renforcer ce sentiment :

« Merci, je vais rester debout. » rétorqua-t-il avec la plus grande froideur.

Kovac se renfrogna, marmonna quelques mots dans une

langue que Théo ne comprenait pas, serra le poing comme pour montrer qu'il faisait un effort pour se retenir. Il appela. Un domestique en tenue apparut par une porte jouxtant le bar. Il approcha de Kovac qui lui parla en russe. Le domestique lui répondit et s'éclipsa derrière le bar. Kovac revint sur Théo :

« Désirez-vous boire quelque chose ?

— Non merci. Si nous en venions au fait Monsieur Kovac, proposa le jeune homme.

— Je comprends votre empressement Théo. Vous avez fait tout ce chemin et devez être fatigué. Il est vrai qu'à votre âge on se couche tôt, ironisa-t-il.

— Je ne pourrai vous servir que dans la journée, j'en ai bien peur, répondit l'ado du tac au tac.

— Vous êtes vif en tout cas, reconnut Kovac. Bon, je ne vais pas y aller par quatre chemins avec vous, car je crois comprendre que vous aimez que l'on soit direct, n'est-ce pas ? Je retiens votre sœur. Elle est dans un endroit où elle ne craint rien, vous vous en doutez, où l'on s'occupe d'elle au mieux. J'ai besoin de vous pour utiliser le pouvoir des bijoux de l'Archange. Leur puissance me procurera un avantage indéniable face à mes ennemis. »

Le domestique apporta une boisson alcoolisée à Kovac. Il prit le verre et but d'un trait. Le domestique repartit. Kovac plongea ses yeux froids dans ceux de Théo :

« Je vais vous charger d'une première mission. Vous allez vous rendre à New York et tuer quelqu'un pour moi. Lâcha-t-il sans la moindre émotion dans la voix.

— Tuer quelqu'un ? Qui ? demanda Théo d'une voix neutre, comme si l'information qu'il venait de recevoir ne l'affectait pas.

— Mon pire ennemi, avoua Kovac avec un calme glacé.

— Et je peux savoir qui c'est ?

— Oswald Graham.

— Graham ? Le père de Jessie Graham ?

— Oui, cet Oswald Graham là. Je veux qu'il meure et je

veux aussi que vous détruisiez son organisation ! s'exclama-t-il, la colère transpirant doucement sous son calme apparent.

— Vous pensez que je peux réussir un truc comme ça ? demanda l'ado toujours ironique.

— Vous le ferez ! vociféra Kovac qui laissait désormais libre cours à sa colère.

— Comment procède-t-on ? Je prends un avion pour New York, je tue Graham, ses associés et c'est fini, c'est ça ?»

Kovac retrouva son calme et ricana devant les propos du jeune homme. Il s'éloigna de lui, vers les baies vitrées et dit :

«Venez Théo, je voudrais vous montrer quelque chose.»

Théo s'avança vers de grands panneaux de verre qui donnaient l'impression, lorsque l'on en était proche de vous aspirer dans le vide et de vous entraîner quelques centaines de mètres plus bas. Théo eut un réflexe de recul qu'il maîtrisa aussitôt. Kovac continua :

«C'est magnifique, n'est-ce pas ? Cette ville immense sous nos pieds, illuminée de millions de petites lumières. Ca me fait penser à une galaxie. Il y a presque quinze millions d'habitants ici, vous le saviez ? Vous voyez ces immeubles, là sur la gauche ? Il pointa un groupe de gratte-ciel. Ils appartiennent à notre groupe. Et là, nous sommes en train de raser des quartiers entiers pour y bâtir le nouveau Moscou, Le Moscou de demain. La moitié de la ville nous appartient et l'autre moitié ne tardera pas à être à nous. Nous avons des intérêts financiers dans la plupart des pays du monde, nous avons des tours comme celles-ci un peu partout, nous sommes présents partout où il se passe quelque chose. Nous sommes plus puissants que la plupart des grands pays industrialisés. Nous faisons la pluie et le beau temps là où ça nous chante. Que vous le vouliez ou non Théo, votre intérêt est de marcher avec nous. Vous n'avez pas le choix. Vous ne pouvez nous échapper, vous et vos proches. Nous avons des agents partout qui peuvent vous surveiller vingt-quatre heures sur vingt-quatre. Collaborez, vous ne le regretterez pas. »

Kovac posa une main sur l'épaule de Théo. Celui-ci s'écarta et dit d'un ton vif:

« Je vais collaborer avec vous, contraint et forcé, mais jamais je ne serai des vôtres. Mes ancêtres ont lutté pour venir à bout de gens comme vous et sont morts par milliers pour cela. Jamais je ne trahirai leur mémoire. Vous obtiendrez de moi ce que vous désirez, mais sachez que ce n'est que parce que vous détenez ma sœur.

— Je prends acte, Théo, mais je regrette qu'il en soit ainsi. Nous aurions pu faire de grandes choses ensemble, devenir les maîtres de cette planète ! Je le deviendrai de toute façon. Ca prendra peut-être un peu plus de temps, c'est tout. Je vous souhaite une bonne nuit et du repos. Vous allez devoir être en forme pour accomplir mes desseins. »

Kovac s'éclipsa dans sa chambre et les portes se fermèrent automatiquement. Théo fut convié à suivre Igor qui le conduisit dans un grand hôtel du centre-ville où il put dormir, enfin, après cette éprouvante journée.

§

Théo pénétra dans le Goum, le plus ancien centre commercial de Moscou, de Russie et même sans doute, du monde. C'était un édifice datant de la fin du XIXe siècle, situé sur la fameuse place Rouge, dont l'intérieur était constitué de trois galeries de près de deux cent cinquante mètres de long, couvert de verrières semi-circulaires. De chaque côté des galeries s'étageaient sur trois niveaux près de deux cents boutiques en tous genres, plus particulièrement de marques de luxe. La circulation des étages supérieurs se faisait via de larges balcons promenade aux garde-corps en fer forgé. Il y avait foule aujourd'hui samedi. Le rendez-vous avait lieu autour de la grande fontaine, point central d'une sorte de puits octogonal qui marquait l'une des entrées du grand magasin. Théo aperçut son rendez-vous, assis sur le rebord de marbre de la vasque. Il vint discrètement s'asseoir près de lui, feignant de l'ignorer. Il regardait les passants aller et venir, s'attardait sur les jambes des jolies filles, levait les yeux pour admirer l'œuvre architecturale. Celui avec qui il avait rendez-vous était vêtu d'un survêtement gris dont la capuche était rabattue sur la tête. Pendant que Théo baillait aux corneilles, l'autre le scannait discrètement à l'aide d'un appareil de détection de micros et de balises qu'il cachait dans sa manche. Lorsqu'il eut terminé son manège, il se leva, contourna Théo et recommença. Il termina, fit un signe discret de la tête pour dire que c'était ok et s'éloigna à pas mesurés. Théo laissa une certaine distance entre lui et l'autre avant de s'éclipser à son tour. Il traversa une partie de la place Rouge, se retourna pour vérifier qu'on ne le suivait pas et s'engouffra dans une station de métro. Il prit une rame de la ligne 1 qu'il quitta à la station suivante pour en prendre une autre de la ligne 3. Il sortit deux stations plus loin et remonta la rue Arbat, célèbre rue piétonne du vieux Moscou bourgeois. Là aussi il y avait foule en ce début d'après-midi chaud et étouffant. Théo arpentait la rue bordée de très nombreux immeubles cossus aux façades chargées d'histoire, parfaitement entretenues. Il regardait discrètement les numéros qui s'affichaient au-dessus des portes d'entrée. Lorsqu'il repéra celui qu'il cherchait, il se retourna, jeta un œil pour vérifier une dernière fois que personne ne lui filait le train, sonna à l'Interphone et s'engagea prestement dans le hall. Il gravit les marches de l'escalier jusqu'au second étage, trouva la bonne porte et frappa trois coups brefs suivis de deux coups longs. Des bruits de pas suivis de ceux d'une serrure de sûreté précédèrent celui d'une porte qui s'ouvre. Jessie apparut dans l'encadrement, belle et souriante. Théo entendit des pas dans l'escalier. Il fit signe à Jessie de ne pas faire de bruit puis il s'approcha discrètement des marches. Il regarda par-dessus la rambarde. Une vieille dame entra dans un appartement du premier étage. Il revint vers Jessie et entra rapidement dans l'appartement.

Yu, toujours en survêtement mais capuche sur les épaules, lui faisait face. Lisa était assise dans un confortable fauteuil. Jessie parla la première :

« Je suis heureuse de te voir, même si les circonstances ne sont pas des plus joyeuses, avoua-t-elle d'un air affecté.

— Je sais Jessie. Nous n'avions pas prévu tout ça, répondit Théo avec calme.

— Tu bois quelque chose ? demanda Lisa qui venait de se lever de son fauteuil.

— Un coca, s'il te plaît. Il fait si chaud dehors.

— Tu es sûr que personne ne t'a suivi ? s'inquiéta Jessie.

— Je ne pense pas.

— Bon, alors qu'est-ce qu'on fait ? Tu as un plan d'attaque ?

— Oui, affirma Théo, surprenant tout le monde. Je sais où sont les bijoux. Nous devons nous en emparer en premier lieu. Ensuite je trouverai Véra et je la libérerai.

— Ce n'est pas Véra la priorité ? s'étonna Lisa qui revenait de la cuisine avec des boissons fraîches.

— Bien sûr que si, confirma Théo. Mais comment comptez-vous libérer ma sœur face à une armée ? »

Il les regarda tour à tour, certain qu'aucun ne pouvait apporter de réponse à sa question. Il reprit :

« Notre seule chance c'est de reprendre les bijoux. Avec leur pouvoir je serai assez fort pour lutter et retrouver ma sœur.

— Théo a raison, admit Yu. Nous ne sommes que quatre, trois ados dont deux filles.

— Eh ! s'insurgea Lisa. Comment ça deux filles ? Tu veux dire quoi ? Qu'on compte pour du beurre ?

— Oui, c'est ça, explique-toi, renchérit Jessie qui s'amusait de l'expression ennuyée sur le visage de son ami et en rajoutait pour le taquiner.

— Oh ! Oh ! Les filles, on se calme ! lança-t-il. Je veux juste dire qu'on est pas de taille, c'est tout.

— Ouais, c'est ça, fit Lisa, dubitative.

— Tu crois qu'il est un peu misogyne ? lui demanda Jessie.

— Ca se pourrait bien. »

Les deux filles partirent d'un rire joyeux. Yu comprit la moquerie et marmonna dans sa langue, poussant les filles à rire de plus belle. Théo s'adressa à Yu :

« Il faut que tu me trouves les plans du trente-cinquième étage de la tour Naberejnaïa.

— D'accord.

— Plans des locaux, des systèmes de sécurité : alarmes incendies, détection d'intrusion, tout. Issues possibles, même les conduits de ventilations ou autres, cages d'escalier, ascenseurs, n'oublie rien.

— Ok.

— J'ai besoin de ça pour… il regarda sa montre, disons dans… trois heures. »

Yu sembla réfléchir avant de dire :

« Trois heures, c'est ok pour moi. Je m'y mets tout de suite.

— Pourquoi le trente-cinquième étage ? questionna Lisa.

— Parce que j'ai ressenti l'appel des bijoux deux fois lorsque j'étais dans l'ascenseur de la tour. La première quand je montais : J'ai été à nouveau plongé dans un rêve. La seconde, en descendant. Je n'ai pas rêvé cette fois, mais j'ai ressenti une force puissante m'envahir. J'ai regardé le cadran indicateur d'étage. Il était sur le trente-cinquième. C'est là qu'ils sont gardés.

— Je vois. Ca veut dire que tu as une connexion avec les bijoux dès que tu en approches.

— Oui. J'ai compris que les rêves que je faisais étaient,

en fait, des appels à les rejoindre. Dès qu'ils ressentent ma présence, ils me guident vers eux.

— Tu dis que tu as ressenti une force lorsque tu t'es approché du trente-cinquième étage. Est-ce que cela ne voudrait pas dire que lorsque tu en es proche, les bijoux pourraient interagir directement avec toi ?

— J'y ai pensé, c'est vrai.

— Tu aurais peut-être une partie de leur pouvoir, ce qui aiderait à les récupérer alors ?

— C'est une possibilité. Je ne veux pas tabler là-dessus pour autant. Si ce n'est pas le cas il vaut mieux être bien préparés.

— Tu as raison.

— Ah, Yu, ajouta Théo. Bien sûr, pour les systèmes d'alarmes, il faut trouver le moyen de les neutraliser.

— J'avais compris Théo, rassure-toi. »

§

L'ascenseur s'immobilisa au trente-sixième étage. Les portes s'ouvrirent sur un large hall. Théo, lunettes noires, perruque brune frisée, moustaches, costume trois-pièces et attaché-case au bras, se fondit dans le groupe qui quittait la cabine. Jessie et Lisa avaient fait des miracles pour transformer le jeune homme en adulte convaincant. Il devait échapper aux caméras de surveillance qui auraient eu tôt fait de le repérer s'il était entré dans la tour Naberejnaïa sans ces artifices. Il entendit le son de la voix de Yu dans l'oreillette :

« Prends à droite. »

L'adolescent traversa le couloir sur sa droite où se pressaient nombre de cols blancs, attaché-case en main et dossiers sous le bras. Arrivé à mi-parcours Yu indiqua de tourner à nouveau à droite, dans un couloir plus étroit et assez court, aux couleurs ternes. Il n'y avait plus personne dans ce secteur. Plusieurs portes grises, étroites, s'y dressaient de part et d'autre :

« Dernière porte à gauche. » indiqua Yu qui pouvait suivre son ami grâce à une balise qu'il avait placée dans le talon de l'une de ses chaussures.

Théo se planta devant la porte. Le voyant de la serrure à carte magnétique passa au vert, déclenchant l'ouverture. Yu, de l'appartement de la rue Arbat, équipé d'une batterie d'ordinateurs, d'émetteurs-récepteurs GPS et autres appareils électroniques plus sophistiqués les uns que les autres, avait pris le contrôle de tous les systèmes de commande du trente-sixième et trente-cinquième étages de la tour. Le jeune Chinois, véritable génie de l'informatique, avait réalisé cette prouesse en moins de quatre heures ! Théo entra dans la pièce exiguë, aux cloisons grises, qui sentait l'alcool à brûler et les détergents. Il était dans la pièce où les préposés au nettoyage rangeaient outils et produits. Théo installa une lampe frontale sur sa tête et jeta un œil rapide autour de lui. Il repéra la grille d'aération juste au-dessus du placard à balais. Il ouvrit son attaché-case, que Yu avait garni d'outils divers, prit un petit tournevis électrique et s'attaqua aux quatre vis qui bloquaient le bas de la grille. Les quatre vis du haut n'étaient pas accessibles, Théo n'était pas assez grand. Il chercha de quoi se hisser, prit un seau en plastique qui trainait sur le sol, à côté de l'armoire, le retourna et grimpa dessus. Yu s'inquiéta :

« Ca va Théo ? Tu as trouvé le conduit ?

— Oui, chuchota l'ado, tout va bien.

— Tu as réussi à ouvrir la grille ?

— Patience, ça vient. »

Il finit d'ôter la dernière vis et tira la grille qui résista un peu, mais finit par céder. Il la posa sur l'armoire, regarda l'intérieur du conduit d'aération. C'était étroit. Il ôta sa veste, sa chemise et son pantalon. Dessous, il avait revêtu une combinaison en Lycra qui lui permettrait de glisser aisément dans les conduits. Il plia avec soin ses vêtements et les glissa dans un sac de toile qui fermait grâce à une cordelette. Il récupéra son attaché-case, se hissa par-dessus l'armoire et se faufila dans le conduit, pieds en avant. Il saisit la grille qu'il replaça devant l'entrée du conduit afin de n'éveiller aucun soupçon. Il dut faire à reculons les trois mètres qui le séparaient d'une bifurcation en forme de T. Lorsque ses pieds butèrent contre la paroi du conduit parallèle au sien, il se contorsionna pour se glisser sur sa droite. Le conduit était si étroit qu'il resta coincé plusieurs fois avant de passer entièrement dans l'autre conduit.

Il avançait tête première maintenant, poussant l'attaché-case et le sac devant lui. Le conduit mesurait exactement quinze mètres selon les plans et aboutissait à une colonne montante plus large. Théo mit deux minutes pour l'atteindre. La pression de l'air devint plus forte à son approche. L'air montait dans la colonne et s'engouffrait dans les conduits d'aération, apportant de l'air frais dans les étages. Il s'immobilisa à moins d'un mètre de la colonne, sortit un treuil à ventouses de l'attaché-case et le fixa solidement contre la paroi du conduit. Il attacha l'étroit filin d'acier à la ceinture à l'aide d'un solide mousqueton et s'avança vers la colonne. L'air propulsé dans l'énorme conduit souleva ses cheveux et fit vibrer ses joues. Il regarda en bas. La colonne descendait jusque dans les profondeurs du sous-sol de la tour, sans doute à plus de cent mètres sous lui. Heureusement pour Théo, il n'était pas trop sujet au vertige. Il sortit de la mallette deux poignées, à ventouses elles aussi et les fixa sur la paroi de la colonne, de chaque côté du conduit. Il vérifia qu'elles étaient bien en place et s'y cramponna pour s'extraire de l'étroit tube en acier galvanisé. Il se laissa glisser le long de la paroi et fut bientôt suspendu dans le vide par le filin. Il actionna le frein du treuil à commande électrique, grâce à un petit boîtier qu'il tenait dans sa main droite et descendit lentement vers l'étage inférieur. Lorsqu'il fut face au conduit de ventilation du trente-cinquième étage, il contacta Yu :

« Ca y est, j'y suis. A toi les commandes.

— Ok, je désactive les cellules photoélectriques qui sont à l'entrée du conduit ».

Quelques secondes s'écoulèrent avant que Yu ne dise :

« C'est ok, tu peux y aller, la voie est libre. »

Théo pénétra dans le conduit, mallette et sac en avant et rampa quelques mètres jusqu'à ce que Yu dise :

« Stop ! Je désactive les cellules... c'est bon, vas-y. »

Il rampa encore jusqu'à une intersection avec un autre conduit. Là encore Yu se manifesta :

« Prends à gauche, je te dirai quand t'arrêter. »

Théo suivit les instructions de son ami. Il n'eut pas besoin d'attendre que Yu lui dise de s'arrêter. Devant lui se dressait un entrelacs de faisceaux rouges qu'il valait mieux éviter de franchir. Théo chuchota :

« A toi de jouer.

— Je m'active. »

Les secondes s'écoulèrent, interminables. Les faisceaux barraient toujours le passage. Théo, sans nouvelles, s'informa :

« Un problème ?

— Oui, je n'arrive pas à les désactiver. On dirait qu'il y a une sécurité supplémentaire dans le système informatique qui bloque les requêtes externes.

— Je ne comprends pas grand-chose à tout ça, Yu, avoua Théo. Tout ce que je sais, c'est qu'il faut que je passe. Débrouille-toi pour trouver une solution.

— J'y travaille. »

De longues minutes passèrent, angoissantes. Soudain la voix de Yu retentit :

« Ca y est ! s'écria-t-il, je l'ai eu ! »

Théo regardait les faisceaux qui se coupèrent presque aussitôt. Il félicita Yu :

« Bravo ! Tu es le meilleur ! Mais tu m'as foutu une sacrée trouille !

— Rien ne me résiste bien longtemps ! » se vanta Yu dans un excès d'optimisme.

Théo se remit à ramper dans le conduit. Il savait qu'il approchait de son but. Depuis un moment il sentait monter en lui la force des bijoux. Il atteignit une nouvelle bifurcation, s'engagea sur la droite et s'arrêta devant une grille d'aération. Yu s'inquiéta :

« Théo ? Pourquoi t'arrêtes-tu ? Un problème ?

— Aucun. Je suis arrivé.

— Tu es sûr ? D'après les plans le fond du corridor est à plus de dix mètres.

— Certain. Ils n'étaient pas dans le fond comme mon rêve le voyait, c'est tout.

— Bon, c'est toi qui sais. Laisse-moi un petit moment pour étudier les données sur la pièce qui se trouve là-dessous. »

Il s'écoula encore quelques minutes avant que Yu ne se manifeste :

« Hum, c'est étrange, dit-il, circonspect. Les plans répertorient cette pièce comme un simple bureau.

— Qu'est-ce qu'il y a d'étrange ?

— Le système d'alarme. Il est bien trop sophistiqué pour un simple bureau.

— Là, tu ne m'étonnes guère.

— Je vais avoir besoin d'un peu de temps pour tout désactiver.

— Prends ton temps, mais fais vite, plaisanta-t-il.

— je m'active. »

Yu mit près de cinq minutes pour venir à bout des nombreux pièges du système d'alarme. Il faillit le déclencher à cause de la mauvaise interprétation d'une commande logicielle. Heureusement il s'aperçut de son erreur à temps. La voie était libre pour Théo. Celui-ci découpa la grille d'aération à l'aide d'une petite lame de scie circulaire qu'il plaça sur le tournevis électrique. La pièce dans laquelle il atterrit n'était pas très grande, sobre, éclairée au néon. Il n'y avait rien d'autre, à l'intérieur des murs bleu-gris, que la lourde porte d'un coffre-fort blindé. Théo contacta son camarade :

« Yu, je suis devant la porte d'un coffre.

— Il a l'air comment ?

— Solide.

— Ok, allume ta caméra frontale, que je vois un peu de quoi il s'agit. »

Théo tâtonna pour trouver le bouton de mise en marche de la caméra qui était fixée sur la lampe frontale. Il demanda :

« Tu as les images ?

— Oui, c'est bon. Ouah ! Ca a l'air d'être du costaud ce machin là !

— On dirait. Tu as une idée de la façon dont on va s'y prendre pour l'ouvrir ?

— Je constate, à première vue, qu'il n'y a pas de molettes ou de claviers pour saisir un code quelconque. Je me trompe ?

— Non, répondit Théo qui observait en détail la porte devant ses yeux.

— Il n'y a pas non plus de scanner rétinien ou digital, n'est-ce pas ?

— Non plus, je ne vois rien.

— Bon, ça veut dire que ce coffre ne peut pas s'ouvrir de là où tu es.

— Et c'est plutôt bon ou mauvais signe ? s'inquiéta-t-il.

— Pour toi plutôt mauvais, mais pour moi, plutôt bon. Essaye de trouver la marque du coffre.

— Ok, je cherche. »

Théo trouva une plaque avec un nom et une référence. Il la transmit à Yu :

« J'ai un nom : Gunnebo et une référence. Ca te va ?

— Je te dirais ça dans un moment. Je fais des recherches. »

Ca voulait dire que Yu en avait pour un certain temps. Théo soupira, s'assit sur le sol, adossé à une cloison. Il regarda machinalement l'heure : dix-sept heures quarante-

huit. Les bureaux fermeraient dans exactement douze minutes et la tour se viderait. Il resterait seul, ou presque, au
trente-cinquième étage de cette tour. Il fallait encore ouvrir
ce coffre, récupérer les bijoux et sortir de la tour. Ensuite il
faudrait retrouver Véra et la libérer, enfin. Une fois que ce
serait fait, Théo devrait s'occuper de Dragan Kovac et de
son organisation ainsi que d'Oswald Graham et de la
sienne. Autant dire qu'il avait encore du pain sur la
planche ! Les minutes s'égrainaient lentement, très lentement. Théo gardait son calme et sa patience. Il avait confiance en Yu et savait que le petit génie s'activait pour
trouver une solution. Le Chinois la trouverait, il n'avait
aucun doute là-dessus. Le temps s'écoulait avec lenteur.
Une demi-heure puis une heure, une heure quinze, une
heure vingt...

Un clic suivi d'un toc et d'un clac-clac résonnèrent dans
la pièce, sortant Théo de sa torpeur. Il interrogea Yu :

« C'était quoi ces bruits ?

— Patience, ça vient. » répondit-il.

La lourde porte bascula sur ses gonds sans précipitation.
Théo eut le sourire :

« Jessie m'avait prévenu que tu étais un vrai petit génie,
mais là j'avoue que je suis bluffé !

— Merci, je prends ça pour un compliment. J'en ai bavé,
mais j'ai trouvé par où l'attaquer ! Il est ouvert ? ajouta-t-il
avec de l'étonnement dans la voix.

— Oui, grand ouvert ! J'entre. »

Théo avança à l'intérieur de la chambre forte. Elle mesurait trois ou quatre mètres carrés, tout au plus, qui étaient
en grande partie pris par des étagères métalliques. Sur ces
étagères étaient alignées des rangées de classeurs, de livres
de comptes et autres documents sensibles. Une seule était
quasiment vide. Un coffret y était entreposé. Théo sut au
premier coup d'œil que les bijoux s'y trouvaient. Le coffret
luisait d'une lumière orange. Il le prit, tenta de l'ouvrir. Il
était fermé à clé. Il voulut ouvrir la mallette pour en sortir

un outil, se ravisa, ferma les yeux, se concentra. Lorsqu'il sentit le contact du métal dans le creux de sa main droite, il rouvrit les yeux. Le coffret avait disparu et la chevalière et le médaillon étaient à nouveau en sa possession.

§

L'alarme retentit, surprenant Yu et Théo qui se réjouissaient d'avoir réussi à récupérer les bijoux de l'Archange. Sans plus attendre, Théo passa le médaillon autour de son cou et enfila la chevalière à son doigt. Il fallait faire vite, la cavalerie ne tarderait plus :

« Yu, fais- moi sortir d'ici ! » cria-t-il.

Le jeune Chinois quelque peu paniqué se mit à pianoter frénétiquement sur le clavier de son ordinateur, cherchant une issue d'urgence. Il examina les plans de l'étage. Voies de circulation, conduits d'aération et de climatisation, ascenseurs et monte-charge. Il repéra un local technique situé non loin de la chambre forte qui ferait l'affaire :

« J'ai trouvé Théo ! Sors de cette pièce et prends le couloir sur ta gauche. »

Théo n'attendit pas la fin de la phrase pour se mettre en route. Il saisit sa mallette, ouvrit la porte, regarda discrètement si la voie était libre et traversa le couloir au pas de course tout en parlant avec Yu :

« Je vais où après ?

— Tu traverses le hall de réception et tu prends le premier couloir sur ta droite.

— Ok, j'y suis ! Après ?

— Première porte à gauche, un instant, je l'ouvre… vas-y fonce ! »

Théo se précipita sur la porte et disparut dans le local technique. Il entendit le son de cloche de l'ascenseur qui venait de s'immobiliser à l'étage, celui des portes qui s'ouvraient et des bruits de bottes qui couraient. Il avait failli tomber nez à nez avec les hommes de la sécurité. Le local technique était exigu et Théo se demandait pourquoi Yu l'avait entraîné là :

« Tu es sûr de ton coup, Yu ? J'ai l'impression que tu m'as conduit dans une impasse.

— C'est ce que tu crois. Regarde près du sol, dans l'angle opposé à la porte. »

Théo regarda. Une armoire métallique s'y trouvait. Il interrogea :

« Tu veux que je fasse quoi ? Que je me cache dans l'armoire ? plaisanta-t-il.

— L'armoire ? Quelle armoire ? questionna Yu. Je n'ai aucune armoire sur les plans !

— Il y en a une pourtant.

— Déplace là. Derrière il y a une trappe d'accès à la cage de l'ascenseur de service. »

L'armoire était lourde. Théo la poussa par à-coups en essayant de faire le moins de bruit possible. Il entendait toujours les hommes de la sécurité s'agiter, mais ils s'étaient éloignés dans la partie opposée de l'étage. Il vit enfin la trappe. L'armoire l'empêchait encore de se faufiler. Il décida d'essayer de la soulever plutôt que de la pousser pour aller plus vite. Après tout il était connecté aux bijoux magiques et sa force devait certainement lui permettre de le faire. Il prit l'armoire à bras-le-corps et mobilisa ses forces pour tenter de la soulever. À sa grande surprise, il y arriva avec facilité, il la sentit légère. Il la déposa un peu plus loin, constata que la trappe était parfaitement dégagée et qu'elle s'ouvrait à l'aide d'un simple outil carré. Il ouvrit la mallette, sortit un tournevis plat assez large, l'enfonça dans le logement, tourna la poignée et tira le panneau de la trappe vers lui. Il passa la tête pour évaluer la situation. La cage d'ascenseur était large. De l'air frais, qui semblait descendre du toit de la tour, y circulait. Théo repéra une échelle sur sa droite, facilement accessible. La trappe devait servir aux techniciens de la maintenance. Le faible faisceau de sa lampe frontale éclairait difficilement au-delà de dix mètres, mais il semblait que l'échelle allait bien au-delà, aussi bien vers le haut que vers le bas. Il attacha la mallette à la ceinture à l'aide d'un mousqueton et s'engagea dans la cage. Il fut bientôt agrippé à l'échelle :

« Je monte ou je descends ?

— Un instant, j'étudie toutes les options, affirma Yu.

— Prends ton temps, j'admire la vue.

— Tu sais que tu es trop, Théo, affirma-t-il tout en cherchant une issue.

— Vraiment ? Pourquoi ?

— Parce que dans la situation où tu es, tu arrives quand même à plaisanter. Moi, je stresse à mort !

— Je crois que ce sont les bijoux qui me donnent cette force, ce calme et ce sang froid. Je ne m'en rends même pas compte mais je sais que, sans eux, je stresserais sans doute à mort moi aussi !

— Ah, tu me rassures, j'ai cru que tu étais réellement un surhomme.

— Tu vois, toi aussi tu arrives à plaisanter, fit-il remarquer.

— Tu montes ! affirma Yu.

— Jusqu'où ?

— Tout en haut.

— Ca fait une trotte !

— Tu es l'Elu, ne l'oublies pas, le taquina-t-il. Avec tes colifichets tu ne devrais pas avoir de mal. »

§

Arrivé au sommet de la tour, quelque cent cinquante mètres plus haut, Théo reconnut que Yu avait raison. Il n'avait eu aucun mal à grimper ! L'échelle aboutissait sur un étroit passage qui donnait sur la machinerie de l'ascenseur. Il se faufila entre moteurs électriques, poulies et courroies, jusqu'à une porte métallique qui, bien entendu, était close. Il y avait une serrure et une poignée, ce qui voulait dire que Yu ne pouvait rien faire avec ses ordinateurs. Théo se saisit de la poignée et tira dessus avec force. La poignée céda mais la porte resta fermée. Il demanda conseil :

« Tu as une idée pour ouvrir une porte à serrure dont la poignée est cassée ?...

— Dans les films, les héros ont toujours un trombone, ou un truc dans le genre et ils trifouillent la serrure, mais j'avoue que je ne sais pas comment on fait.

— Bon, en dehors de ça ?

— J'ai déjà vu dans un film un gars qui cryogénisait la serrure.

Je crois que tu regardes trop de films! Où est-ce que je vais prendre de quoi cryogéniser la serrure ?

— Aucune idée... Eh ! Tu pourrais peut-être essayer avec tes nouveaux pouvoirs ! suggéra Yu.

— Mes pouvoirs ? Tu crois que je pourrais faire ça ?... Après tout, pourquoi pas. Je ne risque rien d'essayer. »

Théo se concentra un moment et fixa la serrure, bras tendu dans sa direction, main posée dessus. Il visualisa dans son esprit ce qu'il désirait obtenir. Il sentit un fluide glacé traverser ses doigts et vit la serrure et une partie de la porte se givrer presque instantanément. Il retira sa main et l'observa. Elle n'était pas froide et il n'avait ressenti aucune douleur. Il prit un peu d'élan et donna un grand coup de pied dans la serrure qui quitta son logement et vint s'écraser sur le sol, de l'autre côté de la porte. Celle-ci s'entrouvrit sous le choc. Théo sortit prudemment dans un couloir étroit aux parois de béton brut, long de cinq mètres au plus, qui se terminait par une autre porte de métal. Celle-ci était munie d'une simple barre qu'il suffisait de soulever.

Le vent soufflait assez fort à cette altitude. La température était agréable à cette heure de la journée, alors que le soleil déclinait. Il faisait encore jour mais les rues moscovites brillaient déjà de mille petites lumières, qui scintillaient telles des étoiles sur la voûte céleste. Théo jaugea le toit sur lequel il était. Il n'était pas assez dégagé pour qu'un hélicoptère puisse s'y poser et il ne donnait pas directement sur les façades de verre de l'immeuble. Il y avait en contrebas, tout autour, encore un toit encombré de cheminées et de tuyaux en tous genres. Des bruits suivis de sons de voix humaines parvinrent depuis la gauche, en contrebas. Théo se baissa jusqu'à s'allonger au bord du toit. Il vit les hommes de la sécurité dans leurs uniformes noirs, armés de fusils-mitrailleurs, se déployer en nombre, fouillant chaque recoin. La situation devenait très délicate, il fallait agir vite :

« Yu, où est l'hélico ? chuchota-t-il. Ca se complique sérieusement ici.

— Il sera là dans moins de trois minutes. Ca va le faire ?

— Je ne sais pas, j'ai la sécurité aux trousses.

— Je préviens Jessie, assura Yu.

— Ils sont armés de fusils-mitrailleurs. Je ne suis pas sûr que l'Hélico puisse me récupérer sans danger.

— Je branche l'Intercom avec L'hélico, tu vas avoir Jessie en ligne.

— Ok, merci. »

Il y eut quelques crépitements, deux ou trois ploc et puis plus rien. Théo appela Jessie à plusieurs reprises avant de l'entendre enfin :

« Théo ? C'est Jess. On approche de la tour par le sud-ouest. »

L'ado se retourna vers la direction donnée et aperçut au loin l'appareil qui fonçait droit sur lui :

« Ok, je vous ai en visuel, confirma-t-il.

— On est là dans moins de deux minutes, d'après le pilote.

— Il faudra être très prudents, il y a des hommes armés sur le toit.

— Ok, on va essayer quand même. Où es-tu exactement ?

— Sur la partie la plus haute du toit. Je vais essayer de

grimper sur le dernier toit, celui du local technique de l'ascenseur de service. De là il n'y aura aucun obstacle pour l'hélico.

— On va laisser traîner une échelle de corde et passer au ralentit le plus haut possible pour éviter les tirs.

— Compris.

— Théo.

— Oui.

— Ca veut dire qu'il va falloir que tu te débrouilles pour attraper l'échelle au premier passage. »

Jessie semblait presque s'excuser de ce qu'elle venait de dire. Théo avait très bien compris la situation. Il n'aurait pas de seconde chance d'attraper cette échelle qui de plus, arriverait à une certaine vitesse. Il savait que ce ne serait pas simple. Il comptait sur le pouvoir de l'Archange pour réussir cet exploit. Il rassura Jessie :

« Ne t'en fais pas, j'avais bien compris. On n'a pas trop le choix. J'espère que mes pouvoirs me permettront de le faire.

— Encore une minute, dépêche-toi ! »

Théo se précipita vers le local de l'ascenseur et sans ralentir fit un bond qui le précipita sur son toit, deux mètres cinquante plus haut. Il sentait l'osmose entre les bijoux et lui grandir à chacune de ses actions. Il lui suffisait de vouloir quelque chose suffisamment fort pour que cela se réalise.

Des tirs de fusil-mitrailleur retentirent et les balles fusèrent autour de l'Elu qui bondit et s'allongea en plongeant sans ménagement. Il entendit des voix qui hurlaient en russe. Il regarda en direction de l'hélicoptère. Il était tout proche, à quelques centaines de mètres et ralentissait progressivement. Théo releva la tête pour essayer de voir où étaient les hommes de la sécurité. Il eut à peine le temps de constater que deux d'entre eux arrivaient déjà sur le toit, juste au-dessous et qu'ils seraient sur lui dans quelques secondes. Un rapide coup d'œil à l'hélico. Encore cent cinquante mètres, cent trente, cent quinze, quatre-vingt-dix...

Théo se releva d'un bond et courut sous le sifflement des balles qui fusaient de toutes parts. Le bord du toit fut sur lui en moins de deux secondes ! Il s'élança dans les airs dans une tentative désespérée, monta jusqu'à près de vingt mètres au-dessus du toit et vit le vide arriver à toute allure tandis que l'échelle se rapprochait encore plus vite. Il n'était pas tout à fait dans l'axe pour la saisir, tendit les bras et moulina des pieds pour, pensa-t-il, se décaler un peu. L'échelle passa à sa hauteur, il se détendit au maximum pour la saisir, sentit le choc de la corde dans le creux de sa main droite, la serra le plus fort possible, fut tiré brutalement en arrière, tourbillonna autour de son bras, fut balloté en tous sens avant de se stabiliser et pouvoir saisir la corde de l'autre main. Les tirs redoublaient d'intensité et il sentit un ou deux projectiles passer vraiment très près.

L'hélicoptère prit de la vitesse et la Naberejnaïa, fièrement dressée dans le ciel moscovite, s'éloigna pour ne devenir qu'un point perdu dans les brumes du soir. Théo remonta l'échelle de corde sans grande difficulté et rejoignit Jessie qui le serra fort dans ses bras :

« Tu m'as fichu une de ces trouilles ! lui lança-t-elle en riant. J'ai bien cru que tu allais t'écraser au pied de la tour !

— Je l'ai cru aussi, je t'assure! avoua-t-il, en soufflant et riant de joie d'être toujours en vie.

— On va atterrir à l'aéroport Ynukovo dans quelques minutes. Yu et Lisa sont déjà en route pour la gare Beloroussky. Ils vont prendre un train qui les conduira en Pologne et, de là, à Genève par avion.

— Ok. On décolle le plus vite possible car Kovac ne va pas nous lâcher comme ça.

— Le jet nous attend, réacteurs allumés. On pose l'hélico, on saute dedans et on décolle.»

Le smartphone de Théo sonna. Jessie interrogea son ami des yeux. Il sourit et porta l'appareil à son oreille :

« Monsieur Kovac, quelle surprise, lança-t-il, ironique.

— Théo. Je dois vous féliciter, vous avez fait du bon travail, admit Kovac d'un ton neutre et froid. Mais je crains que vous n'ayez fait tout cela pour rien.

— Pour rien ? fit Théo étonné. J'ai du mal à vous suivre.

— Je vous aurai confié les bijoux demain matin pour votre mission. Et puis vous oubliez que je détiens toujours votre sœur, il me semble. N'oubliez pas ma proposition : si vous voulez la récupérer en bonne santé, vous devrez travailler pour moi. Je vous ai confié une mission. Ne me décevez pas. Vous avez une semaine pour l'exécuter. Sinon, je crains que vous ne deviez dire adieu à cette chère petite. Est-ce que nous nous sommes bien compris ?

— C'est très clair en effet, mais je ne crois pas que vous le ferez. Vous n'auriez plus aucun moyen de pression sur moi. Je suis désolé, mais je vais devoir abréger cette conversation.

— N'oubliez pas, une semaine ! »

Théo raccrocha. Jessie, curieuse, lui demanda ce qu'avait dit Kovac :

« Il est furieux après moi, expliqua Théo et a menacé de s'en prendre à Véra.

— Tu penses qu'il va le faire ?

— Je ne crois pas. S'il fait du mal à Véra, il peut dire adieu à ma collaboration et au pouvoir des bijoux de l'Archange.

— Qu'est-ce qu'on va faire ?

— Pour le moment je gagne du temps. Ca nous permettra de réfléchir et de trouver le moyen de récupérer Véra. »

§

Chapitre XII

« Okhon »

« Papa ! » s'exclama Jessie, interloquée.

Oswald Graham, grand brun dégarni, moustache fine, yeux foncés, presque noirs, menton fuyant, sous une large bouche aux dents parfaitement alignées et blanches, souriait à sa fille, amusé de sa réaction. Il se tenait dans l'encadrement de la porte du jet, droit dans son costume sur mesure gris acier. Jessie monta l'escalier et l'embrassa sans effusions. Il s'écarta pour la laisser passer et jeta un regard curieux sur Théo qui était resté au pied de l'appareil. Le jeune homme l'observa de la tête aux pieds. Il pensa que cet homme n'avait pas l'air si méchant de prime abord. Il avait même plutôt une bonne tête. Il perçut dans son regard toute la curiosité et les interrogations qu'il avait à son sujet. Il comprit que Graham savait qui il était. Il se demandait sans doute comment ce jeune ado pouvait être l'un de ses pires ennemis en puissance. Sans doute pensait-il que Théo n'avait pas l'air bien méchant lui aussi. Les questions qui taraudaient le jeune homme, Jessie certainement aussi, se bousculaient : qu'est-ce qu'il faisait là ? Qu'est-ce qui avait bien pu le pousser à prendre un tel risque ? Venir ici, sur le territoire de son ennemi Dragan Kovak, était sans doute une pure folie. Et comment avait-il su qu'il les trouverait là ? Cela faisait beaucoup de questions auxquelles il faudrait bien qu'il réponde. En attendant Théo monta dans le jet, passa devant Graham, saisit la main qu'il lui tendait et vint s'asseoir près de Jessie qui regardait à travers le hublot, l'air visiblement chagriné. Oswald Graham vint s'installer face aux jeunes gens, se tourna vers sa fille et dit d'une voix grave:

« Ma chérie, tu ne m'as pas présenté ton ami.

— A quoi bon, je suppose que tu sais déjà qui il est, n'est-ce pas ? rétorqua-t-elle, furieuse.

— Oui, je l'avoue, répondit-il calmement, sans se départir de son sourire.

— Que fais-tu là papa ? »

Graham regarda sa montre puis jeta un œil à travers le hublot avant de dire :

« Tu devrais donner l'ordre au pilote de décoller, les hommes de Kovak ne vont sans doute pas tarder à arriver.

— Décidément tu es vraiment au courant de tout ! lança-t-elle avec une fureur à peine dissimulée.

— J'ai de bons informateurs.» confia-t-il.

Jessie demanda au pilote de décoller au plus vite. Après quelques minutes de silence où chacun s'observa, cherchant peut-être à mieux comprendre l'autre et ses motivations, le jet s'ébranla et roula vers la piste d'envol. Théo sortit de son silence :

« Monsieur Graham, peut-on savoir ce qui vous a poussé à prendre le risque de venir jusqu'ici ?

— Je suis ici pour vous aider.

— Nous aider! s'esclaffa Jessie. Tu nous prends vraiment pour deux andouilles !

— Mes informateurs m'ont rapporté les terribles évènements de ces derniers jours. L'enlèvement de votre petite sœur, Théo, m'a fait réagir. J'ai immédiatement mis toutes les ressources disponibles pour tenter de la localiser.

— Vraiment ? demanda Théo, étonné. Et je peux savoir pourquoi vous faites ça ?

— Disons que, répondit Graham avec hésitation, semblant chercher ses mots, j'ai des intérêts différents de ceux de Monsieur Kovac.

— Ah ! Je me disais aussi que ce n'était pas de la philanthropie ! ironisa Jessie.

— Bien sûr que ce n'est pas de la philanthropie ! s'emporta Graham. Que croyez-vous tous les deux ? Que c'est un jeu ? Que vous allez pouvoir continuer vos petites affaires encore longtemps ? Que l'on va vous laisser faire sans réagir ?! Réveillez-vous ! Vous êtes désormais dans le collimateur des puissances qui dirigent ce monde ! Vous n'avez pas idée de ce à quoi vous vous attaquez ! Vous n'avez aucune chance d'arriver à vos fins, seuls !»

Oswald Graham se calma aussi vite qu'il s'était emporté. Il regarda, à travers le hublot, le sol s'éloigner rapidement, laissant derrière eux Moscou et ses quinze millions d'âmes. Graham s'adressa à sa fille :

« J'ai pris l'initiative de donner des instructions au pilote. Il va nous conduire sur un aérodrome des environs de Kiev, en Ukraine. Mon jet m'y attend. Ensuite, il prendra la direction de l'Est pour atteindre Irkoutsk en Sibérie.

— En Sibérie ! s'exclama Jessie. Mais qu'est-ce qu'on va faire en Sibérie ?

— Un hélicoptère vous emmènera sur l'île d'Okhon, sur le lac Baïkal. C'est là que se trouve Véra.

— Vous l'avez retrouvée ? s'étonna Théo. Où est-elle exactement ?

— Dans une maison isolée, dans les montagnes de l'île.

— On va la libérer comment ? demanda Jessie.

— Je pense que Théo y arrivera tout seul.

— Vous croyez que j'ai suffisamment de pouvoirs pour ça ? demanda Théo, dubitatif.

— Vous possédez les deux bijoux de l'Archange désormais. Avec leur puissance vous devriez venir à bout de toute une armée !

— Oui, sans doute mais je ne suis pas certain de les maîtriser pour le moment.

— Je n'ai pas d'expérience en la matière. C'est vous l'Elu des Mikelians.

— Merci de me le rappeler, ironisa Théo. Ca m'aide beaucoup.

— Ne vous inquiétez pas, j'ai un commando sur place qui attend avec l'hélico. Vous partirez avec eux. Ils sont spécialistes de ce genre de mission. Vous serez largués quelque part sur les bords du lac et vous devrez vous rendre à pied jusqu'à la maison.

— Et qu'est-ce que tu y gagnes ? s'enquit Jessie.

— J'enlève à Kovac un moyen de pression sur Théo. Je sais parfaitement ce qu'il mijote, je ne suis pas stupide.

— Ca, je le sais, dit Jessie avec une pointe de regret dans la voix.

— Kovak vous a certainement demandé, expliqua-t-il en se tournant vers Théo, de vous occuper de moi et de mon organisation, n'est-ce pas ?

— C'est possible. Répondit laconiquement le jeune homme.

— C'est ce que j'aurai fait à sa place.

— Et vous comptez le faire, par la suite ? questionna Théo.

— Ne soyez pas stupide ! Je n'ai aucun intérêt à agir de la sorte avec vous. Je ne vous veux aucun mal.

— Vos intérêts divergent pourtant radicalement des nôtres.

— Vous voulez récupérer votre sœur ou pas ? demanda Graham agacé.

— Bien entendu. Je voulais juste que vous sachiez que je ne suis pas dupe, malgré mon jeune âge. Je suis conscient des enjeux, de ce que je suis et de ce que je représente pour vous comme pour Kovak. Nous sommes tous les trois dans des camps diamétralement opposés et nous sommes en train d'entamer une nouvelle guerre.

— Une guerre ? Vous y allez un peu fort vous ne croyez pas ?

— Vous savez très bien que j'ai raison. Vous et Kovak avez peur de moi, de la puissance dont je dispose. Vous êtes prêts à tout pour vous en emparer et je n'ai aucune confiance en vous, quand bien même êtes-vous le père de Jessie. Je suis certain que vous ne m'aidez pas pour les raisons que vous nous avez exposées, mais que vous mijotez quelque chose contre moi. Sachez que je serai toujours sur mes gardes et que vous n'arriverez pas aisément à vos fins avec moi.

— Voilà qui est clair. J'aime votre franc-parler Théo. C'est une qualité chez un homme. Je trouve dommage que vous me considériez comme un ennemi. Nous aurions pu apprendre à nous connaître et à nous apprécier, pourquoi pas. J'aurais pu vous expliquer quels sont nos buts et notre vision de l'avenir et vous convaincre de nous rejoindre, mais je crois que ce n'est pas encore le moment.

— Je suis certain que ce ne sera jamais le moment, Monsieur Graham.

— En attendant ce moment, si nous buvions quelque chose ? » proposa Graham.

Il sortit une bouteille de champagne et la déboucha. Jessie n'en voulut pas, préférant un jus d'orange à de l'alcool. Théo, bien qu'il n'ait eu aucune envie de trinquer avec Graham, accepta une flûte, par égard pour Jessie.

§

Le jet atterrit à Irkoutsk vers onze heures du matin après avoir fait une escale à Kiev pour y déposer Oswald Graham. Depuis Moscou, il y avait cinq heures de décalage horaire, ce qui expliquait qu'en ayant quitté Moscou vers vingt-deux heures et Kiev à peine une heure plus tard, voyagé durant à peine plus de six heures, il était si tard dans la matinée. Jessie et Théo en avaient profité pour dormir et reprendre des forces. Ils allaient en avoir besoin. Dès leur descente d'avion, ils avaient rejoint l'hélicoptère affrété par Monsieur Graham, avec son équipage de commandos. Les hommes étaient au nombre de six. Vêtus de treillis couleurs camouflage, ils étaient la caricature même de ce genre de personnage : grands, solides, l'air patibulaire, visages et regards durs, crânes presque rasés et armés jusqu'aux dents. Leur chef se faisait appeler Gorki. Il était probablement Russe d'après son fort accent. Les autres ne semblaient parler que le russe. Il expliqua rapidement que l'hélico était prêt à décoller et qu'il ne fallait pas perdre de temps, car la route était longue et il fallait essayer de mener à bien la mission avant la nuit. L'hélicoptère, lui aussi en tenue de camouflage, était un vieil appareil de l'armée soviétique, un Mil MI-24, qui pouvait transporter une dizaine de personnes et était, semble-t-il, lourdement armé. Théo remarqua la vétusté de l'appareil et le signala à Gorki qui répondit en riant :

« Il est vieux, mais c'est du bon matériel soviétique. Ne vous inquiétez pas, il nous conduira sans problème jusqu'à Okhon et il nous ramènera, aussi sûr que deux et deux font quatre ! »

Tout cela bien entendu avec son fort accent russe...

Le vieux MI-24 décolla dans un vacarme infernal et des vibrations à faire passer un marteau-piqueur pour un jouet d'enfant ! Jessie et Théo étaient assis très inconfortablement à l'arrière de l'appareil qui fonçait en direction du nord-est, vers le lac Baïkal et l'île d'Okhon. Le vol devait durer un peu plus d'une heure, d'après Gorki. Les hommes du commando étaient stoïques dans leurs fauteuils. Ils avaient l'habitude de voyager dans ce tas de ferraille volant. Jessie et Théo n'étaient pas très rassurés, ce qui amusait particulièrement Gorki qui, serein, fumait un cigare et inspectait ses différentes armes.

L'hélico survolait la taïga sibérienne depuis un bon moment lorsque enfin les eaux sombres du Baïkal furent en vue. Il le survola dans sa longueur durant une bonne demi-heure avant d'atteindre enfin l'île d'Okhon qu'il traversa en grande partie pendant près d'un quart d'heure. Okhon mesurait près de soixante-dix kilomètres de long sur douze de large environ. L'île suivait le lac dans son inclinaison nord-est sud-ouest et était proche de la côte ouest de celui-ci. Sa partie ouest était plutôt basse avec des plaines en partie boisées, de nombreux villages de pêcheurs et même des lacs ! La partie Est était montagneuse et culminait à plus de huit cents mètres, plongeant directement dans les eaux du Baïkal. C'est là que se dirigea l'hélico. Il survola la montagne et plongea vers la côte abrupte. Gorki indiqua qu'ils allaient bientôt arriver et qu'il fallait se préparer pour une descente en rappel, l'appareil ne pouvant se poser. Jessie, horrifiée par l'idée de descendre accrochée à une corde à plus de vingt mètres du sol, refusa l'exercice, ce qui fit hurler de rire Gorki et ses hommes. Il lui rappela qu'elle n'avait pas d'autre choix si elle voulait faire partie de la mission. Sinon, elle pouvait rester dans l'hélico et attendre sagement le retour des héros. Elle finit par s'y résoudre et enfila le harnais tendu par Gorki. L'appareil se mit en stationnaire au-dessus d'une plage de galets entourée de rochers, au pied d'une montagne couverte d'épicéas. Tour à tour les membres du commando descendirent rapidement et prirent position sur la grève. Gorki partit le dernier pour aider les jeunes gens à s'accrocher pour la descente. Jessie ferma les yeux lorsqu'elle agrippa la corde et se laissa glisser vers le sol. Théo n'eut aucune hésitation et fut au sol aussi rapidement que les autres membre du commando. Lorsque Gorki fut sur la plage, l'hélico s'éloigna très vite vers le sud-ouest de l'île. Il irait se poser dans une clairière à quelques kilomètres et attendrait l'ordre de revenir les chercher.

La température au sol était plutôt chaude pour cette région du monde : vingt-neuf degrés. Les années normales, elle ne dépassait guère les vingt-cinq degrés, au plus fort du mois de juillet. Cette année était particulièrement chaude dans l'hémisphère nord et la Sibérie ne faisait pas exception à la règle. Gorki réunit le groupe autour de lui, déplia une carte de l'île et prit la parole :

« Bon, nous sommes ici, dit-il en pointant un lieu sur la carte. Notre objectif est ici, derrière cette montagne. Nous avons à peu près trois heures et demie de marche à faire. Si nous ne mollissons pas, nous devrions atteindre l'objectif à peu près vers dix-sept heures quarante-cinq. D'après nos informations, l'objectif est tenu par un groupe de sept ou huit hommes armés. Nous ne savons pas qui ils sont, mais tout laisse supposer qu'il s'agit d'hommes entraînés, comme nous, pour des missions de combat. Nous allons certainement devoir affronter une puissance de feu importante. Pour réussir cette mission, nous devrons les surprendre, c'est la meilleure chance de vaincre rapidement avec le moins de pertes. C'est pour ça que nous n'avons pas fondu directement sur l'objectif avec l'hélico. N'oubliez pas que notre but est la petite sœur de Théo, Véra. Nous devons la récupérer vivante et en bonne santé. C'est notre objectif prioritaire. »

Théo remarqua que, même si les hommes de Gorki ne parlaient qu'en russe, ils comprenaient parfaitement ce que leur chef venait d'expliquer. Gorki poursuivit, livrant à ses hommes sa stratégie de mouvement. Il indiqua à chacun sa position et sa mission, afin d'investir au plus vite la maison dans laquelle se trouvait Véra.

Lorsqu'il eut terminé son briefing, le groupe se mit en route à travers la forêt d'épicéas, le long des pentes raides de la montagne. Le rythme soutenu du commando était difficile à suivre pour Jessie qui, bien que sportive, n'avait pas l'entraînement pour ce genre d'exercice. Théo n'avait aucun mal à suivre, aidé par la formidable force qui émanait des bijoux de l'Archange. Il ne ressentait aucunement l'effort, pas plus que la fatigue ou la douleur. Il avait remarqué que, lorsqu'il était dans l'action, ses facultés étaient automatiquement appuyées et amplifiées sans qu'il eût à dire ou à faire quoi que ce soit. C'était comme si les bijoux étaient en symbiose avec lui et étaient désormais une extension de lui-même. Leur fonctionnement était devenu réflexe. Théo espérait seulement qu'il serait capable de se servir de leur pouvoir à bon escient le moment venu. Il n'avait pas le mode d'emploi et personne ne pouvait lui donner une formation express !

Trois membres du commando ouvraient la marche, GPS et boussole en main, se frayant un chemin à travers la forêt. Jessie, Théo et Gorki, suivaient dix mètres derrière. Deux autres commandos fermaient la marche. Gorki vérifiait régulièrement leur position sur la carte. L'ascension était difficile, la pente raide. De nombreuses branches mortes jonchaient le sol couvert de broussailles qui couraient entre roches et pierrailles. Au fur et à mesure de la montée le paysage se découvrait, magnifique et grandiose. Le lac, immense mer intérieure, dévoilait le bleu profond de ses eaux qui s'étendaient jusqu'à l'horizon d'où émergeait une ligne de montagnes noyées dans la brume. La côte abrupte de l'île d'Okhon tombait à pic dans l'immensité liquide. Tout ici respirait la nature, sauvage, dangereuse, parfois angoissante, mais si belle, si magique. C'est ce que pensait Jessie en portant son regard autour d'elle. Cette nature omniprésente, dénuée de toute trace de civilisation, l'oppressait autant qu'elle la fascinait.

Elle avait chaud, essuya d'un revers de la main les gouttes de sueur qui perlaient sur son visage, regarda le soleil encore haut dans le ciel et souffla. Elle fatiguait. Le rythme imposé par le commando était terrible. Elle regarda Théo qui avait l'air frais et ne suait ni ne grimaçait sous l'effort. Elle savait que c'était dû en grande partie aux bijoux qu'il portait. Elle aurait aimé, en cet instant, partager ces pouvoirs magiques, être plus forte, ne pas souffrir, ne pas ressentir la douleur de son corps éreinté, la chaleur intense et suffocante due à cette marche effrénée. Elle en avait assez pour aujourd'hui et rêvait d'une bonne douche froide et apaisante.

Le sommet de la montagne fut bientôt atteint. De l'autre côté il y avait une vallée boisée, peu profonde, qui laissait place à des pâturages sur son versant opposé. Au fond de la vallée se trouvait une falaise abrupte d'une trentaine de mètres que surmontait la forêt d'épicéas. En y regardant de plus près, on pouvait distinguer une maison au milieu des arbres, proche de la falaise. Gorki la pointa du doigt et dit : « C'est l'objectif. Nous devons marcher à travers bois afin de ne pas nous faire repérer. Lorsque nous atteindrons le pied de la falaise, nous prendrons à gauche le flanc de la montagne et nous grimperons, jusqu'à une hauteur suffisante pour dominer la maison afin d'avoir un point d'observation. Si nos informations sont confirmées quant au nombre de types présents sur le terrain, nous prendrons nos positions conformément à notre plan d'attaque. Dans le cas contraire nous aviserons. »

Gorki était un chef et se comportait comme tel. Il avait un grand sang froid et semblait connaître son boulot. Il inspirait confiance dans sa capacité à accomplir sa mission. Ses hommes avaient l'air de lui obéir aveuglément et paraissaient se fier entièrement à lui. Le groupe reprit sa marche forcée à travers la forêt après cette trop courte pause.

Théo observait Jessie depuis un moment et voyait qu'elle était à bout de forces. Il ne disait rien et se demandait comment il pourrait l'aider. Il avait bien pensé la porter, mais, connaissant la jeune femme, il se dit qu'elle n'accepterait jamais. Elle avait du caractère et était bien trop fière pour montrer une quelconque faiblesse. Lui transmettre un peu de la force que lui procuraient les bijoux, sans que personne n'en sût rien, aurait été parfait. Seulement, il ne savait pas comment faire. Il ne maîtrisait pas le pouvoir des bijoux, même si ceux-ci semblaient parfois anticiper ses pensées. Une idée lui traversa l'esprit. Il approcha de Jessie et lui prit la main tout en continuant d'avancer, comme pour la tirer en avant. Elle fut surprise et faillit râler, mais se ravisa lorsqu'elle sentit son corps s'alléger, ses muscles retrouver des forces, son souffle cesser de haleter, sa peau ne plus ruisseler. Elle comprit que Théo lui transmettait son pouvoir, comme un fluide qui passait entre leurs deux corps. Elle eut bientôt une sensation de bien-être et d'apaisement, comme elle en avait rarement ressenti. Théo lui lança un regard et sourit d'un petit air entendu. Il était heureux d'avoir pu aider son amie. Il vit son visage radieux dont l'épuisement avait disparu, sentit la force le traverser jusqu'à elle. Il avait suffi de le vouloir très fort. C'était la clé de la maîtrise du pouvoir de l'Archange ! Il fallait désirer très fort...

Depuis la position dominante où ils étaient arrivés, ils avaient une vue sur la forêt, la vallée et la maison. Gorki observait à l'aide de jumelles électroniques les allées et venues de ses habitants. Théo rampa jusqu'à lui, qui était caché derrière un tronc d'arbre mort couché au sol :

« Vous voyez quelque chose ? demanda-t-il.

— J'ai repéré trois hommes pour le moment, répondit Gorki sans se détourner de sa tâche.

— Armés ?

— Non, c'est justement ce qui m'inquiète.

— Pour quelles raisons ? s'étonna le jeune homme.

— Nous avons des informations réputées sûres disant que votre sœur est détenue ici par les hommes de Kovac. Si ce sont bien les hommes de Kovac qui sont dans cette maison, ils doivent disposer d'un arsenal à faire pâlir de jalousie certains dictateurs africains, croyez-moi !

— Hum, fit Théo dubitatif. Et là vous ne voyez que trois hommes sans armes.

— Exactement. Ce n'est pas normal.

— Ces informations, vous savez d'où elles proviennent ?

— C'est Graham qui nous les a fournies. Nous sommes des exécutants, rien de plus.

— Je vois.

— Si Graham nous a envoyés ici, c'est qu'il est certain de ses sources.

— Vous en êtes bien sûr ? »

Gorki se gratta le menton et se tourna vers Théo :

« C'est ce que je croyais en tout cas.

— Mais vous n'êtes plus très sûr maintenant.

— Je n'en sais rien.

— On a pu refiler de fausses informations à Graham peut-être ?

— Dans quel but ?

— Nous attirer jusqu'ici, sur une fausse piste. »

Théo se dressa sur ses jambes, regarda la maison en contrebas et fit demi-tour en direction de Jessie qui était restée cachée à l'abri des arbres :

« Je crois que nous perdons notre temps ici, affirma-t-il. Je ne pense pas que Véra soit dans cette maison.

— Quoi ? s'exclama Jessie, médusée. On a fait tout ce chemin pour rien !

— J'en suis presque sûr. J'avais un doute jusqu'ici, mais ma conversation avec Gorki l'a conforté.

— Mais qu'est-ce qui te fait dire ça ?

— En approchant de notre but, je pensais que les bijoux s'activeraient, que j'allais ressentir quelque chose, la présence de Véra, avoir des flashs, faire un rêve. Mais rien ne s'est produit. Gorki n'a rien observé d'anormal dans les allées et venues des habitants de la maison et ils ne sont même pas armés !

— C'est un coup de mon père ! lança Jessie furieuse. Je me doutais qu'il ne fallait pas lui faire confiance !

— Peut-être mais ce n'est pas sûr. Il a très bien pu être manipulé par Kovac qui lui aurait fait passer de fausses infos.

— Tu ne connais pas mon père. Tu ne sais pas de quoi il est capable ! Que ce soit lui ou pas, qu'est-ce que ça change ?

— Rien, je sais.

— Qu'est-ce qu'on va faire maintenant ?

— On va aller jusqu'au bout de la mission et investir

cette maison pour en avoir le cœur net. Ensuite, on avisera. »

Après plus d'une heure d'observation, Gorki ne repéra aucun autre habitant que les trois hommes déjà détectés. Il positionna ses hommes pour un assaut et, à dix-huit heures cinquante très exactement, le commando se mit en route, Gorki en tête. Avançant prudemment à travers bois, Gorki, Théo, Jessie et deux autres membres du commando, furent bientôt en vue de la maison. C'était une bâtisse en bois, plutôt rudimentaire, de plain-pied, aux murs peints en bleu. Il n'y avait aucun signe d'activité à l'extérieur. A l'intérieur on pouvait entendre la conversation des hommes, les fenêtres étant ouvertes. Gorki fit signe aux deux hommes qui l'accompagnaient de se déployer sur les côtés. Il intima l'ordre à Théo et Jessie de rester là et de ne bouger sous aucun prétexte, puis il avança rapidement jusqu'à la porte d'entrée qui était entr'ouverte. Les deux autres le rejoignirent et s'y engouffrèrent rapidement et sans ménagement en invectivant, en russe, les occupants. Il y eut des cris, quelques bruits sourds et puis, plus rien.

De longues secondes s'écoulèrent durant lesquelles Jessie et Théo s'interrogèrent du regard, se demandant ce qui se passait. Gorki apparut enfin dans l'encoignure de la porte et cria :

« Vous pouvez venir, il n'y a plus rien à craindre ! »

L'intérieur de la maison était simple, rustique, sans fioritures hormis les rideaux rouges à fleurs jaunes aux fenêtres. Il se dégageait une odeur de citron vert, typique de produits ménagers. Tout était bien rangé et propre. Dans un coin, trois grands sacs de toile bien remplis indiquaient que les trois hommes étaient prêts à quitter les lieux. Les trois gaillards, barbe hirsute et cheveux en bataille, habillés comme des bûcherons avec leurs chemises à grands carreaux, étaient assis, ligotés, dans l'unique canapé au tissu élimé.

Gorki jeta un regard circulaire dans la pièce, l'air perplexe. Quelque chose semblait le tracasser. Théo, de son côté avait une sensation étrange qu'il n'aurait su décrire : une sorte de malaise qui l'avait saisi à peine entré dans la bicoque. Son instinct le dirigea vers la cuisine attenante à la pièce principale. Il y entra d'un pas assuré, sans précipitation, avec prudence. La cuisine était, comme l'autre pièce, bien rangée et briquée. Dans un angle, près du mur extérieur, se trouvait une porte fermée. Théo sentit que c'était là qu'il devait aller. La sensation de malaise s'accentua progressivement. Il prit la poignée de la porte dans sa main droite et la tourna lentement, poussa le battant sans plus de précipitation et découvrit un cellier encombré de paniers d'osier, de boîtes de conserve et de bidons de plastique. Là aussi tout était bien rangé. Un rapide coup d'œil lui fit remarquer un tapis sur le sol qui ne semblait pas à sa place dans un tel lieu. Théo se baissa, souleva un coin du tapis et découvrit une trappe. Il roula le tapis, souleva la boucle métallique qui permettait de tirer sur le battant et le releva. Un escalier de bois à claire-voie s'enfonçait dans le sous-sol plongé dans l'obscurité.

Le jeune homme le descendit à tâtons, cherchant un interrupteur. Soudain un flash le figea. Il aperçut l'intérieur du sous-sol faiblement éclairé. Un Asiatique au crâne rasé, vêtu d'une toge de couleur rouille, se tenait debout au centre de l'unique pièce, au plafond bas, qui mesurait à peu près six mètres sur quatre. A ses côtés se tenait un tigre, assis sagement, les yeux rivés sur Théo. Du côté gauche dans le fond, étaient disposées des rangées d'étagères encombrées de conserves, de sachets de pâtes, de riz, de bidons d'huile et de paquets de biscuits. L'homme se retourna vers lui et lui fit signe de regarder un renfoncement sur le côté droit. Un anneau métallique robuste, de ceux que l'on utilise pour attacher les animaux, était fixé au mur. Une chaîne terminée par une paire de menottes en pendait. Enserrés dans ces menottes, les poignés menus et fragiles de Véra. Le visage de la petite fille était grave, figé dans une expression d'angoisse et de peur. Théo approcha de sa sœur et s'écria :

« Véra, c'est moi ! »

Le visage de Véra se décrispa un peu, esquissant presque un sourire. Elle tendit les bras vers son frère et dit :

« Théo, sauve-moi !

— Où es-tu Véra ?

— Je sais pas, on m'a emmené ailleurs.

— Tu vas bien sœurette ?

— Oui, mais j'ai peur Théo ! Viens me chercher.

— Je vais venir, ne t'inquiète pas. Sois courageuse et patiente. Je te trouverai.

— Le monastère Théo. Tu dois aller au monastère.

— De quoi parles-tu ? Quel monastère ?

— Y a des moines en robe orange. Ils ont la tête rasée. On dirait des Chinois. Trouve le monastère.

— Mais où ? Donne-moi plus d'indications Véra, je t'en prie !

— Le monastère sur la falaise. Cherche le monastère sur la falaise…, »

L'Asiatique esquissa un sourire, enfourcha le tigre et bondit vers le mur du fond soudain transformé en un grand ciel bleu, constellé de petits nuages épars. Le duo s'envola, s'éloignant rapidement.

La vision s'estompa. Théo retrouva la réalité et les ténèbres du sous-sol. Il cessa sa descente, hésita un instant puis fit demi-tour. Il venait de trouver ce qu'il cherchait et plus rien ne le retenait dans cette maison.

§

De retour à Irkoutsk en soirée, Jessie et Théo avaient laissé Gorki et son commando sur le tarmac de l'aéroport. Ils avaient pris la direction de leur hôtel, le Courtyard Irkutsk City Center, un quatre-étoiles situé au cœur de la ville. Après avoir pris une bonne douche, les deux amis se retrouvèrent dans la suite de Jessie et contactèrent Yu et

Lisa, pour une visioconférence à l'aide d'un ordinateur portable. Ceux-ci avaient rejoint Genève et la suite de l'hôtel Kampinski qu'occupait Jessie depuis un certain temps. La liaison fut établie et le visage poupon de Yu, souriant comme à son habitude, apparu sur l'écran :

« Salut vous deux ! Vous êtes partis où ? Une petite escapade en amoureux ? ironisa-t-il, surprenant tout le monde.

— Ne dis pas de sottises ! rétorqua sèchement Jessie. Théo n'a que quatorze ans ! Et même s'il était plus vieux, tu crois vraiment qu'on aurait du temps à perdre avec ça ?

— Ca va, ne t'énerve pas, c'était juste une plaisanterie. Je disais ça parce que vous étiez censés nous rejoindre à Genève et qu'on s'inquiétait de ne pas vous voir arriver, c'est tout. »

Jessie se rendit compte qu'elle était un peu à cran et qu'elle s'était emportée pour peu de chose. Elle s'en excusa :

« Désolé Yu, ça doit être la fatigue. Nous avons eu une rude journée.

— Que s'est-il passé ? Où êtes-vous ? demanda Lisa qui vint se placer derrière Yu.

— Nous sommes à Irkoutsk.

— Irkoutsk ! s'exclamèrent Yu et Lisa, très étonnés.

— Oui, Irkoutsk en Sibérie. Nous vous expliquerons plus tard comment nous sommes arrivés là. Pour l'instant, le plus important est que nous avons besoin de tes services, Yu.

— Que dois-je faire ?

— Salut Yu, dit Théo en entrant dans le champ de la caméra. Il faut que tu fasses une recherche sur ton logiciel pour trouver un lieu.

— D'accord, je t'écoute.

— Il faut trouver un monastère situé sur une falaise.

— C'est tout ? ironisa le Chinois. Tu n'as pas plus de précisions ?

— Ecoute, tout ce que je peux te dire, c'est que les moines sont habillés en orange et ont le crâne rasé. Est-ce que ça te parle ?

— Oui, bien entendu. Ce sont des moines bouddhistes.

— Bon, c'est bien ce que nous pensions, Jessie et moi. Donc, tu dois chercher un monastère bouddhiste sur une falaise.

— Ok, je m'y mets tout de suite. Je vous recontacte dès que j'ai du nouveau. »

Jessie et Théo décidèrent d'aller dîner au restaurant de l'hôtel en attendant d'avoir des nouvelles de Yu.

De retour dans la suite, ils recontactèrent leur ami afin de connaître le résultat de ses recherches. Yu expliqua :

« J'ai trouvé pas mal de possibilités. En Chine, il y a le monastère de Xuan Kong, celui de Datong. Au Bhoutan, il y a celui de Taktshang. En Inde, il y en a un près d'Aurangabad. Et j'en ai plein d'autres comme ça. De nombreux temples et monastères, à travers toute l'Asie, ont été bâtis sur des falaises. ..

— Ca ne va pas nous arranger. » songea Jessie en regardant Théo.

Celui-ci restait silencieux, essayant de se souvenir du moindre détail de sa vision dans le sous-sol de la maison de l'île d'Okhon. Après quelques minutes, durant lesquelles il se repassa le film de ses souvenirs en détail, il prit la parole :

« Dans ma vision, il y avait un moine au crâne rasé habillé d'une toge marron orange, qui se tenait debout au centre de la pièce. Il y avait un tigre à ses côtés. Je n'ai pas prêté attention à cet homme qui n'a rien fait d'autre que me montrer l'endroit où était enchaînée Véra. A la fin de cette vision, l'homme est monté sur le tigre et a pris son envol dans le ciel.

— Tu penses que ça peut être un indice ? questionna Jessie.

— Pourquoi un moine et un tigre qui s'envolent, si ce

n'est pour me dire quelque chose ?

— Sans doute, mais quoi ?

— C'est ce que nous devons découvrir. »

Théo se tourna vers l'écran et son ami Yu :

« Ajoute comme paramètre : Moine bouddhiste et tigre ou... non, non, attends ! Théo réfléchissait à haute voix. Mets plutôt : moine bouddhiste chevauchant un tigre. »

Yu pianota sur son ordinateur et son programme sophistiqué de recherche lui donna immédiatement la réponse. Il arbora son sourire satisfait habituel et lança :

« Ca y est, j'ai ce que tu cherches ! Le monastère de Taktshang, au Bhoutan ! Ecoutez ça : *le nom signifie "Nid du tigre", la légende affirme que Padmasambhava (Guru Rinpoche) vola jusqu'au monastère sur le dos d'un tigre. A quelques centaines de mètres de ce monastère, se trouve un ermitage : la "tanière du tigre". Un moine s'y isole pour trois ans durant lesquels on lui apporte chaque jour sa nourriture à la porte sans avoir de contact avec lui.*

— La tanière du tigre. Un gourou volant à dos de tigre, songea Théo. Oui, ça me paraît bien. Tu as autre chose à part celui-ci ?

— Non, rien d'aussi parlant.

— Ok, c'est celui que nous cherchons alors, affirma Théo. Demain, nous prendrons la direction du Bhoutan et nous irons à Taktshang.

— Et nous, on fait quoi ? demanda Yu.

— Vous prenez le premier vol pour le Bhoutan bien sûr. » déclara Jessie.

§

Chapitre XIII

« La tanière du tigre »

Jessie dut user de ses relations afin d'obtenir, d'une part le droit d'entrer au Bhoutan et, d'autre part de se rendre au monastère de Taktshang. Ce pays, peu ouvert, est doté d'un gouvernement qui, pour préserver les traditions et les coutumes ancestrales de ses habitants, limite l'accès de son territoire aux étrangers. Il faut normalement des mois pour obtenir un visa touristique. Jessie, que Théo découvrit plus influente qu'elle ne voulait le laisser paraître, réussit à obtenir les quatre visas en seulement trois coups de fil, dont un au Premier ministre du Bhoutan ! Les difficultés ne s'arrêtèrent pas là. Depuis Irkoutsk la voie la plus directe pour se rendre au Bhoutan était la traversée de la Mongolie et de la Chine. Deux pays qui n'accordaient pas facilement de droit de survol, surtout à des jets privés. Là encore, les relations de Jessie firent merveille.

Après avoir survolé la Mongolie, leur avion filait maintenant bon train au-dessus de la Chine. Ils étaient au-dessus du Tibet lorsque le pilote leur annonça qu'ils allaient survoler l'Himalaya dans quelques minutes et atterrir à Paro, petite ville située non loin du monastère de Taktshang. A travers les hublots, Jessie et Théo admiraient la majesté des monts himalayens, dressés fièrement dans l'azur, couronnés de neiges éternelles. Le spectacle était grandiose, extraordinaire. Théo songea que les Alpes suisses et françaises, qu'il admirait depuis sa chambre de la maison de Chambesy, paraissaient presque minuscules devant l'immensité de la chaîne himalayenne.

Le jet approcha les montagnes si près que l'on avait l'impression de pouvoir les toucher. Il semblait se frayer un passage entre les pics acérés, épousant les vallées, profondes et sombres, qui se perdaient dans les brumes. Il vira à gauche, à droite, puis à nouveau à gauche et décrivit enfin une large courbe sur la droite, dépassant les hauts sommets, survolant maintenant des massifs plus bas. La neige et la roche laissèrent place à des montagnes couvertes de forêts, sillonnées de vallées visiblement habitées, où l'on pouvait distinguer routes et bâtiments.

Au loin, d'énormes et menaçants nuages ceinturaient le ciel. Le commandant de bord annonça un atterrissage probablement mouvementé et intima de boucler les ceintures. L'avion continua sa descente entamée quelques minutes plus tôt. Le sol était déjà très proche, les vallées du Bhoutan se trouvant, pour la plupart, à haute altitude.

Après avoir viré encore une ou deux fois le jet ralentit et le sol se rapprocha rapidement. Un crépitement assourdissant envahit soudainement l'habitacle. Jessie regarda par le hublot la pluie diluvienne qui s'abattait sur la région. C'était une pluie de mousson, aussi soudaine que violente, accompagnée d'éclairs qui semblaient briser le ciel, suivi d'un tonnerre au fracas assourdissant. L'avion fit une embardée, emporté par des rafales de vent violent. Il se mit à vibrer, sautiller et tanguer comme une coque de noix sur une mer démontée.

Jessie prit la main de Théo et la serra très fort. Elle semblait apeurée. Le jeune homme tenta de la rassurer. Il était calme, serein et souriant. Il changeait, devenant chaque jour un peu plus fort, mentalement et physiquement. Les bijoux de l'Archange faisaient des merveilles. L'avion se retrouva un moment dans le brouillard. Il faisait sombre, presque nuit. La pluie semblait redoubler et l'orage battait son plein. Les éclairs fendaient le ciel, illuminant le brouillard d'une lumière irréelle. Encore une embardée, un bruit sourd et un coup bref et sec. L'avion sembla ralentir encore, se cabra lentement, glissa à droite, à gauche, puis encore à droite. Les roues touchèrent la piste et l'avion se mit à vibrer dans le vacarme habituel du roulage. Il freina longuement et finit par quitter la piste par une bretelle qui le conduisit à son aire de stationnement.

Jessie relâcha la main de Théo et se décrispa un peu. Elle détacha sa ceinture, se leva d'un bond et rejoignit la cabine de pilotage pour féliciter et remercier le commandant pour cet atterrissage spectaculaire. Elle appréciait ses capacités à poser un jet dans de telles conditions, sur cet aéroport réputé comme l'un des plus dangereux au monde car situé dans une étroite vallée entourée de sommets de plus de cinq mille mètres d'altitude. Seuls quelques pilotes chevronnés étaient capables d'une telle prouesse.

Dehors, s'abattaient des trombes d'eau. Théo n'avait jamais vu une pluie si violente. C'était hallucinant ! Il avait entendu parler des pluies de mousson, mais n'aurait jamais pu imaginer que le spectacle pouvait être aussi incroyable. Les projecteurs de l'aéroport éclairaient le tarmac plongé dans une obscurité proche de la nuit, alors qu'il n'était que seize heures.

Au pied du jet, une limousine noire attendait, moteur en route et phares allumés. Un homme était posté au pied de la passerelle, sous un grand parapluie noir. Le commandant de bord ouvrit la porte et l'homme monta les marches pour les accueillir. Il se présenta comme un envoyé du gouvernement et pria Jessie et Théo de le suivre. Tous les trois s'engouffrèrent prestement dans la limousine qui s'ébranla pour prendre très vite la direction de leur hôtel.

Durant le trajet, l'émissaire gouvernemental leur remit tous les documents afin qu'ils puissent se rendre au monastère de Taktshang. L'accès aux bâtiments était interdit aux touristes étrangers et seule une dérogation des autorités bhoutanaises leur permettait de passer outre. Après leur avoir donné quelques conseils et explications concernant leur visite au monastère, l'homme se retira.

Théo prit une douche dans sa chambre et Jessie, épuisée par les péripéties de ces dernières quarante-huit heures, en profita pour dormir et récupérer.

La journée du lendemain fut en grande partie consacrée au repos en attendant l'arrivée de Lisa et Yu. Depuis Genève, il n'y avait pas de vol direct pour Paro. Les deux jeunes gens avaient dû passer par Calcutta. Jessie avait envoyé le jet les récupérer là-bas. Ainsi, Lisa et Yu arrivèrent le surlendemain dans le milieu de la nuit. Epuisés par près de seize heures de vol, ils se couchèrent dans la foulée.

Vers 9h30 le lendemain, ils retrouvèrent Jessie et Théo au bar lounge de l'hôtel afin de prendre, ensemble, un copieux petit déjeuner avant de se rendre au monastère.

§

Le 4x4 s'immobilisa sur une aire de terre battue qui servait de parking au départ du chemin de l'ascension vers le monastère de Taktshang. Un loueur de chevaux, ânes et mulets, tenait boutique, proposant un choix restreint d'animaux en cette saison. L'époque de la mousson n'était guère propice au tourisme. Lisa scruta le ciel. La journée s'annonçait belle, le ciel était bleu et les nuages épars, peu menaçants.

Elle sortit du véhicule, s'étira longuement en baillant. La fatigue et le décalage horaire se faisaient lourdement sentir ce matin. Yu n'était guère en meilleure forme. Jessie avait bien récupéré. Quant à Théo, il ne ressentait aucune fatigue et aucun décalage…

Le petit groupe d'amis choisit quatre montures : trois petits chevaux robustes et un mulet. Il n'y avait pas mieux. Ce fut Yu qui hérita du mulet après tirage au sort. Il râla et pesta, ce qui fit rire ses camarades, habitués à ses humeurs jamais teintées de méchanceté.

Les quatre amis enfourchèrent leurs montures et entamèrent l'ascension. Le sentier s'enfonçait à travers une forêt de hauts sapins, sombre et profonde. Après seulement quelques centaines de mètres, celui-ci devenait plus pentu et les animaux, bien qu'habitués, semblaient déjà à la peine. Régulièrement, le long du chemin, on pouvait voir de petits édifices blancs surmontés d'un toit, généralement rouge, d'à peine plus d'une hauteur d'homme et presque autant de côté.

Théo, qui avait pris le temps de consulter Internet afin de mieux connaître Taktshang, expliqua qu'il s'agissait de moulins à prières. Il n'avait pas plus de précisions sur le sujet. Le sentier atteignit une crête depuis laquelle le monastère fut enfin visible, sur la montagne qui leur faisait face, accroché à l'impressionnante falaise de roche noire.

Plus loin, après avoir un peu plus gravi la montagne, il virait sur la droite et s'accrochait désormais à la falaise. Il devenait plus étroit, taillé en partie dans le roc. Juste avant l'ascension finale vers le monastère, il croisait une chute d'eau dont le vacarme rompait la sérénité de la montagne. Au-dessus du sentier étaient accrochés des rubans de petits drapeaux de prières multicolores que les croyants pendaient en offrande.

Après la cascade, le sentier s'élevait brusquement et se terminait par un escalier de pierre qui menait à l'entrée du monastère. Les quatre amis descendirent de leurs montures et continuèrent à pied. Il n'y avait pas grand monde autour d'eux, juste quelques autochtones qui faisaient le pèlerinage du *Nid du Tigre*.

Après avoir présenté leurs documents en règle à l'officier qui gardait l'entrée du monastère, le petit groupe put enfin pénétrer dans les lieux. Un moine se présenta à eux. Après les avoir salués en joignant les mains devant son visage et en s'inclinant, il leur dit d'une voix suave:

« Bonjour nobles étrangers. Soyez les bienvenus au Taktshang. Nous avons été prévenus de votre arrivée et on nous a fait part de votre volonté de visiter ces lieux. On nous a aussi demandé de satisfaire toutes vos exigences, dans la mesure de notre possible, bien entendu. Je me nomme Gem et je serai votre guide.

— Nous sommes ravis de faire votre connaissance Gem, déclara Théo. Je vous présente Jessie, Lisa et Yu. Je me prénomme Théo. »

Le moine sourit et salua chacun à l'énoncé de son prénom puis il ajouta :

« Savez-vous par quoi vous voulez commencer la visite ?

— Oui, je crois que nous allons commencer par la grotte sacrée, le *Nid du Tigre* proprement dit.

— La grotte du tigre ne peut être visitée, Théo, expliqua le moine calmement, sans se départir de son sourire. C'est un ermitage habité par un sage qui y vit reclus depuis plusieurs années. Personne, pas même nous les moines, ne peut y entrer. Je suis désolé. »

Théo fit la moue. Il était certain que c'était pourtant là qu'il fallait se rendre. Le fait que l'endroit fût si secret et interdit à tous prouvait qu'il avait un intérêt particulier. Le jeune homme sentait que c'était le but à atteindre, sans doute aidé en cela par les bijoux de l'Archange. Gem leur proposa de visiter le reste du temple sans restriction aucune, mais Théo n'en démordit pas :

« Je suis désolé Gem, mais nous devons absolument nous rendre à l'ermitage du Tigre. Affirma-t-il avec conviction.

— Je peux vous conduire jusqu'à l'ermitage, mais le sage ne vous ouvrira pas, soyez en sûrs.

— Conduisez-nous, s'il vous plaît. Nous verrons bien sur place ce qui se passera. »

Gem les pria de le suivre et s'engagea dans l'ouverture de l'un des bâtiments. Ils traversèrent des couloirs, gravirent des escaliers, franchirent des passerelles et des portes, un passage dans la roche et arrivèrent sur une étroite corniche longeant la falaise sur quelques dizaines de mètres. Une dernière volée de marches menait à un espace large de quelques mètres qui donnait sur un petit bâtiment blanc et rouge construit contre la roche. Une porte sculptée en interdisait l'accès. Gem se tourna vers Théo et dit :

— Voici l'ermitage du Tigre. Ici nous sommes à l'entrée de la grotte où Guru Rimpoche a séjourné après être arrivé sur le dos d'un tigre. Comme vous pouvez le constater la porte est fermée et personne ne peut y entrer. Le sage qui y vit reclus ne vous ouvrira pas la porte.

— Bon, je crois qu'on a plus qu'à faire demi-tour, lança Yu.

— Tais-toi, lui ordonna Jessie en lui donnant un coup de coude dans le flanc. Laisse faire Théo. S'il dit que c'est ici, c'est ici. »

Théo regarda la porte et s'en approcha sans précipitation. Lorsqu'il fut devant, il ferma les yeux et tenta d'entrer en communication avec le sage qui se trouvait à l'intérieur. Il entendit deux craquements suivis d'un grincement aigu. Il rouvrit les yeux et vit un moine, très âgé, mince, presque maigre, lui sourire dans l'encadrement de la porte. Il voulut dire quelque chose mais l'ermite le précéda :

« Bonjour Théo, je suis Gopal, je t'attendais. Je t'en prie entre, sois le bienvenu dans mon humble demeure. »

Gem, resté stoïque jusque-là, n'en revenait pas et s'agitait nerveusement. L'impensable venait de se produire devant ses yeux : l'ermite venait de rompre son vœu de solitude et d'isolement pour un étranger ! Chose qu'il n'aurait faite pour rien ni personne au monde ! Qui était cet étranger et quel pouvoir avait-il pour réussir ce tour de force ? Théo regarda ses amis et se tourna vers l'ermite en disant :

« Je suis venu, accompagné de mes amis.

— Oui bien sûr. Fais-les entrer aussi, sauf Gem bien entendu. »

Les quatre compères entrèrent dans l'ermitage et le sage

referma la porte derrière eux, laissant Gem seul.

La grotte ne semblait pas très profonde. Elle était plongée dans une semi-obscurité. L'intérieur était rustique, sans confort. Une couche de paille était disposée à même le sol et il n'y avait aucun mobilier. L'ermite s'assit en tailleur sur la paille et invita ses hôtes à faire de même. Lorsqu'ils furent assis, il ferma les yeux et resta silencieux un court moment avant de dire :

« J'attendais votre visite. Les esprits sacrés de nos ancêtres sont venus dans mes rêves et m'ont parlé de vous. J'ai rêvé ce moment où tu apparaîtrais devant ma porte, Théo. Je vous ai tous vus en rêve.

— Comment est-ce possible ? demanda Lisa

— Les esprits sacrés connaissent le passé, le présent et l'avenir. Ils nous visitent en rêve et nous délivrent leurs messages.

— Pourquoi vous ont-ils parlé de nous, Gopal ? questionna Théo.

— J'ai un message pour toi, Théo.

— Un message ?

— Tu es l'Elu du bien contre le mal. La puissance des esprits sacrés de l'au-delà t'a été transmise à travers les bijoux que tu as trouvés lors de ta quête et que tu portes. Cette puissance, bien que grande, n'est pas suffisante pour lutter et anéantir les esprits du mal. C'est pour cela que tes ancêtres ont tous péri.

— Mais alors, il n'est pas possible de vaincre le mal ? demanda le jeune homme, inquiet.

— Les esprits sacrés avaient donné à tes ancêtres toute leur puissance afin de vaincre les esprits du mal. La lutte, bien qu'acharnée, devait se terminer par la victoire du bien sur le mal. C'est ainsi que les choses devaient se dérouler. »

Gopal fit une pause, ferma les yeux comme pour mieux se concentrer sur ce qu'il avait à délivrer. Théo attendit qu'il les rouvre pour le questionner :

« Mais les choses ne se sont pas déroulées comme ça.

Que s'est-il passé ?

— La traîtrise est venue d'hommes de bien, alliés à tes ancêtres. Ils ont soustrait la source de la puissance et l'ont cachée en un lieu qu'aucun homme ne pouvait atteindre.

— Cette source, comment se présente-t-elle ?

— Elle est connue du monde occidental sous le nom d'arche d'alliance. »

Les quatre amis se regardèrent, médusés. L'arche d'alliance, façonnée par les hommes, pour y déposer les tables de la loi édictée par Dieu lui-même. Cette arche mythique, dont la puissance et le pouvoir défiaient l'imaginaire des hommes, existait alors bel et bien et son pouvoir n'était pas un mythe. C'était surréaliste ! Yu risqua une plaisanterie :

« Super, nous voilà plongés dans *les aventuriers de l'arche perdue* !

— Chut ! fit Lisa en portant son index devant la bouche.

— L'arche d'alliance existe vraiment ? s'étonna Théo. Je croyais que c'était une légende.

— Elle existe, Théo, crois-moi. Elle est la source de la puissance du bien sur Terre. Il va falloir que tu la trouves si tu veux gagner le combat. Sans elle, tous les espoirs de bien pour l'humanité s'envoleront dans le chaos à venir. Tu dois la retrouver.

— Comment ? Où se trouve-t-elle ? Est-ce que les esprits vous ont donné des indications ?

— Tout ce que je sais, c'est que tu devras franchir l'une des sept portes du temps.

— Les sept portes du temps ? Qu'est-ce que c'est ? Et où peut-on les trouver ?

— Ca, je ne le sais pas, Théo. Les esprits ne me l'ont pas dit. Tout ce qu'ils m'ont dit, c'est que tu devras franchir la bonne porte. Dans le cas contraire tu te perdras dans les limbes, pour l'éternité.

— Génial ! Je dois trouver les sept portes du temps, franchir la bonne sous peine d'errer à jamais ! Les esprits sacrés ont de l'humour à ce que je vois.

— Les esprits sacrés ont parlé. Tu devras te contenter de ces paroles. Je ne sais rien d'autre. Je comprends ton désarroi devant la tâche qui t'incombe. Je ne sais pourquoi les esprits sacrés ont choisi de faire peser un tel poids sur d'aussi jeunes épaules, mais je leur fais confiance. S'ils t'ont choisi, c'est que tu es certainement le plus qualifié pour mener à bien cette mission.

— Les esprits ne vous ont rien dit d'autre ? s'inquiéta Théo qui était venu ici pour trouver sa sœur.

— Non, pourquoi ? Tu sembles chercher quelque chose, je me trompe ?

— Nous sommes venus ici à la recherche de ma jeune sœur, Véra. J'espérais que vous pourriez me donner des indications sur le lieu où elle se trouve actuellement.

— Je ne sais rien sur ta sœur Véra. Les esprits ne m'ont rien dit à ce sujet. Je suis désolé Théo. »

Gopal adopta un ton compatissant. Théo était déçu. Il pensait trouver sa sœur au Bhoutan, persuadé que sa dernière vision sur l'île d'Okhon l'avait mené ici dans ce but. Il se sentait un peu perdu tout à coup en songeant à Véra qui était détenue Dieu sait où et qui devait être apeurée. Il devait la retrouver mais avait soudain l'impression qu'il s'éloignait d'elle. Pourquoi les bijoux de l'Archange ne l'aidaient-ils pas en lui donnant une vision la concernant ? Il ne comprenait pas.

Théo se dit qu'il devait peut-être prendre plus de temps pour essayer de maîtriser leur pouvoir, ne pas précipiter les choses, faire une pause dans sa quête. Depuis quelques semaines tout s'était bousculé dans sa vie. Il avait l'impression d'être dans un train lancé à pleine vitesse qu'il n'arrivait plus à ralentir. Il le fallait pourtant. Il sentait le besoin de sérénité, de silence et de tranquillité afin d'entrer en osmose avec le pouvoir dont il disposait. C'est alors que les choses devinrent évidentes pour lui : il n'était pas venu ici par hasard ! Bien sûr, il avait eu le message de Gopal, mais ce n'était pas tout. Il devait rester ici quelque temps. C'était le lieu idéal pour une retraite spirituelle, dans le calme de cet ermitage. Il pourrait se recentrer sur l'essentiel et approfondir le contact avec le pouvoir de l'Archange. Il se tourna vers Gopal et dit :

« Je dois rester ici quelques jours avec vous, Gopal.

— Tu peux rester ici le temps que tu jugeras nécessaire, Théo. » répondit Gopal de sa voix suave.

L'ermite ne semblait s'étonner de rien. Par contre, les amis de Théo furent très surpris et le firent savoir par la voix de Jessie :

« Tu veux rester ici ? Combien de temps ? Et pour quoi faire ?

— J'ai besoin de me retrouver. Ici c'est l'endroit idéal. Combien de temps ? Je n'en sais rien. Quelques jours tout au plus.

— Et Véra pendant ce temps ? Tu as pensé à elle ? demanda Lisa.

— Je ne fais que ça, Lisa. Je dois comprendre comment utiliser mes nouveaux pouvoirs et je crois que cette retraite me permettra d'y parvenir. Ensuite, je suis certain de pouvoir retrouver Véra. Je sens que les pouvoirs que je possède sont immenses et qu'ils doivent me permettre de réaliser tout ce pour quoi ils m'ont été donnés.

— Qu'est-ce qu'on fait pendant ce temps ? demanda Yu.

— Je ne sais pas, faites du tourisme. » plaisanta Théo.

§

L'âne avançait lentement, mais sûrement, sur le sentier escarpé. De lourds nuages noirs s'amoncelaient, menaçants. L'orage ne tarderait plus, il fallait se hâter. Le sentier s'enfonçait dans la ténébreuse forêt de conifères, indiquant qu'il ne restait plus que quelques kilomètres à parcourir. Ils furent franchis sous une pluie battante, dans un ciel noir, barré d'éclairs et dans le fracas assourdissant du tonnerre.

L'âne poursuivit son chemin sans se soucier du temps, habitué sans doute à avancer quoi qu'il advienne.

Les phares du 4x4 furent enfin en vue. Ils se rapprochèrent lentement, au rythme des sabots qui foulaient le sol rocailleux. La pluie redoubla, les éclairs et le tonnerre également. On ne voyait plus à deux mètres et il faisait si sombre que la nuit semblait s'être abattue soudainement. L'âne s'immobilisa devant le véhicule et Théo en descendit. Sa frêle silhouette d'adolescent traversa la lumière des phares. Il prit la corde qui servait de rênes et tira l'âne jusqu'à la cabane du loueur. Il revint vers le 4x4 et s'y engouffra. Jessie regarda son ami, médusée. Il venait de faire plusieurs kilomètres sous cette pluie torrentielle et il n'était pas mouillé ! Il souriait, amusé par l'air stupéfait de la jeune américaine :

« Etonnant, pas vrai ?

— Plutôt.

— Et tu n'as pas tout vu. » ajouta-t-il, laconique.

Jessie prit la route de l'hôtel. La pluie diluvienne faisait disparaître littéralement la chaussée devant les puissants phares du véhicule et elle dut ralentir jusqu'à avancer à allure d'escargot. Théo décrivit un arc de cercle de la main, devant lui. La pluie cessa de tomber sur la route mais continua sur les côtés et au-dessus, formant un tunnel. Jessie lui lança un petit regard en relevant les sourcils comme pour dire « Bravo, bien joué ! » et accéléra. Elle dit :

« Ta retraite semble avoir été bénéfique.

— Tu n'as pas idée.

— J'ai déjà eu un petit aperçu.

— Ce n'est rien, ce sont juste quelques amuse-gueule.

— Vraiment ? C'est à ce point ?

— Plus encore. Les pouvoirs sont... comment dire... quasi illimités !

— Tu sembles les maîtriser en tout cas. C'est bien.

— J'ai réussi, grâce à l'aide de Gopal.

— Gopal ? fit-elle, étonnée.

— Oui. Sa sagesse et ses connaissances m'ont beaucoup aidé.

— Comment ?

— Le truc en fait ce n'était pas de maîtriser le pouvoir des bijoux, mais de maîtriser mon esprit. Tu comprends ?

— Un peu, je crois.

— Sans maîtrise de son propre esprit, il ne peut y avoir de maîtrise du pouvoir. L'esprit est le catalyseur du pouvoir. Gopal m'a aidé à ouvrir mon esprit, à lâcher prise, à aller au-delà de mes concepts humains pour atteindre un état différent, libre de tout carcan, de toutes contraintes.

— Et ça fait quoi ?

— C'est merveilleux ! On se sent enfin libre ! On a l'impression d'avoir brisé ses chaînes et de voler de ses propres ailes !

— Je t'envie Théo de pouvoir vivre de telles choses. Tu as de la chance.

— C'est vrai, j'ai de la chance, car peu de gens ont pu ressentir ce que j'ai ressenti et ce que je ressens encore. Seuls des sages comme Gopal vivent les mêmes sensations. On se moque d'eux, on les voit comme de vieux fous, totalement gâteux, déconnectés du monde. Ils sont au contraire plus connectés que tous les humains avec leurs technologies modernes, leurs smartphones, leurs ordinateurs, Internet et les réseaux sociaux ! Je suis comme ces sages et plus encore désormais.

— Bon, tant mieux que tu aies trouvé comment maîtriser le pouvoir. Que devons-nous faire maintenant ? Quelle est la suite ? s'impatienta-t-elle.

— Nous allons chercher Véra.

— Tu sais où elle se trouve ?

— Pas encore mais nous n'allons pas tarder à le découvrir. »

Arrivés à l'hôtel, Théo gagna sa chambre et prit une bonne douche chaude. Il s'habillait lorsque la sonnerie de son smartphone retentit. C'était Dragan Kovac. Il décrocha et attendit silencieusement. Il y eut un blanc puis la voix désagréable résonna :

« Théo ? Vous êtes là ?

— D'après vous ? répondit-il sèchement.

— Vous me décevez Théo. Je fondais de grands espoirs sur notre collaboration.

— Vraiment ? ironisa le jeune homme.

— Vous aviez une semaine pour accomplir la mission que je vous avais confiée, mais au lieu de cela, vous êtes partis au fin fond de la Sibérie à la recherche de votre chère petite sœur. Heureusement pour nous, nous avons un excellent système de renseignements et nous avons déplacé Véra avant votre arrivée.

— C'est de bonne guerre, admit Théo.

— J'ai pensé que vous finiriez par comprendre que vous n'avez aucune chance de récupérer Véra de cette façon, mais vous persistez. Que faites-vous au Bhoutan alors que votre cible est à New York ?

— J'avais besoin de spiritualité, plaisanta-t-il.

— Vous ne semblez pas me prendre au sérieux et je trouve ça regrettable. Je ne suis pas un monstre mais devant votre insouciance je vais devoir agir.

— Que voulez-vous dire ? s'inquiéta soudain Théo.

— Si vous ne vous trouvez pas à New York dans quarante-huit heures, je durcirai les conditions de détention de votre sœur. Et si vous persistez dans votre entêtement, je me verrais contraint de demander à mes hommes de s'occuper d'elle. Vous comprenez, je suppose ?

— Parfaitement. Maintenant laissez-moi vous dire quelque chose Monsieur Kovac : si vous touchez à un cheveu de ma sœur, je n'aurai de cesse de vous trouver, vous et vos sbires et de vous faire payer cher, très cher ! Vous comprenez, je suppose ? »

Kovac ne répondit pas immédiatement. Théo ne savait que penser de ce silence. Avait-il réussi à faire peur à Kovac ? Il en doutait. Cet homme ne semblait pas pouvoir s'effrayer de quoi que ce soit. Que pensait-il à cet instant ? Pourquoi ne répondait-il rien ? Théo avait-il été trop loin ? Il savait qu'il jouait avec le feu, mais il devait conserver un rapport de forces avec Kovac, lui montrer qu'il n'était pas dupe, que Kovac avait besoin de lui et que faire du mal à sa sœur ne pouvait que nuire à ses projets et ses ambitions. Toutefois il devait rester prudent car à force de tirer sur la corde, celle-ci finirait par céder. S'il n'accomplissait pas la mission ou, tout au moins, s'il ne donnait pas l'impression de l'accomplir, Kovac finirait par se lasser et comprendre que l'Elu ne collaborerait jamais avec lui. Le sort de Véra serait alors scellé. Théo devait retrouver sa sœur dans les vingt-quatre heures, tout au plus, s'il voulait la revoir vivante. Après cela, il n'aurait plus le choix, il devrait accomplir la mission confiée par Kovac. La voix de celui-ci retentit à nouveau :

« Vous avez quarante-huit heures, pas une de plus. »

Il raccrocha. Théo jeta un regard à sa montre. Il ne fallait plus perdre de temps s'il voulait devancer Kovac et retrouver sa sœur au plus vite. Il joignit ses camarades et leur donna rendez-vous sur une place publique de la ville afin d'éviter les oreilles indiscrètes. Théo se méfiait désormais de tout et particulièrement des micros et autres gadgets technologiques, qui devaient être disséminés un peu partout autour de lui. Les appareils de parasitage de Yu n'étaient peut-être pas aussi efficaces qu'il le prétendait.

§

En fait, plus qu'une place c'était un parking, bondé de monde et d'autos à cette heure de la soirée. Il y avait là un joyeux brouhaha qui était parfait pour éviter les oreilles indiscrètes. Les quatre amis étaient regroupés pour se parler, au milieu de cette foule colorée et bruyante. Théo commença :

« Nous sommes pris par le temps. Nous devons retrouver Véra dans les vingt-quatre heures.

— Vingt-quatre heures ! s'écria Yu. Mais comment ? Tu ne sais même pas où elle est. Ca me paraît impossible !

— Yu a raison Théo, renchérit Lisa. Nous n'avons même pas idée de l'endroit où elle se trouve. Il nous faudra peut-être plus de vingt-quatre heures rien que pour rejoindre cet hypothétique endroit.

— Je sais les amis. C'est pour cela qu'il faut que nous nous y mettions tout de suite. Je n'ai pas le choix. Si je ne trouve pas Véra rapidement, je vais devoir me rendre à New York et exécuter la mission que m'a confiée Kovac.

— Une mission ? fit Jessie étonnée. De quoi parles-tu ? Tu ne nous en avais jamais parlé.

— C'est exact, j'ai gardé ça pour moi jusqu'à présent. Je ne voulais pas vous en parler tant qu'il n'y avait pas urgence. Lors de ma rencontre avec Kovac, je vous ai dit qu'il désirait que je travaille pour lui, que c'était pour ça qu'il avait enlevé Véra pour faire pression sur moi. En fait il m'a déjà donné du travail. Une mission à accomplir en priorité. »

Théo se tut. Il ne savait pas comment annoncer à Jessie quel était le but de sa mission. Il se demandait comment elle réagirait en l'apprenant. Elle œuvrait contre son père, mais Théo savait qu'elle aimait tout de même cet homme, car quoi qu'il puisse faire, il n'en demeurait pas moins son père. Il fut tiré de ses réflexions par la voix même de Jessie :

« C'est quoi cette mission ? Que dois-tu faire Théo ?

— Je dois exécuter Oswald Graham et démanteler son organisation. » laissa-t-il tomber froidement.

Personne ne dit mot, chacun pour des raisons différentes. Lisa et Yu parce qu'ils ressentaient de la gêne par rapport à Jessie. Jessie parce qu'elle digérait l'information qu'elle venait de recevoir. Elle finit par dire :

« C'est pour ça que tu ne nous en avais pas parlé, n'est-ce pas ?

— Oui. J'espérais ne pas avoir à le faire avant d'avoir retrouvé et libéré Véra, mais la situation devient critique et je n'ai plus le choix. Si je n'ai pas tué ton père dans quarante-huit heures, c'est Véra qui mourra.

— Je comprends.

— C'est pour ça que nous devons trouver Véra si vite.

— Comment ? s'impatienta Jessie.

— Durant ma retraite au monastère, il s'est passé beaucoup de choses en peu de temps. J'ai appris à maîtriser mes pouvoirs et j'ai reçu beaucoup d'informations en retour. Il va falloir que nous les décryptions toutes pour découvrir où se trouve Véra. Je suis certain que la solution est là. Par contre, nous allons devoir changer nos méthodes, car nous sommes épiés en permanence par les hommes de Kovac et peut-être, sans doute même, par ceux de Graham.

— Comment on procède ? s'informa Yu.

— Nous allons utiliser les vieilles méthodes pour communiquer entre nous, afin de ne rien laisser filtrer de nos intentions. »

Théo sortit un petit carnet à spirales de sa poche et un crayon à papier et dit :

« Voici, notre nouvel outil de communication. Technologie éprouvée et réputée inviolable, à condition de détruire les pages une fois la communication terminée, bien entendu.

— Pff ! fit Yu. Je n'ai pas écrit sur une feuille de papier depuis une éternité. Je ne suis même pas certain de savoir encore faire.

— Ca revient vite, ne t'inquiète pas. Le principe est simple. Dès que l'on a quelque chose de crucial à dire, on le met par écrit. Lorsqu'on a fini, on prend un briquet et on brûle systématiquement les pages. Ok pour tout le monde ? »

Tous acquiescèrent d'un hochement de tête. C'est ainsi

que démarra la conversation, le carnet passant de main en main et d'oeil en oeil. Théo tendit le carnet à Jessie et fit signe aux autres de lire en même temps ce qu'il avait préalablement écrit :

« *J'ai eu plusieurs visions durant ces quatre jours. Concernant ma sœur les visions, bien que toutes différentes, avaient des éléments récurrents. Je voyais un lion ailé qui me regardait fièrement et se tournait vers Véra. Il y avait aussi une sorte de crypte dans laquelle un sarcophage de pierre était ouvert. Le lion ailé en sortait et s'envolait. Je le voyais se poser sur un îlot, au milieu d'une multitude d'autres îles sablonneuses recouvertes d'une herbe rase. Je voyais aussi un cimetière et des tombes avec des croix de Malte. Il y avait également une façade de pierre avec une inscription en mosaïque, mais je n'arrivais pas à la lire. Juste après ça il y avait un homme, pendu, un autre qui se tirait une balle dans la tête et encore un autre qui se noyait. Il y avait une femme qui pleurait aussi et des hommes qui semblaient avoir tout perdu.* »

Yu sortit son ordinateur portable d'une sacoche et commença à l'ouvrir. Théo fronça les sourcils et dit :

« Non, Yu, pas avec ton portable. Ils ont peut-être réussi à le pirater. Nous ne pouvons courir aucun risque.

— Pas de portable ? Comment je fais pour faire les recherches alors ? »

Théo reprit son carnet et écrivit :

« *Tu utilises ton smartphone puisqu'il n'est pas repérable* »

Yu haussa les épaules et répondit :

« Ok, mais je n'aurai pas mon logiciel pour faciliter le travail. »

Théo sourit et dit :

« Tu feras comme les autres pour une fois. »

Yu marmonna en Chinois comme à son habitude lorsqu'il était contrarié.

Théo écrivit à l'intention de Jessie :

« Fais préparer le jet pour un départ pour New York. Dès que nous connaîtrons notre destination, nous irons à l'aéroport et nous ferons mine de monter dans l'avion. Il faudra trouver une astuce pour en ressortir sans que cela se voit. Ensuite l'avion partira pour New York et nous pourrons rejoindre le lieu où se trouve Véra. »

Jessie répondit :

« Ok pour le jet. Mais comment comptes-tu retrouver Véra rapidement sans lui ? »

Ce à quoi Théo répondit par un large sourire et une petite phrase laconique :

« J'ai un moyen de transport bien plus efficace. »

§

Les chevaux s'arrêtèrent devant les escaliers qui menaient au monastère. Les quatre jeunes gens scrutèrent les environs comme pour bien s'assurer qu'ils n'avaient pas été suivis. La nuit était presque noire, la lune à son dernier quartier. Pour ne pas attirer l'attention, ils gravirent les marches, sans allumer la moindre lampe torche. Arrivé devant la porte du monastère, Théo fit un geste de la main vers l'avant, comme pour la pousser délicatement. Un bruit se fit entendre et la porte s'éclipsa délicatement, surprenant ses amis. Yu dit avec son humour, qui tombait toujours à plat :

« Ouah ! C'est génial ce truc ! Moi aussi je veux pouvoir faire ça. J'irai ouvrir les coffres de ma banque et je n'aurai plus à me faire de soucis pour mon avenir.

— Pourquoi ? demanda Jessie, également sur le ton de la plaisanterie, tu te faisais du souci pour ton avenir ?

— Taisez-vous ! ordonna Lisa. Vous allez finir par réveiller tout le monastère.

— Oh! ça va, si on ne peut plus plaisanter maintenant. » marmonna Yu.

Lisa haussa les épaules et avança vers Théo. Elle le regarda, lui sourit. La jeune fille le trouvait changé depuis quelque temps. Il avait mûri. Le jeune ado de quatorze ans devenait un homme. Ses traits s'étaient épaissis et son caractère, renforcé. Il avait tout naturellement pris sa place de leader dans le groupe et la force et l'intelligence qui émanaient de lui n'étaient pas dues au simple fait de porter les bijoux de l'Archange. Théo était ce qu'il était. Il le lui avait déjà prouvé lors de l'épisode de la colonie de vacances de Belcastel.

Lorsqu'elle l'avait rencontré, il y a un mois de cela, elle l'avait trouvé, certes mignon, mais très jeune, encore enfant, sans intérêt. Elle se moquait alors volontiers de lui. Aujourd'hui, ses sentiments envers lui étaient tout autres .. Elle aimait cette force, cette détermination, ce sens inné du commandement, de l'initiative, son courage et sa réactivité. Les évènements qui s'étaient bousculés ces dernières semaines avaient fait émerger le véritable Théo Orgone. Lorsqu'elle se trouvait à ses côtés, elle était bien, heureuse, apaisée. Elle ne savait pas encore comment interpréter ce qu'elle ressentait, mais elle savait dans son for intérieur que c'était déjà un peu plus que de l'amitié ou de l'admiration…

Théo franchit une volée de marches, traversa un corridor, poussa une lourde porte et sortit dans une petite cour au centre de laquelle trônait un vieux puits. Lorsqu'il fut devant celui-ci, il s'arrêta, se tourna vers ses camarades et leur chuchota :

« Voilà, nous y sommes. C'est ici.

— Un puits ? Comme au château de Trifels ? fit Lisa, étonnée.

— Oui, comme à Trifels.

— Mais comment sais-tu qu'il y a un passage dans ce puits ?

— C'est très simple : lorsque nous sommes passés ici la première fois j'ai remarqué ce puits. J'ai trouvé sa présence incongrue.

— Pourquoi ça ? demanda Jessie, intriguée.

— Parce qu'il y a plusieurs coulées d'eau qui descendent de la montagne et passent tout prés du monastère et même dans l'enceinte de celui-ci. Souvenez-vous de la cascade à l'entrée. Il y a aussi de l'eau qui surgit un peu plus haut entre le monastère et l'ermitage. J'en ai parlé à Gopal durant ma retraite. Il m'a dit que ce puits n'était pas utilisé par les moines pour puiser de l'eau, qu'il était sacré, que c'était la porte par laquelle les esprits des ancêtres passaient pour venir en rêve lui parler. J'ai tout de suite fait le rapprochement avec le puits de Trifels. J'ai compris que ces puits devaient faire partie d'un réseau de communication très ancien, qu'empruntaient sans doute les Mikelians. Gopal me conforta dans cette idée par les légendes qu'il me raconta et dans lesquelles des esprits et des hommes transitaient par ce puits pour aller et venir depuis les royaumes de l'au-delà.

— Bon d'accord, convint Lisa, admettons que ce puits nous permette de nous déplacer rapidement jusqu'à l'autre bout de la terre, comme ce fut le cas à Trifels, mais comment ferons-nous pour nous rendre exactement à notre destination ?

— J'ai demandé à Gopal s'il savait comment on se déplaçait dans le puits. Il m'a répondu que, d'après les légendes, il fallait posséder quelque chose des esprits.

— Quelque chose ?

— Oui, c'est assez vague, mais j'ai pensé que ceci, il désigna les bijoux de l'Archange, devait faire partie de ce quelque chose des esprits, vous ne croyez pas ?

— C'est ce qui s'en rapproche le plus en tout cas, admit Yu.

— Bon, armé de toutes ces convictions, j'ai échafaudé notre plan pour fausser compagnie aux hommes de Kovac et à ceux de Graham, à travers ce puits. »

Il y eut un long silence, personne ne sachant vraiment que penser. Théo sortit un grappin muni d'une corde de son sac à dos et l'accrocha à la margelle du puits. Il laissa tomber la corde dans le trou sombre et entendit le bruit de l'eau lorsqu'elle entra en contact avec le fond. Il enjamba la margelle, alluma sa lampe frontale et se laissa glisser le long de la corde jusqu'au fond.

Lorsqu'il atteignit la surface de l'eau, il descendit plus lentement, s'enfonça sous la surface et se retrouva dans une salle au milieu de deux rangées d'imposantes colonnes de marbre noir veiné de vert et de blanc. Sur le sol noir luisant, entre les deux rangées de colonnes, brillait un soleil d'or. Théo remarqua qu'il comportait douze rayons, autant que de colonnes. L'éclairage diffus semblait ne pas avoir de source et provenir à la fois de partout et de nulle part. Théo leva les yeux. De lourdes poutres de bois s'appuyaient sur les colonnes et formaient une charpente solide soutenant un toit à quatre pentes qui s'élevait sur une dizaine de mètres. Il était recouvert de tuiles d'ardoise, ou de quelque chose s'approchant. Théo grimpa à la corde et traversa le puits dans l'autre sens pour chercher ses amis qu'il aida à descendre l'un après l'autre.

Ce qui frappa Jessie et les autres, était que la pièce ne comportait aucune issue. Pas de portes, ni fenêtres, ni trappes ou quoi que ce soit d'autre. Yu en fit le tour par la droite, alors que Lisa le fit par la gauche, tous deux cherchant un éventuel indice pour trouver la sortie. Théo n'était pas étonné et réfléchissait à la corrélation entre les rayons et les colonnes. Il savait que de cet endroit, il pouvait joindre pratiquement n'importe quel coin du globe, mais il n'avait pas le mode d'emploi. Il appela ses amis à se réunir autour de lui pour raisonner ensemble :

« Nous avons, expliqua-t-il, ce soleil à douze rayons et douze colonnes, six de chaque côté.

— Il doit y avoir une relation entre les colonnes et les rayons, avança Yu en se tenant le menton d'une main et faisant un geste circulaire de l'autre.

— Les rayons du soleil au centre indiquent peut-être les

directions, proposa Lisa. Comme une sorte de rose des vents. »

Tous regardèrent le soleil et ses rayons, réfléchirent, s'interrogèrent. Yu expliqua :

« Une rose des vents indique en général les quatre points cardinaux et les quatre points intermédiaires : nord-est, sud-est, sud-ouest et nord-ouest. Si c'était une rose des vents, elle aurait non pas douze mais huit à seize ou même trente-deux rayons.

— Lisa n'a peut-être pas tout à fait tort, soutint Théo, en songeant à une rose des vents. Mais je pense que les rayons n'indiquent pas des directions terrestres.

— Tu penses à quoi ? demanda Jessie.

— Il pense au ciel, répondit Yu qui venait de comprendre le raisonnement de Théo.

— Les douze signes du zodiaque, comme dans la crypte du Templier a Trifels.

— Le zodiaque, bien sûr, réalisa Lisa, c'est évident ! Nous devons toujours raisonner en pensant à ceux qui ont bâti tout ceci et à l'époque où ça a été bâti. La mystique était omniprésente dans tout ce qu'ils faisaient alors. Nous devons associer chacun de ces rayons à un signe et chaque signe à une colonne.

— Oui, mais on part de quel rayon ? s'interrogea Théo.

— La logique voudrait, ajouta Yu, que l'on commence par celui qui indique le Nord. »

Tous regardèrent le soleil et s'interrogèrent: où est le nord ? Aucun signe, aucun indice ne permettait de déterminer quel rayon l'indiquait. Lisa arpenta le sol luisant, regarda les rayons, les colonnes, les murs et leva la tête vers le toit :

« Regardez ! s'écria-t-elle, il y a des tuiles de couleurs différentes qui forment un dessin particulier dans cette direction. »

Elle indiqua la direction de la main tout en se dirigeant vers le soleil avant de reprendre :

« Si je trace une ligne imaginaire entre ces tuiles, j'obtiens le dessin de la Petite Ourse. Et vous voyez cette tuile, là, juste au-dessus du rayon, elle symbolise l'étoile Polaire. »

Elle regarda les rayons, la tuile et ajouta :

« C'est ce rayon que prolonge la tuile. C'est sans doute le repère qui indique le Nord et le point de départ.

— Admettons, fit Théo, que ce soit le premier rayon. Nous avons donc le premier signe du zodiaque, à savoir le bélier n'est-ce pas ?

— Oui, c'est ça. On part du bélier et on a ensuite le taureau, les gémeaux, le cancer...

— Ok, coupa Théo, j'ai bien compris. Maintenant que nous avons trouvé à quel signe correspond chaque rayon et donc chaque colonne, qu'est-ce qu'on en fait ? »

Lisa, interloquée, demeura muette. Jessie, qui n'y connaissait pas grand-chose aux signes astraux, ne sut que dire. Yu se gratta la tête et fit une moue dubitative. Qu'allaient-ils faire de ces douze signes, rayons et colonnes ? Qu'indiquait le zodiaque ? Une direction ? Mais laquelle ?

Lisa, qui avait quelques connaissances dans le domaine de l'astrologie, essaya de se souvenir de ses bases et chercha la relation qui pouvait bien exister entre les constellations du zodiaque et une direction à prendre. Elle ne voyait pas trop, ceux-ci n'occupant qu'une partie du ciel ne pouvaient indiquer que quelques directions généralement situées entre le Nord-est et le Nord-ouest, tout au plus, en fonction des périodes de l'année. Les constellations du zodiaque se déplaçaient lentement dans le ciel et chaque signe occupait sa position un bon moment. De plus, seuls quelques signes apparaissaient au même moment dans le ciel. Mais cela n'indiquait pas de direction particulière, autre que celle où était visible la constellation.

Soudain le visage de la jeune fille s'illumina d'un large sourire et elle se mit à faire les cent pas tout en réfléchissant. Au bout de deux minutes, elle s'arrêta net au centre du soleil et dit :

« J'ai peut-être trouvé quelque chose. Nous cherchons à déterminer une direction, mais si, en fait, les signes du zodiaque ne nous indiquaient pas une direction mais une période ? »

Tous l'écoutaient, silencieux et intrigués. Elle reprit :

« Le zodiaque est traversé par le Soleil mais aussi par la Lune. En fonction des saisons, des mois et des jours, la position de la Lune, dans le zodiaque, change. Si mes souvenirs sont exacts, elle change de signe tous les deux ou trois jours. Si on suit ce raisonnement, il faut connaître la position de la lune dans le zodiaque au moment du déplacement pour savoir quel signe est le bon.

— Tu veux dire qu'en fait il faut calculer la position de la Lune en fonction du signe astral avant tout déplacement ? comprit Yu.

— Oui, c'est ça.

— Et comment on fait pour la calculer ? s'informa Théo.

— Vous n'allez pas le croire, mais il n'y a rien de plus simple à réaliser !

— Vraiment ?

— Il suffit d'avoir un calendrier lunaire avec le signe astral indiqué dessus, c'est tout !

— D'accord mais où va-t-on trouver un calendrier lunaire ici ? s'inquiéta Jessie.

— Je sors mon smartphone, dit Yu et je te trouve ça tout de suite. »

Il se rendit compte qu'il ne captait pas. Théo décida de remonter par le puits afin de trouver un endroit d'où la liaison était possible. Il s'écoula plus d'une demi-heure avant que les deux garçons ne redescendent rejoindre les deux filles. Théo les regarda et répondit à leurs yeux interrogateurs :

« C'est bon, c'est les poissons. »

Lisa indiqua le rayon du soleil qui correspondait au signe. Elle réfléchit en regardant les colonnes et affirma :

« Si l'on considère que le premier rayon correspond à la première colonne à droite, la colonne correspondant aux poissons est son pendant à gauche.

— D'accord, fit Théo, on va te suivre.

— Qu'est-ce qu'on est censés faire maintenant ? se demanda Jessie.

— Je suis comme toi, avoua Théo, je n'en sais strictement rien. Je suppose toutefois qu'on va devoir s'intéresser à la colonne désignée par Lisa. On va peut-être passer au travers, comme ce fut le cas lorsque nous avons traversé la roche, dans la cavité sous Trifels. »

Théo approcha de la dernière colonne sur sa gauche. Il la jaugea du regard. Elle était circulaire, devait mesurer un peu plus de trois mètres de haut, pour un diamètre de soixante centimètres au moins. Elle était en marbre, reposait sur un socle de granit, qui formait un carré de quatre-vingts centimètres de côté, pour une hauteur de cinquante centimètres à peu près. Lisa fit lentement le tour de la colonne, caressant le marbre lisse et froid de la main droite. Elle cherchait du regard un indice, de la main une sensation.

Jessie, quant à elle, se pencha sur le socle de granit. Elle l'observa attentivement et découvrit un petit trou sur l'une de ses faces, celle qui regardait le soleil. Elle essaya de regarder dans le trou mais ne vit rien que du noir. Elle en fit part à ses camarades qui observèrent à leur tour ce petit trou. Etait-il important ou ne s'agissait-il que d'un défaut dans la pierre ?

Yu eut l'idée d'aller regarder les autres socles. Ils possédaient tous un trou identique. Théo remarqua que le diamètre du trou semblait correspondre à celui de la chevalière. Il approcha la main du trou, pour y introduire le bijou, mais lorsque celui-ci fut placé devant la cavité, un rayon de lumière bleutée, intense et froide, traversa la pièce jusqu'au centre du Soleil d'or.

La surprise fit reculer Théo et ses amis. Ils regardèrent le rayon qui allait de la base de la colonne au cœur du soleil et remarquèrent la petite boule, bleutée elle aussi, qui venait d'apparaître au centre. Elle enfla, lentement d'abord, puis de plus en plus vite, jusqu'à former une sphère de lumière qui engloba entièrement le soleil et ses rayons. Dans le même temps, la colonne devint, elle aussi, lumineuse, mais ils ne le virent pas immédiatement, leurs yeux étant fixés sur la sphère qui venait de se gonfler devant eux. Théo regarda ses amis et risqua une plaisanterie :

« Je crois que notre carrosse est avancé.

— Un carrosse ? ajouta Lisa. Quel carrosse ? Une citrouille géante serait plus juste !

— Il ne manque plus que la pantoufle de verre. Ironisa Jessie.

— Bon, je crois qu'il faut y aller. » affirma Théo en faisant un premier pas.

Jessie le retint par le bras et lui dit :

« Attends ! Nous avons le carrosse mais nous ne savons toujours pas comment déterminer la destination.

— J'ai ma petite idée là-dessus. En route mes amis, nous n'avons pas trop de notre temps. »

Théo entra le premier dans la lumière de la sphère et se positionna bien au centre du soleil. Ses amis lui emboîtèrent le pas et vinrent se placer près de lui. Il ferma les yeux et se concentra sur la destination qu'ils devaient atteindre.

Il vit à travers ses paupières que la lumière s'intensifiait puis il crut voir des ombres floues passer devant ses yeux. Rapidement une sorte de brouillard opaque apparut qui semblait remuer, gigoter même, devant lui. Puis des milliers de petites étoiles s'allumèrent et se mirent aussi à bouger. Le silence fut bientôt rompu par un bruit lointain et régulier qu'il ne sut déterminer. D'autres bruits vinrent se mêler ensemble pour former une sorte de doux brouhaha. La vue de Théo devint plus nette et ce qu'il avait pris pour un brouillard constellé d'étoiles se révéla n'être que la surface de l'eau sur laquelle se reflétait la lumière du Soleil couchant. Il jeta un regard autour de lui. Le ciel limpide se paraît des couleurs du crépuscule. La surface de l'eau, couverte d'or et d'argent, scintillait de mille feux. Au loin, de l'autre côté du large canal, les bâtisses étaient éclairées par la lumière des réverbères et les nombreux projecteurs qui les mettaient en valeur.

Théo se retourna. La place St-Marc grouillait de monde à cette heure et en cette saison estivale.

Venise était envahie par des hordes de touristes en short et sandales qui déambulaient dans ses ruelles étroites, sur ses larges quais et sur cette place, cœur historique et politique de la cité des Doges. Jessie, Lisa et Yu regardaient partout autour d'eux, étonnés et émerveillés d'être là, à Venise, leur destination.

§

Chapitre XIV

« Le palais maudit »

Le vaporetto était bondé. Il fendait les eaux du Grand Canal agitées par l'impressionnante armada de coques en tous genres qui le sillonnaient de long en large. Les moteurs ralentirent et les hélices s'inversèrent pour freiner la lourde barque d'acier qui se mit à vibrer comme un marteau-piqueur. Il s'immobilisa enfin et déversa sur les quais un flot humain coloré et bruyant.

Parmi ces humains, Théo et ses amis tentaient de se fondre dans la masse afin d'atteindre leur destination finale. Comment étaient-ils parvenus à trouver l'endroit où ils devaient se rendre ? Grâce aux indications des rêves de Théo, Yu et Lisa avaient fait des recherches et avaient déterminé que les indices conduisaient à Venise. La multitude d'îlots, le lion ailé, emblème de la cité des Doges, la crypte et le sarcophage, qui rappelaient le déplacement de la dépouille de St-Marc depuis Alexandrie, en Egypte, jusqu'à Venise où elle repose dans la cathédrale.

Le cimetière Templier avec les croix de Malte, ainsi que l'inscription en mosaïque sur une façade de pierre et les morts tragiques des visions, avaient conduit à penser que l'endroit où était détenue Véra était un palais vénitien du nom de Ca Dario. Ce palais, situé sur le Grand Canal, avait la sulfureuse réputation d'être maudit.

Parmi ses propriétaires, un certain nombre avaient connu une fin tragique. Ce qui frappa Yu et Lisa et les conforta dans l'idée qu'ils étaient sur la bonne piste, était que d'après les légendes le palais avait été bâti sur un ancien cimetière templier. Tous les ingrédients étaient réunis pour faire de Ca Dario l'endroit où il fallait se rendre. Empruntant de petites ruelles, les quatre amis se faufilèrent jusqu'à l'arrière du palais, qu'entouraient des jardins. La nuit tombait et les réverbères donnaient à la cité une ambiance encore plus romantique et féerique. Personne ne pouvait rester insensible aux charmes de cette ville si différente et si particulière. Théo s'arrêta et ferma les yeux un instant. Il ressentait une étrange présence maintenant. Il se tourna vers ses amis et affirma :

« Il y a quelque chose ici, je le sens. Nous sommes au bon endroit.

— Et pour Véra ? Tu ressens sa présence ? demanda Jessie.

— Non, pas encore. Je sens qu'il y a des forces contraires dans ce palais.

— Quel genre de forces ? demanda Lisa.

— Le genre que je suis sans doute le seul à pouvoir affronter.

— Alors, on fait quoi ?

— Je vais devoir y aller seul. » affirma Théo avec détermination, regardant tour à tour ses trois amis.

Ils voulurent protester mais le regard de l'Elu les plongea dans le mutisme. Il se passait quelque chose qu'ils ne comprenaient pas, mais ils avaient perçu la gravité dans le ton du jeune homme. L'heure n'était visiblement pas à la discussion.

— Qu'est-ce qu'on peut faire ? s'informa Jessie.

— Toi Jessie, tu vas nous trouver un hors-bord et l'amener à quai ici. Vous deux, vous ne bougez pas d'ici, sous aucun prétexte, c'est bien compris ? C'est trop dangereux. Je vais devoir affronter seul ce qu'il y a là-dedans.

— Qu'est-ce qu'il y a exactement ? demanda Yu intrigué.

— Je n'en sais rien, mais c'est terrifiant ! »

La façon dont Théo prononça ces paroles glaça le sang de ses amis. Jessie se précipita pour trouver un canot tandis que Yu et Lisa s'éloignèrent un peu pour se faire discrets. Théo demeurait seul face à son destin.

§

La nuit s'était installée. Les lumières de la ville tentaient tant bien que mal de la repousser sans jamais y parvenir complètement. Les jardins étaient plongés dans l'obscurité. Théo s'était frayé un passage jusqu'aux abords du palais Ca Dario. Il y avait de la lumière au rez-de-jardin et au premier étage de la bâtisse qui en comptait trois. Il repéra une porte mais aussi un soupirail. Il décida de tenter l'entrée par cette ouverture et s'en rapprocha avec prudence. Lorsqu'il fut assez proche, il regarda à travers la vitre de la petite ouverture mais ne distingua rien. La pièce sur laquelle elle donnait était plongée dans le noir. Il lui vint l'idée d'essayer de modifier sa vision pour l'adapter aux ténèbres. Il ne fut qu'à moitié surpris de voir progressivement l'intérieur de la pièce se dessiner sous ses yeux. Il pouvait donc faire ça aussi !

La pièce était une cave dans laquelle s'entassait tout un tas de meubles et d'objets poussiéreux. Le vantail était fermé solidement. Un peu de concentration et celui-ci céda sans bruit et sans effort. Il bascula en arrière, laissant le passage pour un homme.

Théo s'engouffra dans l'ouverture, jambes en avant et se laissa glisser puis tomber doucement sur le sol deux mètres en contrebas. Un nuage de poussière envahit la pièce et fit toussoter le jeune homme. Il resta immobile un moment, écoutant le moindre bruit suspect. Personne ne l'avait entendu, semblait-il.

La sensation qu'il avait depuis qu'il avait approché du palais Ca Dario s'amplifiait et lui laissait une impression de malaise. Ce qu'il y avait ici glaçait littéralement le sang. Un froid intérieur indescriptible avait envahi tout son être. Il dut se faire violence pour trouver la volonté d'aller plus avant. Ce qui le motivait était la recherche de Véra. Il enjamba l'ensemble d'objets hétéroclites entassés sur le sol et fut vite proche de l'unique porte donnant sur la pièce. Elle était en bois, mal entretenue, tordue par l'humidité et le sel. Ce qui sembla étrange à Théo car la pièce dans laquelle il se trouvait n'était pas très humide. Il décida d'ouvrir la porte. D'un geste de la main, après s'être concentré, il la fit pivoter sur ses gonds sans le moindre effort.

La symbiose que formaient les bijoux avec sa personne fonctionnait à merveille et de mieux en mieux. Il ressentait mieux, voyait mieux, entendait mieux, pensait mieux. Il avait l'intuition d'un potentiel bien plus grand encore qu'il devait apprendre à maîtriser pas à pas, chemin faisant. Il avait déjà fait de nombreux progrès, notamment lors de sa retraite à l'ermitage de Taktshang.

La porte s'ouvrit sur un corridor étroit et très humide, dont les murs suintants étaient en partie recouverts de mousses verdâtres. L'odeur était forte et prenait aux narines. Le sol, couvert d'une pierre sombre et rugueuse, était trempé. Par endroits il y avait des flaques d'eau où se reflétait la lumière blafarde des deux petites ampoules électriques qui éclairaient, tant bien que mal, cet espace lugubre. Le couloir n'était pas très long. Théo se trouvait à mi-chemin. Il vit une porte, au fond à gauche, qui semblait solide et en bon état. Il traversa rapidement le couloir, qui n'avait pas d'autres issues visibles et se retrouva devant elle.

Un Lion ailé était sculpté dans le bois. Il posa la main sur le battant, comme pour sentir ce qui pouvait se trouver derrière. Il l'avait fait machinalement, sans réfléchir. Il ressentit l'atmosphère du lieu, solennelle, froide et empreinte de malheur. Il vit un escalier de marbre, des pièces meublées et décorées, des tentures et des tableaux aux murs, des fenêtres qui donnaient sur le grand canal. Il fit le tour de la bâtisse en un clin d'œil, repéra les occupants au nombre de six, écouta leurs conversations, banales, sans intérêt et finit par une visite des combles. Il avait fait tout cela comme s'il flottait hors de son corps. C'était la sensation qu'il avait, bien qu'il sût qu'il n'en était rien, qu'il n'en était pas sorti. Il se retourna et fonça dans la direction opposée. Au bout du couloir se trouvait une autre porte, sur la gauche. Il posa la main et sentit une brûlure intense l'envahir, traverser son bras jusqu'à son épaule, parcourir son cou et sa colonne, pénétrer sa tête et son esprit. Il faillit hurler, sentit son corps tout entier se plier sous le poids de la douleur, ses muscles se tétaniser et se raidir sous la violence du choc ! Puis, contre toute attente, la douleur s'estompa, repoussée et battue par une douce sensation de bien-être, de chaleur bienveillante. Les muscles se détendirent, l'esprit reprit le dessus et les bijoux de l'Archange montrèrent une autre facette de leur pouvoir symbiotique : ils protégeaient le corps mais aussi l'esprit de celui à qui ils étaient liés.

Derrière la porte, quelque part, se tenait quelque chose que Théo n'arrivait pas à définir, à exprimer, à quantifier. Ce dont il était certain, c'est que cette chose était du domaine du mal, le mal lui-même, qui sait. Il fallait y aller, de toute façon, car la présence de Véra commençait enfin à se faire sentir, dans cette direction. Théo respira un grand bol d'air, se détendit encore un peu et, même s'il savait qu'il entrait dans la gueule du loup, décida d'ouvrir la porte.

Un vent glacial souffla sur le visage du jeune homme, l'espace d'un instant. Un escalier de pierre étroit, aux marches irrégulières, aussi humide que le couloir, s'enfonçait dans les entrailles de la terre. Il n'était pas éclairé et Théo dut utiliser sa vision de nuit intégrée pour distinguer clairement les lieux. Il descendit les marches avec prudence. L'escalier tournait à droite et continuait sa descente puis tournait encore à droite et ainsi de suite. Il faisait très froid, de plus en plus froid. Il avait l'impression que la température était descendue très en dessous de zéro mais dut se rendre à l'évidence : il n'en était rien. Les murs ruisselaient et il n'y avait pas de glace, ce qui aurait dû être le cas si la température était si basse. Non, cette impression de froid était interne, mentale et non physique. C'était ce froid, provoqué par la chose, l'entité qui était là, au bas de cet escalier. Régulièrement la sensation de froid était contrebalancée par une sensation de douce tiédeur, qui ne durait guère malheureusement. Les bijoux luttaient comme ils pouvaient pour maintenir leur hôte dans les meilleures conditions possibles, mais l'entité reprenait le dessus.

Une profonde mélancolie commença à gagner l'esprit de Théo. Plus il descendait et se rapprochait de la chose, plus cette sensation s'intensifiait. Il dut lutter de toutes ses forces pour ne pas se retourner et faire demi-tour tant la douleur morale que provoquait ce sentiment devenait intense et destructrice. Il commença à avoir envie de mourir, songea que la vie ne valait plus la peine d'être vécue, perçut l'inutilité et la futilité de son existence. Il lui apparut évident que seule la mort pouvait venir à bout de cette souffrance, de ce sentiment d'échec. Il sentit son esprit perdre pied, ne plus être capable de lutter et fut même heureux de l'idée de mettre fin à ses jours.

Alors que les pensées les plus sombres l'avaient totalement envahi, il sentit un sursaut de son esprit qui lutta pour ne pas sombrer dans les profondeurs de la déprime fatale. Il sentit les idées noires le lâcher, pas à pas et la volonté de vivre regagner du terrain, devenir plus forte. Si forte qu'elle finit par annihiler cette morbide envie de mourir. Il fut soulagé, soupira, respira profondément, reprit sa progression et finit par atteindre le bas de l'escalier.

Une vaste nef gothique, telle une cathédrale, s'offrait à ses yeux. Une allée centrale, large et longue, était bordée de colonnes de pierre qui soutenaient les voûtes sur croisées d'ogives, si caractéristiques de cette architecture de l'époque médiévale. Le sol, couvert de dalles de marbre poli, brillait comme un miroir. L'humidité avait soudainement disparu, mais la sensation de froid intense redoublait. Théo avança à pas mesurés, scrutant les alentours, sentant une présence invisible l'observer. Au fur et à mesure de sa progression, il vit se profiler un espace bien plus large avec, en son centre, un autel massif, taillé dans une pierre rugueuse de couleur foncée. Lorsqu'il fut assez proche, il distingua un motif dessiné sur le sol, devant l'autel, blanc sur le fond noir du marbre poli. Il s'agissait d'un pentagramme, une étoile dans un cercle.

Théo avait déjà vu plusieurs fois ce type de symbole mais ne savait pas ce qu'il représentait. Lisa aurait su, elle. Le froid glacial qui habitait Théo semblait provenir de l'endroit où se trouvait l'étoile. Il avança doucement, prudemment, redoutant qu'un piège ne se referme sur lui. Curieusement il ne put s'empêcher de gagner le centre de l'étoile, comme attiré par elle. Il regarda à ses pieds puis autour de lui et distingua la pâle lueur qui venait de l'envelopper tout entier. Elle devint plus intense de façon progressive. Il la voyait clairement désormais, blanc bleutée, vibrant autour de lui dans un mouvement oscillatoire. Elle semblait se solidifier.

Théo Tendit le bras devant lui pour la toucher de ses doigts. Il entra en contact avec une sorte de matière semi visqueuse, froide mais non glacée, qui se mouvait en tourbillonnant autour de lui. Il comprit qu'il venait bien d'être piégé, qu'il était prisonnier de ce fluide. Soudain la lumière devint éclat, obligeant le jeune homme à plisser les yeux et fermer les paupières.

Lorsqu'il put les rouvrir il eut la surprise de se retrouver dans une pièce spacieuse, aux murs couverts de tapisseries rouge et or, décorée richement, meublée de fauteuils et canapés anciens dont Théo n'aurait su dire de quel style ils étaient. Une horloge sculptée d'une tête de lion trônait sur une cheminée de marbre rose. Aux murs étaient accrochés des tableaux représentant la Venise du passé avec ses bateaux à voiles et son activité portuaire intense. Une immense fenêtre donnait sur le grand canal et Théo comprit qu'il venait de se retrouver dans l'une des pièces du palais. « Tout ce chemin pour se retrouver là. » songea-t-il.

Il faillit rire mais se ravisa, fronça les sourcils et approcha de la fenêtre.

Il resta bouche bée devant le spectacle qui s'offrait à son regard. Une galère passait juste sous les fenêtres du palais, mue par les hommes qui ramaient au rythme du tambour. Une autre allait en sens inverse et se rapprochait rapidement. Sur les quais régnait l'atmosphère laborieuse du plus important port de méditerranée : la république de Venise !

Il faisait grand jour, le ciel était traversé de nuages qui étincelaient sous la lumière du Soleil de milieu d'après-midi. Théo n'en revenait pas. Il était dans la Venise du passé, sans doute du seizième ou dix-septième siècle ! Les bâtiments étaient plus beaux qu'aujourd'hui, plus récents évidemment. Le nombre de navires qui circulaient ou étaient à quai était impressionnant, sans conteste bien plus important que la navigation actuelle. Sur les quais, les marins, simplement mais proprement vêtus, s'affairaient sur leurs embarcations, tandis que les ouvriers du port, plus chichement accoutrés, chargeaient et déchargeaient les navires marchands. Absorbé par le spectacle hallucinant, il n'entendit pas la porte s'ouvrir et l'homme entrer. Celui-ci l'observa un moment, silencieux, avant de lancer :

« C'est étonnant n'est-ce pas ? »

Théo sursauta légèrement en entendant la voix si caractéristique de l'homme et, sans se retourner, répondit :

« Je n'aurais jamais cru cela possible, je l'avoue.

— Vous n'êtes pas encore au bout de vos surprises, jeune homme. Vous êtes entré dans un autre monde. Vous allez vite vous rendre compte que ce qui est impossible dans le vôtre, ne l'est pas nécessairement dans celui-ci.

— Je commence à en prendre conscience en effet. » dit-

il en se retournant sur le visage dur de Dragan Kovac. Celui-ci esquissa un sourire crispé, se rapprocha d'un fauteuil et s'installa confortablement. Il pria Théo de faire de même. Lorsque le jeune homme fut installé, il reprit :
« Vous savez ce qui est le plus étonnant ?
— Dites-moi...
— Nous utilisons le temps comme une sorte de ... disons ... de refuge. De tout temps, les êtres qui ont eu accès aux déplacements temporels ont dû respecter un principe simple: pas ou peu d'interaction directe avec les vivants, humains ou animaux.
— Pourquoi cela ?
— Vous avez déjà entendu parler de paradoxe temporel ?
— J'ai vu la série des *retour vers le futur*. Je crois comprendre de quoi vous voulez parler.
— Oui, très bons films. Ca explique très bien les problèmes qu'engendre le voyage dans le temps. Nous devons faire très attention de ne pas modifier le cours des choses de façon inconsidérée. Nous risquerions de transformer profondément notre présent et par là même notre futur. Mais pire encore ! Nous risquerions d'annihiler l'humanité toute entière, voire même l'univers dans son ensemble !
— A ce point ?
— Oui, il ne faut pas jouer avec le temps, affirma Kovac avec gravité. Ici nous sommes un peu comme dans une bulle. Personne n'entre et personne ne sort du palais, sauf cas particulier. Depuis sa construction, nous avons toujours utilisé cette bâtisse comme refuge temporel. Vous êtes au courant de la réputation du Ca Dario ?
— Oui, on l'appelle le palais maudit de Venise, il me semble ?
— Tout à fait. Nous avons entretenu cette croyance populaire au fil des siècles afin que les curieux se tiennent à distance respectable.
— Je comprends. Mais tous ses propriétaires qui ont

trouvé la mort dans des circonstances tragiques ?

— L'illusion. Ces différents propriétaires étaient tous des nôtres. Nous avons fait courir des bruits, maquillé des morts naturelles en morts suspectes, en suicides ou en meurtres, par exemple.

— C'est fort, reconnut Théo.

— Ainsi voyez-vous, le palais est toujours resté parfaitement sous notre contrôle. »

Kovac approcha de la fenêtre et admira Venise, cette Venise si puissante, si riche et si fière. Il se tourna vers Théo et reprit :

« Vous ne semblez pas vraiment étonné de me voir, n'est-ce pas ?

— Pas vraiment, c'est vrai.

— En venant ici vous saviez que vous n'aviez aucune chance de m'échapper à nouveau, je me trompe ?

— Non. Je n'avais pas le choix et vous le saviez aussi.

— C'est exact.

— Vous n'avez jamais cru que j'irai à New York exécuter votre projet d'assassinat d'Oswald Graham, pas vrai ? »

Kovac rit aux éclats, de bon cœur apparemment. Il se leva, marcha jusqu'à un secrétaire, l'ouvrit, montra d'un geste de la main les bouteilles qu'il contenait puis il proposa à Théo une boisson, que celui-ci refusa poliment, et se servit un verre de vodka. Il revint s'asseoir, regarda avec insistance son jeune interlocuteur et répondit :

« Je l'avais espéré, mais j'avoue que je n'y croyais guère, surtout après vos exploits de Moscou. Il faut vous reconnaître une qualité, c'est que vous êtes un battant et même un combattant. Et je ne pense pas que ce soit dû seulement au fait que vous portiez ces bijoux.

— Vous m'avez attiré jusqu'ici, alors ?

— Avais-je le choix ? Vous ne seriez pas allé à New York tuer Graham et je vous avais donné un ultimatum. Vous étiez pressé par le temps et vous deviez agir vite, pour retrouver votre sœur, avant que je ne durcisse les conditions de sa captivité. A votre place, j'aurai sans doute fait la même chose. Et c'est parce que je me suis mis à votre place que j'ai pu vous attirer ici. Vous êtes malheureusement prévisible, Théo. »

Kovac prit un air déçu. Il but une gorgée de vodka, se racla la gorge et continua :

« Sans doute votre jeune âge, le manque d'expérience. La crédulité aussi.

— La crédulité ? s'étonna Théo.

— Oui, vous avez cru pouvoir me berner et agir en toute impunité ! vociféra-t-il soudain en pointant un doigt accusateur, alors même que je vous avais menacé de m'en prendre à votre sœur et aux autres membres de votre famille ! Vous n'êtes encore qu'un enfant ! Et c'est la raison, confia-t-il sur un ton apaisé, pour laquelle ils sont toujours en vie. J'ai tenté de vous convaincre que je ne plaisantais pas, mais vous ne m'avez pas cru. Vous avez pensé pouvoir délivrer votre sœur grâce aux pouvoirs que vous possédez et me vaincre. Réfléchissez un instant, Théo. Une fois que vous auriez délivré votre sœur, où l'auriez-vous mise en sécurité ? Chez vos parents ? Et vos parents, vous y avez songé ? Je peux les faire kidnapper ou tuer quand bon me semble. Je n'ai qu'un mot à dire pour ça ! »

Théo ne répondit pas de suite, prenant le temps de peser le pour et le contre, cherchant comment débloquer cette situation qui, lui semblait-il, devenait inextricable. Kovac détenait sa sœur et pouvait aussi bien s'en prendre à ses parents, ses amis et tous ses proches. Ca, il n'en doutait pas. Il était l'Elu, bien malgré lui, détenait un pouvoir immense, mais était quasiment seul, face à des gens comme Kovac ou Graham qui avaient derrière eux toute une organisation qui œuvrait partout dans le monde, telle une pieuvre.

Seul, il ne pouvait protéger tous les membres de sa famille et ses amis. Il le savait depuis le début de l'enlèvement de Véra mais avait cru, chemin faisant, que les solutions viendraient, aidé en cela par les bijoux de l'Archange. Il devait se rendre à l'évidence : il n'avait pas la solution. Il était désormais devant le dilemme suivant : continuer sa quête et sauver le monde au détriment des siens ou bien sauver les siens et laisser le monde aux mains de Kovac et consorts. Quel que fût son choix, il ne serait pas aisé.

Pour l'instant, il fallait trouver rapidement comment manœuvrer. Et pour atteindre quel but ? C'était toute la difficulté. Théo n'avait pas été préparé à vivre une épreuve si compliquée, à un âge où les jeunes n'ont que de futiles soucis.

C'est alors qu'une sorte d'éclair jaillit en lui, bousculant ses idées, les ordonnant, les rendant limpides, évidentes. En une fraction de seconde il eut une vue d'ensemble de la situation et des évènements qui s'étaient déroulés jusque-là. Dans une autre fraction de temps, il se mit à échafauder une stratégie et tout devint clair en lui. L'alliance symbiotique avait à nouveau fonctionné à merveille, transcendant son esprit, multipliant sa puissance et sa rapidité de raisonnement. C'était ce qu'il attendait depuis des jours : la solution à ses problèmes....

« Je crois, finit-il par dire, que nous sommes dans l'impasse tous les deux, Monsieur Kovac.

— Dans l'impasse certes, mais tous les deux, je n'en suis pas certain. Vous, dit-il en appuyant ce mot, êtes dans l'impasse jeune homme ! Que vous le vouliez, ou non, vous serez obligé de collaborer avec nous d'une façon ou d'une autre.

— Que proposez-vous dans ce cas ?

— Je vais vous faire une dernière proposition, Théo. Il n'y en aura pas d'autres alors réfléchissez bien avant de me donner une réponse. »

Kovac insista bien sur ce point. Il se leva, marcha de long en large dans la pièce, pesant ses mots :

« Il est évident que nous n'obtiendrons jamais votre entière collaboration, je me trompe ?

— Ce que vous attendez de moi, affirma Théo avec force, n'est tout simplement pas envisageable. Je devrai renoncer à ceux que j'aime s'il le faut mais jamais je ne mettrai le pouvoir de l'Archange entre vos mains.

— Bien, dans ce cas oublions ça. »

Kovac balaya la question d'un revers de la main. Il se servit un autre verre de vodka qu'il avala cul sec :

« Si nous ne pouvons, reprit-il, compter sur la puissance que vous auriez pu nous apporter, alors nous vous demandons de nous remettre les bijoux et de renoncer définitivement à vos projets de lutte contre nous. C'est la condition sine qua non afin que nous vous laissions tranquille, vous et votre famille et que nous vous rendions votre sœur.

— Si je refuse ?

— Je crois que c'est un bon compromis Théo, vous devriez bien réfléchir. Les bijoux sans vous sont parfaitement inoffensifs. Ainsi vous ne nous remettez pas le pouvoir de l'Archange. Vous nous laissez faire notre business, vous retournez sagement à vos études et vous oubliez toute cette histoire.

— Comme ça vous aurez le champ libre pour mettre la main sur la planète tout entière, c'est bien ça n'est-ce pas ?

— Nous sommes des businessmen Théo, sembla-t-il s'excuser, tout ce que nous voulons c'est faire nos affaires, c'est tout.

— Quel genre d'affaires ?

— Nous sommes très diversifiés, vous savez. Nous avons des intérêts un peu dans tous les domaines : le pétrole, l'acier, la construction, l'automobile, la finance bien sûr. Vous voyez, c'est assez vaste.

— Vous voulez tout contrôler, s'insurgea Théo et asseoir votre domination sur l'humanité ! Vous contrôlez la finance : vous contrôlez l'économie. Vous contrôlez l'économie : vous contrôlez le monde ! C'est bien ça ?

— C'est une façon de voir les choses.

— Qu'est-ce qui me dit qu'une fois en possession des bijoux, vous ne vous débarrasserez pas de nous ? Après tout, si je ne vous suis plus d'aucune utilité, autant ne pas vous encombrer d'un problème potentiel, n'est-ce pas ? »

Kovac rit de nouveau aux éclats. Théo resta de marbre. La situation n'avait rien de risible et ce qu'il disait était plutôt sensé. Il se demandait comment Kovac allait s'en sortir avec cette question. Celui-ci leva les mains au ciel et haussa les épaules :

« Je n'ai qu'une réponse à votre question : vous devrez me faire confiance. C'est vrai que je pourrai vous faire tuer, vous, votre sœur et toute votre famille. Ainsi je m'assurerai que personne ne puisse reprendre votre flambeau, bien que je sois persuadé que vous êtes le seul à pouvoir utiliser le pouvoir de l'Archange, mais si je donne ma parole...

— Votre parole ? le coupa Théo. Vous croyez vraiment que ce sera suffisant pour que je vous donne ce que vous désirez de moi ? Je ne suis pas naïf à ce point, Monsieur Kovac.

— Très bien, que proposez-vous alors ?

— Je garde le médaillon et vous aurez la chevalière. Ainsi je conserve une part du pouvoir qui me permettra de me défendre en cas d'attaque mais pas de vous faire la guerre. »

Kovac faillit éclater de rire encore une fois mais il se ravisa et réfléchit profondément avant de répondre :

« Ce n'est pas possible.

— Pourquoi ? Privé de la chevalière je ne pourrai pas vous faire grand-chose.

— Le pouvoir des bijoux est bien trop grand, même lorsqu'ils ne sont pas ensemble, pour que je prenne ce risque.

— La puissance destructrice est dévolue entièrement à la chevalière. Le médaillon n'a qu'un pouvoir mental de prémonitions et ne peut vous combattre.

— En êtes-vous sûr ?

— Oui, j'ai acquis suffisamment d'expérience pour l'affirmer. Je peux vous faire une démonstration si vous le désirez.

— Ce n'est pas utile, je vous crois sincère.

— Vous saviez déjà ce que je viens de vous dire surtout, pas vrai ?»

Là Kovac rit. Il avait du respect et de l'admiration pour cet être si jeune et pourtant si courageux, perspicace et intelligent :

« C'est vrai, je le savais. Ce qui me gêne, c'est l'interaction entre les deux bijoux, même à distance.

— Lorsqu'ils sont éloignés, ils ne communiquent plus entre eux.

— En êtes-vous bien sûr ? Ou bien est-ce ce que vous essayez de me le faire croire ?

— Vous avez ma parole, ironisa-t-il.

— C'est bien ce que je pensais. C'est trop risqué.

— Bon, alors on fait quoi ? Vous ne pouvez pas me prouver que vous me laisserez tranquille et je ne peux vous prouver que les bijoux pris séparément ne sont pas dangereux. Nous voici à nouveau dans l'impasse.»

Kovac admit que la situation n'était pas des plus simples. Il fit les cent pas, réfléchissant, pesant le pour et le contre de chacune des décisions qu'il allait être amené à prendre. Il finit par s'immobiliser devant la fenêtre, regarda longuement le va et vient des navires, le tumulte des quais et les palais qui faisaient face au Ca Dario. Il soupira avant de dire :

« Je crois que nous allons devoir transiger. C'est d'accord, vous gardez le médaillon et nous, la chevalière. Nous vous laissons tranquille et en échange vous n'essayez rien contre nous sinon…

— Sinon ?

— Je ferai s'abattre le feu de l'enfer sur vous et votre famille, je vous le jure !

— C'est d'accord, mais avant de vous confier la chevalière je souhaite une dernière chose.

— Je croyais que nous étions d'accord ? Que voulez-vous encore ? s'agaça Kovac.

— Je veux que ma sœur Véra soit présente dans cette pièce lorsque je vous remettrai le bijou. »

Kovac fronça les sourcils et prit un air méfiant :

« Que manigancez-vous ?

— Rien. Nous faisons un échange : ma sœur et notre tranquillité contre la chevalière et votre tranquillité, c'est tout. »

Kovac prit le temps de la réflexion pour finalement accepter la proposition de Théo.

§

La porte s'ouvrit. Le cœur de Théo se mit à battre la chamade. Le doux sourire de Véra le remplit d'émotion. La petite fille entra, entourée de deux hommes de main. Les yeux de Théo se remplirent d'humidité, sa gorge se serra. Il était heureux de la revoir enfin. La petite fille voulut se précipiter dans ses bras, mais fut retenue par l'un des hommes de main. Pas question qu'elle approche son frère avant que la transaction ne soit finalisée entre lui et Kovac. Théo fit un immense sourire à Véra et plongea son regard dans le sien, pour la rassurer. Il cligna des yeux de façon appuyée comme pour dire :

« Ne t'en fais pas, je suis là maintenant ».

Elle ne dit rien, ne se plaignit pas, ne gémit pas. Elle semblait portée par un courage à toute épreuve, ce qui étonna et fit l'admiration de son frère. Dragan Kovac sourit. Il regarda Véra puis se tourna vers Théo :

« Vous voyez, elle est en parfaite santé. Nous avons bien pris soin d'elle, comme je vous l'avais dit.

— Parfait, commençons alors. Je vous donne la chevalière et vous me rendez ma sœur.

— C'est notre accord. Pour ma part, je l'honorerai, affirma Kovac avec une belle assurance.

— Je vais retirer la chevalière et vous ferez sortir vos deux sbires.

— Procédons comme ça. Je vous en prie. »

Kovac fit un geste ample de la main en direction du jeune homme. Théo se concentra et la chevalière apparut à son doigt. Il fut surpris de constater qu'elle faisait entièrement corps avec celui-ci. On aurait dit qu'elle n'était plus faite d'or, mais de chair et d'os. Il se demanda s'il pourrait la retirer dans ces conditions. Kovac, curieux, approcha et scruta la main. Lui aussi semblait sceptique :

« Vous allez pouvoir la retirer ? s'inquiéta-t-il.

— Je n'en sais rien. Depuis que je l'ai à mon doigt, je ne l'ai pas faite apparaître. Je ne savais pas à quel point elle s'était, comment dire… mêlée à moi.

— Si vous ne pouvez pas la retirer ça change tout, déclara le Russe.

— Attendez, je n'ai même pas essayé. »

Théo prit la chevalière entre les doigts de son autre main et fit le geste de la retirer. Elle reprit son apparence de bijou métallique et glissa sans encombre hors du doigt. Théo la brandit sous ne nez de Kovac et lui lança :

« Vous voyez, il n'y avait pas de quoi vous inquiéter !

— Parfait, donnez-la-moi, s'impatienta-t-il.

— Pas si vite Kovac. Nous avions un accord : les sbires dehors ! » cria-t-il.

Kovac fit un geste en direction de ses hommes qui quittèrent sur le champ la pièce, refermant la porte derrière eux, laissant seule Véra avec son frère et Kovac. Théo tendit la chevalière à son interlocuteur et regarda sa sœur :

« Viens près de moi, souris. Lui dit-il avec douceur. »

Souris était le petit surnom qu'il avait donné à Véra depuis qu'elle était toute petite. Véra fit quelques pas en direction de son frère tandis que Kovac se saisit de la bague prestement, surprenant quelque peu Théo qui pressentit un coup fourré.

Il ressentit un froid aussi soudain qu'intense l'envahir, pénétrer tout son être, le glaçant jusqu'au tréfonds de son âme. Il se tourna vers Kovac et vit ses yeux flamboyer d'une lueur blanc bleu qui tournait progressivement au violet. De la main de Kovac tendue vers lui il pouvait sentir la source de ce froid glacial. Kovac n'avait jamais eu l'intention de tenir parole. Il était fourbe, sans scrupules, déterminé et possédait des pouvoirs surnaturels lui aussi. C'était lui le froid, c'était lui le mal que Théo avait ressenti en descendant dans les profondeurs du Ca Dario. Kovac n'était pas un homme, c'était autre chose... Quelque chose de terrifiant, de malsain, de démoniaque.

Il fallait réagir et vite avant que cette chose ne vienne à bout de son corps et de son âme. Théo se concentra, espérant que la proximité avec la chevalière lui donne assez de forces pour lutter. Il fit tournoyer sa main droite devant lui dans un effort surhumain tant le froid paralysait ses membres. Kovac, trop concentré sur ce qu'il infligeait au jeune homme, ne remarqua pas immédiatement le vent qui commença à tourbillonner dans la pièce, de plus en plus vite, de plus en plus fort.

Théo fit un geste en direction de Véra pour lui dire de venir plus près de lui, au centre du tourbillon, à l'abri. Le vent souleva progressivement tout ce qui n'était pas fixé solidement au sol ou aux murs. D'abord, des objets légers puis de plus en plus lourds, dans un vacarme extraordinaire, jusqu'à déstabiliser Kovac qui dut lâcher son emprise sur Théo momentanément, emporté et plaqué contre un mur. Ce fut le moment que choisit Théo pour crier à Véra :

« Souris, saute par cette fenêtre ! »

La petite fille regarda son frère, de l'incompréhension et de l'effroi dans le regard. Elle dodelinait de la tête, ne voulait pas sauter, ne comprenait pas pourquoi son frère lui demandait une chose pareille. Théo fronça les sourcils et répéta :

« Saute ! Saute Véra ! Maintenant ! »

Véra était tétanisée à l'idée de se jeter dans le vide. Elle croisa le regard de Théo et comprit qu'il ne lui voulait pas de mal. En un éclair, elle s'élança vers la fenêtre et s'apprêta à traverser le tourbillon en rentrant la tête dans les épaules et se protégeant le visage de ses mains. Lorsqu'elle fut quasiment dans le vent tourbillonnant à grande vitesse, celui-ci cessa instantanément et elle bondit hors de la pièce, se jetant dans le vide et faisant un plongeon dans les eaux verdâtres du grand canal.

Immédiatement après Théo relança le tourbillon pour contrer Kovac qui avait profité de la courte trêve pour reprendre son emprise glaciale. Théo tentait d'augmenter la force du vent afin de neutraliser son adversaire, mais celui-ci avait mis toutes ses forces dans la bataille, paralysant les membres et détruisant progressivement les fonctions vitales de Théo. Sans compter l'emprise mentale que subissait le jeune homme, plus douloureuse et dangereuse encore.

Théo sentait ses forces l'abandonner progressivement. Il voyait le vent tomber rapidement et Kovac se remettre debout, droit comme un piquet pour finir son œuvre sur lui. L'Elu sentit que son heure était venue, que la mort allait l'emporter, qu'il allait échouer, que le dernier des Mikelians resterait le dernier, que le mal était en train de gagner la partie, définitivement. Il sentit son corps se plier sous lui, mettre un genou à terre, se recroqueviller doucement. Il n'éprouvait déjà plus rien : ni douleur, ni froid. Son esprit s'engourdissait et il sut que la fin était proche…

§

Chapitre XV

« Fra Paolo »

L'esprit de Théo quitta la réalité, isolé dans une bulle de silence, coupé du monde.
« Je suis mort. » pensa-t-il.
Il vit une étendue d'eau qui brillait sous le soleil, dans un ciel mauve où dansaient des nuages roses. Une demeure aux façades ocre percées de nombreuses fenêtres, sur trois étages, au toit de tuiles rouges, se dressa devant lui juste au-dessus de l'eau.

Une imposante porte de bois, sculptée d'un caducée, s'ouvrit, découvrant un vaste hall d'où partait un large escalier qui filait vers la droite à mi hauteur. Théo entra, gravit les marches jusqu'à l'étage. Deux portes lui faisaient face. L'une portait un caducée de bronze alors que la seconde arborait le symbole des Mikelians : la balance avec une épée. La première porte s'ouvrit sur une pièce de dimensions modestes, vingt-cinq à trente mètres carrés tout au plus, pleine d'étagères où s'entassaient des milliers de livres aux reliures de cuir.

Au centre, sur une grande table de chêne se trouvait un enchevêtrement d'alambics et de serpentins de verre. Ailleurs, un bureau était couvert de pages calligraphiées sur lesquelles on pouvait voir nombre de dessins et schémas étranges. Sur le mur de droite une porte arborait également le signe des Mikelians, sculpté dans le bois. Elle s'ouvrit.

Un homme âgé apparut dans l'encadrement. Il était vêtu

d'une toge de moine, croisait les mains devant lui, bras le long du corps. Il avait les cheveux frisés, courts et gris. Le visage fin, surmonté d'un front large et haut, se terminait par un bouc démesurément long. Le moine avait des yeux profonds et semblait empreint de sagesse. Il sourit à Théo et parla d'une voix douce et mesurée :

« Bonjour mon enfant, sois le bienvenu chez moi.

— Qui êtes-vous et où suis-je ? questionna Théo, curieux.

— Je suis Fra Paolo. Tu es dans ma demeure de Venise.

— Pourquoi suis-je ici ?

— J'ai un message pour toi, Théo : concentre-toi sur la chevalière. Reprends là. Et surtout, sauve-toi !»

L'image de Fra Paolo se dissout instantanément, les murs disparurent et Théo perçut à nouveau la morsure du froid glacial qui laminait son corps. Il vit Kovac qui arborait un rictus de haine et de folie. Il sut qu'il devait agir vite s'il ne voulait pas finir ici.

Les bijoux lui avaient fait passer un message et ils lui donnaient un sursaut de vie afin qu'il puisse lutter, mais il savait que ça ne durerait qu'un court moment. Il se concentra exclusivement sur la chevalière que Kovac tenait dans sa main gauche. Il la ressentit, tissa des connexions avec elle, aidé en cela par le médaillon, qu'heureusement il avait eu la bonne idée de conserver et lui donna ses consignes.

Une lueur jaune orangée emplit la pièce un court instant et vira au blanc dans un éclat insoutenable. Un cri de douleur, violent et soudain, sortit de la bouche de Kovac qui ouvrit la main et lâcha la chevalière qui luisait et brûlait comme un soleil. Le froid glacial qui paralysait Théo disparut instantanément et il retrouva l'usage de ses membres, de son corps et de son esprit. D'un geste vif, il attira la chevalière à lui, qui, entre-temps, avait cessé de luire, la passa à son doigt et se jeta d'un bond surhumain dans les eaux du canal. Lorsqu'il fut dans l'eau, il cria le prénom de sa sœur, la chercha du regard, paniqua à l'idée qu'elle puisse s'être noyée, bien qu'elle sût nager. Il regarda en direction du quai, de l'autre côté du canal et vit la silhouette frêle et délicate de la fillette tirée de l'eau par des ouvriers des quais. Il rit et se dit :

« Sacrée gamine ! Elle m'épatera toujours. »

Théo nagea jusqu'au quai à la vitesse d'un dauphin et rejoignit Véra qui était réconfortée par des marchandes qui tenaient boutique sur le quai.

Lorsqu'il sortit de l'eau, il fut dévisagé par tous les gens qui étaient là. Il crut d'abord que c'était parce qu'il était mouillé, mais se rendit très vite compte que c'était à cause de sa tenue. Il était en jeans, tee-shirt noir avec un motif sérigraphié « I love New York » et une paire de tennis blanche. Sans compter sa montre étanche au bracelet acier poli. Il comprit que les gens de ce siècle n'avaient sans doute pas souvent l'occasion de voir ce genre d'accoutrement. Il se rendit compte aussi que sa coupe de cheveux assez courte, avec une mèche sur le front, n'était pas non plus dans le vent, ici. Il se dit que si un extraterrestre débarquait un jour sur terre, il ne ferait pas plus d'effet que lui en ce moment.

Il regarda Véra, qui avait été déshabillée de ses vêtements trempés et habillée d'une chemise, trop grande pour elle, qui la couvrait de la tête aux pieds. Les marchandes avaient pendu sa robe blanche à fleurs bleues pour la faire sécher. Vêtue ainsi la fillette n'avait pas dû trop attirer l'attention, hormis le fait qu'elle sortait du canal.

Théo marcha jusqu'à elle, s'inquiéta pour sa santé et, voyant qu'elle allait bien, la prit dans ses bras, la serra fort contre lui et dit :

« Je t'aime souris, je suis tellement content de t'avoir retrouvée.

— Moi aussi je t'aime Théo. Où y sont Maman et Papa ? s'inquiéta la fillette.

— Ils sont à la maison, ne t'inquiète pas.

— J'ai peur des messieurs, ils vont pas revenir, hein ?

— Non, la rassura Théo, ils ne vont pas revenir. Viens souris, nous devons partir.

— On va aller voir Maman et Papa ? demanda la fillette.

— Oui, mais pas tout de suite. Je dois d'abord aller voir un monsieur. »

Théo dépendit la robe encore mouillée de Vera, remercia les marchandes et les hommes qui avaient sorti sa sœur de l'eau et, après avoir jeté un dernier coup d'œil en direction du canal et du Ca Dario, disparut avec Véra dans les ruelles étroites de la cité.

L'après-midi était déjà bien entamée et la chaleur de l'été rendait les ruelles vénitiennes suffocantes et malodorantes. Théo s'arrêta devant l'échoppe d'un cordonnier qui travaillait à la confection d'une paire de bottes fines et élégantes, sans doute destinées à une dame de la haute société. Il approcha l'homme et lui parla en italien :

« Bonjour monsieur, connaîtriez-vous un moine du nom de Fra Paolo, s'il vous plaît ? »

Le cordonnier le dévisagea, fronça les sourcils, tordit la bouche et prit un air consterné. Il marmonna dans une langue que Théo ne reconnut pas. Il devait s'agir d'un dialecte vénitien. L'homme ne semblait pas comprendre non plus l'italien. Il décida d'essayer le français puis l'Anglais, sans plus de succès. Le cordonnier leva les bras au ciel pour dire qu'il était désolé de ne pas comprendre. Il ne restait que le système D pour communiquer. Théo mima alors la toge d'un moine, joignit les mains devant lui en guise de prière et prononça à nouveau le nom de Fra Paolo. Le cordonnier sourit enfin et parla dans son dialecte en faisant, lui aussi, des gestes de la main, comme pour indiquer une direction. Il tendit la main à droite, puis à gauche, puis encore à gauche et deux fois à droite. Là il mima une sorte de colonne ou de bâtiment élevé et fit de la main une rotation ample, indiquant sans doute un espace dégagé telle une place ou une esplanade. Il montra un point opposé à la colonne sur cette place et insista dessus. Ce devait être là.

« Bon, c'est pas gagné, mais on va essayer de suivre les indications de ce brave homme » se dit l'Elu qui n'était pas certain d'avoir tout compris.

Il reprit la main de Véra, remercia chaleureusement le cordonnier et partit dans la direction indiquée par celui-ci.

Après avoir sillonné les ruelles, passé des ponts qui enjambaient les canaux, monté et descendu des escaliers, tourné à droite et à gauche et encore à droite, ils arrivèrent sur une place de dimensions modestes sur laquelle il y avait une église. Théo leva les yeux au ciel et vit un clocher qui s'élevait au-dessus des toits. Il regarda dans la direction opposée à cette église et découvrit la porte de bois sur laquelle était sculpté un caducée. C'était la porte de son rêve. Il sut qu'il était arrivé.

Il actionna le heurtoir de la porte qui résonna dans toute la bâtisse. Au bout d'une longue minute, elle s'ouvrit sur une jeune femme, petite et joufflue, vêtue d'une longue robe écrue très simple et d'une coiffe blanche qui lui enveloppait la tête. Ce devait être une servante d'après la simplicité de sa tenue. Elle parla dans ce dialecte incompréhensible et Théo dut user de tous ses talents pour convaincre la demoiselle de le conduire au maître de maison, Fra Paolo. L'escalier qui menait aux étages supérieurs était exactement comme dans le rêve. Au premier étage se tenaient deux portes face à face, mais contrairement au rêve, elles ne comportaient aucun signe gravé. Toutefois la servante frappa à la même porte qu'il franchit dans le rêve. Une voix grave, sèche, sans chaleur, résonna. La servante ouvrit la porte et pria les deux jeunes gens d'entrer.

Fra Paolo se tenait debout, droit comme un piquet, devant eux. Il était grand et mince. Son visage émacié terminé par un bouc d'une longueur inhabituelle, paraissant démesurément allongé. Ses yeux noirs, pétillants d'intelligence, scrutaient les deux intrus. Il prononça quelques paroles dans le dialecte vénitien et, devant le geste d'incompréhension de Théo, parla en italien, au grand soulagement du jeune homme :

« Qui êtes-vous mes jeunes amis et que désirez-vous de moi ? demanda-t-il d'une voix posée.

— Je crois que vous pouvez nous aider. » affirma Théo en présentant le médaillon à la vue du moine.

Fra Paolo fronça les sourcils, approcha, prit le médaillon dans la main et le détailla longuement. Il le lâcha, ordonna à sa servante de sortir et de refermer la porte derrière elle. Il regarda Théo droit dans les yeux, prit un air sévère avant de demander d'un ton inquisiteur:

« D'où tenez-vous ce médaillon ? Qui vous l'a donné ?

— Ce serait trop long à expliquer, croyez-moi. Sachez simplement que je suis celui à qui ce médaillon, mais aussi cette chevalière, dit-il en montrant le bijou à son doigt, sont destinés.

— Vous ? fit l'homme, étonné. Comment est-ce possible ? Vous n'êtes qu'un enfant !

— Mon âge n'a aucune importance, soyez-en persuadé. Je vois que vous savez de quoi il s'agit, n'est-ce pas ?

— Je le sais, en effet.

— Qui êtes-vous Fra Paolo ? Qu'est-ce qui vous lie aux Mikelians ?

— Moi ? Rien du tout, se défendit le moine, je suis théologien et homme de science.

— Voyons, Fra Paolo, vous ne pouvez pas me dire que vous n'avez aucun lien avec les Mikélians, connaissant leur symbole. Seuls les initiés, Mikélians eux-mêmes et peut-être quelques personnes extérieures, peuvent connaître cet Ordre, sans doute le plus secret que la terre ait portée. »

Fra Paolo prit le temps de la réflexion avant de répondre :

« Prouvez-moi que vous êtes bien celui que vous prétendrez être et je vous dirai tout. »

Théo ferma les yeux, concentré sur l'esprit du moine. Il les rouvrit quelques instants après et sourit :

« Vous vous dites que je suis certainement un imposteur, que je ne pourrai rien prouver, que je suis de toute façon trop jeune pour être l'Elu, que ma tenue est ridicule, que j'ai l'air impertinent et grossier, que…

— Bon, bon, cela suffit ! coupa l'homme. Vous êtes malin jeune homme, mais vous oubliez que vous vous adressez à Fra Paolo ! Je ne suis pas dupe. Votre petit numéro ne prend pas avec moi ! Il était facile de connaître mes pensées vous concernant, d'autant que nous venons de converser. Ce n'est pas de nature à me convaincre. Trouvez autre chose ! »

Théo n'avait pas lu dans les pensées du moine, il ne savait pas le faire, mais il avait bluffé espérant que ça marcherait. Il sourit de nouveau et d'un geste de la main, fit se soulever tout ce qui n'était pas fixé au sol d'un bon mètre. Fra Paolo, lui-même en suspension les pieds dans le vide, perdit son flegme et la peur se lut sur son visage. Théo, d'un autre geste, fit tournoyer les objets sur eux-mêmes et autour de la pièce. Fra Paolo cria :

« Arrêtez ! Laissez-moi descendre par pitié! Je me sens mal ! »

L'Elu ralentit le tournoiement et fit redescendre les objets à leur exacte place. Le moine s'épongea le front d'où perlaient des gouttes de sueur. Visiblement il avait eu la peur de sa vie. Il reprit ses esprits, se servit un verre d'eau avant de demander :

« Mais qui êtes-vous donc ? Un démon ? Le diable en personne ?

— Rien de tout ça, je vous assure. Je suis l'Elu des Mikélians tout simplement. Vous vouliez des preuves, je vous en ai fournies voilà tout.

— C'est impossible ! Le dernier des Mikélians est mort depuis près de deux cents ans !

— Vous devez me croire, je suis bien celui que je prétends être. »

Fra Paolo se laissa tomber dans le petit fauteuil devant

son bureau. Il suait à grosses gouttes et ne cessait de s'éponger le front et le visage. Il regarda par la fenêtre, qui donnait sur un canal assez large, se leva lentement, s'y rendit, respira à pleins poumons l'air extérieur et se tourna vers Théo :

« Est-ce possible que vous disiez vrai ? Le mal n'aurait pas totalement triomphé du bien ?

— Non, il n'a pas totalement triomphé, mais il est sur le point de le faire. Je suis le dernier Fra Paolo. Le dernier, insista-t-il.

— Que puis-je faire pour vous ?

— D'abord, me dire tout ce que vous savez sur les Mikelians. Ensuite, je vous expliquerai ce que je désire.

— Que pourrai-je vous apprendre que vous ne savez déjà puisque vous êtes l'Elu ? fit le moine avec étonnement.

— Je suis le dernier de la lignée, mais je ne sais rien sur mes ancêtres, ou presque. J'ai besoin de vos lumières, car il y a de nombreuses zones d'ombre dans mes connaissances sur le sujet.»

Fra Paolo se rassit dans le fauteuil, se versa un autre verre d'eau, prit une clochette, sonna la servante, lui demanda d'apporter deux chaises et, lorsque ce fut fait, commença son récit :

« L'Ordre des Mikelians fut créé à l'initiative de L'Archange Saint-Michel, comme vous le savez sans doute. La date de cette création est mal connue, mais elle est bien antérieure à la naissance du Christ et se situe probablement aux alentours du sixième siècle avant notre ère. Quoi qu'il en soit, la création de l'Ordre eut pour objet de donner aux hommes les armes nécessaires afin de lutter contre les démons qui prenaient progressivement possession de la Terre et des hommes.

Saint-Michel descendit sur la Terre et alla trouver l'homme le plus vertueux et le plus incorruptible qui soit. Il lui donna pour mission de trouver onze autres hommes aussi vertueux et droits que lui et de former un nouvel Ordre.

L'homme reçut pour sa quête un médaillon de la main même de Saint-Michel qui devait l'aider à avoir le discernement nécessaire pour trouver ces onze semblables.

— C'est le médaillon que je porte ?

— Oui, c'est ce médaillon précisément. Il permet de voir dans le cœur des hommes. Grâce à lui, le premier des Mikelians trouva les onze autres qui formeraient le premier cercle. Il consacra sa vie durant à cette quête et ce n'est qu'après avoir atteint un âge respectable qu'il put enfin achever sa mission.

Saint-Michel rendit visite au premier cercle lors de sa première réunion et confia la chevalière qui, couplée au médaillon, représentait un pouvoir immense, capable de lutter contre le mal. Toutefois, afin d'assurer l'avantage aux hommes, Saint-Michel leur promit un plus grand pouvoir encore. Il alla trouver le prophète hébreu Jérémie et lui demanda de sortir du temple de Salomon, la source de toute-puissance sur cette terre donnée aux hommes par Dieu lui-même.

— L'arche d'alliance ?

— Oui, jeune homme, l'arche d'alliance, mais surtout son contenu. L'arche fut façonnée par les Hébreux et non par Dieu. Seules les tables qu'elle contient ont un pouvoir. Jérémie, aidé de quelques disciples, prit l'arche d'alliance et la porta dans une grotte des monts du Sinaï, près de l'endroit où Dieu avait dicté ses lois aux hommes. Le premier cercle y fut réuni et l'arche lui fut remise. Grâce à elle, les hommes disposaient désormais d'une puissance apte à repousser définitivement tous les démons qui séviraient sur terre jusqu'à la fin des temps.

— Qu'est-elle devenue cette fameuse arche ?

— A cette époque, le premier cercle la mit en lieu sûr dans un endroit connu seulement de ses membres. Les hommes du premier cercle prirent tous des épouses, choisies également avec l'aide du médaillon, afin d'avoir la lignée la plus pure possible. Ceux qui étaient déjà mariés durent répudier leurs épouses et renoncer à leurs familles et à leurs vies passées. Ils donnèrent à la cause du bien de nombreux enfants, qui devinrent à leur tour adulte et ainsi de suite. Si bien qu'en quelques générations, les Mikelians furent plusieurs milliers !

Ils se dispersèrent à travers le monde et œuvrèrent dans l'ombre, infiltrant les cours de tous les royaumes, de tous les empires pour faire reculer le mal et tuer les démons de toutes sortes. Mais œuvrer dans l'ombre avait ses avantages et ses inconvénients. Ils ne gagnaient pas assez de terrain sur les démons et le mal en général. Alors, ils eurent l'idée de créer un autre Ordre, officiel celui-là : l'Ordre des Templiers.

— Je vois, c'est le lien qui nous manquait. Nous n'arrivions pas à savoir comment les deux Ordres étaient liés. Ca explique beaucoup de choses.

— En créant l'Ordre des Templiers, sous le prétexte de protéger les routes de pèlerinage vers Jérusalem et les autres lieux saints, les Mikelians pouvaient agir au grand jour. Ils avaient laissé les commandes de l'Ordre des Templiers à de courageux chevaliers qui avaient foi en ce qu'ils défendaient, mais avaient infiltré leurs rangs à tous les niveaux afin de mener leurs propres missions qui allaient bien au-delà de la défense des pèlerins et des Lieux saints.

— Mais alors, pourquoi mes ancêtres ont-ils été décimés de la sorte alors qu'ils étaient puissants et contrôlaient les forces les plus redoutables de l'époque ?

— J'y viens. Les Templiers finirent par comprendre qu'ils étaient une émanation d'un Ordre secret bien plus puissant que le leur. Le grand maître de l'Ordre, Richard de Bures, réussit à localiser la source de l'immense pouvoir des Mikelians. Il la fit subtiliser par ses valeureux chevaliers et porter dans un endroit tenu secret afin que les Mikelians ne puissent plus en disposer.

— Mais pourquoi avoir fait ça !? s'exclama Théo, de l'incompréhension dans la voix.

— Parce que l'Ordre du Temple se sentait trahi par les Mikelians qui se servaient de lui pour masquer leurs activités de chasse aux démons. Parce que Richard de Bures, homme pieux, pensait que les hommes ne devaient pas posséder autant de pouvoirs qu'en avaient les Mikelians. Parce que à vrai dire, les Templiers étaient un peu jaloux des Mikelians et qu'ils avaient du mal à admettre le fait qu'eux, chevaliers de la foi, n'étaient en réalité que des paravents pour les Mikelians.

Les Mikelians avaient été trahis par l'Ordre du Temple mais n'en surent rien. Ils furent persuadés que l'arche avait été dérobée par les démons eux-mêmes. Dès lors, leur puissance réduite à peau de chagrin sans l'arche et son contenu, ils furent repoussés par le mal et décimés en quelques dizaines d'années seulement. Le dernier d'entre eux périt au début du quatorzième siècle, peu de temps avant la dissolution de l'Ordre du Temple, qui ne survécut pas aux Mikelians.

— Tout devient clair désormais. Vous avez éclairé mes connaissances d'un jour nouveau, je vous en remercie Fra Paolo. Je comprends mieux ce qui fait que nous en sommes là, plus de six siècles après.

— Six siècles ? Vous ne savez donc pas compter mon jeune ami, cela ne fait pas six siècles mais seulement… »

Fra Paolo s'interrompit, réfléchit à ce que venait de dire Théo, comprit pourquoi il avait parlé de six siècles et non de deux, regarda les deux enfants et s'exclama :

« Mon Dieu, est-ce possible ! Vous… Vous pourriez venir…

— Du futur. Oui, Fra Paolo, c'est de là que nous venons, ma petite sœur et moi. Ne me demandez pas comment nous avons fait, nous n'en savons rien, si ce n'est que nous avons traversé le temps depuis une sorte de cathédrale enfouie sous le Ca Dario. Nous avons été capturés par des démons qui habitent ce palais depuis toujours, semble-t-il.

— Depuis toujours ? s'étonna Fra Paolo. Le Ca Dario

vient à peine d'être achevé, mon jeune ami.

— Vraiment ? Pour nous il a plus de six cents ans, vous savez.

— Oui, je comprends.

— Nous devons trouver un moyen de retourner d'où nous venons, très vitre. J'ai besoin de votre aide.

— Comment pourrai-je vous aider à retourner vers le… Oh! mon Dieu ! Mais c'est impossible ! Cela ne se peut. »

Fra Paolo, bien que scientifique était avant tout homme de foi. Il ne pouvait admettre que le futur, le présent et le passé, puissent ainsi cohabiter, que l'on puisse chevaucher le temps dans un sens ou dans l'autre. Sa raison et son bon sens étaient mis à rude épreuve. Des milliers de questions se bousculaient à cet instant précis dans son esprit qui, bien qu'ouvert à la science, n'en demeurait pas moins prisonnier du carcan de la foi. Théo approcha le moine et posa une main amicale sur son épaule :

« Il y a tant de choses que nous ignorons, expliqua Théo pour rassurer Fra Paolo, de ce monde et de l'autre. Nous devons admettre que ce que nous pensons impossible est du domaine du divin. Si nous songeons à Dieu alors tout devient possible.

— Vous avez sans doute raison mon jeune ami, mais il est difficile pour l'homme de foi que je suis d'imaginer que les choses ne soient pas telles que nous les voyons.

— Vous croyez bien en Dieu et en ses miracles sans l'avoir jamais vu pourtant. Qu'y a-t-il de si différent ? Le fait de pouvoir traverser le temps n'est-il pas un miracle de Dieu ?

— Certes, c'est ainsi que mon esprit doit raisonner pour ne pas vaciller.

— Une dernière question, Fra Paolo : comment avez-vous appris tout ça sur les Mikelians ?

— Il y avait un homme, Hubert Trahan, l'écuyer de Geoffroy Chastelain, Grand maître de l'Ordre des Mikélians. Lui-même Mikelian, il fit consigner toute l'histoire par un moine de notre Ordre afin qu'une trace subsiste. Il le fit contre tous les principes des Mikelians dont le secret était une seconde nature. C'est ainsi que j'ai eu entre les mains le récit de cet Ordre désormais disparu.

— Je comprends. Bien, maintenant occupons-nous de notre retour vers le vingt et unième siècle ! »

§

Les plans de la cité étaient étalés sur la grande table de chêne qui, pour l'occasion, avait été débarrassée de ses alambics et serpentins. Fra Paolo et Théo étaient penchés dessus, les étudiant avec minutie. Fra Paolo pointa une zone sur un plan et affirma :

« C'est ici qu'est bâti le Ca Dario. Vous voyez, sur ce plan, l'on distingue une église. C'est sans doute celle dont vous m'avez parlé, qui se trouve sous le palais.

— Mais comment une église a-t-elle pu être bâtie sous terre ?

— Elle ne l'a pas été. Si vous regardez ce plan, qui date de plusieurs siècles, l'église était bel et bien au niveau du sol. Je pense que l'emplacement sur lequel elle a été édifiée devait être instable. Au fil des siècles, elle a certainement disparu sous son propre poids.

— Elle se serait enfoncée un peu comme dans des sables mouvants ? fit Théo avec étonnement.

— En quelque sorte. C'est la seule explication plausible. A moins que, là encore, ce ne soit l'intervention du divin.

— Pour enterrer une église ? Je ne pense pas. Ce qui n'étonne, c'est qu'elle ait pu s'enfoncer autant sans s'effondrer et aussi que, des siècles après, plus personne ne s'en souvienne.

— Les églises et les cathédrales sont de solides constructions, affirma Fra Paolo, faites pour durer l'éternité, mon jeune ami. Cela ne m'étonne pas qu'elle puisse être encore intacte. Par contre, le fait que plus personne ne s'en souvienne est plus mystérieux en effet. Là je vois l'intervention du divin ou d'autre chose.

— Bon, nous savons que l'église existe bien sous le Ca Dario, à votre époque et c'est plutôt rassurant. Il ne nous reste plus qu'à trouver un moyen d'y pénétrer sans entrer dans le palais. »

Fra Paolo étudia de nombreux plans de diverses époques avec minutie. Il prit des notes, traça des croquis et des plans sur un cahier en bon scientifique qu'il était. Théo lui servit d'assistant, déployant les plans, cherchant avec lui ce qu'ils avaient à dévoiler. Véra fut installée sur une chaise devant le bureau où elle se mit à dessiner pour passer le temps.

Les heures défilèrent et la nuit recouvrit de façon graduelle la cité des Doges. Fra Paolo fit apporter des lanternes afin de poursuivre le travail qui devint vite lassant à la lueur des lampes à huile. Devant l'heure tardive, il fit préparer le souper.

Théo déroula une nouvelle feuille, un nouveau plan. Il la posa sur le sol et commença à l'étudier avec attention. C'était le plan d'un ensemble de bâtiments assez importants, qui semblaient s'organiser autour d'une esplanade, à moins que ce fut un jardin. Le regard de Théo fut attiré par un petit détail au cœur de cet espace. Un petit tracé circulaire à côté duquel une minuscule inscription indiquait la nature de l'objet dessiné : pozzo. (puits, en italien). Théo regarda l'intitulé du plan : San Gregorio. Il s'adressa à Fra Paolo :

« San Gregorio, qu'est-ce que c'est ?

— L'abbaye de San Gregorio ?

— Je ne sais pas. Regardez ce plan, ça vous parlera sans doute. »

Fra Paolo prit le plan en main et acquiesça d'un hochement de tête :

« Oui, c'est bien San Gregorio. Elle se situe à deux pas du Ca Dario, plus à l'est du quartier de Dorsoduro.

— Regardez ici, presque au centre de ce qui semble être

un jardin. »

Fra Paolo se pencha sur le plan et regarda la zone pointée par Théo. Il dit :

« Comme c'est étrange, le plan indique la présence d'un puits.

— Oui, il y a un puits à cet endroit.

— Non, c'est cela qui est étrange. Je connais bien l'abbaye et il n'y a jamais eu de puits dans les jardins. Pour puiser quoi du reste ? Lorsque vous creusez dans le sol vénitien, tout ce que vous pouvez trouver comme eau, c'est celle de la lagune. Croyez-moi, avec elle il vaut mieux ne pas arroser les plantes et encore moins la boire.

— Intéressant. Vous dites que San Gregorio est proche du Ca Dario ?

— Oui, quelques dizaines de mètres tout au plus.

— Bien, je crois que nous avons trouvé quelque chose.

— Ce puits qui n'existe pas ?

— Précisément, c'est parce qu'il n'existe pas. Je vais vous éclairer. Les Mikelians utilisaient un réseau de transport d'un genre un peu particulier qui leur permettait de joindre des parties très éloignées de la Terre en quelques secondes seulement. Il semblerait que les issues menant à ces passages soient souvent, voire toujours, des puits qui sont implantés dans des bâtiments tels que châteaux et monastères. Et comme par hasard ce plan d'abbaye mentionne un puits que vous dites ne pas exister.

— J'en suis certain, il n'existe pas. J'ai fait plusieurs retraites à l'abbaye et jamais je n'y ai observé le moindre puits.

— Alors, nous devons nous y rendre sur-le-champ. C'est peut-être la porte de notre retour. »

§

La main de Fra Paolo actionna le heurtoir en forme de tête de lion qui résonna, rompant le silence de la nuit. La

trappe du judas de la porte s'ouvrit et une voix demanda :
« Qui va là à cette heure tardive ?
— C'est Fra Paolo. Je viens voir Fra Anselmo.
— A cette heure, Fra Paolo ? Cela ne peut-il attendre demain matin ?
— Non, c'est très urgent. C'est une question de vie ou de mort ! Annoncez-nous à Fra Anselmo s'il vous plaît. »
La trappe du judas se referma et la lourde porte pivota. Un moine vêtu d'une toge sombre, la tête recouverte d'une capuche, les pria d'entrer. Fra Paolo avait trouvé des toges pour Théo et Véra. Pour cette dernière, il avait fallu rapidement faire quelques retouches afin qu'elle puisse la porter, car il n'existait pas de toge pour enfants. Théo et sa sœur avaient revêtu la toge et recouvert leur tête d'une capuche ample qui cachait avantageusement leurs visages. Le moine regarda Véra dont la petite taille ne passait pas inaperçue et dit :
« Qui est-ce celui-ci ? Il a l'air bien chétif.
— C'est Fra Giancarlo, un frère du monastère des lépreux de San Ambrosio. Il est atteint de la lèpre, c'est ce qui explique sa petite taille. »
Devant les explications de Fra Paolo, le moine recula, dégagea prestement le passage et indiqua le chemin à suivre pour trouver la cellule de Fra Anselmo.
Le frère Anselmo était le supérieur de l'abbaye. Fra Paolo et lui étaient amis depuis toujours. Bien qu'il fût quelque peu surpris de la visite tardive de son ami, Fra Anselmo pria ses hôtes de le suivre jusqu'au réfectoire et leur offrit une eau-de-vie faite sur place, en guise de bienvenue. Théo but une gorgée, toussota et reposa le verre sur la table. Véra prit le verre et commença à le porter à sa bouche. Le coude de Théo la dissuada d'aller plus avant. Elle reposa le verre à son tour. Fra Anselmo retira sa capuche, suivi en cela par Fra Paolo. Il regarda les deux autres moines qui restaient là, tête basse, immobiles et demanda :
« Qui sont ces frères qui t'accompagnent mon ami ?

— Je te présente Fra Angelo et Fra Giancarlo, du monastère de San Ambrosio, la léproserie.

— La léproserie de San Ambrosio ? fit le frère supérieur, étonné. Jamais entendu parler.

— C'est normal. C'est une léproserie qui se situe au pied du Vésuve, près de Naples.

— Je vois. Ils ne sont pas bavards.

— Ils ont fait vœux de silence.

— C'est tout à leur honneur. Que me vaut cette visite tardive mon ami ?

— C'est un peu particulier. Nous avons besoin de ton autorisation pour effectuer des fouilles dans les jardins.

— Des fouilles ? Dans les jardins ? A cette heure ? fit Fra Anselmo, abasourdi.

— Je sais que ça peut paraître incongru.

— Pour le moins, en effet. Mais pour quelles raisons désires-tu faire des fouilles ?

— Nous nous connaissons depuis combien de temps Fra Anselmo ? »

Le frère supérieur réfléchit, se remémora, calcula et répondit sur le ton de la plaisanterie:

« Cela fait si longtemps que j'en ai perdu jusqu'au souvenir même.

— C'est pourtant vrai. » ajouta Fra Paolo en riant. Il reprit son sérieux et sur un ton grave, déclara :

« Nous sommes amis depuis si longtemps ! Et jamais cette amitié n'a failli. Je te respecte autant que tu me respectes. Jamais je ne t'ai menti ou trompé en quoi que ce soit comme tu ne l'as jamais fait non plus à mon endroit. Aujourd'hui, mon ami, j'ai besoin que tu me fasses une confiance aveugle et que tu ne me poses aucune question. »

Fra Anselmo fronça les sourcils, étonné du comportement si mystérieux de son ami de toujours. Il voulut poser des questions, mais devant la demande de Fra Paolo, s'en garda bien. Il leva les mains au ciel et dit simplement :

« Si tu fais cela au nom de notre seigneur, alors je dirai

seulement ceci : les voies du seigneur sont impénétrables. Allez en paix et faites ce que le seigneur vous ordonne de faire, mes frères.

— Amen, ajouta Fra Paolo.

— Amen, rajouta la petite voix de Véra.

— Eh bien, frère Giancarlo, s'inquiéta Fra Anselmo, tu n'as pas l'air d'avoir une santé bien solide.

— Il est lui-même lépreux, précisa Fra Paolo, ses cordes vocales ont été touchées.

— Que le seigneur soit avec toi, Fra Giancarlo. Je prierai pour qu'il apaise tes souffrances.

— Merci monsieur. Répondit Véra sous sa capuche.

— Monsieur ?...

— Nous devons y aller. » coupa Fra Paolo qui sentait la situation se compliquer.

Ils se levèrent, quittèrent la table et prirent congé de Fra Anselmo avant de se rendre dans les jardins de l'abbaye, non sans s'être préalablement munis de lanternes.

§

« Je t'avais demandé de ne rien dire, expliqua Théo, ce n'était pourtant pas compliqué.

— Mais le monsieur m'a parlé et il était gentil. » répliqua Véra qui marchait devant son frère, suivant Fra Paolo dans les jardins de l'abbaye.

Le jeune homme soupira. Il n'avait jamais le dernier mot avec sa petite sœur. C'était une gentille chipie que seul pouvait faire taire le sommeil. Fra Paolo, plans en mains, s'arrêta net et agita sa lanterne alentour :

« Je pense que nous y sommes. Ce doit être juste ici. » affirma-t-il en pointant du doigt un massif de roses jaunes et blanches.

Théo fit d'abord le tour du massif de fleurs puis, ne voyant rien de particulier, le traversa. Au centre du massif, au sol, il y avait une dalle de pierre, circulaire, avec une

inscription en latin. Le puits devait se trouver dessous. Théo demanda à Fra Paolo de lui traduire l'inscription latine. Celui-ci approcha la lanterne de la dalle, lut et dit :
« *Ne plonge dans les eaux de ce puits que si tu sais où tu veux aller.* Curieux.
— Peut-être pas tant que ça. Je crois que ce puits est notre porte de sortie. »
Fra Paolo regarda la lourde dalle et dit :
« Elle me paraît bien lourde, mais je suppose que ce n'est pas un problème pour vous, mon jeune ami ?
— En effet, je ne pense pas qu'elle puisse me résister bien longtemps. »
A peine eut-il fini sa phrase que résonnèrent des bruits de pas qui couraient et des voix d'hommes qui criaient des ordres. Un homme entièrement vêtu de noir fit irruption dans le jardin et s'écria :
« Ils sont là ! »
Théo regarda Fra Paolo et dit :
« Quelqu'un nous a trahis ! »
Il fit un geste de la main de bas en haut. La dalle vibra, un grondement sourd s'éleva dans le silence du lieu. Un craquement résonna et le large et épais disque de pierre se souleva comme une plume dans le vent, bien au-dessus du sol. Une dizaine d'hommes en noir déboulèrent de nulle part, les encerclant, barrant toute possibilité de fuite :
« Ne faites plus un geste ! » cria le chef de cette cohorte.
Théo prit les mains de Fra Paolo et lui dit :
« N'oubliez pas ce que je vous ai demandé de faire pour moi, Fra Paolo, c'est très important, insista Théo qui avait confié une mission au frère, dans le plus grand secret.
— Ne vous inquiétez pas, ce sera fait. Partez sans crainte. Je ne représente rien pour eux. C'est vous qu'ils veulent. Fuyez ! Vite ! Je m'en sortirai ! Que Dieu soit avec vous !»
Voyant les hommes qui fondaient sur eux, Théo n'eut qu'une seconde d'hésitation. Il prit Véra par le bras, la colla

contre lui et se jeta dans le puits en prenant bien soin de se concentrer sur la destination qu'il désirait atteindre.

§

Théo reconnut le grand escalier, première vision qui s'offrit à ses yeux. Il se tourna, regarda en direction du jardin et de la piscine. Il faisait jour, c'était le matin. Il entendit la voix de Véra rompre le silence :

« Théo ! On est à la maison ! Maman ! Maman ! »

Il observa sa sœur qui se précipitait vers l'extérieur, courant vers la table où, sous le parasol couleur rouille, sa Mère se levait d'un bon et se jetait littéralement dans la direction de sa fille, bras écartés, yeux pleins de larmes, riant de bonheur. Le jeune homme poussa un ouf de soulagement et soupira. Il était arrivé à temps, avant que Kovac et ses hommes ne débarquent.

Madame Duval, heureuse d'avoir retrouvé sa fille, ne remarqua pas de suite la présence de Théo qui se tenait maintenant au bord de la piscine, attendant que se terminent les effusions de joie. Lorsqu'elle vit enfin son fils, elle relâcha son étreinte avec Véra et tendit une main vers lui. Il les rejoignit et les enlaça toutes les deux :

« Merci mon fils, merci. » répéta-t-elle plusieurs fois.

Elle était si heureuse d'avoir retrouvé ses deux enfants que les larmes ne cessaient de couler de ses beaux yeux couleur noisette. Théo était heureux lui aussi de ce moment si fort et si particulier. Toutefois sa joie fut de courte durée lorsqu'il songea à Kovac. Il fallait agir vite pour mettre sa famille en lieu sûr, quelque part où Kovac, ou qui que ce fut d'autre, ne puisse les retrouver.

Le jeune homme avait un plan. Il contacta Jessie qui était encore à Venise et lui demanda de s'occuper, dans les semaines qui suivraient, de faire l'acquisition d'un lieu isolé du monde et de le faire aménager pour qu'il puisse servir de refuge dans le futur. Ce lieu devrait être opérationnel à n'importe quelle époque dans les trois cents ans à venir ! Jessie devait faire en sorte de laisser ses instructions en ce sens et surtout de faire tout cela dans la plus grande discrétion.

L'idée de Théo était de cacher sa famille dans le futur, dans ce lieu connu de lui seul et de Jessie, mais dont il serait le seul à connaître l'époque. Ainsi, pensait-il, il serait très difficile, voire impossible à Kovak de les retrouver.

Si tout se déroulait comme il l'espérait, le séjour de ses parents et de sa sœur ne devrait durer que quelques jours ou quelques semaines tout au plus. Cela lui permettrait de retrouver l'arche d'alliance en toute sérénité. Une fois tous les pouvoirs de l'Archange en sa possession, il pourrait ramener sa famille dans le présent et lui laisser reprendre sa vie normale sans risque qu'ils soient à nouveau la cible de ses ennemis.

Théo se rendit ensuite dans sa chambre et regarda dans une cachette qu'il avait aménagée dans une niche, derrière une armoire et y trouva le pli qu'il s'était logiquement adressé depuis le futur avec le nom et les coordonnées du lieu qu'a ce moment précis il ne connaissait pas encore. Il sourit en songeant à la situation : il venait à peine de converser avec Jessie et il pouvait dès maintenant se rendre dans ce lieu qui n'existait pas encore dans le présent. Il espérait simplement que toutes ces manipulations du passé, du présent et du futur ne finiraient pas par aboutir à une catastrophe. Pour l'heure, il devait mettre à l'abri sa famille et c'est tout ce qui comptait.

§

Antoine Priolo

Chapitre XVI

« Le professeur»

La maison se trouvait dans un quartier résidentiel plutôt huppé. Elle était de style victorien avec des bow-windows, une façade de briques rouges, une entrée encadrée de colonnes et surmontée d'un chapiteau. Le ciel était chargé de lourds nuages noirs qui annonçaient l'orage. Il faisait anormalement chaud. Cet été torride n'en finissait plus dans l'hémisphère nord.

Théo regarda le nom inscrit sur la boîte aux lettres : James Darlington. Il opina d'un mouvement de tête et se dirigea vers la volée de marches qui menait au perron où se dressait une magnifique porte noire vernie. Il appuya sur le bouton de sonnette et entendit le ding dong d'un son de cloche. Après un court moment il perçut un bruit de pas qui approchaient. La porte s'ouvrit sur un homme d'une soixantaine d'années, grand, cheveux gris courts très ondulés, presque frisés, visage grave, regard empli de curiosité, vêtu d'un costume bleu pétrole. Il avait une élégance et une prestance naturelles. L'homme détailla d'abord Théo puis Jessie, Lisa et Yu qui se tenaient juste derrière lui :

« Que puis-je pour votre service jeunes gens ? demanda l'homme d'une voix altière.

— Professeur Darlington ? interrogea Théo.

— Lui-même. A qui ai-je l'honneur, jeune homme ?

— Je me nomme Théo Orgone, professeur. Et voici, dit-il en pointant de la main ses camarades, Jessie Graham,

Lisa Dubois et Lee Yu.

— Je n'ai pas le souvenir d'avoir vu l'un de vous quatre à mon cours, il me semble ?

— C'est exact professeur Darlington. Nous ne sommes pas des étudiants d'Oxford. Nous sommes ici pour vous entretenir d'un sujet qui, j'en suis sûr, vous intéressera : L'Ordre qui fonda celui des Templiers.

— L'Ordre qui fonda celui des Templiers ? » répéta Darlington avec un étonnement amusé. Jamais il n'avait entendu pareille sottise. Lui qui était sans aucun doute l'un des plus éminents historiens de l'époque médiévale et des Templiers railla son interlocuteur :

« Et de quel Ordre voulez-vous parler, jeune homme, dont je n'aurai jamais eu vent ?

— Un Ordre secret.

— Bien sûr.

— Si secret qu'aucune trace visible n'existe de lui, sauf à travers l'Ordre du Temple. »

Le professeur Darlington, visiblement agacé par les sornettes qu'il entendait, regarda sa montre et se montra expéditif envers Théo et ses amis :

« Je suis désolé jeunes gens, mais j'ai un rendez-vous qui m'attend et je n'ai guère de temps à consacrer à des théories aussi farfelues. J'ai été ravi de faire votre connaissance. Allez donc trouver le professeur Elwood, à Cambridge, je suis certain qu'il sera intéressé par vos affirmations.

— Professeur ! s'écria Théo, nous sommes venus de loin pour vous voir. Accordez-nous un peu de votre précieux temps afin que nous vous expliquions qui nous sommes et pourquoi nous sommes ici. Je suis certain qu'après cela vous ne nous prendrez plus pour des hurluberlus. »

Le ton de Théo fut si convaincant que Darlington en fut un peu déstabilisé. Il hésita, considéra la chose et finit par accepter d'écouter ce qu'ils avaient à dire.

Installés dans le salon de la maison du professeur Darlington, la conversation reprit :

« Allons, jeunes gens, je vous écoute. Eclairez ma lanterne d'un jour nouveau, ironisa-t-il. Je vous accorde dix petites minutes.» ajouta-t-il en regardant l'horloge murale accrochée au-dessus d'un buffet.

Théo et ses amis racontèrent tout ce qu'ils savaient sur l'Ordre des Mikelians au professeur, qui les écouta attentivement bien qu'il ne parût croire un seul mot de ce qui sortait de leurs bouches. Lorsqu'ils eurent terminé leur récit, un long silence s'installa dans la pièce. Le professeur Darlington demeura longtemps immobile, perdu dans ses pensées ne laissant rien paraître de son sentiment sur ce qu'il venait d'entendre. Les quatre jeunes gens attendirent patiemment dans le silence, évitant autant que possible de bouger afin de ne pas le perturber.

Comment étaient-ils arrivés jusqu'à cet homme, ici, sur le campus de l'une des plus prestigieuses universités d'Angleterre et même du monde ? C'est très simple en fait : en commençant par se pencher sur la question de l'arche d'alliance, Théo et ses amis en vinrent rapidement à la conclusion qu'il fallait commencer par creuser du côté des Templiers, puisque c'était eux qui avaient subtilisé l'arche aux Mikelians.

Ils se mirent donc au travail, faisant de nombreuses recherches sur le sujet. Ils s'aperçurent très vite qu'un nom revenait très souvent dans les articles consacrés aux Templiers et aux spécialistes de leur histoire : celui du professeur James Mortimer Darlington. Il était considéré comme l'un des meilleurs historiens, sinon le meilleur, de l'Ordre du Temple et de l'histoire médiévale en général.

Ils en vinrent rapidement à penser que l'aide d'un tel puits de science leur serait sans doute très utile et leur permettrait de retrouver l'arche plus vite. Mais pour cela, il fallait le convaincre et il n'était pas certain que lui avoir raconté l'histoire des Mikelians ait été la meilleure façon de le faire. Ils attendaient une réaction de cette sommité, espérant qu'il ait accordé quelque crédit à leurs dires. Ce n'était pas gagné d'avance.

Nul ne sut exactement combien de temps s'écoula avant que le professeur ne se lève de son fauteuil de cuir vert et se mette à déambuler de long en large dans la pièce, toujours absorbé par ses pensées. Toujours est-il qu'au bout d'un certain laps de temps, il finit par lâcher :

« Votre histoire est complètement folle, jeunes gens et je n'y aurais accordé qu'une oreille distraire et amusée si vous n'aviez mentionné un petit détail. »

Il marqua une pause pour bien appuyer ses dires :

« Un petit détail qui change tout. »

Il se tut à nouveau, plus longuement cette fois, semblant s'être à nouveau plongé dans ses réflexions. Personne ne se risqua à poser la moindre question. Il semblait évident que l'on n'interrompait pas le professeur Darlington quand il parlait, qui plus est quand il faisait silence. Il s'adressa à Théo :

« Vous avez fait mention d'un symbole qui caractérisait l'Ordre des... comment les appelez-vous déjà ?... Mikelians, c'est ça ?.

— Oui, une balance avec une épée pointée vers le ciel.

— Pouvez-vous me le dessiner, s'il vous plaît ?

— Oh ! mais je peux faire bien mieux, professeur, je peux vous le montrer. »

Théo fit apparaître le médaillon et la chevalière, qui d'ordinaire disparaissaient complètement à la vue de quiconque, sauf de celui qui les portait. Il montra les bijoux au professeur qui les examina avec attention. Il fit quelques pas de plus, se gratta le cuir chevelu et laissa tomber :

« C'est ce petit détail qui change tout, voyez-vous jeunes gens. Ce symbole sur ces bijoux, que vous venez de me montrer, je l'ai déjà rencontré. »

Les quatre adolescents roulèrent des yeux étonnés et emplis de questionnement. Il revint s'asseoir dans le fauteuil avant d'ajouter :

« J'ai eu en main une dague sur laquelle était gravé ce symbole. Et vous savez pourquoi je vais accorder un peu de crédit à votre histoire ? Parce que cette dague est le seul objet, à ce jour, qui porte ce symbole. Mais le plus étonnant c'est que cette dague appartenait à un roi connu de tous : Richard Cœur de Lion.

— Richard Cœur de Lion ? C'est amusant, songea Yu. Il fut emprisonné quelque temps dans la forteresse de Trifels, en forêt Noire.

— C'est exact jeune homme, confirma Darlington. A son retour de croisade. Mais qu'y a-t-il d'amusant à cela ?

— Trifels est l'endroit qui nous a conduit au médaillon de l'Archange.

— Nous pouvons penser qu'il existe un lien entre ce médaillon, la dague et le roi Richard, souligna le professeur.

— Cette dague, professeur, où se trouve-t-elle ? questionna Théo.

— Ici, au musée d'histoire.

— Vraiment ? Vous croyez qu'il est possible de la voir ?

— Oui, la voir et même la toucher si vous voulez.

— Dans un musée ?

— Certainement. Je suis le professeur Darlington, ne l'oubliez pas. Je suis chez moi dans ce musée. Je peux emprunter n'importe quel objet qui y est exposé à des fins d'études, si bon me semble.

— Ce que je trouve étonnant, pensa Jessie, c'est que nous n'ayons jamais entendu parler de cette dague. Comment est-ce possible ?

— Elle ne représente sans doute rien d'important, en conclut Yu.

— Je pense le contraire. Jusqu'à présent où avons-nous rencontré le symbole ? »

La question s'adressait à tous ses camarades. Lisa apporta une première réponse :

« Sur la chevalière et le médaillon.

— Sur une dalle de l'église de la Couvertoirade, ajouta Théo. Mais aussi sur le coffret du monastère de Lérins, sur un mur des ruines de Belcastel et sur une porte des sous-sols de Trifels.

— Oui et à chaque fois, en dehors des bijoux, les objets sur lesquels était gravé le symbole étaient là pour nous indiquer quelque chose d'important.

— Tu crois que la dague pourrait nous indiquer quoi ? demanda Lisa, curieuse de connaître le raisonnement de son amie.

— J'en sais rien, mais il ne faut rien négliger. Jusqu'ici ça nous a toujours permis d'avancer.

— Excusez-moi de vous couper, jeunes gens, s'interposa Darlington, mais si vous désirez voir la dague, je vous conseille de me suivre maintenant. Le musée ferme à l'heure du déjeuner et nous avons tout juste le temps de nous y rendre. »

§

La dague était conservée dans un présentoir de verre, au milieu d'autres objets anciens. Elle mesurait une trentaine de centimètres en tout et pour tout. La lame, dont le tranchant semblait très affûté, était façonnée dans un métal brillant, de l'acier poli sans doute. Le manche était recouvert de fines lanières de cuir couleur chocolat. Elle n'avait rien de particulier et surtout pas grand-chose de royal.

Lisa se pencha au-dessus du présentoir, colla son nez sur le verre, chercha le symbole sur l'arme, en vain. Théo, dès l'approche du musée, commença à ressentir un étrange phénomène de picotements des extrémités de ses membres, accompagné de bouffées de chaleur et de visions furtives. Maintenant qu'il était à moins d'un mètre de la dague, il sentait que les bijoux de l'Archange étaient en effervescence et semblaient entrer en communication avec celle-ci.

Le professeur Darlington avait laissé les quatre jeunes amis devant le présentoir pour aller trouver le conservateur du musée, Clive Barton, ami de longue date, afin de pouvoir emprunter la dague pour, lui dit-il, comparer l'arme avec des illustrations d'un manuscrit ancien qu'il venait tout juste d'avoir entre les mains. Il revint avec le conservateur qui sortit un trousseau de clés impressionnant, qu'il trifouilla un moment avant d'en extraire la bonne. Il déverrouilla la serrure et ouvrit le panneau de verre permettant l'accès aux objets du présentoir. Il en retira la dague avec précaution et la tendit à James Darlington en disant :

« Je vous la confie cher ami. Prenez-en soin.

— Comme d'habitude mon cher Barton. Je la conserve quelques jours si cela ne vous ennuie pas. »

Darlington ouvrit une sacoche de cuir noir, qu'il avait pris soin d'emporter et y glissa la dague. Il prit congé de Barton et sortit du musée, bientôt rejoint par ses nouveaux amis.

§

De retour dans le salon de Darlington, la dague fut sortie de la sacoche et présentée par le professeur qui la tendit devant lui en disant :

« Cette dague appartenait au roi Richard. Comme il est émouvant de songer que des mains aussi vaillantes ont tenu cet objet et s'en sont servies même, lors de combats.

— Professeur, dit Lisa, je n'ai pas vu le symbole sur la dague, comme vous l'aviez affirmé.

— C'est normal jeune fille, il est caché sous cette lanière de cuir. »

Le professeur défit l'attache de la lanière, qu'il déroula, découvrant un manche métallique fin qui prolongeait la lame. Le symbole se dévoila, gravé dans le métal. Théo ressentait de plus en plus les effets de la proximité avec la dague. Les bijoux étaient entrés dans une phase d'intense activité de communication, envoyant dans l'esprit de l'Elu un flot ininterrompu d'images et d'informations diverses qui commençaient à le saturer. Théo avait déjà connu ce phénomène auparavant et ne s'en inquiétait pas trop. Il restait immobile, cloué dans l'un des fauteuils, attendant avec patience que cela cesse. Ses camarades avaient remarqué l'étrange expression sur le visage de leur ami, mais ne se doutaient pas de ce qui arrivait. Le professeur Darlington eut un petit sourire de satisfaction :

« Vous voyez, je ne me suis pas trompé, c'est bien le même signe.

— C'est le même, professeur, confirma Lisa. Reste à savoir ce que cette dague peut nous apporter.

— Ma foi, j'avoue que je n'en sais rien. Concernant les Mikelians, les spécialistes c'est vous. Moi c'est plutôt sur le plan historique que je peux vous apporter mon concours. Qu'en pensez-vous, Théo ? Cette dague vous parle-t-elle ? »

Darlington ne croyait pas si bien dire. Le flot de données cessa enfin et Théo refit très vite surface. Il regarda Darlington et dit :

« Puis-je ? il tendit une main pour se saisir de l'arme.

— Bien entendu. » répondit le professeur qui la lui remit.

Aussitôt qu'il eut la dague en main, Théo ressenti une forte chaleur l'envahir en même temps qu'une intense sensation de force et de bien-être. Il vit la lueur bleue qui émanait progressivement de la dague mais aussi du médaillon et de la chevalière ? Elle s'amplifia jusqu'à devenir une lumière intense et vive, difficilement supportable pour les yeux. Théo entendit le professeur Darlington s'écrier :

« Nom de Dieu ! Mais que se passe-t-il ?

— Gardez votre calme professeur, rétorqua Jessie. Tout va bien ! »

A peine eut-elle prononcé ces mots que des filaments de lumière se tissèrent entre la dague et les bijoux, formant un triangle de toute beauté. Théo sentait la force grandir en lui encore un peu plus et avec elle, la connaissance. Après quelques secondes, les filaments de lumière disparurent et les trois objets cessèrent de luire. La dague disparut, sauf pour Théo qui l'accrocha à la ceinture.

Tous regardaient l'Elu, de l'interrogation dans le regard. Darlington, abasourdi par ce qu'il venait de voir, restait debout, digne, ne laissant rien paraître mais choqué intérieurement. Théo s'adressa à lui :

« Détendez-vous professeur, il n'y a aucun danger. C'est fini. Vous vous posez de nombreuses questions, je le sais. Vous venez d'avoir une petite démonstration du pouvoir des Mikelians. Juste un peu de lumière, rien de plus. Asseyez-vous, je vous en prie, professeur, j'ai des informations toutes fraîches à vous donner.

— Ca va, Théo ? s'inquiéta Yu. Tu as l'air tout bizarre.

— Tout va bien, Yu. J'ai juste l'impression que mon cerveau est passé dans une essoreuse, mais ça va passer. Le mode de communication est un peu brutal mais très efficace. J'emmagasine plus d'informations et de connaissances à chacune de ces séances que n'importe qui dans toute une vie. Bon, écoutez-moi tous. J'ai appris pas mal de choses : la dague appartenait bien au roi Richard Cœur de Lion, lequel était un grand dignitaire de l'Ordre des Mikelians. Mais cette dague a appartenu à d'autres avant lui. Elle fut remise à l'Ordre par l'Archange, comme le médaillon et la chevalière.

— Pourquoi n'en avons-nous jamais entendu parler ? s'étonna Jessie.

— Parce qu'elle est l'arme.

— Comment ça ?

— Le médaillon est l'esprit. La chevalière est l'alliance. La dague est l'arme. Ils forment une trinité indissociable dans l'accomplissement de la tâche des Mikelians : l'éradication du mal. L'Archange remit l'arme au premier des Mikelians en lui faisant promettre de ne jamais en parler ni la montrer à qui que ce soit, autre que son successeur. Ainsi les ennemis des Mikelians ne pourraient jamais détenir la puissance destructrice entre leurs mains. L'arme, une fois en la possession du grand maître de l'Ordre, devenait totalement invisible mais parfaitement opérationnelle.

— Mais je ne comprends pas, dit Lisa. Je croyais que pour que l'on puisse vaincre le mal il nous fallait l'arche d'alliance ?

— C'est le cas. L'esprit, l'arme et l'alliance sont les outils. L'arche est la source du pouvoir. Munis de ces quatre éléments, nous serons en mesure de lutter à armes égales avec l'ensemble des forces du mal. Sans l'un de ces quatre éléments le combat est perdu d'avance.

— Le roi Richard était donc l'un des grands maîtres ? questionna Darlington.

— Parfaitement, professeur. Et l'un des plus glorieux ! Sous son commandement, le mal fut partout repoussé et partout, céda du terrain.

— J'avoue que je vais devoir revoir pas mal de mes certitudes historiques, plaisanta-t-il.

— As-tu appris quelque chose de nouveau concernant l'arche ? demanda Jessie.

— Non, rien sur ce sujet. Je crois que nous allons devoir compter sur notre nouvel ami. »

Les quatre jeunes gens se tournèrent vers le professeur. Il eut un léger mouvement de recul devant les regards fixes qui se posaient sur lui :

« Et bien, je ne sais pas si je vous serai d'une grande utilité, mais l'idée de cette chasse au trésor m'amuse et m'excite, à vrai dire. Je ne vous cache pas que ce ne sera pas facile. Des centaines de personnes de par le monde ont, de tout temps, cherché à retrouver l'arche sans jamais y parvenir.

— Nous y parviendrons, professeur, affirma Théo sans l'ombre d'un doute.

— Je l'espère Théo, je l'espère.

— Nous ne pouvons échouer, le sort de l'humanité en dépend, déclara l'Elu, péremptoire. Avez-vous une quelconque idée d'où nous pourrions commencer à chercher ? » Darlington prit le temps de la réflexion, à savoir deux bonnes heures durant lesquelles il s'enferma dans son bureau du premier étage de la maison. Lorsqu'il revint dans le salon, il expliqua :

« Bien, je crois que nous devons commencer par le commencement. Que savons-nous au juste sur la disparition de l'arche ? Qu'elle fut dérobée aux Mikelians par ordre de Richard de Bures, lequel est resté à la tête du Temple de mille deux cent quarante-quatre à mille deux cent quarante-sept. Nous pouvons donc situer la disparition de l'arche durant ce laps de temps. J'ai fait quelques recherches et j'ai trouvé que Richard de Bures avait pour second un chevalier fidèle qui se nommait Geoffroi de Cornillé, fils de Richard de Sablé, lui-même grand maître de l'Ordre entre mille cent quatre-vingt-neuf et mille cent quatre-vingt-treize. Le plus étonnant, dans tout ça, est que Richard de Sablé était un ami intime de Richard Cœur de Lion.

— Etonnant, en effet, souligna Théo.

— De là à penser que Geoffroi de Cornillé ait pu être au courant, par son père, de l'endroit où les Mikelians avaient caché l'arche, il n'y a qu'un pas, ne croyez-vous pas ? s'interrogea Darlington.

— Ca pourrait expliquer comment les Templiers ont pu s'en emparer en tout cas, fit remarquer Théo.

— C'est ce que je me suis dit aussi. Je suis allé chercher dans la bibliothèque du campus ce que je pouvais trouver sur Geoffroi de Cornillé (Oui, nous avons un accès direct, via Internet, à l'ensemble des ouvrages depuis quelques années) et je crois que je tiens quelque chose. Cornillé fut envoyé à Chypre, plus exactement à Nicosie, durant l'été mille deux cent quarante-six. Il partit de Saint-Jean d'Acre à bord d'un navire marchand à la tête d'un détachement de Templier assez conséquent pour y convoyer des marchandises à destination du roi de Chypre, Henri 1er de Lusignan.

— Le roi de Chypre était français ? s'étonna Lisa.

— Eh bien oui, ma chère. Chypre fut cédée aux Templiers par le roi Richard Cœur de Lion, qui la cédèrent à leur tour, peu de temps après, au roi de Jérusalem, Gui de Lusignan. Les Lusignan ont régné sur l'île de mille cent quatre-vingt-douze à mille quatre cent quatre-vingt-neuf.

— Vous pensez, questionna Théo, que l'arche aurait pu être du voyage ?

— C'est fort possible. Je ne vois pas pourquoi Cornillé aurait fait un tel voyage à Chypre avec un important détachement de Templiers. Les Templiers étaient des guerriers, pas des marchands. S'ils avaient voulu faire parvenir des marchandises, quelles qu'elles soient, ils auraient utilisé les navires marchands avec leurs équipages qui auraient très bien fait le travail. Certes, des escortes templières étaient souvent sur ces navires, pour les protéger, mais pas aussi importantes et surtout pas avec un haut gradé comme Cornillé.

— Vous voyez professeur, souligna Théo, pourquoi nous avons fait appel à vous. Nous n'aurions sans doute jamais pu faire ce genre de déductions par nous-même.

— Enfin, ne nous emballons pas trop non plus. C'est une piste que nous pouvons exploiter, mais il y en a sans doute d'autres.

— J'ai confiance en vous. Je suis certain que vous saurez nous conduire sur le bon chemin. Que faites-vous dans les prochains jours, professeur ?

— Moi ? Eh bien, ma foi, rien de précis.

— Alors vous venez avec nous, à Chypre. »

§

Chapitre XVII

« La trace du Templier »

La chaleur était ici encore plus accablante que partout ailleurs. La température devait avoisiner les quarante degrés à l'ombre. Les rues de la ville étaient quasi désertes. Le 4x4 de location filait bon train à travers ce paysage paisible, presque silencieux. Yu, assis à l'avant, guidait Jessie à travers le dédale de rues et de ruelles de la vieille ville de Nicosie, avec l'aide du GPS. Le véhicule vint s'immobiliser sur une placette du centre-ville, devant un vieil immeuble aux façades fraîchement repeintes. Ses occupants en sortirent, saisis par l'air brûlant qui faisait contraste avec celui, bien plus frais, de l'habitacle climatisé.

Théo, Jessie, Lisa et Yu, scrutèrent les alentours, épiant le moindre mouvement suspect, le moindre individu au comportement louche, le moindre regard insistant. Il fallait être prudent. Très prudents. Le professeur Darlington, vêtu d'un costume de lin blanc et d'un canotier de même couleur, s'épongea le front avec un mouchoir tiré de sa pochette. Il souffla, souffrant visiblement de cette chaleur anormalement élevée. Il traversa rapidement les quelques mètres qui le séparaient de l'entrée de l'immeuble, pressa le bouton de l'Interphone, s'impatienta sous le soleil écrasant et fut soulagé lorsque la voix d'Andréas Papadakis se fit enfin entendre. Darlington s'annonça et le son vibrant, caractéristique de la serrure électrique, rompit le silence. Il poussa la lourde porte et s'engouffra dans le hall où régnait

Antoine Priolo

une relative fraîcheur, suivit bientôt de ses quatre compagnons de voyage.

Papadakis était un solide gaillard d'un mètre quatre-vingts, pesant bien son quintal. Il avait les cheveux et la barbe frisés, noir corbeau, la peau matte et le teint hâlé des Méditerranéens. Il suait à grosses gouttes, paraissait souffrir, lui aussi, de cette chaleur qui malgré la climatisation n'était guère atténuée. L'appartement qu'il occupait, au troisième et dernier étage de l'immeuble, était vieillot et encombré de meubles anciens, de bibelots et de livres. Papadakis était le conservateur du musée d'archéologie de Nicosie et un ami de James Darlington, qu'il fréquentait depuis les bancs de l'université d'Oxford. Darlington l'avait contacté et lui avait confié la mission de chercher, dans les archives royales du port de Limassol, les traces du débarquement de Geoffroy de Cornillé dans l'île. Papadakis avait chargé son cousin Dimitri Paropoulos de ce travail fastidieux. Darlington entama la conversation :

« Alors mon ami, as-tu trouvé ce que je t'ai demandé de chercher ?

— Oui, James. J'ai là, dit-il en pointant l'index sur l'écran de son ordinateur, les documents prouvant l'arrivée d'un navire marchand, *la rose des vents*, dans le port de Limassol, le douze juillet de l'an mille deux cent quarante-six, avec à son bord Geoffroy de Cornillé et une trentaine de chevaliers de l'Ordre du Temple. »

Darlington et ses amis se rapprochèrent de l'écran pour bien voir le document numérisé, écrit en lettres calligraphiées. Seul Darlington put le lire sans effort, celui-ci comme la plupart des documents de l'époque, étant écrit en latin. Il sourit et dit :

« Excellent ! Excellent mon ami. C'est ce que nous cherchions à confirmer. Donc, nous sommes certains maintenant que Cornillé a bien débarqué sur l'île avec un important détachement de Templiers. Et pour les marchandises, Dimitri, as-tu trouvé quelque chose ?

— Oui, attends, je vous montre. »

Papadakis manipula la souris et fit apparaître d'autres documents que Darlington s'empressa de lire. Satisfait, il se tourna vers Théo et ses amis :

« Parfait ! Ces documents attestent que Cornillé et sa troupe transportaient bien des caisses et des ballots divers. Mais tout cela ne nous dit pas où ils furent transportés.

— Ah ! Mais ce n'est pas terminé, affirma Papadakis. J'ai fait des recherches ici, à Nicosie, afin de retrouver la trace de Cornillé et de ses marchandises.

— Et alors ? s'impatienta Lisa.

— J'ai trouvé.

— Excellent ! Excellent ! s'enthousiasma Darlington. Nous progressons à grands pas !

— Oui, enfin, ne t'emballe pas trop vite, James.

— Il y a un problème ?

— Les marchandises ont été stockées dans les caves souterraines d'un entrepôt royal qui n'existe plus, depuis bien longtemps.

— Je vois. C'est fâcheux, considéra le professeur. Nous n'avons guère de chances de retrouver quoi que ce soit ici, alors.

— L'entrepôt était à l'emplacement actuel de l'église Tripiotis.

— Tripiotis ?

— Oui, c'est une église bâtie au dix-septième siècle, consacrée au culte de l'Archange Saint-Michel. »

Théo, Lisa, Jessie et Yu se regardèrent, pas vraiment étonnés de retrouver l'Archange sur leur chemin. L'Elu se rapprocha de Darlington et lui susurra :

« Nous devons aller jeter un œil à cette église, professeur.

— Vous croyez ?

— J'en suis persuadé. Ce n'est pas un hasard si elle est dédiée à l'Archange.

— C'est possible, jeune homme, bien que de nombreux

édifices de par le monde lui soient dédiés.

— Il n'y a pas de hasard dans notre quête, croyez-moi professeur. »

§

L'église Tripiotis était une charmante bâtisse de pierres ocre, située en plein cœur du vieux Nicosie, à quelques rues de l'appartement de Papadakis. C'était, avec la cathédrale, l'une des rares églises de la ville ouverte au public, mais avec cette chaleur les touristes et les fidèles ne se bousculaient pas.

Un portail donnait sur un petit jardin qu'une allée dallée traversait jusqu'à une large porte de bois couverte d'une peinture ocre foncé, surmontée d'une vaste imposte en arc de cercle. Celle-ci donnait sur une sorte de promenoir, couvert d'une solide charpente de bois, qui longeait le corps principal de l'église. Il était éclairé par de vastes ouvertures de style gothique, vitrées.

Au centre, sur le mur de l'édifice principal, une porte en forme d'ogive ouvrait sur une nef extraordinairement décorée de boiseries sculptées et objets divers, dorés et argentés, d'icônes, de chandeliers et de lustres rutilants. Théo fut immédiatement attiré par le mur d'icônes sur lequel des dizaines de petits tableaux peints sur bois étaient disposés. Il regarda attentivement chacun d'eux, cherchant un indice potentiel. Il ne savait pas ce qu'il cherchait, mais il sentait qu'il y avait quelque chose à trouver. Voyant l'intérêt de leur ami, ses camarades firent de même, cherchant l'indice qu'il devait certainement recéler. James Darlington, pendant ce temps, fit le tour de la nef, admirant la beauté de l'art chypriote tout en cherchant, lui aussi, quelques précieux indices. Jessie rompit le silence, questionnant Théo :

« On cherche quoi au juste ?

— Je ne sais pas, mais j'ai la sensation que quelque chose m'appelle et m'attire ici.

— Un de tes rêves ?

— Non. Juste une sensation, c'est tout. Mais elle est tenace.

— Regardez, fit remarquer Lisa, cette icône là haut, sur la quatrième ligne. La troisième en partant de la droite. »

Tous portèrent leurs regards sur le tableau qui représentait l'Archange, vêtu d'une toge blanche, les ailes déployées, le regard et un index pointés dans la même direction :

« Vous voyez, reprit Lisa, il semble indiquer une direction avec son doigt, mais aussi du regard ».

Elle suivit la diagonale produite par l'index de l'Archange. Elle finissait contre un pilier de l'édifice. Théo approcha, examina avec attention la pierre. Elle était lisse et sombre, froide, solide. Il ne remarqua pas immédiatement le petit trou, qui se trouvait à peu près à un mètre du sol. Il fit le tour du pilier dans un sens puis dans l'autre, le caressant de ses mains, le balayant de ses yeux. Ce n'est que lorsqu'il les baissa qu'il le vit enfin, presque imperceptible, dans la pénombre du lieu. Il comprit immédiatement à quel mécanisme il avait affaire. Il montra du doigt le trou à ses amis et leur dit :

« Ce petit trou dans le pilier me rappelle celui de la salle sous le monastère de Taktshang. Je pense que c'est ce que veut nous montrer l'Archange.

— Il y a quelque chose que je ne comprends pas, avoua Lisa. Comment se fait-il que nous trouvions un mécanisme que nous pouvons sans doute attribuer aux Mikelians, alors que l'église à été bâtie plus de trois siècles après leur disparition ?

— Ca peut s'expliquer. » affirma Darlington qui observait méticuleusement l'architecture de l'édifice.

Il attendit d'avoir l'attention de son auditoire avant de reprendre :

« Si vous observez bien ces deux piliers, dit-il en montrant les piles qui encadraient le tableau d'icônes, vous pourrez constater qu'ils sont bien plus anciens que le reste de la construction.

— Vraiment professeur ? A quoi voyez-vous ça ? questionna Jessie.

— Le mortier qui a servi à sceller les blocs de pierre de ces piliers est différent de celui du reste des pierres des autres piliers et des murs.

— Vous en déduisez quoi alors ?

— Que ceux qui ont bâti cette église se sont appuyés sur les restes d'une ancienne construction qui se trouvait là avant elle.

— L'entrepôt royal ! s'exclama Yu. Ca explique pourquoi le mécanisme des Mikelians se trouve là, dans ce pilier.

— Oui mais, qui a peint l'icône de l'Archange, qui nous montre sa présence et sa position ? s'interrogea Théo.

— J'avoue que là, je n'ai pas l'explication, répondit Darlington, perplexe.

— Bon, on active le mécanisme et on voit où il nous mène, proposa Jessie.

— Je crois, fit observer Lisa, qu'il va falloir attendre qu'il n'y ait plus personne dans l'église.

— Ca risque de prendre du temps, constata Yu.

— On va un peu aider les choses. » affirma Théo qui, se concentrant, fit un petit geste de la main en direction des courageux badauds qui avaient bravé la chaleur pour venir jusque-là. Après quelques secondes, ils se dirigèrent l'un après l'autre vers la sortie, laissant la nef vide de touristes et fidèles. Yu, toujours étonné des prouesses de son ami, demanda :

« Tu as fait comment pour les faire sortir ?

— Je leur ai suggéré une irrésistible envie de glace à la fraise.

— A la fraise ? Pourquoi à la fraise ?

— Tu aurais préféré au citron ? » plaisanta l'Elu.

Théo approcha la chevalière du trou. Un rai de lumière

bleutée traversa la nef et vint percuter l'un des imposants lustres de cristal. Le rai bleu se divisa alors en dizaines de rayons qui fusèrent dans toutes les directions, se reflétant en des points précis de l'église et convergeant tous vers un tableau, dans le bas du mur d'icônes. Celui-ci irradia une lumière orangée et disparut, laissant une ouverture béante dans le mur de bois sculpté et décoré. James Darlington, qui venait d'assister à cette scène surréaliste, s'écria :

« Grand Dieu ! Mais qu'est-ce que c'est ?!

— Ce n'est rien, professeur, le rassura Jessie. C'est Théo qui fait des siennes.

— Hum, décidément ce garçon est étonnant.

— Oh oui ! Et vous n'avez encore rien vu.

— Il a trouvé ce qu'il cherchait, me semble-t-il.

— C'est plus que probable. Suivons-le. »

Théo avait déjà entrepris de suivre le passage secret qui venait de s'ouvrir. Il emprunta l'escalier étroit en colimaçon qui s'enfonçait dans le sous-sol de l'église. Il fut rapidement suivi de ses camarades et de Darlington qui suivait Jessie comme son ombre.

Le sous-sol était une vaste salle voûtée, haute, large et profonde, soutenue par de lourdes colonnes. Les torches électriques balayaient le vaste espace vide. Théo n'avait pas besoin de torche pour voir clair. Il repéra une arche dans le fond de la salle, sur la gauche, s'y rendit à pas assurés et pénétra dans une pièce plus petite, tout aussi vide que le reste de la salle. Toutefois il crut percevoir une étrange lumière qui semblait éclairer de l'intérieur les murs de pierre. Il fronça les sourcils. Qu'est-ce qui pouvait provoquer une chose pareille ?

Les murs se mirent à luire progressivement, éclairant la pièce comme en plein jour. Ils disparurent laissant place à un ciel bleu traversé de nuages immaculés. Le soleil brillait de tous ses feux et une brise légère et douce caressa son visage. Il était dans une prairie où l'herbe était grasse et les fleurs abondantes. Un parfum enivrant chargeait l'air d'une

douceur apaisante. Théo était bien, détendu, calme, serein.
La voix, grave et masculine, pourtant pleine de douceur, le
fit sursauter :

« Théo, tu es venu jusqu'ici. Sois le bienvenu. »
Le jeune homme se retourna et vit l'Archange, magnifique dans sa toge blanche, ailes déployées, regard bleu
acier, le visage grave, mêlant force et douceur. Il était
grand, fort, imposait le respect. Il replia ses ailes dans le
dos et devint un peu moins imposant. Il se tenait debout, à
une dizaine de mètres de Théo. Son regard extraordinaire,
mêlé de force, de compassion, d'amour et de douceur,
plongeait dans celui du jeune Elu qui s'en trouva tout inti-
midé. L'Archange sourit :

« Je suis heureux de te rencontrer enfin, Théo. Les anges
m'ont rapporté tes exploits, piquant ma curiosité. J'ai eu
envie de voir qui était ce jeune Elu qui reprenait brillamment le flambeau de ses aînés. Tu es si jeune et pourtant
ton courage et ton caractère forcent le respect. Tu réussiras
certainement, là où tous les autres ont échoué avant toi. Je
te félicite Théo, car tu es la chance de l'humanité et je crois
en toi.

— Merci Archange. Je ferai tout pour être digne de
l'espoir que vous avez mis en l'homme pour sauver son
prochain.

— J'en suis certain Théo, j'en suis certain. Je perçois en
toi plus de force, d'intelligence et de courage que tous tes
ancêtres réunis. Tu es exceptionnel, je le sens.

— Je suis ici pour l'arche, Archange. Pouvez-vous
m'aider ?

— L'arche ? Oui, je sais. Elle n'est pas ici.

— Où se trouve-t-elle alors ?

— Tu devras le découvrir par toi-même. Tu es l'Elu, affirma l'Archange de façon péremptoire.

— Je sais, mais ne pourriez-vous m'aider à la trouver
plus vite ? Le mal doit être vaincu.

— Oui, il le doit. Et il le sera par celui qui, bravant tous les dangers, déjouant tous les pièges, résolvant toutes les énigmes, parviendra à acquérir toute la puissance que j'ai offerte aux hommes voici plusieurs milliers d'années.

— Je ne peux donc compter sur votre aide ?

— Tu n'as pas besoin de mon aide, Théo. Tu es bien assez fort et intelligent pour te débrouiller sans moi. Tu me l'as déjà prouvé au-delà de tous mes espoirs. J'ai confiance en toi et je sais que tu réussiras.

— Et si j'échoue ?

— Alors, il n'y aura plus d'espoir pour l'humanité, se désola Saint-Michel.

— Je suis condamné à réussir, si je comprends bien.

— Tu es maître de ta destinée, Théo. Les choix que tu fais et feras sont tiens. Personne ne les fera à ta place. Rien n'est écrit, même si parfois les choses semblent jouées d'avance. Tu tiens le destin entre tes mains et tu peux en faire ce que tu décideras.

— Merci Archange. Je mesure tout le poids de mes responsabilités chaque jour un peu plus et vos paroles ne sont pas faites, franchement, pour me rassurer.

— Je mets toute ma confiance en toi. Pars rassuré et renforcé de mon soutien. Je serai là, à tés côtés, lorsque tu auras besoin de moi.

— Comment ? De quelle façon me soutiendrez-vous ?

— Tu le sauras lorsque le moment sera venu. En attendant, va et retrouve l'arche. Elle t'ouvrira toutes les portes et fera de toi l'homme le plus puissant que la Terre ait jamais porté. »

Théo s'éloigna de l'Archange, sans se retourner, foulant l'herbe grasse. La voix grave de Saint-Michel résonna à nouveau :

« Théo, suis le Templier. »

Les murs cessèrent de luire et le noir reprit ses droits. Théo se retourna et vit ses amis et James Darlington qui l'avaient rejoint. Yu, qui promenait son regard dans la pièce, soupira :

« Ici aussi il n'y a rien.

— Il a raison, acquiesça Jessie. Nous avons observé le moindre recoin de ce sous-sol et il n'y a rien, pas la moindre trace de quoi que ce soit.

— L'arche n'est plus ici depuis longtemps, expliqua Théo. Inutile de perdre notre temps dans ce lieu. Par contre j'ai eu une petite conversation avec L'Archange.

— L'Archange ! s'écria Lisa. Quand ? Maintenant ?

— Oui, vous n'avez rien vu ?

— Non, nous ne t'avons pas quitté des yeux plus de dix secondes. Comment est-ce possible ?

— Il m'est apparu dans une prairie, grand, beau et fort avec de magnifiques ailes blanches. Il m'a dit une chose importante.

— Laquelle ? demanda Jessie avec une certaine impatience.

— Il m'a dit : suis le Templier.

— Suis le Templier ? D'accord, mais lequel ?

— Je suppose qu'il a voulu parler de Geoffroy de Cornillé, déclara Yu.

— Je n'en sais rien, mais c'est ce que nous devons découvrir. Qu'en pensez-vous professeur ? interrogea Théo en se tournant vers Darlington.

— Ma foi, s'il vous a parlé de suivre le Templier, c'est que l'arche a été déplacée, selon toute vraisemblance, par les mêmes qui l'ont apportée jusque-là. Bien sûr, c'est à vérifier.

— Par où faut-il commencer à chercher d'après vous, professeur ? »

Darlington ne répondit pas de suite, prenant le temps de la réflexion avant de dire :

« Je commencerai par les archives des registres des entrepôts royaux afin de connaître la date de sortie des marchandises. Ensuite, j'éplucherai les registres maritimes du port de Limassol pour déterminer leur navire et leur destination.

— Pourquoi les registres maritimes ? Vous ne pensez pas qu'elle ait pu être juste déplacée dans un autre lieu de l'île ?

— Non. Si l'arche a été déplacée, c'est sans doute que Chypre n'était pas assez sûre pour l'y garder. Je penche pour une destination plus lointaine.

— Parfait, faisons ça alors. » indiqua Théo.

§

Les registres des entrepôts royaux avaient parlé. L'arche avait été sortie le vingt-sept septembre mille deux cent quarante-six par un certain Robert de Montmajour, Chevalier de l'Ordre du Temple. Darlington s'était connecté avec les archives de la bibliothèque d'Oxford afin d'en apprendre un peu plus sur ce chevalier. Celui-ci était un proche de Geoffroy de Cornillé. Jusque-là, ça concordait bien. Il fallut ensuite faire parler les registres maritimes. Là encore, le professeur Darlington avait vu juste. Montmajour avait embarqué sur un navire marchand, *La Sirène*, à destination de Marseille.

Théo et son équipe cherchèrent un puits temporel qu'ils trouvèrent à Nicosie même et prirent la direction de la cité phocéenne. Théo maîtrisait désormais ce type de moyen de déplacement qui n'avait plus aucun secret pour lui. James Darlington, pour qui ce fut le second déplacement temporel (le premier leur avait permis de venir d'Oxford) était émerveillé par cette technologie si futuriste, venue pourtant du passé. Lui qui, en tant que professeur de l'une des plus prestigieuses universités au monde, était pétri de certitudes quant au déroulement des évènements historiques, était en train de les remettre toutes en question au fur et à mesure de ce qu'il découvrait au contact de ses nouveaux amis.

Marseille, ville bruyante et grouillante, colorée, cosmopolite, résolument méditerranéenne, croulait elle aussi sous le poids de la chaleur. Le soleil, déjà bas sur l'horizon, illuminait la ville d'une belle couleur brun ocre tirant sur l'orange sanguine. Les lampadaires commençaient à dispenser doucement leur lumière artificielle. Le long des grandes artères, l'intense circulation automobile du début de soirée se confondait avec celle des piétons. Assise sur sa colline, la basilique Notre-Dame de la Garde semblait veiller sur la vaste cité portuaire.

Afin de ne pas attirer l'attention sur eux, Théo avait demandé à Jessie de trouver un hôtel d'une catégorie inférieure à ses habitudes. Ce fut un peu à contrecœur qu'elle réserva des chambres dans un charmant établissement deux étoiles, *les gens de mer*, à la décoration simple, résolument orientée mer et bateaux.

La jeune Américaine fut finalement agréablement surprise de la qualité de sa chambre qui, bien que ridiculement petite par rapport aux suites luxueuses qu'elle avait l'habitude d'habiter, dans les hôtels quatre et cinq étoiles, n'en était pas moins équipée de tout le confort moderne. Elle s'en accommoderait parfaitement. Ce qui chagrinait le plus Jessie était le quartier dans lequel il se trouvait. De la fenêtre de sa chambre tout ce qu'il lui était donné de voir était l'immeuble d'en face. Il n'y avait que des immeubles, des entrepôts, des magasins. Pas le moindre espace vert, pas le plus petit palmier, la plus petite étendue d'eau. Rien qui donne envie d'y séjourner plus d'une nuit.

C'est ce qui serait le plus probable de toute façon et c'était tant mieux. Demain, ils iraient faire des recherches aux archives départementales de la bibliothèque de Marseille qui se trouvait à quelques centaines de mètres seulement de l'hôtel. Le professeur Darlington espérait y retrouver la trace de Robert de Montmajour et de sa précieuse marchandise. Jessie n'avait pas vu, au début, d'un bon œil le fait de recourir à Darlington et l'avait fait savoir à Théo, arguant qu'ils avaient réussi à se débrouiller seuls jusque-là et qu'il n'y avait pas de raisons que cela change. Finalement, elle trouvait que Darlington était une assez bonne recrue qui permettait d'avancer plus rapidement dans les investigations. Cet homme était non seulement un grand spécialiste de l'histoire moyenâgeuse, mais en plus connaissait les bonnes personnes et savait comment retrouver une information dans l'incroyable dédale de la paperasserie de cette époque. Sans compter qu'il lisait le latin beaucoup mieux qu'elle…

§

La bibliothèque *Gaston Defferre*, située dans le troisième arrondissement de Marseille, était un bâtiment moderne, aux façades de verre, dont l'entrée principale donnait sur un parvis en partie dallé et couvert de petits jardins. La journée s'annonçait, encore une fois belle, chaude et ensoleillée. Le professeur Darlington portait toujours l'un de ces élégants costumes de lin, de couleur beige, un canotier et des chaussures de ville estivales de lanières de cuir tressé marron clair. Il amusait beaucoup Théo avec son côté précieux, sa posture rectiligne, presque hautaine et surtout sa belle couleur rouge tomate acquise durant son séjour à Nicosie.

Darlington, Théo et Jessie, avaient commencé à consulter de nombreuses archives, cherchant une trace de Robert de Montmajour et de sa précieuse marchandise. Pendant ce temps, Lisa et Yu avaient rejoint le bâtiment des archives municipales qui se trouvait à près de deux kilomètres de là, non loin de la gare Saint-Charles, principale halte des chemins de fer de la grande cité provençale. Après plusieurs heures d'un laborieux et fastidieux travail de consultation de nombreuses archives du XIIIe siècle, une ligne attira enfin l'attention de James Darlington. Il fit part de sa découverte à ses amis :

« Regardez, j'ai enfin trouvé une trace de la *Sirène*. Elle est arrivée à quai le dix-neuf octobre mille deux cent quarante-six. Ce qui est étrange, c'est que c'est tout ce qui est mentionné sur ce registre.

— Effectivement, ça n'a pas l'air très normal, reconnut Théo. On devrait y trouver le détail des passagers et des marchandises il me semble, n'est-ce pas professeur ?

— Parfaitement jeune homme. Les registres portuaires étaient bien détaillés quant au contenu des navires et aux passagers qui allaient et venaient. Comme de nos jours tout y était consigné.

— Alors pourquoi n'avons-nous aucun détail sur cette cargaison ? s'interrogea Jessie. Se peut-il que les Templiers aient eu assez de pouvoir pour faire disparaître la trace de leur passage ?

— Les Templiers étaient tout-puissants à cette époque, expliqua Darlington. N'oubliez pas qu'ils étaient l'armée de Dieu et étaient placés sous la protection de la sainte Eglise catholique et sous l'autorité du pape lui-même.

— Mais alors, songea Théo, pourquoi avoir fait disparaître leurs traces ici, à Marseille et pas à Nicosie lors de leur embarquement ?

— C'est une bonne question, reconnut Darlington. J'avoue que je n'ai pas la réponse. Ceux à qui ils voulaient cacher leur arrivée sur le sol de France étaient certainement ici, tout simplement.

— C'est possible. Bon, ça ne va pas nous faciliter la tâche pour la suite. Nous savons tout de même que la *Sirène* est arrivée le dix-neuf octobre. C'est un point de départ. D'après vous, professeur, qu'aurait fait une petite escadre de Templiers après avoir débarqué sur le sol Français ?

— Elle aurait sans doute rejoint un lieu où mettre à l'abri l'arche, sans plus attendre.

— Mais encore ?

— Les Templiers disposaient sur tout le territoire européen de nombreuses commanderies. Lorsqu'il n'y en avait pas à proximité, ils pouvaient trouver le gîte et le couvert dans quasiment n'importe quel couvent ou édifice religieux.

— Les religieux tenaient des archives de tout ce qu'ils faisaient et de tout ce qui se passait dans leurs établissements, je crois ?

— C'est exact.

— Nous devons chercher dans les archives diocésaines dans ce cas, n'est-ce pas ?

— Entre autres, oui. Mais ça risque de prendre un temps fou !

— Avons-nous le choix ?

— Non. Mettons-nous au travail dès maintenant. » se désola Darlington qui voyait devant lui la somme de travail qu'il allait falloir fournir pour espérer retrouver une trace de Montmajour et de l'arche.

Théo passa un coup de fil à Yu et Lisa pour leur donner les consignes de recherche. Par chance, depuis plus de cinquante ans les archives diocésaines antérieures au vingtième siècle avaient été confiées aux archives municipales de Marseille et étaient donc accessibles directement depuis les bibliothèques dans lesquelles ils faisaient leurs recherches. La journée passa, dédiée entièrement au dépouillage de vieux documents, écrits pour la plupart soit en Latin, soit en vieux Français, ce qui ne facilitait pas les choses pour les uns et pour les autres.

A l'heure de la fermeture des archives municipales, vers dix-sept heures, ils étaient tous fourbus et exténués, les yeux gonflés de fatigue. La journée n'avait apporté aucun renseignement intéressant et il faudrait recommencer dès le lendemain. Après s'être reposés dans leurs chambres d'hôtel et avoir pris une bonne douche, ils décidèrent de faire un bon repas sur le vieux port afin d'y déguster la spécialité locale, la bouillabaisse. Après le repas, ils firent quelques pas sur la célèbre avenue de la Cannebière, cœur de la cité phocéenne, dont l'activité se prolongeait tard dans la nuit. Ils ne s'attardèrent guère, la fatigue et la perspective de la journée à venir aidant.

Un vent violent soufflait aujourd'hui, soulevant des nuages de poussière, des sacs plastique, des feuilles et autres objets. La température avait baissé de plusieurs degrés, sans doute à cause de ce vent que les Français avaient baptisé *Mistral*.

D'une fenêtre de la salle de lecture de la bibliothèque, Théo observait les tourbillons qui soulevaient poussières et corps légers, les emportant dans les airs jusqu'à des altitudes impressionnantes. Le jeune homme était las de consulter les archives, depuis près de deux jours maintenant. Le professeur Darlington continuait sa besogne sans discontinuer, sans jamais se plaindre du côté fastidieux de la tâche qu'il accomplissait. Il est vrai que Darlington était coutumier du fait. Il avait écumé toutes les grandes bibliothèques du vieux continent pour ses recherches historiques.

De leur côté, Lisa et Yu, renforcés par Jessie, n'étaient guère plus avancés dans leurs recherches aux archives municipales. Aucun document provenant du diocèse ne portait Trace d'un quelconque Robert de Montmajour et d'un séjour qu'il aurait fait dans un établissement religieux de la région marseillaise. A croire que l'homme s'était volatilisé avec son escorte et sa précieuse marchandise.

Alors qu'ils s'apprêtaient à terminer leurs investigations pour cette journée, ce fut Lisa qui tomba sur un document qui attira son attention. Le document en lui-même n'avait que peu d'intérêt mais ce qui retenu Lisa était le nom qui figurait sur l'en-tête : *Abbaye de Montmajour*. Elle en fit part à ses camarades :

« Regardez, j'ai peut-être trouvé quelque chose. Un document de l'abbaye de Montmajour. Vous ne trouvez pas que la coïncidence est étrange ?

— C'est à creuser de toute façon, admit Jessie, qui se lassait, elle aussi, de ces investigations de rats de bibliothèques.

— Je fais une recherche sur Robert de Montmajour,

proposa Yu en pianotant sur le clavier de son ordinateur.

— Je cherche tous les documents sur l'abbaye de Montmajour datant de cette période. » décida Lisa.

Après un certain laps de temps, Yu livra ses conclusions :

« C'est très étrange. J'ai des infos sur Robert de Montmajour en tant que Chevalier de l'Ordre du Temple, proche de Cornillé, comme nous l'avait confirmé le professeur, mais je n'ai rien sur sa généalogie. A croire que ce type là n'existait pas avant d'entrer dans l'Ordre !

— Hum, curieux en effet, songea Jessie.

— Montmajour n'est peut-être pas son vrai nom, supposa Lisa.

— C'est à mon avis la seule explication, reconnut Yu qui continuait de pianoter à la recherche d'autres informations.

— Mais alors quel rapport avec l'abbaye ? s'interrogea Jessie.

— Il n'y en a pas forcément...

— Oh ! Oui, il y en a un ! le coupa Lisa qui venait de tomber sur un document de la plus haute importance. J'ai sous les yeux un document signé de l'abbé Raymond 1er, supérieur de l'abbaye, qui atteste que Robert de Montmajour n'est autre que le frère Robert, membre de la communauté des moines de Montmajour.

— Excellent ! se réjouit Jessie. Enfin une piste sérieuse ! Je vais téléphoner à Théo pour lui annoncer la nouvelle.

— De là à penser, ajouta Yu, que Robert de Montmajour ait rejoint sa communauté à l'abbaye, il n'y a qu'un pas.

— Que nous allons franchir allègrement, je pense. »

L'heure de fermeture des archives obligea les trois amis à interrompre leurs recherches et à regagner leur hôtel. De leur côté, Théo et Darlington firent de même depuis la bibliothèque municipale.

Toute l'équipe se retrouva dans l'une des salles de réunion de l'hôtel qu'ils avaient louée pour l'occasion sans la moindre difficulté à une heure où elle n'était généralement pas utilisée. La pièce était assez grande, simple, équipée de tables de bureau couleur bouleau, disposées en U et de chaises métalliques à l'assise au tissu anthracite. L'ensemble était posé sur une moquette bleue ornée de petits motifs rouges. Il était près de dix-neuf heures. La climatisation tournait à plein régime. Le *mistral* avait quelque peu atténué la température extérieure qui restait néanmoins très élevée.

Le professeur Darlington étudiait avec attention les photocopies de documents que lui avait remis Jessie. Il prenait des notes au fur et à mesure de sa lecture, passait d'un document à l'autre, revenait sur l'un, puis sur l'autre, puis sur un troisième encore. Les quatre jeunes le regardaient faire, attentifs et silencieux, ne voulant troubler sa réflexion. Lorsqu'il eut terminé, Darlington se mit debout face à son auditoire et après avoir regardé chacun d'eux, commença son exposé :

« Bien, à la vue des documents que nous avons glané chacun de notre côté, nous pouvons reconstituer le parcours de Robert de Montmajour et de l'arche. Il débarque le dix-neuf octobre mille deux cent quarante-six dans le port de Marseille puis, avec son escorte de huit Templiers, rejoint l'abbaye de Montmajour, près d'Arles, où il fut moine durant une partie de sa vie. Je suppose qu'il l'était toujours, même s'il avait décidé de servir Dieu d'une manière différente. Avec Théo, nous avons, nous aussi, mis la main sur des documents intéressants qui nous prouvent que Robert de Montmajour a bien séjourné à l'abbaye durant un très court laps de temps. Il a obtenu une recommandation de l'abbé Raymond 1er auprès de *Mikuláš z Reisenburku*, évêque de Prague.

— Pourquoi l'évêque de Prague ? s'étonna Lisa.

— J'ai consulté les archives de la bibliothèque d'Oxford à ce sujet et j'ai découvert que Raymond 1er et L'évêque de Prague étaient des relations de longue date. Nous possédons une correspondance nourrie entre les deux hommes. Ma conviction est que Robert de Montmajour s'est confié à l'abbé Raymond 1er sur la marchandise qu'il convoyait et qu'il devait absolument mettre en lieu sûr.

— Mais les Templiers n'avaient-ils pas planifié le déplacement de l'arche d'après vous ? interrogea Théo.

— Ce n'est pas sûr. Si l'on en juge par le fait que l'arche a été dérobée, sans doute à la hâte, qu'elle a été transportée à Nicosie et déposée dans un simple entrepôt de marchandises, qu'elle a ensuite, peu de temps après, été à nouveau déplacée jusqu'à Montmajour, on peut penser qu'une fois en possession de l'arche, les Templiers n'ont pas su vraiment qu'en faire.

— Ils ne pouvaient pas la garder dans l'une de leurs commanderies, tout simplement ?

— Les Mikelians, comme le supposait Richard de Bures, commandeur des Templiers, avaient infiltré l'ensemble du corps Templier. Ils auraient rapidement retrouvé la trace de l'arche si elle avait été dans les murs d'une quelconque commanderie templière. Non, je crois qu'ils avaient un problème avec cette encombrante marchandise et qu'ils devaient trouver un moyen de s'en défaire.

— Et ils auraient chargé Robert de Montmajour de cette tâche, ajouta Lisa.

— Oui, c'est une possibilité, convint Darlington. Cornillé était trop voyant pour continuer le convoyage de l'arche. Il fallait quelqu'un de plus discret, de plus humble. Montmajour était chevalier certes, mais il n'était pas un homme de premier plan.

— Peut-on supposer que Montmajour avait un plan en partant de Nicosie ?

— C'est possible aussi, mais ça, nous n'en saurons probablement jamais rien. Toujours est-il que Montmajour et Raymond 1er ont dû s'entretenir de l'arche et Raymond 1er a envoyé le frère Robert chez son ami, l'évêque de Prague.

— L'arche serait à Prague alors ? questionna Jessie.

— Je ne sais pas si elle y est toujours, mais j'ai la conviction qu'elle y a séjourné en tout cas.

— Comment peut-on être certains que Montmajour est bien allé à Prague ?

— Tout simplement parce que l'évêque de Prague l'a écrit dans l'une des correspondances qu'il a adressée à Raymond 1er. »

Darlington fouilla dans les nombreuses pages qui s'étalaient sur le bureau, devant lui. Il en tira une photocopie qu'il parcourut rapidement, cherchant un passage précis qu'il lut :

« J'ai bien accueilli vos amis venus de France ainsi que ce que vous savez. Nous avons fait le nécessaire. Les amis venus de France sont Robert de Montmajour et son escorte. *Ce que vous savez,* nous savons tous de quoi il voulait parler.

— C'est formidable ! s'enthousiasma Jessie. Vous avez reconstitué le parcours de cet homme jusqu'à Prague en fouillant simplement dans de vieilles archives ! Bravo professeur ! C'est une belle leçon pour nous tous.

— Oui, nous avons eu raison de nous adresser à vous. Vous êtes le meilleur ! le complimenta à son tour Théo.

— Je vous remercie mes jeunes amis pour tous ces compliments. Le mérite vous revient également car vous avez su, vous aussi, faire preuve de discernement et de logique dans cette quête. Moi j'ai une vie d'expérience de rat de bibliothèque derrière moi. Les archives, quelles qu'elles soient, sont prêtes à nous raconter bien des histoires, à nous livrer bien des secrets, à condition que l'on sache exactement ce que l'on cherche à leur faire dire.

— Bon, que fait-on maintenant professeur ? interrogea Théo.

— Je crois que ça s'impose, non ?

— Parfait. Direction Prague alors ! »

Chapitre XVIII

« Le Codex Gigas »

Flemming traversa le long et sinistre corridor jusqu'à la lourde porte noire sculptée de figures allégoriques qui s'ouvrit automatiquement devant lui. Au fond du vaste loft, assis derrière son immense bureau, Oswald Graham était plongé dans sa lecture. Lorsque Flemming s'immobilisa devant lui, debout, raide comme un piquet, Graham leva les yeux et le questionna :

« Monsieur Flemming, quelles nouvelles m'apportez-vous ?

— Elles sont bonnes monsieur.

— Bien ! Je vous écoute.

— Mademoiselle Jessie, l'Elu et ses amis, ont contacté un professeur de l'université d'Oxford, James Darlington.

— Darlington ? Ce nom me dit quelque chose.

— Il est l'un des plus grands spécialistes de l'histoire médiévale, monsieur.

— Oui, se souvint-il, je le connais de réputation.

— Ils ont ensuite pris la direction de Nicosie, sur l'île de Chypre.

— Je sais où se trouve Nicosie, s'agaça Graham, passez-moi ces détails !... Pourquoi Nicosie ?

— Nous ne le savons pas, monsieur. Nous ne pouvons guère nous approcher d'eux, ils sont devenus très méfiants depuis que Kovac a eu la sottise d'envoyer ses hommes leur dérober les bijoux.

— Quel idiot ce Kovac ! Je lui avais pourtant bien dit de ne pas intervenir ! Mais il n'en fait qu'à sa tête celui-là ! Quand tout cela sera terminé et que nous serons en possession de la puissance de l'Archange, il faudra que nous nous occupions de lui, comme il avait envisagé de s'occuper de moi ! Continuez Flemming.

— Toutefois, nous pensons qu'ils suivent une piste sérieuse.

— Qu'est-ce qui vous fait dire ça ?

— Le fait, qu'après Nicosie, ils aient pris la direction de Marseille.

— En effet ils doivent suivre une piste.

— Là, ils ont passé deux jours dans diverses bibliothèques d'archives de la ville.

— Ils cherchent des documents anciens ?

— Oui. Là encore nous n'avons pu déterminer ce qu'ils recherchent, mais nous savons quels documents ils ont consultés.

— Très bien, Flemming. Alors ?

— Nos hommes sont sur place pour les étudier. S'il y a quelque chose à trouver, nul doute qu'ils trouveront aussi.

— Je ne partage pas votre enthousiasme sur le sujet, se désola Graham. Ils n'ont pas été fichus de retrouver les bijoux et l'arche jusqu'à présent. Pourquoi voulez-vous qu'ils comprennent ce qu'il faut rechercher dans les archives qui ont été consultées ?

— Vous avez peut-être raison, monsieur. C'est pourquoi nous avons bien fait d'implanter le traceur sub temporel à mademoiselle Jessie. Grâce à lui, nous pouvons suivre tous leurs déplacements à travers le réseau de communication temporelle.

— Heureusement que j'ai eu cette merveilleuse idée ! souligna Graham qui était dépité d'avoir affaire à une équipe d'incapables. Si je n'avais pas eu la bonne idée de rejoindre Jessie à Moscou pour lui faire avaler le traceur dans son jus d'orange, nous serions hors course aujourd'hui! Et encore, songea-t-il, c'était un peu tiré par les cheveux cette affaire. Heureusement qu'ils ne se sont pas posés plus de questions que ça.

— Vous leur avez livré une information concernant la sœur de l'Elu pour donner le change.

— Oui, mais ils auraient pu se douter de quelque chose sur les relations entre Kovac et moi. Surtout que nous les avons envoyés sur l'île d'Okhon après avoir, à la hâte, déplacé la gamine avant leur arrivée. Bon, où sont-ils maintenant, toujours à Marseille ?

— Non, monsieur, à Prague.

— Prague ? Vous n'avez, je suppose, aucune idée du pourquoi ils sont dans cette ville ?

— Aucune, monsieur, si ce n'est que nous sommes certains qu'ils suivent toujours la piste.

— La belle affaire ! Bon, continuez, ne les lâchez pas. Ils vont réussir à trouver l'arche sans le moindre doute possible. Nous devons nous tenir prêts à intervenir.

— Bien entendu, monsieur. J'y veille personnellement.

— Merci Flemming. » ajouta Graham en replongeant dans sa lecture.

Flemming se retourna et marcha en direction de la sortie lorsque Graham ajouta :

« Flemming !

— Oui, monsieur ?

— Tâchez de tenir Kovac cette fois ! Qu'il ne commette plus les mêmes erreurs.

— Je lui ai fait la leçon, monsieur. Il n'enfreindra plus les règles, je vous le garantis. »

§

Il est des villes qui ne laissent jamais le visiteur indifférent. Prague fait partie de ces villes. Sa situation géographique, nichée au cœur de collines verdoyantes, traversées par le fleuve Vltava, son architecture mêlant style moyenâ-

geux, renaissance, baroque ou art nouveau, son cœur historique ou encore son château et sa cathédrale, font de Prague
une ville magnifique, très romantique et l'un des joyaux du
patrimoine mondial.

Lisa et Yu n'avaient jamais mis les pieds dans Prague
alors que Théo, Jessie et Darlington y avaient déjà séjourné. Pour Théo, malgré tout, c'était une découverte, car il
n'en avait gardé que peu de souvenirs. Il était trop jeune,
lors des vacances que ses parents étaient venus passer ici,
pour apprécier la beauté de la ville. Maintenant, à presque
quinze ans et une maturité d'adulte, il était capable de ressentir toute l'émotion que pouvait susciter un lieu si chargé
d'histoire.

La place du château était noire de monde à cette heure
de la journée et en cette saison estivale. Prague attirait
chaque année plusieurs millions de touristes avides de cul-
ture et de vieilles pierres. A l'est de la place s'érigeait le
château de Prague, magnifique ensemble formé de palais,
dont une partie était devenue le palais présidentiel et de la
cathédrale St Guy.

Au nord de la place, se dressait le palais de l'archevêché
à la magnifique façade blanche, du dix-septième siècle, de
style baroque. Le bâtiment lui-même, bien plus ancien, fut
modifié plusieurs fois au cours des siècles. C'est là que se
dirigeait la petite équipe de Théo, James Darlington en tête.
Celui-ci avait contacté les autorités religieuses tchèques
afin d'obtenir une autorisation pour la consultation des archives de l'archevêché. Il espérait y retrouver la trace de
Robert de Montmajour et de l'arche. Ce serait encore un
travail fastidieux mais il fallait en passer par là pour espérer
retrouver l'arche d'alliance, but ultime de leur quête. Darlington dut attendre deux jours pour recevoir une réponse
positive de la part de l'archevêque de Prague, Monseigneur
Duka.

Un porche traversait le bâtiment et donnait sur une cour
intérieure où stationnaient plusieurs véhicules. Sous le

porche, à gauche comme à droite, se trouvaient les entrées principales de l'archevêché. L'intérieur du palais était richement décoré de bois sculptés, de stucs Rococo, de lustres somptueux, de mobilier d'époque et de porcelaines rares. Un homme d'une soixantaine d'années, cheveux gris, svelte, souriant, vêtu d'un costume gris sur une chemise noire à col romain, accueillit le professeur Darlington :

« Bonjour professeur Darlington, je suis le Père Marek. Monseigneur Duka m'a chargé de vous accompagner et de vous servir de guide. Au nom de Monseigneur Duka, je vous souhaite la bienvenue, ainsi qu'à vos amis.

— Merci Père Marek. Ces jeunes gens sont mes étudiants à l'université d'Oxford. Ils ont accepté de passer une partie de leurs vacances d'été à aider leur vieux professeur dans ses recherches.

— C'est très bien. Vous devez être fier d'eux ?

— Oui, c'est ma foi vrai. Ils font partie de l'élite de notre prestigieuse université.

— A ce propos, professeur, Monseigneur Duka n'a pas bien compris le but de vos recherches dans notre diocèse. Pourriez-vous l'éclairer ?

— Bien entendu Père Marek. Je prépare un nouvel ouvrage historique. Vous savez que j'ai déjà écrit de nombreux livres historiques ?

— Bien entendu professeur. Nous connaissons votre réputation et possédons dans notre bibliothèque nombre de vos œuvres.

— Eh bien là, je m'attaque à l'histoire des peuples d'Europe centrale et, bien entendu, le volet religieux y aura une place importante. C'est pourquoi je dois compiler une somme d'informations conséquentes, ce qui explique que je sois venu ici en force.

— Parfait. Je ferais part à Monseigneur Duka de vos explications. Il en sera ravi, j'en suis certain. Voulez-vous me suivre, je vais vous conduire à la salle de lecture où vous pourrez consulter notre fond informatisé. »

Il pleuvait. Un violent orage avait éclaté vers la fin d'après-midi et toute l'équipe était passablement déprimée. Ce n'était pas à cause de la pluie, qui était plutôt la bienvenue, après un été particulièrement caniculaire. Non, mais cela faisait trois jours que tous se donnaient corps et âme à leur tâche ingrate de rats de bibliothèques, épluchant des milliers de documents, en latin voire en tchèque ou même en allemand, tant et si bien qu'ils durent faire appel à un traducteur, sans trouver la moindre trace, le moindre indice concernant la présence de Robert de Montmajour et de l'arche.

La troisième journée de recherche s'était terminée, comme les autres, sur un constat amer : impossible d'aller plus avant dans la quête de l'arche. Pour l'heure et pour se détendre un peu, ils avaient réservé une table dans une bonne adresse de Prague, *U Modré Kachnicky*, qui se traduit par *le petit canard bleu*. L'établissement, à la décoration chargée, tentures rouille et ocre sous un plafond de larges lattes de bois soutenues par de solides poutres apparentes, avec des murs bleus lavande, un sol faïencé et de lourds fauteuils anciens, était chaleureux et accueillant. La nourriture était de qualité et les spécialités locales à base de viande de porc, de bœuf ou de canard étaient savoureuses et copieusement servies. Malgré cela le cœur n'y était pas et les assiettes avaient du mal à se vider. Depuis un moment, le silence s'était installé à la table, chacun, las de ces journées interminables à tuer ses yeux à la tâche, ne trouvant même plus la force morale d'entretenir la conversation.

Ce fut Yu qui, le premier, rompit le silence :

« Peut-être que nous ne trouvons rien parce qu'il n'y a rien à trouver, tout simplement.

— Nous ne devons pas nous décourager ! répliqua Théo un peu sèchement. La tâche n'est pas facile, mais il faut garder le cap. Nous sommes arrivés jusqu'ici et nous n'allons pas baisser les bras maintenant, si près du but.

— Qu'en sais-tu ? questionna Lisa.

— Comment cela ?

— Oui, comment peux-tu savoir que nous ne sommes pas loin de notre but ? Ca fait des semaines que nous nous battons pour retrouver, d'abord les bijoux, puis ta sœur, puis maintenant l'arche. Personne ne l'a jamais trouvée cette arche et pourtant, depuis des millénaires, des gens l'ont cherchée et la cherchent encore. On peut tourner en rond pendant encore des siècles avant de tomber dessus ! »

Théo regarda Lisa avec tendresse, esquissant un petit sourire en coin. La belle jeune fille si sûre d'elle, si forte, si brave, avait fini par s'user après toutes ces épreuves. Elle semblait plus lasse encore que les autres, plus abattue. Théo aurait pourtant misé sur elle pour être la dernière à baisser les bras. Malgré sa force apparente Lisa avait des faiblesses. Cela plaisait à l'Elu qui entrevoyait chez elle quelques failles sous ses apparences presque lisses. Elle lui apparaissait plus humaine avec sa fragilité.

Le jeune homme n'osait se l'avouer, mais il tombait amoureux. A vrai dire, il était tombé amoureux dès le premier regard. Au début il avait tenté de chasser cette idée de son esprit, se concentrant sur ce qu'il avait à accomplir. En fait c'était surtout parce qu'elle l'impressionnait. Il ne se sentait pas à la hauteur devant une telle âme. Elle irradiait littéralement. Sa beauté et son charisme intimidaient. Puis progressivement, il avait changé, était devenu plus fort, plus mûr, plus homme. Il avait pris le commandement et s'était révélé être l'Elu. Chemin faisant, dans son esprit, il avait retrouvé une certaine égalité avec elle, révélant sa propre âme, courageuse et volontaire, non dénuée de charisme elle aussi. Il avait aussi ressenti l'évolution dans leurs relations et constaté que la jeune fille ne le regardait plus de la même façon. D'amusée au début, elle était devenue tout d'abord admirative puis plus prévenante, plus douce et chaleureuse. Elle éprouvait certainement quelque chose pour lui, mais il ne savait pas si c'était seulement de l'admiration, de l'amitié ou de l'amour.

Le regard de Lisa était plongé dans celui de Théo, interrogateur. Il sortit de ses réflexions et répondit :

« Nous sommes fatigués mes amis. Ces deux derniers mois ont été sans doute les plus intenses de nos vies. Aucun de nous n'était préparé à vivre ce que nous avons vécu. Je peux comprendre le découragement qui se lit en vous. Pourtant, souvenez-vous, il y a deux mois Jessie n'avait encore trouvé ni bijoux, ni Elu. Regardez où nous en sommes aujourd'hui. Non seulement nous avons les bijoux, non seulement nous avons l'Elu, mais nous avons complété la panoplie des Mikelians avec la dague, alors que celle-ci nous était complètement inconnue. Nous avons appris que l'arche d'alliance n'était pas un mythe et qu'elle était la source du pouvoir. Nous avons effectué une partie du trajet qu'elle a suivi après son départ de Jérusalem et nous savons qu'elle est arrivée jusqu'ici, quelque part, à Prague ou dans les environs. Elle n'est peut-être plus ici non plus. C'est ce que nous devons déterminer. Qu'elle soit ici ou ailleurs, où qu'elle puisse se trouver je la retrouverai, même si je dois le faire seul. »

Il y eut un long silence durant lequel chacun resta plus ou moins prostré, la tête dans son assiette. Théo, que la symbiose avec les bijoux maintenait à un niveau élevé de moral et de force physique, avait parlé d'une voix claire, sur un ton déterminé, volontaire et calme. Il ne montrait aucun signe de faiblesse ni de découragement. Lisa releva la tête, plongea ses beaux yeux verts dans ceux, bleus, de l'Elu :

« Tu as raison, Théo, nous sommes fatigués. Tu as aussi raison de dire que nous ne devons pas nous décourager. Le chemin accompli est long et nous avons eu de beaux succès. Je suis avec toi, quoi qu'il arrive et je te fais confiance. Si tu nous dis que nous réussirons, je te crois sur parole.

— Je suis avec toi aussi, affirma Yu.

— Bien sûr que nous sommes avec toi, ajouta Jessie. Si tu crois que tu vas pouvoir retrouver l'arche sans notre aide, c'est que tu es bien prétentieux !» plaisanta-t-elle, déclenchant les rires amusés de ses amis.

L'atmosphère se détendit progressivement. Rires et plaisanteries prirent le pas sur la morosité. Ce fut au moment du dessert que le professeur Darlington, qui prenait toujours le temps de la réflexion, prit la parole :

« Les propos de Yu, un peu plus tôt, m'ont fait réfléchir. Il n'a peut-être pas tout à fait tort en disant qu'il n'y a peut-être rien à trouver.

— Comment ça ? interrogea Jessie.

— Réfléchissons un peu, voulez-vous. Que cherchons-nous ? La trace d'un Templier accompagné de son escorte et d'une marchandise un peu particulière. Et si nous faisions fausse route ? Si nous ne recherchions pas celui qu'il faut rechercher ?

— Là vous m'intriguez, professeur, dit Théo. Précisez-nous le fond de votre pensée.

— Nous savons que Robert de Montmajour, Chevalier de l'Ordre du Temple, était aussi un moine, frère Robert. Il a quitté l'abbaye de Montmajour avec une lettre de recommandation de son abbé.

— Je commence à comprendre, affirma Jessie. Nous cherchons un Templier alors que nous devrions chercher un moine !

— C'est tout à fait cela. Imaginez que vous deviez traverser la moitié de l'Europe et que vous vouliez passer le plus inaperçu possible. Choisiriez-vous un rutilant uniforme de Templier ou une simple toge monacale ? Il est également plus discret de se présenter à l'évêque de Prague sous les traits d'un moine, surtout quand on se présente avec une recommandation de l'abbé de Montmajour.

— Et l'escorte ? Et l'arche ? questionna Yu.

— L'escorte a certainement endossé les habits de moine, elle aussi. Quant à l'arche, elle a suivi le mouvement et traversé les frontières assez facilement, à mon avis. Il a suffi de la présenter comme un présent destiné à l'évêque de Prague par exemple. Ce que n'a pas dû manquer de faire frère Robert.

— Ca se tient conclut Théo, admiratif devant l'intelligence de Darlington. Encore une fois bravo, professeur ! Vos raisonnements sont imparables.

— Nous verrons bien demain si nous mettons la main sur quelque chose. Pour le moment, ce ne sont que des hypothèses.

— Peut-être, mais fondées sur la logique. »

§

Après moins de deux heures, la trace de frère Robert fut enfin retrouvée. Un document attestait de l'entrée à l'évêché d'un moine bénédictin, frère Geoffroy, le dix-sept décembre mille deux cent quarante-six. Celui-ci, porteur d'une recommandation, fut introduit auprès de l'évêque le jour même. Le fait qu'il s'agisse d'un moine bénédictin, ceux de Montmajour étaient des bénédictins, était une première indication positive. La date ensuite : le trajet entre Montmajour et Prague, pour l'époque et compte tenu du fait qu'il ne pouvait se déplacer très vite avec l'arche, pouvait très bien avoir duré près de deux mois. Mais ce qui attira le plus l'attention était le fait que le moine était porteur de cadeaux pour l'évêque, notamment d'un coffre doré de style égyptien, d'après ce qui était consigné dans les registres.

Darlington n'en doutait pas un instant : pour lui il s'agissait bien de l'arche. L'excitation était à nouveau à son comble dans l'équipe et tous se donnaient à fond pour recueillir le maximum d'infos afin de confirmer la piste et savoir où l'arche avait bien pu être cachée. Après encore deux bonnes heures de recherches, Lisa, qui épluchait des registres de l'intendance de l'évêché, se leva et vint auprès du professeur en disant :

« Professeur, voulez-vous jeter un œil sur cette page. Je

ne suis pas certaine d'avoir bien compris tout ce qui y est inscrit, mais il semble qu'il s'agisse d'un inventaire de mobilier qui a été déplacé vers un monastère. »

James Darlington, lui-même absorbé par son travail de synthèse des documents collationnés, leva les yeux vers la jeune fille, attentif à ses propos :

« Voyons cela. » dit-il en tendant la main pour prendre le livre à la reliure de cuir marron.

Il le parcourut rapidement, lisant couramment le latin, tourna les pages et après quelques minutes, laissa tomber son verdict :

« Vous avez bien compris le sens de ce document, ma chère. C'est très intéressant en fait. Un inventaire de mobilier donné par l'évêché au couvent de *Podlazice*, en Bohême. D'après la date inscrite, ce don a été fait quelques mois après l'arrivée de l'arche à l'évêché, le vingt-trois mars mille deux cent quarante-sept.

— Notre arche était-elle du voyage ? interrogea Théo qui travaillait assis juste en face de Darlington.

— Je cherche. » répondit le professeur qui épluchait la liste des dons dans le détail.

Yu qui, assit un peu plus loin, s'était attaqué à de gros manuscrits aux nombreuses enluminures, tomba sur une gravure représentant un coffre doré surmonté d'un couvercle avec deux anges aux ailes déployées. Il était représenté posé sur quatre pieds, contre un mur couvert de tapisseries, entre deux vases allongés, surmonté d'un tableau représentant une scène de chasse. Il n'était pas sûr de lui, mais avait l'impression que ce coffre doré pouvait bien représenter l'arche. Il se déplaça jusqu'à Darlington :

« J'ai quelque chose moi aussi, professeur. » dit-il en posant le lourd volume sur la table, devant les yeux de Darlington qui fut immédiatement attiré par la gravure :

« Oh ! mon Dieu ! » s'écria-t-il avant de chuchoter :

« C'est l'arche ! »

Tous approchèrent et regardèrent la gravure. Darlington

lut les quelques lignes qui décrivaient le dessin :

« Il est dit ici que ce coffre à linge doré, reproduction de l'arche d'alliance, fut offert à l'évêque Reisenburku par des moines bénédictins venus du royaume de France. Ce coffre est ici représenté dans la chambre de l'évêque.

— L'arche avait été exposée à la vue de tous, sans précaution particulière ? souligna Lisa. C'est complètement fou !

— Oui, sans doute. Mais, finalement, quelle meilleure cachette ? L'arche est un coffre en bois recouvert d'or dont le propitiatoire, son couvercle si vous préférez, est en or massif et représente deux chérubins aux ailes déployées, comme sur cette gravure. Ce qui est intéressant sur ce document, outre la gravure qui confirme la présence de l'arche, c'est la dénomination, que je devrais retrouver, ou pas, sur l'inventaire du mobilier donné au monastère de Podlazice. »

Darlington reprit l'étude de la liste et finit par dire :

« Voilà, je l'ai. Un coffre à linge, sans plus de précisions, provenant des appartements de l'évêque.

— C'est l'arche d'après vous ? demanda Jessie.

— C'est possible, mais rien n'est sûr. Je vous rappelle tout de même que nous menons une enquête sur des faits qui se sont déroulés il y a de cela plus de sept cent ans !

— Nous devons suivre la piste, affirma Théo. Les documents semblent se recouper pour le moment.

— Je suis bien de votre avis, jeune homme. Nous faisons peut-être fausse route, mais tout converge dans le même sens. Faisons confiance aux écrits, ils apportent toujours une part de vérité.

— Donc si je résume la situation, réfléchit Théo, Robert de Montmajour offre l'arche à l'évêque de Prague qui la présente comme un coffre à linge et la met bien en vue dans ses appartements. Puis, pour une raison inconnue, il en fait don au monastère de Po… quelque chose…

— Podlazice.

— Oui, c'est ça. Bon, faisons un tour au monastère de Podlazice alors, on y trouvera l'arche, qui sait.

— Je crains malheureusement que ce ne soit impossible, se désola le professeur. Le monastère a été détruit au XVe siècle et il n'en reste rien.

— Rien du tout ? C'est fâcheux. Bon, au moins, nous savons que ce n'est pas là-bas que nous trouverons l'arche. »

Théo se tut, sembla se plonger dans ses réflexions un moment avant de demander :

« Mais au fait, professeur, comment est-ce que vous savez que ce monastère n'existe plus ?

— Tous les historiens spécialisés dans le Moyen Age le savent mon jeune ami. Ce monastère a une particularité historique qui l'a rendu célèbre, d'une certaine façon.

— Vraiment ? Laquelle ?

— C'est là qu'a été écrit le Codex Gigas.

— Qu'est-ce que c'est le Codex Gigas ?

— C'est un livre célèbre pour plusieurs raisons, dont la première est qu'il est immense ! C'est même le plus grand livre écrit durant la période moyenâgeuse. La seconde raison est que, selon la légende, il aurait été écrit en une nuit seulement !

— Ouah ! s'exclama Yu. Et il avait combien de pages ? Trois ? ironisa-t-il.

— Non, mon cher, plus de six cent quarante ! Il a fallu, paraît-il, plus de cent cinquante peaux d'ânes pour faire les quelque trois cent vingt feuilles du livre.

— Des peaux d'ânes ! Quelle horreur ! s'insurgea Lisa qui adorait les animaux.

— Oui, ce livre est hors du commun. Savez-vous comment on le surnomme ?

— La Bible du diable. » répondit Yu.

Ses amis se tournèrent vers lui, l'interrogeant du regard. Il montra l'ordinateur posé sur la table, devant lui :

« C'est Internet, c'est tout. Je n'avais jamais entendu

parler de lui avant.

— Oui, la Bible du diable. Toujours selon la légende, ce livre a été écrit à la main par un seul moine. Celui-ci avait été condamné à être emmuré vif à cause de ses péchés. Le moine a alors fait un marché. Il a proposé, afin d'expier ses péchés, d'écrire cette bible en une nuit, comme je l'ai déjà dit. Lorsqu'il se rendit compte qu'il ne parviendrait pas à achever l'ouvrage, il demanda l'aide du diable. Celui-ci accepta de l'aider et par reconnaissance, le moine dessina le démon sur l'une des pages.

— C'est une drôle d'histoire, reconnut Jessie.

— Professeur, vous croyez que c'est le hasard ou bien il existerait un lien entre l'arche et ce Codex Gigas ? interrogea Théo.

— Je ne sais pas, mais cela vaut la peine de vérifier, ne croyez-vous pas ?

— Ca ne colle pas en tout cas, affirma Yu qui pianotait sur son ordinateur afin de trouver le plus d'infos possible sur le Codex Gigas.

— Qu'est-ce qui ne colle pas ? questionna Lisa.

— Les dates. Il est écrit que le texte du Codex Gigas prend fin en mille deux cent vingt-neuf, soit dix-huit ans avant que l'arche ne soit donnée au monastère.

— C'est exact mon jeune ami, confirma Darlington, mais il manque plusieurs feuilles de vélin qui ont été arrachées au Codex. Personne ne connaît les raisons pour lesquelles elles l'ont été. Aujourd'hui, à la lecture nouvelle de l'histoire, je me demande si ce n'est pas là le rapport entre l'arche et le Codex.

— Ce Codex, où peut-on le consulter ? demanda Jessie.

— A la bibliothèque royale de Suède, à Stockholm. Mais si c'est juste pour le lire, il est entièrement numérisé et consultable gratuitement en ligne. De plus, si le lien existant sont les pages manquantes, inutile d'espérer les trouver à la bibliothèque royale ou sur Internet.

— Ces pages manquantes, est-ce qu'on sait quand et où

elles ont été arrachées ? demanda Théo.

— Je ne crois pas malheureusement. Elles n'y sont plus depuis longtemps, c'est tout ce que l'on sait.

— Je me demande si nous n'aurions tout de même pas intérêt à nous rendre sur place, à Stockholm.

— Tu as une intuition ? » demanda Jessie qui commençait à connaître le mode de fonctionnement de l'Elu. Il n'affirmait pas ses convictions par hasard et l'avait déjà prouvé plus d'une fois. En général il suivait son intuition, son instinct et à chaque fois ça avait été payant. C'était dû très certainement au couple qu'il formait avec les bijoux de l'Archange qui décuplaient ses pouvoirs mentaux et affûtaient ses sens. Théo hocha la tête et répondit :

« Oui, je le sens bien maintenant. C'est comme un appel lointain qui résonne dans le tréfonds de mon âme. C'est à Stockholm qu'il faut aller, j'en suis sûr. »

§

Antoine Priolo

Chapitre XIX

« Le bureau B17 »

Stockholm, vers la fin du mois d'août, connaissait généralement des températures qui ne dépassaient guère les vingt degrés. Cette fin août ne dérogeait pas à la règle, marquant du même coup la fin de l'épisode exceptionnellement chaud qu'avait connu l'hémisphère nord durant plus de deux mois. La capitale suédoise bâtie sur une multitude d'îles et îlots était surnommée, au même titre que Bruges en Belgique, Amsterdam aux pays bas et Saint-Pétersbourg en Russie, la Venise du Nord. La particularité, sous ces latitudes, était que l'été le soleil brillait dans le ciel près de dix-huit heures par jour et l'hiver, seulement six.

Il était près de neuf heures ce lundi matin lorsque le professeur Darlington, accompagné de Théo, se présenta à l'entrée du parc Humlegarden, magnifique poumon vert au cœur de la capitale suédoise, dans lequel se dressait fièrement le bâtiment du XVIe siècle de la bibliothèque royale. Dans le grand hall d'entrée du bâtiment, trônait en plein centre, devant l'escalier monumental qui menait aux salles de lecture, l'îlot de l'accueil. Une charmante hôtesse blonde, souriante, attendait le visiteur désireux de s'informer. Darlington, qui n'était visiblement pas insensible au charme de la belle, se dirigea droit sur elle, tout sourire, après avoir passé une main dans les cheveux afin de plaquer quelque mèche rebelle. Il s'accouda au comptoir de l'îlot et dit :

« Bonjour jeune fille. Nous avons rendez-vous avec votre directeur, Monsieur Olaf Olsen.

— Bonjour monsieur, dit-elle avec la voix suave de la parfaite hôtesse d'accueil. Soyez les bienvenus dans notre bibliothèque. Qui dois-je annoncer ?

— James Darlington. Professeur, James Darlington.

— Un instant professeur Darlington, je préviens Monsieur Olsen de votre arrivée. »

La belle décrocha un téléphone et échangea quelques phrases, en suédois, avec son interlocuteur avant de se tourner à nouveau vers Darlington et d'ajouter :

— Monsieur Olsen vous attend dans son bureau. C'est au deuxième étage. L'ascenseur est par là. » conclut-elle en désignant un corridor sur la gauche.

Darlington la remercia et se dirigea vers l'ascenseur, suivi de Théo qui n'avait pas décoché le moindre mot. L'avantage d'avoir intégré le professeur Darlington dans l'équipe était indéniable. Cet homme, reconnu pour ses travaux, jouissait d'une aura internationale qui lui ouvrait toutes les portes. Samedi soir, lorsqu'il fut décidé de se rendre à la bibliothèque, James Darlington avait passé un coup de fil tardif à Olaf Olsen, le directeur.

Bien que les deux hommes ne se connaissent pas, le prestige de Darlington opéra et Olsen se fit un plaisir d'inviter le professeur à le rencontrer afin qu'il s'occupe de lui en personne. Darlington avait été évasif sur les motifs qui le conduisaient ici. Olsen n'en demanda pas davantage.

§

Olaf Olsen était un grand gaillard d'un mètre quatre-vingt-huit pour quatre-vingt-dix-huit kilos. Cheveux châtain clair, presque blonds et barbe taillée court, les yeux gris, le teint pâle, il était l'archétype du Viking. Souriant, il reçut Darlington et Théo à bras ouverts, heureux de pouvoir rencontrer un homme de la trempe du professeur :

« Entrez mes amis, je vous en prie, dit-il d'une grosse voix grave dont il maîtrisait parfaitement la puissance, la rendant presque douce. Je suis vraiment enchanté de vous recevoir dans mon modeste bureau, professeur Darlington.

— Je vous remercie, monsieur le directeur, dit Darlington.

— Oh ! Non, pas de directeur entre nous, professeur. Appelez-moi simplement Olaf.

— Bien, comme vous voudrez. Dans ce cas, pas de professeur entre nous. Appelez-moi simplement James, ajouta Darlington, toujours très urbain.

— Asseyez-vous, je vous en prie, messieurs. »

Olsen désigna les deux fauteuils qui faisaient face à son bureau. Les trois hommes s'installèrent confortablement et Olsen reprit :

« Qu'est-ce qui vaut à notre bibliothèque la visite d'un homme si illustre ?

— Illustre ? s'étonna Darlington faussement modeste, n'exagérons rien.

— Ne soyez pas modeste James. Vous êtes une sommité en matière d'histoire et plus particulièrement d'histoire médiévale, nous le savons bien vous et moi. Vos ouvrages ont été traduits et vendus dans le monde entier. Nous avons ici tout ce que vous avez écrit, le saviez-vous ?

— Ma foi non. J'en suis flatté.

— Bien, je ne veux pas vous faire perdre de votre précieux temps, James. Je suppose que vous êtes venu ici dans un but précis ? Que recherchez-vous exactement dans notre fond ?

— Je prépare un nouvel ouvrage très important sur le Moyen Age, ses mythes et ses légendes.

— Ah ! C'est très intéressant. J'ai hâte de le lire.

— Oui, enfin, j'en suis à constituer la documentation. Vous ne le lirez pas avant au mieux trois ou quatre ans.

— Le monde patientera, James.

— Nous sommes ici pour le Codex Gigas.

— Le Codex ? Oui, bien sûr, cela va de soi vu le thème de vos recherches. Mais pourquoi être venus jusqu'ici ? s'étonna Olsen. Le Codex est consultable en ligne, vous ne le saviez pas ?

— Oui, nous le savons parfaitement, Olaf. Ce qui nous intéresse, ce n'est pas ce que tout le monde connaît du Codex. »

Olsen eut un mouvement de recul, s'enfonçant un peu plus dans son fauteuil, jeta un curieux regard à Darlington, comme si, tout à coup, lui et Théo n'étaient plus tout à fait les bienvenus. Il conserva le silence un certain temps puis finit par soupirer avant d'ajouter :

« Je ne vois vraiment pas de quoi vous voulez parler, professeur. Tout ce que contient le Codex est dans les six cent vingt pages de l'ouvrage. Il n'y a rien d'autre.

— En êtes-vous certain, Olaf ? Et les pages manquantes ?

— Quoi les pages manquantes ? » rétorqua Olsen qui visiblement s'agaçait.

Il ne semblait pas à l'aise avec le sujet. Darlington poursuivit :

« Oui, ces fameuses pages qui furent arrachées au Codex.

— Vous n'allez pas me dire que vous croyez réellement à cette histoire ? » ricana le Viking.

James Darlington pouvait être un homme très patient, mais s'il y avait une chose qui pouvait le faire sortir de ses gonds, c'était que l'on se moque de lui ouvertement. Et là, il avait vraiment l'impression qu'Olsen que moquait vraiment de lui. Il fit silence un court moment, réfléchissant à la manière dont il allait répondre au directeur.

Théo qui, sentant Darlington perdre son sang-froid, s'amusait de la scène, n'en était pas pour autant inactif. Il tentait d'utiliser ses pouvoirs afin de sonder l'esprit d'Olsen. C'était une nouvelle expérience pour lui et il avait encore un peu de mal à s'introduire dans les méandres du cerveau humain. Il recevait bien des images, un peu comme dans un poste de télé, mais tout était mélangé et confus. Il devait trouver le moyen de maîtriser tout ça et de faire le tri afin d'isoler les informations qu'il cherchait. Confiant, il se concentrait et espérait arriver rapidement à ses fins. Darlington fixa Olsen, le visage grave et reprit :

« Monsieur le directeur, nous savons tous les deux que ces pages existent bien. Pourquoi niez-vous leur existence ?

— Je ne la nie pas professeur, mais la vérité est qu'il n'y a pas d'autres pages. Les pages manquantes sont une légende, tout simplement. Je peux vous montrer le Codex si vous le désirez. S'il y avait des pages manquantes, arrachées, comme vous semblez le dire, cela se verrait, n'est-ce pas ?

— Sans aucun doute.

— Eh bien, je vous prouverai qu'il n'y a pas d'autres pages, car le Codex est entier. Aucune page arrachée ou découpée ou que sais-je encore.

— Je désirerais en effet examiner le Codex dans ce cas, Olaf.

— D'accord, je fais le nécessaire pour demain après-midi.

— Pourquoi pas maintenant plutôt ?

— Parce que sortir le Codex n'est pas chose aisée. Il nous faut plusieurs assistants. Je vous rappelle qu'il a une valeur inestimable, qu'il pèse près de quatre-vingts kilos et qu'il faut le manipuler avec les plus grandes précautions. Demain après-midi, le temps que j'organise cela. »

Olaf Olsen se dressa sur ses deux jambes et raccompagna ses hôtes jusqu'à la porte de l'ascenseur.

§

« Avez-vous vu la mauvaise foi de cet homme !?

— Calmez-vous professeur, tempéra Théo. Ce n'est pas bien grave.

— Pas bien grave ! Il m'a pris pour un demeuré, vous voulez dire ! Il veut me faire croire que les pages manquantes n'existent pas ! A moi, James Darlington, titulaire d'une chaire d'histoire à Oxford ! Quel toupet !

— Ne vous formalisez pas, professeur.

— Je ne me formalise pas, mon jeune ami. Je déteste simplement que l'on me prenne pour un idiot !

— Nous avons bien avancé, je trouve.

— Vous trouvez ? Nous en sommes au même point qu'en entrant dans son bureau, il me semble.

— Pas vraiment. Nous savons qu'Olsen nous ment en disant que les pages manquantes n'existent pas.

— Oui et alors ?

— Alors s'il nous ment, c'est qu'il sait où elles sont.

— Ce n'est pas idiot. Je n'y avais pas pensé, trop occupé à m'énerver tout seul.

— Ce n'est pas grave, j'y ai pensé pour vous.

— Comment allons-nous convaincre Olsen de nous dire où elles se trouvent ? Vous avez une idée ?

— J'y travaille, affirma l'Elu.

— Vraiment ? Et puis-je connaître le fruit de vos réflexions ?

— Pas encore professeur. Vous le saurez bien assez tôt. En attendant, ce rendez-vous de demain est le bienvenu. Il va me permettre très certainement de découvrir où elles se cachent.

— Vous ne me direz rien ?

— Patience professeur, patience. En attendant nous devrions profiter de ce contretemps pour faire un peu de tourisme, qu'en pensez-vous ?

— Je n'ai guère le cœur à ça. Vous m'avez embarqué dans cette aventure extraordinaire et j'ai à cœur d'aller jusqu'au bout, jusqu'à trouver l'arche d'alliance. Vous rendez-vous compte de ce qu'elle représente aux yeux des hommes ?

— Aux yeux des hommes je ne sais pas, mais je peux

vous dire qu'à mes yeux elle représente beaucoup plus que vous ne pouvez l'imaginer. Allez venez, allons rejoindre les autres et proposons leur de faire un petit tour à la découverte de la ville. »

Le reste de la journée fut consacré à faire du tourisme, pour les hommes surtout et les boutiques, pour les filles.

§

Un coffre de bois fut déposé par deux assistants sur la table en inox qui était au centre de la pièce. Ceux-ci ouvrirent le coffre, découvrant le Codex Gigas dans toute sa splendeur. L'ouvrage était hors norme. Près d'un mètre de hauteur sur plus de cinquante centimètres de largeur et vingt-cinq centimètres d'épaisseur ! Sa couverture de cuir était ornée en son centre et sur les quatre coins de métal finement ciselé.

Les deux assistants, aidés d'Olsen et Darlington, soulevèrent le lourd volume et le sortirent de son écrin. Une fois posé sur la table, ils l'ouvrirent et sur les recommandations d'Olsen, se mirent à tourner consciencieusement les pages une à une, afin de montrer que le Codex n'avait aucune page manquante ou arrachée. L'opération dura un long moment durant lequel James Darlington examina scrupuleusement l'ouvrage géant.

Ce long moment fut mis à profit par Théo pour replonger dans les méandres de l'esprit d'Olsen qu'il avait déjà bien parcouru la veille. Il avait commencé à structurer le flot d'informations qu'il recevait de cet esprit dans lequel il naviguait, comme on se déplace dans un flot de circulation automobile aux heures de pointe. Il percevait mieux le fonctionnement de l'esprit maintenant et réussissait à se déplacer plus rapidement d'une aire à une autre, d'une pensée à une autre, d'un sentiment à un autre.

La complexité de l'esprit humain lui apparaissait un peu comme une immense ville qui aurait eu, non pas trois mais quatre, cinq ou six dimensions ! C'était impossible à expliquer, mais en plus des dimensions physiques, se superposaient des dimensions mentales et spirituelles qui semblaient étendre les possibilités de déplacement d'une manière totalement inconnue et inimaginable pour un humain. Théo, connecté aux bijoux de l'Archange, n'était plus tout à fait humain et son esprit pouvait désormais concevoir des dimensions différentes, abstraites. Plus il progressait dans sa découverte de ces nouvelles possibilités, plus il les comprenait et les appréciait.

Il finit par être capable de se repérer et se diriger dans le dédale insondable d'un esprit intelligent. Ce qui devenait étonnant, c'est qu'il pouvait désormais se rendre à plusieurs endroits à la fois et explorer le contenu de la mémoire de son *hôte spirituel* à une vitesse de plus en plus élevée. A ce rythme-là, songea-t-il, il aurait trouvé ce qu'il cherchait avant même que les assistants aient fini de tourner les pages du Codex.

Darlington était toujours très concentré sur le Codex, dans lequel il cherchait la preuve que des pages avaient bien été arrachées. Il semblait cependant qu'Olsen avait raison. Arrivé au trois cents vingtième feuillet, il n'avait rien trouvé qui laissait supposer ce qu'il avait toujours pris pour vrai. Perplexe, il continua d'examiner le précieux ouvrage sous toutes les coutures, agaçant quelque peu le directeur Olsen qui regardait sa montre avec une certaine marque d'impatience.

Darlington ne se laissa pas impressionner par le petit manège d'Olsen et en historien entêté, redoubla d'efforts pour trouver la faille qui lui apporterait la preuve qu'il cherchait. Cette preuve, il finit par la percevoir lorsqu'il replia la couverture de cuir sur la dernière page du livre. Il constata qu'un léger espace subsistait entre cette dernière page et la couverture, au niveau de la tranche de celle-ci. Un espace qu'il jugea suffisant pour contenir sept ou huit pages de vélin. Il tenait sa preuve. Afin de ne pas commettre d'impairs, il se tut sur le sujet, préférant en parler d'abord avec Théo. Il se redressa, regarda Olsen et dit, prenant un air dépité :

« Vous aviez raison Olaf, je ne vois aucune trace d'un quelconque arrachage de pages.

— Ah ! Vous voyez, dit Olsen avec soulagement, qu'est-ce que je vous disais ? Ce n'est qu'une légende, rien de plus. »

A peu près au même moment, Théo, qui se débattait depuis un certain temps avec l'équivalent de quelques centaines de terra octets de données stockées dans l'esprit d'Olsen, tomba enfin sur ce qu'il cherchait : le lieu où étaient conservées les pages manquantes. Il était heureux et fier d'avoir réussi et aurait voulu crier sa joie et sa satisfaction mais pour l'instant, il devait se contenter de garder son calme et le silence.

Donc, les pages manquantes existaient bel et bien et elles se trouvaient quelque part dans le sous-sol de la bibliothèque. Théo sortit un petit carnet de sa poche et y inscrivit quelque chose à destination de Darlington à qui il tendit le calepin. Celui-ci lut ce qui y était inscrit :

« *Parlez-lui du Bureau B17.* »

James Darlington se tourna vers Théo, l'air interrogateur. Le jeune homme hocha la tête en signe d'acquiescement. Le professeur se racla la gorge avant de se tourner vers Olsen et de lancer :

« Bien, mon cher Olaf, parlez-moi donc un peu du bureau B17, s'il vous plaît ? »

Théo crut qu'Olsen allait faire une attaque tant il blêmit. Son visage se couvrit d'une expression mêlée de stupeur, d'incompréhension et d'effroi. Des gouttes de sueur perlèrent de son front alors que, de livide, son teint passa au rouge vif en quelques secondes. Olsen prit un mouchoir et s'épongea avant de dire sur un ton sec et cassant :

« Suivez-moi ! S'il vous plaît ! »

Olsen faisait les cent pas dans son bureau, cherchant à comprendre comment, à la simple étude du Codex, James Darlington avait pu découvrir le bureau B17. C'était aussi incompréhensible qu'impossible ! Le bureau B17 était tenu secret et seul quelques initiés, dont lui-même, le ministre de la Défense suédoise, le Premier ministre, ainsi que les plus hautes autorités religieuses, en avaient connaissance. Il ne savait plus que faire et que penser.

James Darlington n'en savait pas plus pour l'instant, Théo et lui n'ayant pu échanger la moindre conversation jusqu'ici. Il se doutait que ce Bureau B17 devait avoir son importance, qu'il recélait sans doute les fameuses pages manquantes, mais ne savait pas comment Théo avait bien pu le découvrir. Il savait que le jeune Elu avait des pouvoirs hors du commun, mais là, il était bluffé. Comment et où avait-il découvert cette information ? C'était pour lui le mystère le plus complet. Théo, toujours en connexion avec l'esprit d'Olsen, sentait le profond malaise et l'angoisse qui étreignait le directeur. Il décida de prendre la parole :

« Vous devriez vous asseoir monsieur le directeur. Nous avons à parler sérieusement, tous les trois. »

Olsen regarda le jeune adolescent qui lui faisait face et à qui il n'avait, jusque-là, prêté qu'une attention distraite. La voix, le ton et le regard du jeune homme l'interpellèrent. Il fronça les sourcils, intrigué tout à coup par ce discret personnage dont il n'avait même pas pris la peine de connaître l'identité, tant il était centré sur le professeur Darlington. Et là, soudain, il comprenait toute l'importance de ce garçon. Il finit par s'installer dans son fauteuil, se détendit un peu, aidé en cela par le pouvoir mental de Théo. Celui-ci reprit :

« Vous vous posez, nous le savons, beaucoup de questions à notre sujet. Pourquoi nous sommes ici ? Comment nous avons découvert le B17 ? Je vais vous décevoir Monsieur Olsen mais malheureusement nous ne répondront pas à la plupart d'entre elles. Tout ce que vous devez savoir c'est que nous sommes à la recherche de quelque chose et nous pensons que la clé pour le trouver pourrait bien se trouver dans les pages que nous cherchons. Tout ce que nous désirons est que vous nous laissiez voir ces pages et les photographier. Cela ne nous prendra que quelques minutes et ensuite nous partirons et vous n'entendrez plus jamais parler de nous. Vous n'êtes pas obligé d'en référer à vos supérieurs, au ministère. Personne, à part vous et nous, ne saura jamais que nous avons eu accès à ces pages. »

Olsen s'épongeait le front d'où continuait de couler la sueur. Il se détendit encore un peu et son angoisse disparut complètement, toujours aidé par Théo qui faisait un gros travail mental sur lui. Lorsqu'il fut enfin apaisé, il répondit :

« Vous me jurez de ne jamais en parler à qui que ce soit ?

— Nous le jurons. Quel serait notre intérêt de le faire de toute façon ?

— Je risque gros. Ma place, mes indemnités de départ et ma retraite. Je ne suis qu'un simple fonctionnaire, vous comprenez ?

— Bien entendu. N'ayez aucune crainte. Vous ne serez pas inquiété. Tout ce que nous voulons, c'est photographier les pages. Nous pourrons les étudier ultérieurement et, lorsque nous aurons ce que nous cherchons, nous détruirons les clichés et personne n'y aura jamais plus accès. Vous pouvez nous faire confiance.

— Bon, dans ce cas, suivez-moi, nous allons au bureau B17. »

§

Le sous-sol de la bibliothèque était immense, aménagé en partie pour recevoir le public. Des salles de consultation des archives y étaient aménagées. Au fond de l'une d'elles, la plus grande, se dressait une porte qui s'ouvrait à l'aide d'une carte magnétique. Olsen s'y engagea le premier. Derrière, un long corridor aux murs gris, éclairé par des néons, conduisait à un ascenseur qui pouvait accueillir quatre ou cinq personnes.

Théo remarqua qu'il y avait six niveaux accessibles. Olsen sortit un trousseau de clés et introduisit l'une d'elles dans une serrure sur le tableau de commande. Il libéra ainsi une trappe qui cachait un bouton sur lequel était inscrite la lettre 'B'. Il pressa le bouton. Les portes se fermèrent et la cabine s'ébranla. Elle s'immobilisa après une vingtaine de secondes. Les portes se rouvrirent sur un nouveau corridor. Le couloir devait mesurer une quinzaine de mètres et l'on pouvait voir plusieurs portes de chaque côté. Olsen avança d'un pas assuré jusqu'à la quatrième porte sur la droite sur laquelle on pouvait lire : *B17*.

Darlington jeta un regard à Théo. Celui-ci lui décocha un léger sourire de satisfaction. Ils étaient un peu plus près du but et Théo sentait que l'arche ne devait plus être tout à fait inaccessible. Restait à espérer que les pages du Codex recélaient des indices importants, voire capitaux. Mais ça, il n'en doutait plus. Olsen passa son badge magnétique devant le lecteur optique sur le côté de la porte.

Le bureau B17 ne contenait pas grand-chose à part une simple table, deux chaises et surtout une impressionnante porte de coffre-fort ! Théo n'y connaissait pas grand-chose dans ce domaine, mais il lui semblait que ce modèle était de ceux qu'il était difficile de forcer. Olaf Olsen se planta devant la lourde porte circulaire, qui faisait un peu penser aux portes de coffres de grandes banques, se tourna vers Théo et Darlington et leur dit d'une voix inquiète:

« Vous me jurez que personne n'en saura rien, n'est-ce pas ?

— Nous le jurons, Olaf. » affirma le professeur en levant l'avant-bras et tendant la main.

Olsen se positionna face à un lecteur biométrique devant lequel il s'immobilisa complètement durant la lecture de son iris. Après une dizaine de secondes, divers sons emplirent la pièce, bruits de moteurs électriques, cliquetis, frottements et grondements. La lourde porte, très épaisse, bascula sur ses gonds, découvrant une grande salle au fond de laquelle l'on pouvait voir un mur de casiers métalliques gris. Olsen s'y dirigea, sortit son trousseau de clés, prit celle qui ouvrait le casier qui portait le numéro quatorze, en sortit un long rouleau cartonné qu'il vint poser délicatement sur la table. Il regarda Darlington et expliqua :

« Voilà, les pages du Codex sont dans ce rouleau. Prenez les clichés et remettez-les dedans quand vous aurez terminé. Moi je reste derrière la porte en attendant.

— Pourquoi ? demanda Théo, curieux.

— Parce que je ne veux pas savoir ce que renferment ces pages.

— Pour quelles raisons ? Que contiennent-elles ?

— Je n'en sais rien. Tout ce que je sais c'est que les plus hautes autorités du pays ont décidé de les retirer du Codex et de les enfermer dans ce coffre avec pour consigne de ne jamais chercher à les sortir et les lire. Donc j'obéis, je ne les sors pas et ne les regarde pas non plus. Je vous attends derrière la porte. Faite vite ! »

Olsen sortit et referma la porte derrière lui, laissant Darlington et Théo seuls. Le professeur enfila des gants en latex, prit délicatement le rouleau cartonné et ôta le bouchon. A l'intérieur, les feuilles de vélin du Codex étaient enroulées proprement afin de ne pas les abîmer. Il retourna doucement le rouleau et les feuilles glissèrent hors de leur conteneur. Il les déroula avec précaution sur la table, constata qu'il y avait exactement quatre feuilles, ce qui faisait bien huit pages, qu'elles étaient manuscrites et comportaient quelques gravures. Curieux, il commença à les étudier. Il fut rappelé à l'ordre par Théo :

« Professeur, nous les étudierons plus tard. Nous devons prendre des clichés maintenant. Tenez-moi les feuilles bien à plat sur la table, s'il vous plaît, que je puisse prendre des photos. »

Théo sortit son smartphone qui était muni d'un appareil photo de très bonne facture et prit des dizaines de clichés pour être certain de ne rien louper. Après un shooting qui dura plusieurs minutes, Darlington remit les feuilles dans le rouleau et le rouleau dans le casier quatorze. Olsen vint le refermer à clé, puis referma le coffre avant de raccompagner ses hôtes jusqu'à la sortie de la bibliothèque.

§

« C'est incroyable ! s'exclama Darlington. Ces pages ont été ajoutées au Codex sans doute longtemps après son écriture originelle.

— Qu'est-ce qui vous permet de l'affirmer, professeur ? questionna Jessie.

— L'écriture est différente des autres six cent vingt pages. Le Codex a la particularité d'avoir été écrit par une seule et même personne. Les dernières pages, celles qui furent arrachées, le sont par une autre personne. De plus il y a une date dans le texte de cette première page, le dix-sept mai mille deux cent quarante-six, qui prouve la postériorité de ces pages sur les autres. L'auteur de ces pages relate les évènements survenus après l'arrivée au couvent, de l'arche.

— Il parle ouvertement de l'arche ?

— Oui. Il est écrit que, lorsqu'elle est arrivée, personne n'a su ce qu'elle était en réalité. Elle fut mise dans le réfectoire pour servir de coffre à vaisselle.

— De coffre à vaisselle ! s'exclama Lisa. Mais si elle à servi de coffre à vaisselle, ça veut dire qu'elle était vide !

— C'est une déduction fort logique en effet, reconnut Darlington. Toutefois il n'est précisé nulle part, pour le moment, qu'elle fut bien dévolue à cette tâche.

— Professeur, se peut-il que Montmajour ou quelqu'un d'autre ait retiré les tables de la loi de l'arche ? questionna Théo qui trouvait la remarque de Lisa très judicieuse.

— Je ne sais pas Théo. La légende dit que seul un cœur pur peut ouvrir l'arche et voir ou toucher son contenu.

— Et s'il n'est pas pur, qu'arrive-t-il ?

— Certaines croyances disent que celui qui regarde le contenu de l'arche voit la vérité et devient fou. D'autres disent qu'il devient aveugle et sourd, d'autres encore qu'il meurt dans d'atroces souffrances. Mais la vérité est que nous n'en savons strictement rien. »

Darlington se replongea dans la lecture durant une bonne dizaine de minutes avant de reprendre :

« C'est intéressant. Il semble que quelque temps après l'arrivée de l'arche au monastère, il se soit produit des faits étranges : les moines ont commencé à faire des cauchemars horribles dans lesquels ils voyaient des démons et des scènes hallucinantes, apocalyptiques. Un profond malaise s'empara d'eux et la peur commença à hanter le monastère. Les moines finirent par appréhender de dormir et firent tout pour rester éveillés. Bien entendu, ils finissaient par tomber de sommeil, mais la situation devint vite intenable. Après quelque temps encore, aux cauchemars vinrent s'ajouter les voix terrifiantes des morts qui hurlaient dans la nuit. Progressivement les moines tombèrent malades, n'ayant plus goût à rien, ne voulant plus s'adonner à leurs tâches quotidiennes, refusant même la prière. Le père supérieur lui-même commença à sombrer dans la folie.

C'est à ce moment-là qu'un moine, qui était parti en pèlerinage à Jérusalem, fit son retour au monastère. Il trouva les occupants dans un bien triste état. Ceux qui étaient encore valides lui expliquèrent la situation et l'exhortèrent à fuir, ce qu'il refusa. Il reconnut l'arche d'alliance, ayant vu des représentations d'elle à Jérusalem. Il… oh ! Voilà qui est étonnant. Ecoutez bien : il ouvrit l'arche et y vit toute la vaisselle empilée. Il la retira immédiatement puis il réunit tous les moines dans la chapelle et y fit transporter l'arche sur l'autel. Une messe fut donnée en présence de l'arche et tous les moines prièrent afin que Dieu leur pardonne leur sacrilège. Ils prièrent trois jours et trois nuits durant ! A l'aube du quatrième jour les cauchemars cessèrent, les voix se turent et les malades furent rétablis.

— Donc, l'arche était bien vide, déduisit Lisa.

— Il semble qu'elle l'était en effet, reconnut Darlington.

— Ce que je ne comprends pas, fit observer Théo, c'est que l'arche n'a pas de pouvoirs particuliers, je me trompe ?

— Non, en principe c'est son contenu qui est divin. L'arche, elle-même a été façonnée par les hommes pour contenir le divin, les tables de la loi de Dieu.

— Alors, si l'arche ne contenait plus les tables de la loi, qu'est-ce qui provoquait ces cauchemars, ces voix et ces maladies mentales dont finissaient par souffrir les moines ?

— Et si les tables étaient toujours à l'intérieur ? proposa Yu qui venait d'avoir une idée.

— Explique le fond de ta pensée, suggéra Jessie, curieuse d'entendre les explications de son ami.

— J'ai repensé à ce que vous avez dit, professeur, sur le fait que seul un cœur pur peut voir le contenu de l'arche.

— C'est bien ce que j'ai dit en effet.

— Peut-être que cela signifie que les tables sont à l'intérieur, mais que celui qui n'a pas un cœur pur ne peut les voir. Pour lui, l'arche apparaît vide. »

Un large sourire illumina le visage de Théo qui s'adressa à ses amis en parlant de Yu :

« Ce gars-là est un vrai génie ! Je ne sais pas comment il fait ça, mais c'est un génie ! »

Yu afficha son habituel sourire de satisfaction et répondit aux propos de Théo avec une certaine modestie :

« N'exagérons rien. Si je n'avais pas été là, vous auriez fini par trouver aussi, je pense. Mais ça fait plaisir d'être considéré, merci.

— Bon, admettons que Yu ait trouvé la réponse, dit Jessie. Pourquoi l'arche aurait-elle réagi aussi violemment avec les moines et pourquoi ne l'aurait-elle pas fait avec Geoffroy de Cornillé, Robert de Montmajour ou l'évêque de

Prague par exemple ?

— Rien ne nous prouve qu'elle ne l'a pas fait, répondit Théo.

— Il n'a pas tort, reconnut Darlington. Ici nous avons un témoignage écrit des moines, mais il se peut que les autres possesseurs de l'arche aient eu, eux aussi, des manifestations de sa... comment dire ? Mauvaise humeur. Cela pourrait expliquer, par exemple, pourquoi l'évêque de Prague s'en est débarrassé.

— Je pense plutôt, comme le moine revenu de Jérusalem, émit Lisa, que ce qui a déclenché tout ça est le fait d'avoir placé des objets dans le coffre de l'arche. Lui, a mis ça sur le compte du sacrilège, mais il est possible que l'interaction d'objets avec le contenu caché de l'arche ait pu provoquer ces manifestations.

— Bon, reprit Théo, nous savons en tout cas que l'arche était bien au monastère, qu'elle était vide aux yeux des moines, mais que son pouvoir était intact. C'est pour le moment plutôt positif, je crois. Que s'est-il passé ensuite, professeur ?

— Le moine, qui semble être celui qui a écrit ces pages, a repris en main le monastère et est devenu le supérieur à son tour. Il décida d'avertir les autorités pontificales de la présence de l'arche et envoya pour cela un émissaire à Rome. Le Pape Innocent IV envoya, dans le plus grand secret, deux cardinaux au monastère pour juger de l'authenticité de l'arche d'alliance. Le onze janvier mille deux cent quarante-sept les cardinaux authentifièrent l'arche et décidèrent, sur recommandation du pape, de la rapporter avec eux à Rome.

— Rome, songea Théo. Bien sûr ! C'est pour ça que les pages ont été retirées du Codex, afin de cacher au monde la vérité sur l'arche et le lieu où elle se trouve !

— Pourquoi les pages ont-elles été mises dans un coffre plutôt que détruites ? se demanda Lisa.

— Je pense avoir un début de réponse, affirma Darlington. Ecoutez plutôt : le nouveau supérieur du monastère, dont nous ne connaîtrons décidément pas le nom, commença à faire des rêves étranges. L'archange Saint-Michel lui apparut plusieurs fois et lui donna des instructions afin de concevoir un dispositif pour dissimuler l'arche.

— L'archange ? fit Théo, songeur. C'est étrange.

— Vous trouvez ?

— Oui, bien sûr. L'Archange a donné le pouvoir aux Mikelians grâce aux bijoux et à l'arche. Pourquoi, tout à coup, demanderait-il à ce moine de concevoir un dispositif pour la cacher ? Ca n'a pas de sens !

— C'est pourtant ce qui est écrit ici.

— Il devait avoir ses raisons, sans doute. Poursuivez, je vous prie, professeur.

— Le moine, aidé de ses pairs, réalisa une partie de ce dispositif dans le monastère. Il convoya l'arche à Rome, avec quelques-uns de ses frères et les cardinaux, afin de l'installer et de l'achever.

— Ce dispositif n'est pas décrit ? » demanda Jessie.

Darlington tourna les pages, parcourant rapidement les lignes de texte et les divers croquis qui y figuraient avant de répondre :

« Pas dans le détail mais il y est question de portes du temps. »

Tous se regardèrent. Le puzzle se mettait en place progressivement. Les portes du temps dont avait parlé Gopal, l'ermite du monastère de Taktshang, étaient donc à Rome, dans l'enceinte même du Vatican sans doute. Théo pensa qu'il y avait une certaine logique en fin de compte pour que l'arche se retrouve là. Ca expliquait bien pourquoi personne ne l'avait jamais retrouvée. Darlington poursuivit, interloqué par ce qu'il venait de lire :

« Oh ! Vous n'allez pas le croire ! Le dispositif des portes du temps est une sorte de labyrinthe, d'après ce qui est écrit ici, qu'il faut franchir pour atteindre l'arche. Il n'existe qu'un seul chemin, une seule porte, qui y donne accès. Les autres vous perdent à jamais dans les limbes. Le moyen d'accéder à l'arche est décrit en détail dans ce qui suit !

— C'est fantastique ! s'exclama Théo. Nous sommes proches de notre but, enfin ! C'est pour ça que les pages n'ont pas été détruites. Elles sont le seul moyen de retrouver l'arche. L'église l'a cachée aux hommes, mais s'est réservé la possibilité de la retrouver si elle le jugeait nécessaire.

— C'est probable. N'oublions pas que l'arche renferme un trésor inestimable aux yeux de l'Eglise catholique mais aussi du peuple juif. Les tables de la loi furent données à Moïse et aux Hébreux afin qu'ils vivent selon les préceptes édictés par Dieu. Perdre à tout jamais l'arche et son contenu était tout simplement impensable.

— Comment se fait-il que ces pages ne soient pas à Rome, elles aussi ? questionna Yu.

— Parce que le Codex a été pris au souverain de Prague lors d'une guerre qui l'opposa aux Suédois. Ceux-ci n'ont sans doute jamais voulu que ces pages soient séparées définitivement du Livre. Ils ont certainement accepté de les mettre à l'abri dans un coffre mais pas de les voir partir pour Rome.

— A vrai dire, ce n'est pas le plus important, conclut Théo. L'essentiel est que nous ayons le lieu et le moyen de parvenir jusqu'à l'arche. Je vous propose de partir sans plus tarder pour Rome et le Vatican. J'espère, professeur, que vous y avez vos entrées ?

— Je dois bien avoir une ou deux connaissances qui pourront m'introduire dans les lieux. Mais j'y pense : à l'époque du pape Innocent IV le Vatican n'existait pas encore.

— Où vivait le pape alors ? demanda Lisa.

— Dans le palais du Latran.

— Vous pensez que l'arche se trouve là alors ?

— Logiquement oui, mais après la construction du Vatican, elle a très bien pu y être déplacée.

— Est-ce qu'il y a un indice qui pourrait nous indiquer l'emplacement précis des portes du temps ? questionna l'Elu.

— Je ne le sais pas encore. Je poursuis la lecture. »

Le professeur Darlington se replongea dans la lecture du Codex. Il en sortit quelque vingt minutes plus tard en disant :

« Il y a un indice pour trouver les portes du temps. Ecoutez plutôt : *trouve Grégoire et prie devant sa demeure éternelle.*

— Vous avez une idée de qui est ce Grégoire ? s'informa Jessie, qui en profitait pour se faire les ongles.

— Il s'agit vraisemblablement d'un dignitaire de l'église. Plusieurs papes ont porté le nom de Grégoire. Si nous considérons l'époque à laquelle ces pages ont été écrites, je n'en vois qu'un : Grégoire IX, le pape de l'inquisition.

— Le pape de l'inquisition ! s'exclama Lisa.

— L'inquisition existait déjà dans les faits, mais n'était pas reconnue officiellement par l'église. Grégoire IX l'institua officiellement. Ce fut une terrible période pour l'Europe et pour l'Eglise catholique elle-même.

— Pour en revenir à notre énigme, intervint Théo, si Grégoire IX est bien le Grégoire de celle-ci, où peut-on le trouver ?

— Ma foi je n'en sais trop rien. Il est sans doute dans un tombeau quelque part, peut-être même au Vatican. *Prie devant sa demeure éternelle* doit faire référence à sa dernière demeure.

— Je l'ai ! lança Yu qui pianotait tout en suivant la conversation. Le tombeau de Grégoire IX est dans les grottes du Vatican parmi plus d'une centaine d'autres papes !

— Bien, je crois que nous avons la réponse que nous cherchions, se félicita Théo. Je pense qu'il ne nous reste plus qu'à nous rendre sur place pour trouver enfin l'arche d'alliance. »

§

Antoine Priolo

Chapitre XX

« L'arche d'alliance »

Le Cardinal Patrick MacDonnell avait soixante-douze ans, était de taille moyenne, relativement svelte, les cheveux blancs et les yeux gris vert. Il souriait, découvrant une dentition bien entretenue mais aussi de nombreuses rides profondes, signe du temps qui passe inexorablement. Le bureau du Cardinal était richement décoré de meubles anciens, draperies de velours brodées de fils d'or, tableaux relatant des scènes bibliques, vases de porcelaine et autres bibelots en tous genres, reflets du luxe ostentatoire du palais épiscopal et du Vatican en général.

MacDonnell tendit une main à James Darlington qui, bien qu'anglican la baisa selon le protocole et lui dit :

« Bonjour professeur Darlington, soyez le bienvenu au Vatican. Asseyez-vous, je vous prie.

— Merci votre Eminence d'avoir bien voulu me recevoir.

— C'est tout à fait normal. Nous sommes là pour ça : recevoir les hôtes prestigieux de l'Eglise. »

Les deux hommes s'installèrent dans leurs fauteuils respectifs et le Cardinal poursuivit :

« Alors professeur Darlington, qu'est-ce qui a guidé vos pas jusqu'au Vatican ?

— Eh bien, je dois vous avouer que l'affaire qui m'a conduit jusqu'ici est assez complexe.

— Complexe ? Toutes les affaires au Vatican sont complexes, vous savez.

— Oui, j'en suis conscient. Toutefois celle qui m'amène l'est sans doute encore plus ...

— De quoi s'agit-il ? questionna MacDonnell avec curiosité.

— De l'arche d'alliance. » laissa-t-il tomber sans ménagement.

Le visage du Cardinal, si détendu et souriant, se ferma subitement comme une fleur privée de soleil, perdit son sourire et se crispa. Le prélat répondit sur un ton empreint de gravité :

« L'arche d'alliance est un mythe mon cher professeur. Je suis étonné que vous veniez jusqu'à nous pour cela. Toutefois notre bibliothèque vous est ouverte. Si vous pensez pouvoir y trouver quelque chose sur le sujet qui fasse avancer le débat, libre à vous. »

James Darlington eut un petit sourire en coin, amusé par le ton et la condescendance de MacDonnell. Il le regarda dans le fond des yeux et ajouta :

« Je ne suis pas ici, votre Eminence, pour consulter votre fond, mais pour retrouver l'arche. Celle-ci se trouve ici, entre les murs du Vatican. »

Le Cardinal, visiblement étonné, finit par retrouver le sourire et même par éclater de rire :

« Professeur, je ne sais pas qui vous a mis ces idées en tête, mais croyez-moi, si l'arche d'alliance était ici, je serais sans aucun doute le premier à le savoir.

— Bien, je vois. Vous savez votre Eminence, je ne sais pas trop quoi penser.

— A quel propos ?

— Vous. Je me demande si vous ne savez pas sincèrement si l'arche est ici ou bien si vous êtes bon comédien. »

MacDonnell ne réagit pas de suite aux propos du professeur, prenant le temps de réfléchir à la situation et pesant ses mots avant de répondre :

« Je ne sais pas ce qui vous fait penser que l'arche puisse être ici, professeur Darlington. Je vous le dis, à ma connaissance, rien ne permet d'étayer vos dires. Mais vous semblez si sûr de votre fait, pour être aussi désobligeant, que j'aimerais en savoir un peu plus.

— Bien, je vous crois sur parole Eminence. Je vais donc vous relater les faits qui m'ont conduit à penser avec quasi-certitude que l'arche est ici, quelque part. »

Lorsque James Darlington eut terminé son récit, le Cardinal MacDonnell resta silencieux un long moment. Darlington attendit que le prélat sorte de son silence, immobile dans son fauteuil. MacDonnell finit par dire :

« Et vous pensez vraiment que l'Eglise est pour quelque chose dans la dissimulation de ces pages du Codex Gigas ?

— Qui d'autre aurait eu intérêt à cacher la vérité sur le lieu où se trouve l'arche ?

— Je vous avoue que je suis sceptique, professeur. Je suis l'une des plus hautes autorités de notre mère l'Eglise et je n'ai pas connaissance de ces faits. Je doute que ce que vous dites soit vrai. A mon avis, tout cela n'est qu'une mascarade, un faux, une blague de potache.

— Une blague de potache ? Du XIIIe siècle ?

— Oui, enfin vous me comprenez, s'agaça le Cardinal.

— Votre Eminence, à part vous, qu'elle est l'autorité supérieure qui pourrait avoir eu connaissance de ce que je viens de vous raconter ?

— Au-dessus de moi il n'y a que deux personnes : sa Sainteté le pape et Dieu lui-même.

— Serait-il alors possible de s'entretenir avec Sa Sainteté ?

— Sa Sainteté est très prise et je doute fort que vous puissiez obtenir une audience avant longtemps.

— Eminence, réalisez-vous l'importance de cette découverte si mes informations s'avéraient exactes ? Il s'agit de l'arche d'alliance, des tables de la loi que Dieu a édicté aux hommes.

— Professeur, je connais l'histoire de notre Eglise mieux que vous. Je sais très bien ce que représente l'arche d'alliance. »

Le Cardinal prit son menton dans sa main droite, se plongeant dans une intense réflexion et finit par déclarer :

« Je vais interférer auprès de sa Sainteté le pape afin qu'il vous reçoive le plus rapidement possible et écoute votre histoire. Je ne vous garantis rien. Si sa Sainteté n'est pas disposée à écouter vos propos, vous n'aurez pas de seconde chance. Est-ce bien compris ?

— Parfaitement, Eminence, je vous remercie. J'attends de vos nouvelles.

— Bien, vous donnerez vos coordonnées à mon secrétariat. »

§

« Il vous a dit ne pas être au courant ? s'étonna Théo. Il a sûrement menti.

— Je n'ai pas réussi à le démasquer en tout cas, reconnu Darlington. S'il ment, il est bon comédien.

— Vous pensez qu'il va vraiment vous obtenir une audience auprès du pape ?

— Je n'en sais rien. Il avait l'air sincère lorsqu'il me l'a proposé.

— Hum, j'ai l'impression qu'il nous balade ce Cardinal MacDonnell. J'aurai peut-être dû venir avec vous, j'aurais pu sonder son esprit et découvrir s'il disait la vérité.

— Oui c'est vrai, mais que faites-vous de votre intuition ?

— Ce n'était pas une intuition, professeur, mais un rêve. »

Théo avait envoyé Darlington seul au rendez-vous avec le Cardinal MacDonnell à cause d'un rêve qu'il avait fait la veille. Dans ce rêve, il reçut une mise en garde. Il vit un homme d'Eglise, sans visage, qui l'attirait dans les sous-sols du Vatican afin de lui montrer le chemin vers l'arche. Arrivé dans une salle voûtée, sombre et glaciale, le visage du prélat devint visible. Il s'agissait en réalité de Dragan Kovak. Celui-ci rit aux éclats, entraînant d'autres rires venant d'un coin sombre de la pièce. Théo vit sortir de l'ombre Oswald Graham qui tenait un étrange appareil en main, qu'il pointait sur lui. Il sembla actionner un bouton et Théo perdit instantanément tout pouvoir. L'Elu ne sachant trop comment interpréter ce rêve, sentit tout de même qu'il y avait danger à se rendre en personne dans la cité du Vatican. C'est la raison qui le poussa à laisser Darlington y aller seul. Le professeur reprit :

« Oui, un rêve, si vous voulez. Je pense que nous devons faire confiance à MacDonnell. Il m'a été chaudement recommandé par mon ami, l'évêque de Canterbury qui est son ami également. Ce n'est pas un ami intime mais je le connais depuis longtemps. C'est un homme que je crois intègre. S'il m'a recommandé MacDonnell, c'est qu'il est intègre lui aussi.

— Ce n'est pas l'intégrité d'un Cardinal qui est en jeu ici, professeur, précisa Théo, mais le pouvoir le plus grand auquel les hommes puissent accéder. Croyez-vous vraiment que le Cardinal et même le Pape, ne seraient pas prêts à laisser de côté leur intégrité pour lui ?

— Que devons-nous faire alors ? demanda Darlington, un peu découragé.

— Nous allons attendre les nouvelles de MacDonnell, à condition qu'elles arrivent assez tôt. Mais nous n'allons pas rester inactifs pour autant. Yu, tu as commencé les recherches sur le Vatican, comme je te l'ai demandé ?

— Bien sûr, Théo. J'ai déjà amassé une somme impressionnante de documents, mais je n'ai pas trouvé grand-chose pour l'instant.

— Lisa, Jessie, des résultats de votre côté ?

— Non, pas encore, Théo, répondit Jessie. Nous repartons sur le terrain cet après-midi. Je vais arpenter la cité vaticane pendant que Lisa va faire un tour du côté du Latran.

— Très bien. Espérons que vous trouverez quelque chose.

— Je peux savoir ce que vous cherchez ? demanda Darlington qui n'avait pas été mis au courant des investigations menées par les autres membres de l'équipe.

— Les portes du temps, professeur, répondit Théo.

— Vous auriez pu me tenir au courant, tout de même ! s'indigna l'homme.

— Vous l'êtes maintenant, se contenta de dire Théo qui estimait ne pas avoir à se justifier.

— Pour le Latran, c'est une excellente idée, reconnut le professeur. Il ne faut pas oublier qu'au XIIIe siècle c'était le siège du pouvoir pontifical.

— Nous le savons, professeur, c'est vous qui nous l'avez révélé, vous vous souvenez ? lui rappela Jessie sur le ton de la plaisanterie.

— Ma foi, c'est pourtant vrai.

— Nous écoutons attentivement tout ce que vous nous dites, vous savez. C'est aussi pour ça que nous avons fait appel à vous. Bon, nous aurions trouvé facilement l'information, je le reconnais, mais vous nous avez ainsi épargné des recherches inutiles.

— Je suis heureux de pouvoir encore servir à quelque chose, se félicita Darlington, très pince-sans-rire.

— Très bien. Tous sur le terrain cet après-midi alors. J'ai dans l'idée que nous ne devons pas attendre grand-chose de la hiérarchie pontificale. » conclut Théo.

§

La journée fut consacrée à chercher d'éventuels indices. Lisa fut chargée d'inspecter le Latran. Jessie et Darlington se rendirent au Vatican. Elle, fit le tour des bâtiments ouverts au public tandis que lui, consulta de nombreux documents et livres de la bibliothèque pontificale. Yu pianota une bonne partie du temps sur son ordinateur. Quant à Théo, il fit le tour des deux autres églises majeures de Rome, Saint-paul-hors-les-murs et Sainte-Marie-Majeure. Le soir venu, ils se retrouvèrent tous dans l'appartement qu'ils avaient loué dans le centre de Rome. C'était beaucoup plus discret que les hôtels quatre et cinq étoiles qu'affectionnait Jessie. Les indices trouvés étaient maigres au point qu'il n'y avait pas de quoi suivre la moindre piste. Il fallait se rendre à l'évidence, ils ne trouveraient rien tant qu'ils ne visiteraient pas le tombeau de Grégoire IX. Il fallait pour cela attendre la réponse du Vatican, mais Théo avait déjà sa petite idée sur le sujet en cas de refus. Après tout, il était tout à fait capable de pénétrer dans le Vatican avec ou sans l'accord de la hiérarchie pontificale. S'il ne l'avait pas fait jusque-là, c'était surtout à cause de ce rêve et du pressentiment qu'il avait. Tout lui disait de faire attention, car il pouvait se produire des évènements terribles.

En attendant la réponse de MacDonnell, qui ne tarderait sans doute pas, la soirée fut consacrée à un bon dîner en ville dans le restaurant *Il Pagliaccio,* l'une des très bonnes tables de la capitale italienne.

Après le repas, Théo proposa de faire une promenade dans la vieille ville. Lisa s'en réjouit. Darlington qui avait l'habitude de se coucher tôt préféra rentrer à l'appartement. Jessie prétexta avoir à faire et lorsque Yu voulut suivre Théo et Lisa, elle lui mit discrètement un coup de coude dans les côtes afin de l'en dissuader. Pour une fois, le jeune Chinois comprit la manœuvre de son amie.

Jessie, qui avait remarqué depuis déjà un bon moment que Théo n'était pas insensible aux charmes de la belle Lisa mais aussi que celle-ci portait sur le jeune homme un regard très différent de celui du début, jugea qu'il serait bon de les laisser un peu seuls. Ils finiraient peut-être par déclarer leur flamme. Théo parut étonné d'être ainsi lâché par tout le monde. Il resta seul face à Lisa, debout dans la rue.

Il la regarda, un peu gêné et fini par lui dire :

« Bon, tout le monde nous lâche ce soir. Tu veux faire quoi ? Rentrer ou flâner ?

— Flâner », répondit la jeune fille sans la moindre hésitation.

Ils arpentèrent les ruelles du vieux Rome, envahies de touristes avides de vieilles pierres. Au détour d'une rue, ils arrivèrent sur la *Piazza Navona*, noire de monde à cette heure et animée de boutiques de souvenirs. Cette place, tout en longueur, avait la particularité d'avoir trois fontaines. La plus grande et impressionnante, au centre de la place, la fontaine des quatre fleuves, était surmontée d'un obélisque. Avec la chaleur de l'été romain, de nombreux badauds étaient assis sur les margelles, souvent les pieds trempés dans les eaux fraîches des vasques. C'est devant cette œuvre de l'art baroque, alors qu'ils s'attardaient à la contempler, que Théo prit délicatement la main de Lisa, sans rien dire ni faire d'autre. Elle ne retira pas la sienne, tourna la tête vers lui, le regarda avec tendresse et un doux sourire. Lui, fit mine de ne pas la voir et ne se détourna pas de sa contemplation. Il sentit le regard de Lisa qui s'attardait sur lui et ne put s'empêcher d'esquisser un sourire. Il sentit qu'elle avait envie de rire, amusée de la situation. Il eut envie de rire aussi et ne put se retenir. Ils éclatèrent ensemble, se regardèrent droit dans les yeux, se comprirent et repartirent arpenter la ville, main dans la main, heureux de ce moment de bonheur qu'ils traversaient ensemble.

Après avoir beaucoup marché dans le dédale de rues de la vieille ville, ils arrivèrent devant la fontaine de Trevi. Malgré l'heure tardive il y avait encore beaucoup de monde autour ce monument aussi célèbre à Rome que le Vatican ou le Panthéon.

Théo entraîna Lisa au bord de l'immense vasque dont les eaux étaient éclairées par des projecteurs étanches qui la mettaient en valeur. Du reste, de très nombreux projecteurs éclairaient les statues, les cascades et la façade du palais *Poli* sur laquelle la fontaine s'appuyait. Les deux jeunes s'assirent côte à côte sur la margelle patinée par les milliers de visiteurs qui, comme eux, avaient fait une pause pour contempler cette œuvre baroque du XVIIIe siècle. Après un long silence à savourer l'instant présent dans la tiédeur de la nuit romaine, Théo regarda Lisa et lui dit :

« J'ai passé une bonne soirée. Ca faisait longtemps que je n'avais pas été aussi bien. »

La jeune fille lui décocha un sourire plein d'amour et de douceur. Elle lui prit la main :

« Moi aussi, Théo, j'ai passé une excellente soirée avec toi.

— C'est vrai ? Tu ne t'es pas ennuyée ? s'inquiéta-t-il.

— Non, pas du tout, se défendit-elle. C'était merveilleux de se promener ainsi, main dans la main, à travers cette ville si… elle semblait chercher ses mots, hésitante.

— Si quoi ?

— Si… romantique.

— Tu sais, dit-il en baissant la tête, le regard dans les eaux de la vasque. Je ne sais pas trop comment te dire…

— Alors ne dis rien. » le coupa-t-elle en posant un index sur ses lèvres.

Elle se redressa et, prenant la main du jeune homme, ajouta :

« Viens, rentrons, demain nous devons nous lever tôt. »

§

James Darlington était à nouveau dans le bureau du Cardinal MacDonnell. Celui-ci l'avait appelé et l'avait convié à le retrouver ici, au cœur du Vatican. Théo avait encore une fois hésité à accompagner le professeur, mais il avait le pressentiment qu'il devait éviter les couloirs du Vatican, pour le moment du moins. Le prélat était assis derrière son bureau, souriant. Il se leva et ouvrit un secrétaire dans lequel il cachait une bouteille de pur whisky irlandais. Il montra la bouteille à Darlington :

« Je vous sers un verre ?

— Oh ! mon Dieu ! Une bouteille de Bushmills Millennium de mille neuf cent soixante-quinze ! Comment avez-vous pu en obtenir une ?

— J'en ai réservé deux caisses directement auprès du directeur de la distillerie. C'est un ami. Je réserve ces bouteilles à de vrais connaisseurs, flatta le Cardinal.

— Je n'ai eu l'occasion de goutter à ce nectar qu'une seule fois, en deux mille deux et je dois dire que c'était, excusez l'expression, divin ! »

MacDonnell rit de bon cœur. Il aimait faire sensation avec son whisky dont la cuvée était aussi rare qu'exceptionnelle. Il sortit deux verres et versa le nectar avec délicatesse. Il tendit un verre à Darlington, qui le porta à hauteur de ses yeux afin d'en apprécier la robe brune, puis le huma pour s'imprégner de son bouquet. Il ferma les yeux un instant, se remémorant la saveur de ce breuvage d'exception. Il fut tiré de sa rêverie par la voix du prélat :

« Trinquons, voulez-vous ? »

MacDonnell tendait son verre. Darlington leva le siens et demanda :

« A quoi trinquons-nous, Eminence ?

— A notre collaboration, cher ami. »

Ils burent lentement, appréciant chacune des gouttes de ce whisky, qui avait plus de trente-cinq ans d'âge et était introuvable dans le commerce. Lorsque Darlington eut terminé son verre, qu'il dégusta comme si c'était le dernier, il questionna MacDonnell :

« J'aimerais comprendre, Eminence. Qu'entendez-vous par : collaboration entre nous ?

— Je vais vous expliquer. Sa Sainteté, à qui j'ai parlé en personne de votre cas, m'a paru très gênée et un tant soit peu irritée à l'évocation de cette affaire. Je ne l'ai que très rarement vu ainsi, je l'avoue. Cela m'a mis la puce à l'oreille et je me suis demandé si ce n'était pas vous qui aviez raison au sujet de l'arche d'alliance.

— Vraiment ?

— Je soupçonne le pape de connaître la vérité à son sujet et de la cacher au collège des cardinaux, ce qui me paraît contraire à nos principes même. Je souhaite faire la lumière sur cette affaire et connaître toute la vérité, quelle qu'elle soit, sur l'arche. S'il est vrai qu'elle est dans nos murs, alors elle doit être mise au grand jour.

— Je vois. Bien, je suis heureux de voir que nous pouvons compter sur un membre influent de l'Eglise dans cette affaire.

— Nous ? s'inquiéta le prélat.

— Oui, je ne suis pas seul. Nous sommes une petite équipe qui recherche sans relâche, depuis un certain temps, l'arche et qui a brillamment et patiemment remonté la piste jusqu'ici.

— Vous ne m'aviez pas parlé de cette équipe, fit le Cardinal empreint d'une certaine inquiétude.

— Ce n'était pas le plus important.

— Ca l'est désormais. Je joue gros dans cette affaire. Si le pape apprend que j'ai trahi sa confiance, je ne donne pas cher de ma peau, au Vatican.

— N'ayez aucune crainte Eminence, les gens avec qui je travaille sont aussi sûrs que moi, j'en réponds.

— Vous me rassurez. Bon alors, en quoi puis-je vous être utile maintenant ?

— Nous supposons que l'arche a été dissimulée entre les murs du Vatican ou du Latran. Elle est vraisemblablement protégée par un mécanisme très sophistiqué qui a été installé au XIIIe siècle. Nous pouvons penser, qu'étant donné la taille et la complexité de ce mécanisme, il a dû être bâti sous terre. Nous souhaiterions pouvoir effectuer des recherches dans les sous-sols du Vatican et du Latran. »

MacDonnell prit le temps de la réflexion avant de répondre :

« Donnez-moi vingt-quatre heures ? Vous ne pourrez

vous déplacer dans le Vatican sans la présence de la garde suisse, qui surveille l'ensemble de la cité. Il faut que je m'organise. Je vous contacte demain dans la journée, c'est promis.

— Je vous remercie votre Eminence.» termina Darlington avant de s'éclipser.

§

Il était près de vingt-trois heures lorsque Théo et ses amis arrivèrent devant la porte d'entrée, gardée jour et nuit par deux gardes suisses. Magnifiques dans leur uniforme strié de jaune, bleu et rouge, culotte et épaules bouffantes, galurin noir vissé sur le crâne, hallebarde tendue droit devant eux, ils étaient stoïques, mais vigilants. Lorsque James Darlington approcha d'eux, ils croisèrent leurs hallebardes sous son nez, fermant le passage. Le professeur s'adressa à eux :

« Je suis le professeur Darlington. Le capitaine Wagner nous attend.

— Veuillez patienter professeur, dit l'un d'eux, il ne va pas tarder.»

Les deux gardes demeurèrent immobiles et impassibles jusqu'à l'arrivée du capitaine Helmut Wagner. Celui-ci arriva par la grande porte qui conduisait dans le palais épiscopal. C'était un grand gaillard costaud, blond, yeux bleus, menton volontaire qui terminait une large et solide mâchoire. Les hallebardes reprirent leurs positions lorsqu'il descendit l'escalier jusqu'au professeur à qui il s'adressa :

« Bonsoir professeur Darlington. Je suis le capitaine Wagner. Le Cardinal MacDonnell m'a chargé de vous accompagner et vous servir de guide. Je vous prie de me suivre, s'il vous plaît.»

Wagner tourna les talons et remonta l'escalier. Darlington, Théo et les autres membres de l'équipe lui emboîtèrent le pas. Wagner traversa un long et large corridor faiblement éclairé à cette heure tardive. Il bifurqua sur la gauche, péné-trant dans un long couloir sombre, étroit, qui menait dans une aile du palais. A mi parcours, un large escalier, sur la droite, menait à l'étage inférieur. Une solide grille en fer forgé en condamnait l'accès.

Le capitaine Wagner sortit un trousseau de clés, caché sous la veste de son uniforme, accroché à la ceinture. Il ouvrit le portail métallique et invita tout le monde à des-cendre. Il referma à double tour la grille derrière lui. L'escalier de marbre descendait d'un étage seulement. Il se terminait sur un espace large et dégagé dont le sol était re-couvert d'une marqueterie de marbre. De cet espace partait, sur la droite comme sur la gauche, un corridor large et long. Ils prirent le couloir de droite, jusqu'à mi-parcours seule-ment, avant que Wagner ne s'arrête et ne sorte à nouveau son trousseau de clés pour ouvrir une porte discrète, sur la gauche. Il s'adressa au groupe :

« A partir de ce point nous entrons dans le sous-sol pro-prement dit du palais et de la basilique. Il n'y a pas de pan-neaux indicateurs. Je vous prierai donc de bien vouloir me suivre et ne pas vous éloigner de moi. Là-dessous c'est un véritable dédale dans lequel vous pourriez vous perdre et ne pas retrouver la sortie. Est-ce que c'est bien clair pour tout le monde ? insista-t-il.

— C'est on ne peut plus clair capitaine. » confirma Théo.

Derrière la porte commençait un dédale de couloirs, étroits et bas, dont le sol était couvert d'un dallage de pierre beige et les murs de briquettes brunes. Le capitaine Wagner semblait à l'aise dans ce labyrinthe, bifurquant sans la moindre hésitation au gré des nombreuses intersections. Arrivés au bout de l'un de ces couloirs, ils butèrent sur une porte solide. Wagner sorti à nouveau son trousseau de clés et l'ouvrit. Elle aboutissait à un large passage dont le sol et les murs étaient également couverts d'une marqueterie de marbre. Le haut du passage, situé à près de trois mètres, formait une voûte aplatie à son sommet. L'éclairage discret était dispensé par des appliques murales qui diffusaient leur lumière tamisée en direction de la voûte. Wagner expliqua qu'ils venaient d'entrer dans le corridor qui menait aux tombeaux des papes et de l'apôtre Saint-Pierre. Pour l'atteindre ils avaient emprunté un passage dérobé, afin d'éviter de tomber sur des gardes et des dignitaires de l'Eglise. D'ordinaire, les visiteurs utilisaient le passage officiel depuis la basilique Saint-Pierre.

Wagner poursuivit son chemin jusqu'à atteindre la crypte de Saint-Pierre. Il se tourna vers Darlington et dit :

« Voilà professeur, nous sommes dans la partie nécropole des sous-sols. Le Cardinal MacDonnell ne m'a pas précisé ce que vous recherchiez, mais il m'a demandé de vous conduire ici pour commencer votre travail.

— Nous vous remercions capitaine, dit Darlington, nous allons en effet commencer par la nécropole. Nous aimerions examiner le tombeau de Grégoire IX. Est-ce que vous savez où il se trouve ?

— Je crois qu'il est par là, dit-il en indiquant la direction d'un étroit couloir.

— Bien, alors mettons-nous au travail. » ajouta le professeur à l'adresse de ses camarades.

Il y avait de nombreuses cryptes qui renfermaient les tombeaux de divers papes au fil des siècles. Les cryptes et les tombes étaient très différentes selon les époques, certaines très simples, sans fioritures, d'autres plus ostentatoires. Wagner s'arrêta devant une crypte dans laquelle le tombeau de pierre était sculpté de bas reliefs. La tombe était, comme la plupart des autres, située presque contre le mur, surmontée d'une petite niche dans laquelle se trouvait une statuette. L'endroit était sombre, à peine éclairé par deux petites appliques murales de faible intensité.

« C'est ici. » précisa le capitaine de la garde suisse.

Darlington et Théo approchèrent du sarcophage de pierre et l'examinèrent attentivement sous toutes les coutures. Les bas-reliefs représentaient des scènes bibliques sans rapport avec ce qu'ils recherchaient. Muni de sa lampe torche, Théo scruta la pierre afin d'y trouver, qui sait, un trou devant lequel passer la chevalière pour libérer un indice majeur, en vain. Le sarcophage ne semblait pas vouloir livrer son secret aussi facilement.

Lisa examina les murs et Jessie scruta le sol couvert de marbre. Rien ne semblait vouloir leur parler. Wagner, toujours stoïque, observait avec amusement le professeur et ses *élèves* dans leurs recherches. Il se demandait ce qui pouvait bien les motiver pour se donner autant de mal auprès d'un tombeau vieux de plus de sept cents ans.

Après plus d'une demi-heure de recherche, ils n'avaient toujours rien de concret et finirent par s'arrêter et se regarder, dubitatifs.

« Je ne comprends pas, avoua Théo, nous n'avons rien trouvé. Se peut-il que l'énigme du Codex se réfère à un autre Grégoire ?

— Tout est envisageable, vous savez, assura Darlington sans se départir de son flegme. Toutefois j'en doute.

— Pourquoi ?

— C'est évident, répondit-il en montrant la crypte et le tombeau d'un geste ample de la main. Nous cherchons un dispositif que nous savons être ici, quelque part et l'énigme nous parle à demi mots de la tombe d'un Grégoire. Nous pouvons aller observer les tombeaux des autres Grégoire qui sont ici, mais je doute fort qu'ils aient quelque chose à voir avec l'énigme.

— Vous semblez bien sûr de vous, professeur, avança Lisa.

— Les autres Grégoire sont trop éloignés de l'époque qui nous intéresse. Non, je pense que la solution est ici, quelque part, sous nos yeux.

— Qu'avons-nous négligé alors ? se demanda Théo.

— Nous devons reprendre depuis le début, proposa Jessie qui était lasse de toutes ces énigmes.

— Elle n'a pas tort, convint Darlington. Voyons, que dit l'énigme, mot pour mot ? *Trouve Grégoire et prie devant sa demeure éternelle.* » lut-il sur l'une des copies de page du Codex qu'il avait pris soin d'emporter.

Chacun réfléchit dans son coin, essayant de comprendre ce qui leur avait échappé. Ce fut Yu qui, comme souvent, eut un éclair et proposa :

« Le texte dit qu'il faut prier devant sa demeure éternelle. Nous n'avons pas essayé la prière. »

Tous le regardèrent, ne semblant pas bien comprendre où il voulait en venir. Il précisa :

« Eh bien oui, qu'est-ce qu'on fait quand on veut prier, chez les catholiques ?

— On se met à genoux ! » lança Lisa qui se précipita devant la tombe et s'agenouilla devant elle.

Son regard se porta tour à tour sur le sarcophage et le mur dans lequel une niche renfermait la statuette d'un saint quelconque.

« Je ne vois rien. » se désola-t-elle.

James Darlington vint auprès d'elle et s'agenouilla à son tour, sans dire mot. Il regarda le sarcophage, songea qu'à cette hauteur, ses yeux verraient les choses différemment, mais rien n'y fit. Il ne voyait pas non plus. Il regarda la niche dans le mur et la statuette qui trônait là. Il ne vit rien de marquant. Il tourna le regard vers la gauche puis vers la droite. Rien non plus. Il se remit sur ses deux jambes et haussa les épaules avant d'avouer :

« Je crois que je me suis trompé en fin de compte. Nous allons chercher les tombeaux des autres Grégoire. Peut-être aurons-nous plus de chance. »

Théo demanda au capitaine Wagner de les conduire aux tombeaux des autres papes nommés Grégoire.

Ils le suivaient dans un couloir étroit lorsque soudain Darlington s'arrêta net en s'exclamant :

« Bon sang ! La statuette ! »

Les autres comprirent qu'il venait d'avoir une intuition

et Théo l'interrogea :

« La statuette ? Vous pensez à quelque chose ?

— Je suis stupide parfois ! confessa-t-il. Je n'ai pas su voir ce qui était évident !

— Qu'est-ce qui était évident, professeur ?

— L'indice, c'est la statuette ! affirma avec force Darlington en se frappant le front.

— Expliquez-nous, professeur, le pria Jessie.

— Oui, excusez-moi, je suis dans mes pensées. La statuette dans la niche représente un saint.

— Ca, nous l'avions compris, nous aussi, fit observer Théo.

— Oui mais savez-vous de quel saint il s'agit ?

— Non. Vous le savez, vous ? s'étonna l'Elu.

—Je n'avais prêté qu'une attention distraite à cette statuette et je n'ai pas percuté en voyant ce qu'elle tenait dans sa main.

— Mais que tenait-elle donc de si important ? demanda Lisa avec la plus grande curiosité.

— Un calice… Un calice d'où sortait une tête de serpent.

— Et ça vous fait penser à qui ? demanda Théo.

— A Saint-Jean.

— Saint-Jean ? se demanda Jessie. Et en quoi c'est un indice ?

— Réfléchis un peu, intervint Yu, Saint-Jean est un saint qui a donné son nom à de nombreux édifices religieux et ici, à Rome, il y en a un en particulier.

— Je comprends maintenant, avoua-t-elle. Vous voulez dire que la statuette nous indique que ce que nous cherchons se trouve dans la basilique Saint-Jean de Latran? Pff ! Quelle perte de temps ! s'agaça la jeune femme. Tout ça pour apprendre quelque chose que nous soupçonnions déjà !

— Oui et non, considéra Théo. Ca nous a fait perdre un peu de notre temps ce soir, mais ça nous en fait gagner pour la suite car si nous n'avions pas trouvé l'indice, nous aurions continué à explorer le Vatican durant des semaines entières, qui sait. Maintenant, nous savons où concentrer nos efforts au moins.

— C'est exactement ça ma chère enfant.» conclut James Darlington.

L'Archibasilique Saint-Jean de Latran, au cœur de Rome, est la première église catholique au monde. Sur son fronton l'on peut lire «*omnium urbis et orbis ecclesiarum mater et caput*». Ce qui signifie : *« Mère et tête de toutes les églises de la ville et du monde »*. Elle forme, avec le palais du même nom qui le jouxte, un ensemble qui fut la résidence principale des papes jusqu'au début du XIVe siècle, date à laquelle ils s'installèrent en Avignon. Cela signifie qu'au XIIIe siècle, lorsque l'arche d'alliance fut rapatriée à Rome, ce n'est pas au Vatican, mais bien au Latran que résidait le Pape Innocent IV. Donc, il était fort probable que les portes du temps se trouvent dans ce lieu plutôt qu'au Vatican.

Tout le monde s'était mis au travail pour réunir le maximum d'informations sur le Latran, qui était un complexe important avec sa basilique, son palais et son cloître. Le professeur Darlington continua la lecture et l'interprétation des pages du Codex. Il trouva un passage qui disait ceci :

« Lorsque devant la porte d'eau tu te présenteras, muni de la clé, la bonne nouvelle de la révélation tu auras. »

Ils en conclurent que l'entrée du mécanisme des portes du temps était sans doute le puits qui se trouvait dans le cloître. Ils décidèrent d'aller l'explorer. Si les moines de Podlazice, en Bohême, réalisèrent les portes du temps, nul doute, d'après Théo, que ce soit un système identique aux puits temporels, d'autant que ce fut l'Archange Saint-Michel lui-même qui donna les instructions pour leur conception.

Pour l'Elu il ne faisait aucun doute que le puits qu'ils allaient visiter cette nuit était celui qui conduisait aux portes du temps et à l'arche. Yu avait recherché des informations sur l'architecture du Latran afin de déterminer la meilleure façon d'entrer dans les lieux et d'atteindre le cloître et le puits. Il trouva une porte de service, qui donnait juste derrière le bâtiment principal et permettait d'accomplir un trajet assez court.

Il fut décidé de passer à l'action vers une heure, au milieu de la nuit. Théo, Lisa et Darlington entreraient dans les lieux tandis que Jessie se tiendrait à l'extérieur, pour d'une part monter la garde, d'autre part se tenir prête à toute éventualité et pouvoir venir en renfort si besoin était. Yu, quant à lui, resterait à l'appartement qu'ils avaient loué pour la semaine en plein cœur de Rome, tout près des principaux sites à explorer. Il demeurerait les yeux rivés sur les écrans de ses ordinateurs, en contact permanent avec les autres membres de l'équipe, prêt lui aussi à toute éventualité.

Le puissant 4x4, modèle qu'affectionnait particulièrement Jessie, traversa la place *San Giovanni in Laterano* et vint s'immobiliser devant le portail métallique qui donnait accès à l'intérieur de l'enceinte du Latran. Théo, d'un geste de la main désormais coutumier, fit s'ouvrir et coulisser la lourde porte, juste de quoi laisser passer la voiture. Jessie avança, traversa le parking quasi désert, tourna sur la gauche, à l'angle d'un bâtiment qu'elle longea jusqu'à un renfoncement qu'il formait avec le cloître et vint s'immobiliser sur un emplacement de parking. A quelques mètres à peine se dressait la porte de service.

Les trois membres de l'équipe quittèrent le véhicule et se dirigèrent d'un pas rapide vers elle. Ils étaient tous trois vêtus de combinaisons noires, parfaitement ajustées mais non moulantes, afin de se fondre plus aisément dans la nuit. La porte ne résista pas longtemps à Théo et ils s'engouffrèrent dans un petit couloir étroit, plongé dans le noir, qui se terminait sur une nouvelle porte.

Darlington et Lisa portaient des lunettes infra-rouges afin de voir dans la nuit. Théo fit sauter le verrou de la seconde porte. Elle donnait sur un long et large passage au plafond voûté soutenu par plusieurs arches assises sur des colonnes de porphyre rouge. Ils le traversèrent rapidement et prirent à droite un autre passage, dont un côté était composé de nombreuses colonnes, fines et torsadées. Ils comprirent qu'ils étaient arrivés dans le cloître. Par-delà les colonnes, ils aperçurent le jardin avec en son centre le puits. Il y avait un palmier, un olivier et quelques massifs d'arbustes taillés au carré.

Ils traversèrent à pas feutrés une allée de graviers jusqu'au puits qui portait le nom de : *pozzo della Samaritana*. Celui-ci était posé sur un socle constitué de deux dalles circulaires de pierre, de diamètres différents, afin de constituer une sorte d'escalier à deux marches. La margelle du puits était faite d'une pierre lisse de couleur blanc-gris, sculptée de bas reliefs. Le dessus était bouché, à première vue, par une dalle de béton.

Théo demanda à ses camarades de reculer puis il se concentra sur le puits et agita les mains devant lui dans un mouvement de bas en haut. Après quelques secondes, des craquements, suivis de bruits sourds, déchirèrent le silence de la nuit. Un grondement s'amplifia rapidement et, d'un coup, des dizaines de morceaux de béton s'élevèrent dans les airs au-dessus du puits, suspendus dans le vide, virevoltants. Théo les guida sur le côté du puits et les déposa avec la plus grande douceur afin de faire le moins de bruit possible.

James Darlington, non encore complètement habitué aux prouesses de l'Elu, en resta bouche bée. Il fut le premier à atteindre le puits, se pencha au-dessus afin de regarder le résultat, constata que la dalle avait été détachée proprement de la margelle du puits qui n'avait pas subi le moindre dégât. Théo jeta un œil au fond. Il constata qu'il n'y avait pas d'eau, ce qui le contraria. Il se demandait comment il pourrait franchir le passage temporel sans la surface séparatrice de l'eau et craignait même que ce ne soit peine perdue. Il décida d'y descendre afin de s'en assurer. Il grimpa sur la margelle, se jeta dans le puits, se mit à flotter au-dessus du vide et descendit lentement, impressionnant encore un peu plus Darlington.

Les pieds de Théo touchèrent le fond du puits qui était à sec et, comme il le craignait, il n'avait pas traversé l'espace spatio-temporel. Pour cela il fallait absolument le mettre en eau. Le jeune homme réfléchit un moment, s'éleva et rejoignit ses amis, à qui il demanda de patienter le temps qu'il revienne. Il s'éleva à nouveau et fut bientôt au-dessus des toits. Il avança à l'horizontale et s'éloigna rapidement.

Lisa et Darlington restèrent seuls, dans l'obscurité et le silence, sans comprendre ce qui se passait. Lisa ne s'inquiétait pas plus que cela, ayant une confiance absolue en Théo. Elle dut rassurer le professeur qui lui était très inquiet. Après quelques minutes, ils revirent leur ami dans le ciel nocturne planer au-dessus d'eux. Il était suivi d'une sorte de nuage qui semblait s'agiter en tous sens de façon étrange. Théo descendit jusqu'à eux et le nuage, ou plutôt ce qu'ils avaient pris pour un nuage, s'allongea et descendit rapidement dans le puits.

Darlington et Lisa comprirent qu'il s'agissait en réalité d'une masse d'eau qui descendait dans le trou. Théo expliqua qu'il avait dû siphonner toute l'eau d'une fontaine située à proximité afin de pouvoir recréer un passage temporel dans le puits. Il redescendit et s'enfonça sous la surface de l'eau.

Plusieurs minutes s'écoulèrent dans un silence absolu. Lisa, penchée au-dessus du puits, guettait le retour de Théo qui tardait à remonter. James Darlington se demandait si le jeune homme ne s'était pas noyé, ce à quoi Lisa lui répondit que Théo était l'Elu et qu'il ne pouvait pas mourir tant qu'il était connecté aux bijoux de l'Archange. Après encore deux longues minutes, l'Elu réapparut enfin, le visage fermé. Il avait exploré le passage cherchant à déterminer s'il pouvait bien s'agir de l'accès aux portes du temps.

« Alors, ça donne quoi ? demanda Lisa inquiète devant l'expression du visage de l'Elu.

— C'est un puits temporel classique.

— Il ne donne pas accès aux portes du temps ? s'enquit Darlington, de l'étonnement dans la voix.

— Non, ça n'en a pas l'air.

— Hum, je suis étonné. J'aurai parié le contraire pourtant. Les indices que nous avons recueillis nous menaient tout droit ici.

— Le passage doit être ailleurs, nous devons revoir notre copie, regretta Théo.

— Qu'est-ce qu'on fait, on repart d'ici comme ça, bredouilles ? questionna Lisa.

— Tu veux faire quoi d'autre ?

— Je ne sais pas moi, réfléchissons, reprenons tout depuis le début et trouvons pourquoi nous avons loupé l'entrée du passage !

— Retournons dans la voiture avec Jessie, proposa Théo. Nous allons essayer de revoir nos notes et nos indices. Après tout si nous étions si sûrs que l'entrée est ici, c'est qu'elle ne doit pas être bien loin. »

Jessie fut étonnée de les voir revenir si vite et comprit qu'il avait dû se produire quelque chose d'anormal. Ils lui expliquèrent que le puits ne donnait pas sur les portes du temps. Elle contacta immédiatement Yu et ils revirent tout le problème ensemble afin de déterminer une éventuelle autre option pour découvrir le passage qu'ils cherchaient. Après avoir tout passé en revue, le professeur Darlington sortit du véhicule et fit quelques pas, seul, pour réfléchir dans le calme.

Il revint quelques minutes plus tard, se campa devant la portière côté passager avant et dit :

« J'ai tout repassé dans ma tête et je ne vois pas ce qui cloche, mes amis. Nous passons encore à côté de quelque chose d'évident. De si évident que nous ne le voyons pas.

— Bon, reprenons encore une fois alors, proposa Théo. La première énigme du Codex nous enjoignait de trouver Grégoire et de prier… comment était-ce déjà ?

— *Trouve Grégoire et prie devant sa demeure éternelle*, lut le professeur qui tenait les pages du Codex en main.

— C'est ça. Bien, nous avons trouvé la tombe de Grégoire IX qui, d'après vous professeur, ne pouvait être que le Grégoire que nous cherchions. Est-ce que vous maintenez cette affirmation ? »

Darlington prit le temps de la réflexion avant d'affirmer :

« Oui, je n'ai pas de doute là-dessus.

— Bon. Ensuite nous avons pensé avoir découvert l'indice que recélait le tombeau de Grégoire, matérialisé par la statuette de Saint-Jean. Ce qui nous a amenés ici, à St Jean de Latran. Est-ce que l'un de vous pense que nous nous sommes peut-être trompés sur l'indice, par exemple ?

— Je crois que l'indice était le bon, soutint Yu. Pourquoi y aurait-il eu une statuette de St-Jean au-dessus de sa tombe sinon ?

— Et pourquoi pas, dans le fond ? se demanda Lisa.

— Avouez que c'est quand même étrange. Nous avions deux lieux possibles pour faire nos recherches : le Vatican et le Latran. La statuette nous indiquait clairement le Latran, j'en suis persuadé.

— Je suis assez de son avis, reconnut Jessie.

— Bon, si personne ne conteste l'indice, nous le considérons comme fiable alors ?

— Je suis d'accord, affirma Darlington.

— Bien. Notre dernier indice, tiré des pages du codex est… Vous voulez bien nous relire la phrase, professeur ?

— Oui, bien entendu. Voyons voir : *lorsque devant la porte d'eau tu te présenteras, muni de la clé, la bonne nouvelle de la révélation tu auras.*

— Si nos autres indices ne sont pas remis en question,

nous devons supposer que c'est sur cette phrase que nous devons nous concentrer et trouver ce qui nous échappe encore.

— *Lorsque devant la porte d'eau tu te présenteras* nous porte à croire que l'entrée du passage se trouve dans un lieu où il y a de l'eau, c'est évident, assura le professeur.

— Oui mais pas forcément un puits, en déduisit Théo.

— Pas forcément en effet. Ca peut être une fontaine ou une piscine ou un plan d'eau quelconque, que sais-je ?

— Yu, toi qui as épluché les données du Latran, qu'est-ce qu'on a d'autre que le puits du cloître ?

— Je cherche, mais je crois qu'il n'y a rien d'autre si mes souvenirs sont bons... Oui, c'est ça, il n'y a pas d'autres puits, pas de fontaines, rien.

— Bon, on peut donc penser que le puits est bien l'entrée du passage, a priori, avança l'Elu. La suite de la phrase, professeur ?

— Oui, voilà : *muni de la clé.* La clé ? s'interrogea Darlington. Nous avons supposé que la clé était en fait le moyen de traverser les puits temporels, en l'occurrence les bijoux de l'Archange.

— Et si ce n'était pas ça cette fameuse clé ? proposa Jessie.

— Ca voudrait dire qu'il nous manque un indice important, fit observer Théo. Et un objet qui nous permettrait de franchir le puits pour arriver aux portes du temps.

— Ca expliquerait pourquoi tu es arrivé dans un simple puits temporel, reconnu Lisa.

— Mais alors cette clé, où est-ce qu'on la trouve ? s'interrogea Yu. Nous n'avons aucun autre indice nous permettant de la trouver.

— Que veut dire la dernière partie de la phrase ? se demanda Jessie. *La bonne nouvelle de la révélation tu auras.* Nous avons pensé que c'était juste pour nous dire que nous aurions la bonne nouvelle de la révélation de l'entrée des portes du temps, mais ce n'est peut-être pas du tout ça dans le fond.

— Mais alors qu'est-ce que ça peut bien vouloir dire ? se demanda Yu.

— La bonne nouvelle de la révélation, réfléchit à haute voix Darlington, concentré sur l'énigme.

— Vous pensez à quelque chose, professeur ? » demanda Théo.

Darlington fit un geste de la main pour dire de ne pas le déranger. Il était en plein bouillonnement intérieur et passait en revue toutes ses connaissances pour y trouver la solution. Il avait l'intuition qu'elle était toute proche, quelque part dans le tréfonds de sa mémoire. Un peu comme quand on a quelque chose sur le bout de la langue mais qu'on n'arrive pas à l'exprimer. On sait que l'on connaît l'information, qu'elle est là, prête à éclater, qu'il manque un tout petit rien pour qu'elle apparaisse, mais ça ne vient pas.

Le professeur se mit à faire les cent pas sur le parking plongé dans la pénombre. Il allait et venait, bougeait les bras en tous sens, parlait seul, avait l'air d'un fou, ce qui amusait les jeunes, pris d'un bon fou rire.

Darlington se pencha par la portière, regarda les quatre jeunes gens qui étaient pliés dans leurs fauteuils, riant de manière convulsive.

« J'ai trouvé ! » lança-t-il, visiblement content de lui.

Les rires cessèrent rapidement et chacun se tut, attentif. Darlington, sourire aux lèvres reprit :

« J'ai trouvé ! C'est la statuette de St-Jean, la clé !

— Super ! s'exclama Lisa. Comment en êtes-vous arrivé à cette conclusion ? demanda-t-elle, curieuse.

— La bonne nouvelle de la révélation tout simplement.

— Eclairez-nous, professeur, s'il vous plaît ? implora Jessie.

— Oui, bien sûr. J'avais depuis un moment dans l'idée que cette phrase me parlait, mais je n'arrivais pas à comprendre ce qu'elle me disait. J'ai fini par trouver. Savez-vous ce que le mot évangile veut dire ?

— Non, mais vous allez nous le révéler sans doute, n'est-ce pas professeur ? dit Théo.

— Evangile veut dire tout simplement *bonne nouvelle* !

— Vraiment ? Mais poursuivez votre raisonnement, car je crois que pour le moment, nous sommes dans le flou.

— *La révélation* me fait penser à la révélation du Christ devant le monde et devant ses disciples.

— Et donc ? demanda Théo.

— Celui qui a écrit l'évangile traitant de la révélation du Christ au monde est... Saint-Jean !

— Ok, maintenant tout devient clair, professeur. Mais pourquoi la statuette ?

— Parce qu'il n'y a rien d'autre que l'on puisse emporter dans la crypte de Grégoire IX.

— La statuette de Saint-Jean serait donc la clé qui nous manque ? C'est plausible mais ennuyeux, reconnut Théo.

— Pourquoi ennuyeux ? s'étonna Darlington.

— Parce que ça veut dire que nous ne pouvons pas trouver l'arche maintenant et qu'il faut attendre d'avoir récupéré la statuette. J'aurais préféré pouvoir continuer cette nuit et en finir.

— Et si nous allions la récupérer tout de suite ? proposa Lisa.

— Comment ? s'inquiéta Yu.

— Théo, tu es tout à fait capable de nous faire pénétrer dans le Vatican avec tes pouvoirs, non ? assura Lisa.

— Je pense que ça ne doit pas me poser de problèmes, reconnut l'Elu. Mais tu oublies les gardes suisses.

— Tu n'as pas un moyen de les neutraliser ?

— Je... J'en sais trop rien.» bafouilla Théo, interloqué par cette question.

Pouvait-il neutraliser les gardes ? Sans doute que oui. Mais il n'avait jamais eu l'occasion d'y réfléchir à vrai dire. Jusque-là les pouvoirs dont il disposait lui avaient servi pour ouvrir des portes, traverser des puits temporels, faire des sauts dans le temps et sonder l'esprit des gens. Mais porter atteinte physiquement, d'une quelconque manière à une personne, c'était différent. La seule fois où il avait dû utiliser son pouvoir contre quelqu'un, c'était à Venise dans sa lutte contre Kovac, mais là, il avait découvert la vraie nature de cet homme et il avait compris qu'il n'était pas vraiment humain. Bien sûr, il savait que cela devait arriver, fatalement. Mais il avait repoussé cette idée jusque-là, estimant que viendrait le temps des combats, plus tard, lorsqu'il serait prêt, lorsqu'il aurait une parfaite maîtrise de son pouvoir et serait assez fort physiquement et mentalement pour le faire. Pour l'instant, il n'était qu'un ado qui n'aspirait pas à se battre et faire du mal, quand bien même ce serait pour une bonne cause.

Il se demanda comment il pourrait neutraliser les gardes sans leur faire de mal. Les endormir serait la solution la plus douce sans doute. Mais comment faire ? Il n'en avait aucune idée. Il voulut faire appel aux bijoux afin qu'ils le guident et lui donnent la solution, mais il n'eut pas besoin de le faire. Celle-ci lui vint automatiquement à l'esprit, propulsée depuis le fond de son inconscient. Il sut exactement ce qu'il devait faire pour plonger une personne dans un profond sommeil durant un laps de temps plus ou moins variable selon les besoins.

« Ok, allons-y maintenant, dit-il d'une voix assurée. »

§

Arrivé devant les portes du Vatican, Théo utilisa son pouvoir mental pour endormir les deux gardes qui en contrôlaient l'accès. Une fois à l'intérieur, il retrouva sans problème le chemin qu'ils avaient emprunté la veille avec le capitaine Wagner et ils furent rapidement dans la crypte de Grégoire IX. Ils emportèrent la statuette et ressortirent du Vatican non sans avoir dû, en cours de route, neutraliser encore quelques gardes suisses qui faisaient leur ronde dans le palais épiscopal.

Ils regagnèrent au plus vite le palais du Latran où ils arrivèrent vers trois heures trente du matin. Là, ils reprirent l'exécution de leur plan initial, laissant Jessie dans la voiture et regagnant le puits de la Samaritaine, dans le cloître de la basilique.

Théo, en suspension dans le vide au-dessus du puits, dont il venait d'explorer le passage, muni de la statuette, déclara :

«Cette fois c'est le bon passage mes amis, venez, nous allons chercher l'arche. »

Il enjoignit ses amis de monter sur la margelle et de sauter dans le puits. Il eut du mal à convaincre Darlington qui n'avait qu'une confiance limitée dans ce genre d'exercice. Finalement, il fut poussé dans le dos par Lisa qui, lasse de palabrer, préféra utiliser la manière forte. Darlington cria, crut tomber avant de s'apercevoir qu'il flottait au-dessus du vide, soutenu par on ne sait quelle force invisible. Théo entama la descente et fit traverser le portail temporel à ses amis.

§

« Ca me fait penser aux catacombes. » affirma Darlington en voyant l'étroit couloir dans lequel ils venaient d'arriver.

Théo, qui avait déjà exploré une partie du parcours, commença à avancer et sans se retourner, dit :

« Venez, c'est par là..

— Par là ? Qu'y a-t-il par là ? se demanda le professeur.

— Vous le saurez dans quelques instants, professeur. Nous touchons au but. »

Ils marchèrent durant deux bonnes minutes à travers un dédale de passages dans lesquels se mêlaient chaleur, humidité et puanteur. Lisa sortit un mouchoir qu'elle plaqua devant son visage. Elle s'exclama :

« Bah ! Ca pue l'œuf pourri ! C'est immonde !

— Ce doit être du soufre, fit remarquer Darlington. Ca sent un peu l'œuf pourri, en effet. »

Une lumière blanc bleutée, assez vive, devint visible au détour d'un coude du passage. Elle semblait provenir du fond du couloir au plafond bas qui obligeait le professeur Darlington à se courber. La lumière provenait d'une sorte de rideau immatériel qui barrait le passage, très lumineux, opaque, animé de volutes sombres qui tournoyaient lentement avant de se défaire pour se reformer un peu plus loin. Darlington l'observait avec attention, ébahi par l'étrange consistance dont semblait être faite cette porte :

« Qu'est-ce que c'est ? questionna-t-il en approchant la main pour le toucher.

— Professeur ! cria Théo en retenant in extremis le bras de l'homme.

— Quoi ? Je voulais juste le toucher, c'est tout.

— Je vous le déconseille fortement. Regardez. »

Théo arracha un petit galet au mur du couloir, taillé directement dans une couche de poudingue. Il lança le caillou à travers le rideau lumineux. Un éclair violent les aveugla momentanément, dématérialisant de façon instantanée la pierre, projetant des étincelles jusque sur leurs combinaisons :

« Mon Dieu ! s'écria le professeur, réalisant que sa main venait de l'échapper belle. Je suis vraiment stupide parfois ! Merci Théo. Sans vous j'aurais un moignon à l'heure actuelle !

— Faites attention la prochaine fois et ne touchez à rien si vous ne savez pas ce que c'est.

— Comment allons-nous franchir cet obstacle ? se demanda Lisa qui avait déjà commencé à chercher un éventuel mécanisme de désactivation.

— Je pense que les réponses à toutes nos interrogations se trouvent dans les pages du Codex, dit Théo qui se tourna vers Darlington. C'est à vous de jouer, professeur. Trouvez-nous le moyen de franchir toutes les portes qui nous barreront le passage.

— J'espère que vous avez raison.» ajouta le professeur. Il sortit les copies des pages du Codex consacrées au mécanisme des portes du temps et chercha longuement comment franchir le premier obstacle. Il finit par relever la tête vers les jeunes gens, quelque peu perplexe :

« Je ne suis pas certain de bien comprendre mais il est écrit que *ceux qui franchiront la porte de lumière devront éprouver un sentiment pur et fort.* Ca vous dit quelque chose ?»

Théo et Lisa se regardèrent dans le fond des yeux, se comprirent mutuellement, se sourirent et se rapprochèrent. Théo, proche du visage de la belle Lisa, après avoir pris délicatement sa main, lui dit :

« Tu es sûre ?

— Parfaitement sûre, répondit-elle avec douceur et détermination.

— Et si ce n'était pas ça ?

— Tu me protégeras, j'ai confiance.»

Sa main serra fort celle du jeune homme et ensemble ils se dirigèrent vers le rideau de lumière. Lorsqu'ils furent très proches, ils s'arrêtèrent un instant, se regardèrent, toujours souriants et s'engagèrent à travers le passage.

Darlington cria :

« Non ! Ne faites pas ça ! Vous êtes fous !»

Trop tard ! Les deux jeunes gens avaient franchi l'obstacle dans un éclair radieux qui aveugla le professeur durant plusieurs secondes. Il y eut un grand silence puis, soudain, de petits rires résonnèrent à ses oreilles. Il recouvra progressivement la vue et, devant lui, enlacés et visiblement heureux, Lisa et Théo semblaient s'être déclaré leur flamme. Darlington fut ému par la vision de ces deux tourtereaux dont les yeux s'étaient soudainement remplis de bonheur. Il était heureux pour eux et surtout, heureux qu'ils soient toujours en vie. Le rideau lumineux avait disparu. Le professeur s'approcha d'eux, ennuyé de déranger leur bonheur naissant et dit :

«Eh bien ! Vous m'avez fichu une de ces frousses ! J'ai bien cru que j'allais me retrouver seul, sans vous et devoir annoncer votre mort à Jessie et Yu.»

Lisa et Théo ne répondirent rien, enfermés dans leur bulle, comme le sont tous les amoureux. Darlington ajouta :

« Je ne comprenais pas ce que voulait dire la phrase du Codex : *ceux qui franchiront, la porte devront éprouver un sentiment pur et fort...* Mais alors, seuls des gens très amoureux pouvaient la franchir ? se demanda-t-il, perplexe.

— Non professeur, je ne crois pas, répondit Théo qui venait de relâcher son étreinte, mais celui ou celle qui voulait la franchir devait avoir des sentiments purs, sans taches. Ca devait surtout s'adresser à des religieux dont l'amour pour Dieu devait être entier, parfait et sans doute possible. Un sentiment pur et fort. Lisa et moi l'avons interprété à notre manière, mais ça a marché aussi.

— Parce que vous n'étiez pas sûr de votre coup ? s'indigna le professeur.

— Pas à cent pour cent mais presque, répondit Lisa en riant.

— Jeunes gens, tout cela n'est pas très scientifique et manque de rigueur ! Vous devriez avoir honte ! Mais ma foi, ça a tout de même du bon. L'obstacle est franchi ! » plaisanta-t-il.

Lisa marchait aux côtés de Théo et ne cessait de le regarder, souriante et heureuse. Leur amour venait d'éclater au grand jour, sur un simple regard complice qui avait été l'aveu de leurs sentiments respectifs. Théo se sentait léger, avait l'impression de flotter au-dessus du sol, de vivre soudain une nouvelle vie, plus riche, plus dense, plus belle. C'était la première fois qu'il tombait vraiment amoureux et ce sentiment était si fort, si beau, si accaparant, si prenant, qu'il faisait presque peur. Mais c'était surtout ... magique ! La vie était magique !

L'air était plus doux, la puanteur s'estompait, le noir laissait place à la lumière. Le corridor s'élargit et gagna en hauteur. Le poudingue laissa la place à des murs de pierres scellées au mortier. Le sol devint pavé. Une légère pente conduisait quelques mètres plus bas et, au bout de celle-ci, un mur solide barrait le passage. Théo observa attentivement l'endroit et dit :

« Ca semble être un cul-de-sac. Pourtant il n'y avait aucune bifurcation jusqu'ici. Ca doit être un nouvel obstacle. »

Lisa vint caresser le mur qui empêchait d'aller plus avant. Elle se posait une question à son sujet, recula de deux mètres et s'élança contre l'obstacle qu'elle percuta de plein fouet ! Darlington regarda en direction du mur puis il se tourna vers Théo, les yeux interrogateurs. Le jeune homme riait de bon cœur :

« Mais qu'est-ce qui vous amuse tant ? dit le professeur. Vous avez vu, elle a disparu !

— Elle est vraiment formidable ! Vous ne trouvez pas ?

— Mais où est-elle passée ?

— De l'autre côté, je suppose.

— Je n'y comprends plus rien, avoua Darlington en levant les bras au ciel, comment Lisa a-t-elle su comment franchir le mur ?

— Elle est très intelligente, vous savez professeur.

— Moi aussi, sans vouloir me vanter et je n'ai pas su en trente secondes comment le faire !

— Elle a déjà été confrontée à ce type de passage. Moi aussi du reste, mais elle a été plus rapide que moi pour faire le rapprochement. Bien, suivons là, elle doit s'ennuyer toute seule de l'autre côté. »

Théo s'élança à son tour et franchit le mur, suivi bientôt par James Darlington.

La pièce rectangulaire dans laquelle ils venaient d'arriver n'était pas immense mais de bonne taille tout de même. Eclairée par une lumière qui semblait provenir de nulle part, elle n'avait aucune porte, pas la moindre fenêtre ni ouverture de quelque sorte que ce soit. Devant eux, tout le pan de mur était couvert d'un miroir qui était traversé régulièrement de légères ondulations, comme des vagues sur l'eau. Lisa regardait Théo, toujours aussi souriante. Le jeune homme lui dit :

« Bon, une pièce sans portes ni fenêtres, mais avec un miroir. Je suppose qu'il faut le franchir.

— Sans doute, répondit-elle, mais je pense que ça ne va pas être aussi simple que ça.

— Ah ! Qu'est-ce qui te fait dire ça ?

— Approche-le et tu comprendras. »

Théo fit un pas en avant et vit que son propre reflet, au lieu de se rapprocher, s'éloignait, faisant un pas en arrière. Il fit trois pas de plus et son image recula d'autant. Il s'arrêta devant le miroir, à quelques centimètres et constata que celui-ci avait une consistance étrange, plus liquide que solide. Son reflet était loin de lui et reproduisait pourtant tous ses gestes comme un vrai reflet, mais de toute évidence ce n'était pas un vrai reflet. Que se passerait-il s'il essayait de franchir ce miroir ? Il était certain que c'était un piège. Une fois de l'autre côté, Dieu seul sait où il se retrouverait. C'était sans doute l'une des portes qui perdait celui qui la franchissait dans les limbes, le condamnant à errer pour l'éternité, qui sait. Il valait mieux ne pas tenter l'expérience pour le moment. Il recula jusqu'au mur derrière lui. Son reflet avança et s'arrêta à mi distance. Théo se gratta la tête, jeta un œil à ses compagnons et avoua :

« Je ne vois pas quoi faire…

— Je crois qu'il faut trouver le moyen, expliqua la jeune fille, de reculer suffisamment pour que notre reflet franchisse le miroir.

— Je ne vois pas comment faire puisque je suis contre le mur et qu'il est encore loin de le franchir.

— Il faut peut-être marcher à reculons, en travers, en direction des autres murs, proposa Darlington qui fit quelques pas pour essayer.

— J'ai déjà tenté, dit Lisa. Ca ne marche pas.

— Professeur, lisez les pages, proposa Théo. Il doit y avoir la solution. »

Pendant que le professeur étudiait consciencieusement les pages, Théo et Lisa tentèrent tous les pas possibles en avant, en arrière, sur le côté et en diagonale, sans succès. Le reflet ne parvenait pas à s'approcher suffisamment. Darlington finit par trouver ce qu'il cherchait :

« Ca dit à peu près ceci : *pour franchir le miroir, il faudra prendre de la hauteur.*

— De la hauteur ? s'étonna Lisa. Mais comment ? Il n'y a rien pour grimper, ici.

— Il faut peut-être le prendre au sens figuré, proposa Darlington.

— Non, je ne crois pas, affirma Théo. Il doit bien s'agir de hauteur, dans le sens de verticalité. Ca paraît logique, en fin de compte, puisque nous sommes bloqués par le mur, nous devons nous éloigner du sol, peut-être en nous accrochant au mur. Pour s'élever, rien de plus facile en fin de compte.»

Théo décolla du sol et s'éleva jusqu'à plus de deux mètres. Son reflet ne bougea pas d'un pouce. Il monta encore un peu. Rien ne se produisit. Il finit par redescendre sur le sol. Sur le coup, il pensa que le professeur avait raison, qu'il fallait prendre la phrase au sens figuré, mais il songea que ce n'était peut-être pas la raison pour laquelle son reflet n'avait pas bougé. Il persista :

« Venez professeur, nous allons faire la courte échelle à Lisa et la soulever le plus haut possible. »

Lisa fut soulevée à plus d'un mètre cinquante du sol et son reflet se rapprocha, sans quitter le sol, lui, d'un mètre cinquante. C'était la solution. Toutefois un rapide calcul les fit déchanter : même en soulevant Lisa à bout de bras, ils n'atteindraient jamais le plafond qui devait se trouver à près de cinq mètres et le reflet ne serait toujours pas assez près pour franchir le miroir. Théo eut une idée :

« Vous mesurez combien, professeur ?

— Un mètre quatre-vingt-deux.

— Bon, vos épaules sont à peu près à un mètre soixante du sol. Moi je mesure un mètre soixante-quinze. Ca devrait mettre les miennes à trois mètres environ. Vous allez vous mettre dos au mur professeur, bien en appui. Je vais monter sur vos épaules, m'appuyer aussi et Lisa montera sur les miennes. Elle sera à trois bons mètres du sol. Ca devrait à peine suffire, mais on peut essayer. »

Darlington se cala contre le mur, fit la courte échelle à Théo, qui grimpa sur ses épaules non sans mal, sans l'utilisation de ses pouvoirs de lévitation. Puis Lisa se hissa comme elle put, tirée par la force des bras de l'Elu.

Elle avait les pieds posés sur les épaules de Théo. Tous regardèrent son reflet qui avait certes approché très près du bord du miroir, mais qui en était encore éloigné de quelques dizaines de centimètres. Théo lui demanda de monter sur sa tête afin de gagner encore un peu, ce qu'elle fit. Il manquait encore près de quarante centimètres au reflet pour atteindre la limite. Théo prit les chevilles de la jeune fille, les serra délicatement et la souleva à bout de bras. Elle se plaqua contre le mur afin de s'équilibrer au mieux dans cette position inconfortable. Le reflet était maintenant au bord et franchissait en partie le miroir. Mais en partie seulement. Il était évident qu'il fallait qu'il le franchisse en totalité pour espérer qu'il se passe quelque chose. Théo finit par avoir une dernière idée :

« Lisa, tu vas sauter le plus haut possible, en te recroquevillant pour éviter de cogner le plafond et en repliant les jambes afin que tes pieds s'éloignent encore du sol. Ca devrait suffire pour que ton reflet sorte du miroir.

— Comment veux-tu que je saute dans cette position ?

— Je vais te reposer sur mes épaules. Comme ça tu pourras faire un bond en hauteur en essayant de te projeter le plus possible vers l'avant. N'aie pas peur, dès que tu auras commencé à redescendre, je te récupérerai en douceur. »

Théo redescendit Lisa sur ses épaules. Elle se plia très légèrement compte tenu du fait qu'elle était contre le mur, les bras tendus vers le bas, les mains dans celles de Théo. Elle respira un grand coup, se concentra sur son saut et s'élança dans le vide en repliant les jambes et le corps afin de s'élever au maximum, aidée par l'Elu qui poussa ses bras vers le haut avec force.

Un bruit de verre brisé emplit la pièce. Le reflet de Lisa franchit le miroir, le brisant en mille morceaux qui volèrent en tous sens. Théo prit le contrôle de la chute de sa belle et la posa délicatement sur le sol. A la place du miroir, au centre du mur, se tenait une porte à double battant, noire, imposante, sculptée de scènes bibliques.

« Ce sont des scènes à la gloire de l'Archange Saint-Michel, affirma Darlington après avoir observé avec attention les bas-reliefs qui ornaient la porte.

— Ca ne m'étonne guère, avoua Lisa, tout nous relie à lui dans cette histoire.

— Que disent les pages du Codex au sujet de cette porte, professeur ?

— Attendez, le temps que je retrouve le passage... ah oui, voilà : *Il faudra prononcer ce que signifie son nom.*

— Vous avez une idée de ce que ça peut vouloir dire ?

— Eh bien, je pense que, par son nom, le texte fait référence à l'Archange Saint-Michel. Michel a une signification particulière. Cela veut dire : *qui est semblable à Dieu.*

— Donc, il faut prononcer *qui est semblable à Dieu* pour ouvrir cette porte. »

Théo se cala devant la lourde porte et prononça les paroles. Rien ne se produisit. Il réalisa soudain qu'il avait déjà eu ce type d'épreuve au château de Trifels et demanda à Darlington :

« En latin, vous diriez comment ?

— Voyons voir, je dirai *Quis ut Deus*, il me semble.» Darlington eut à peine le temps de terminer sa phrase que les battants de la porte se mirent à pivoter sur leurs gonds, découvrant une vaste salle semi-circulaire, dont le mur en arc de cercle était percé de sept passages fermés par de solides portes de chêne. Des torches, accrochées au mur, s'allumèrent alors que la porte finissait de s'ouvrir. Au centre de la pièce, sur le sol dallé de pierre ocre, une mosaïque représentait deux chérubins, ailes déployées, yeux rivés sur un pied de vigne chargé de grappes de raisin rouge.

Théo regarda les sept portes avant de dire :

« Nous y voici. Les sept portes du temps dont Gopal, l'ermite de Taktshang, nous a parlé. C'est l'heure de vérité mes amis. Derrière l'une de ces portes se cache l'arche d'alliance.

— Et la fin de notre quête, ajouta Lisa.

— Oui, la fin de la quête mais le début du combat pour la victoire du bien contre le mal.

— Laquelle ouvrir ? s'interrogea le professeur.

— Que dit le Codex à ce sujet ? demanda Lisa.

— Ma foi, fort peu de choses, hélas !

— Mais encore ?

— Tout ce qui est dit, c'est : *le cœur pur au centre de toutes choses te fera entrevoir la vérité.*

— C'est tout ?

— Je vous l'ai dit, jeune fille, hélas, oui.

— Si c'est tout ce qui est écrit, songea Théo, c'est que c'est plus qu'il n'en faut pour résoudre l'énigme. Allons mes amis, nous touchons au but. Jusqu'ici nous avons résolu toutes les énigmes, déjoué tous les pièges. Nous n'allons pas nous décourager maintenant. Réfléchissons sur cette phrase énigmatique : le *cœur pur :* nous savons qu'il s'agit d'une personne de bien, croyante, dévouée à Dieu et à l'Archange. L'un de nous trois peut aisément faire l'affaire. *Au centre de toutes choses.*

— La mosaïque au centre de la pièce, sans doute, proposa Lisa.

— Oui, c'est évident.

— Il faut se placer au centre, sur la mosaïque afin de voir la vérité. Certainement la bonne porte. Qui va le faire ? questionna Lisa.

— Tu veux essayer ? » proposa Théo.

Lisa se plaça au centre de la pièce, au milieu des deux chérubins. Elle regarda tour à tour les sept portes puis promena son regard autour de la pièce, sans succès. Elle ne voyait rien de particulier :

« Je ne vois rien, dit-elle un peu déçue. Essaye, toi, je suis sûre que tu auras plus de chance. »

Théo prit alors sa place, observa, lui aussi, les sept portes sans déceler le moindre indice. Il voulut se retourner vers ses amis lorsqu'il fut attiré par une lumière qui venait de naître devant lui, petite et lointaine, se rapprochant rapidement en grossissant. Il se retrouva au milieu d'une forêt de grands arbres ombrageux, à demi plongée dans la brume. La lumière s'approcha encore et Théo reconnut l'Archange qui fut bientôt face à lui, à quelques mètres seulement, toujours aussi beau et majestueux. Souriant, il ouvrit ses bras et dit :

« Je t'attendais Théo. Bravo ! Je savais que j'avais raison de croire en toi. Tu es parvenu jusqu'ici et je sais que ce ne fut pas chose facile. Je suis fier de toi. Ca y est, tu es arrivé au bout de ta quête. Il ne te reste plus qu'une épreuve à franchir et l'arche sera tienne. Avec elle, tu auras le pouvoir de forger d'autres hommes à ton image, forts, intelligents, courageux et puissants. Ils combattront à tes côtés et ensemble, cette fois, vous vaincrez le mal. Pour cette dernière épreuve, très simple, tu devras me poser une seule question. Mais attention, de la question, dépend la réponse. Réfléchis bien avant de la poser. »

Théo regarda l'Archange en souriant, visiblement amusé par cette dernière épreuve. Il était détendu, calme, content d'être si proche de l'arche. Quelle question allait-il bien pouvoir poser ? Il y en avait tant qui brûlaient ses lèvres et pourtant, une seule était possible. Mais laquelle ? Il y avait bien sûr la question facile : quelle porte permet d'accéder à l'arche ? Question stupide à laquelle l'Archange ne manquerait de lui répondre : C'est à toi de le découvrir... Non, de toutes les questions qui le tarabustaient, Théo en avait une qui errait, quelque part dans le fond de son esprit, depuis quelque temps déjà et à laquelle il aurait aimé avoir une réponse, tout en ayant peur de la poser. C'était cette question qui lui venait à l'esprit à cet instant précis et non une autre. Elle venait du fond de son âme, du fond de son cœur. Le cœur, c'était la solution : laisser parler son cœur, être sincère, sans détour. Il regarda l'Archange dans le fond des yeux et se lança :

« Ma question est simple : qui est Lisa ? »

L'Archange arbora un large sourire de satisfaction :

« Décidément tu es le plus étonnant des hommes que j'ai pu rencontrer jusqu'ici Théo, je peux l'affirmer. Pourquoi ne m'as-tu pas demandé quelle porte donnait accès à l'arche ?

— Parce que je connaissais déjà votre réponse. Vous m'en avez fait une similaire lors de notre première rencontre.

— Bravo! Tu es très malin et intelligent.

— Je suis aidé par vos bijoux, ne l'oubliez pas, reconnu modestement l'Elu.

— Non, tu te trompes Théo. Les bijoux sont en sommeil en ce moment, je les ai sous contrôle. Tout ce que tu penses, réfléchis, décide, n'est que le fait de ton propre esprit, sans nulle aide extérieure. C'est bien toi Théo qui as la maîtrise de ton destin. Bien, puisque tu m'as posé une question, je dois y répondre. Lisa est ton alter ego.

— Mon alter ego ? Vous voulez dire...

— Elle est l'autre Elu.

— Mais, je croyais qu'il n'y avait qu'un seul Elu ?

Comment est-ce possible ?

— Lorsque j'ai décidé de sauver l'enfant d'un Mikelian afin d'avoir une chance de redonner vie à cette milice, j'ai eu la bonne idée d'en sauver un second. J'ai fait en sorte que le jour venu, il y ait deux Elus possibles afin de multiplier les chances de succès. J'ai privilégié la lignée du premier que j'ai sauvé afin qu'il en sorte l'Elu. Celui de la seconde lignée serait là, en remplacement pour le cas où ça se passerait mal pour le premier Elu.

— Lisa ?

— Oui, Lisa. Puis-je te poser une question à mon tour ?

— Bien sûr.

— Il y a longtemps que tu avais des doutes à son sujet ?

— Oui, assez.

— Et qu'est-ce qui t'a fait penser que Lisa était différente ?

— Elle est très intelligente, vive, forte, courageuse, tenace et elle ne semble pas connaître la peur. C'est, je crois, ce qui m'a le plus frappé chez elle. J'ai vite compris qu'elle avait quelque chose en plus.

— Bravo, encore une fois. Tu as été perspicace. Maintenant que tu sais qui elle est, tu trouveras sans doute le chemin de l'arche sans difficulté. Mais attention, le mal rôde autour de toi, prêt à bondir et à attaquer. S'il se saisit de l'arche et des bijoux, il finira par trouver le moyen de les utiliser et il réussira à convertir définitivement les hommes à sa religion de l'argent, du vice et de la luxure. Il asservira l'humanité tout entière. Tu dois trouver le moyen de l'empêcher.

— Comment ? M'aiderez-vous ?

— Je serai toujours là lorsque cela sera nécessaire pour te conseiller et t'aider. Mais seulement lorsque ce sera nécessaire.

— Est-ce qu'aujourd'hui ça l'est ?

— Oui, aujourd'hui ça l'est. Je vais te donner une astuce concernant la dague. Avec sa pointe, tu peux ouvrir un passage temporel, n'importe où.

— Merci pour l'astuce. C'est tout ? s'étonna-t-il, pensant recevoir un peu plus de la part de l'Archange.

— Oui, pour le reste tu devras te débrouiller seul, aidé tout de même des bijoux. Bonne chance Théo, tu vas en avoir besoin. »

L'archange devint lumineux et l'éloigna rapidement dans les airs, disparaissant derrière la cime des arbres. Le ciel, bleu jusque-là, se chargea de lourds nuages d'orage et de nombreux éclairs fendirent l'air dans un vacarme assourdissant. Les arbres disparurent, laissant place à une terre désolée, aride, brûlée. Le ciel devint rougeoyant. Des flammes s'élevèrent du sol. Les hurlements de millions de mourants firent vibrer un air pestilentiel. Partout la mort. Partout la désolation. Partout le mal. Les poils de Théo se dressèrent devant cette vision apocalyptique. Une petite voix s'éleva dans le vacarme, parvenant péniblement jusqu'à ses oreilles, difficilement audible et intelligible. Il tendit l'oreille, essayant de comprendre ce qu'elle disait :

« Attention Théo, ils sont là ! »

Elle le répétait et le répétait, encore et encore. Et le son de la voix s'amplifiait encore et encore, jusqu'à couvrir tous les autres bruits, résonnant dans ses oreilles comme des coups de canon tirés à bout portant. Et puis, plus rien. Le silence de la salle des sept portes du temps. Théo regarda autour de lui. Lisa souriait, le regard interrogateur. Darlington attendait, impassible. La jeune fille prit la parole :

« Alors, tu as vu quelque chose ?

— Non, rien.

— Ce n'est pas normal. Qu'est-ce qu'on a loupé encore?

— Rien. Viens ici avec moi, au centre de la mosaïque.

— Tu crois que ça peut marcher si nous sommes deux ?

— Pas deux, mais tous les deux. »

Lisa vint tout près de Théo, face à lui. Il passa ses bras autour de sa taille, lui sourit en plongeant ses yeux dans les siens. Elle sourit également. Ils étaient heureux dès qu'ils se voyaient et encore plus dès qu'ils se trouvaient tout proches, enlacés. Ils restèrent ainsi, yeux dans les yeux, durant un moment et ne s'aperçurent pas qu'autour d'eux, tout avait changé. C'est Lisa qui la première sentit l'odeur des fleurs. Elle regarda autour d'elle. Ils étaient sur le bord d'un chemin de campagne qui menait tout droit à une petite chapelle entourée d'arbres. De part et d'autre du chemin, il y avait des champs verdoyants couverts de fleurs odorantes. La température était douce, presque chaude. Le soleil brillait dans un ciel bleu sans nuages :

« Où sommes-nous ? demanda-t-elle. Tu as une idée ?

— Non, aucune. Mais je crois que nous avons franchi l'une des portes.

— Tu crois que c'est réel tout ça ou bien est-ce que nous rêvons ?

— Ce doit être un mélange des deux sans doute. Si nous sommes bien où je pense, il faudra bien que ce soit plus réel qu'un rêve si nous voulons récupérer l'arche.

— Tu penses qu'elle est là, dans cette chapelle ?

— C'est probable, oui.

— Alors, ça y est, nous y sommes ? dit-elle, heureuse pour Théo.

— Nous y sommes, mon... amour. » osa timidement Théo.

C'était les premiers mots tendres qu'il prononçait. Il est vrai que ça ne faisait qu'une petite demi-heure que les deux amis étaient devenus un peu plus que des amis et qu'ils n'avaient pas encore eu l'occasion de se dire des gentillesses. Lisa en fut tout émue. Ce petit « mon amour » la toucha. Elle sentit ses yeux s'humidifier de bonheur.

Le jeune homme prit la main de sa dulcinée et marcha d'un pas assuré vers la chapelle qui se trouvait à quelques dizaines de mètres. C'était une de ces petites chapelles que l'on pouvait trouver dans les campagnes. Simple, en pierre, avec un petit campanile sur le toit, à l'arrière. De dimensions modestes, elle permettait de faire asseoir une dizaine de personnes tout au plus. Ils arrivèrent devant La porte. Elle était à peine entrouverte. Théo regarda Lisa. Leurs cœurs battaient la chamade. Derrière elle se trouvait l'arche d'alliance, qu'ils cherchaient sans relâche depuis un certain temps et qui était la clé de la réussite pour le clan du bien. Le moment était important, émouvant et un peu impressionnant.

Théo poussa la porte. L'intérieur de la chapelle était sombre, éclairé seulement par quelques bougies qui brûlaient sous la statue de son saint patron. Ils avancèrent lentement et distinguèrent, posée sur l'autel, l'arche d'alliance, magnifique écrin recouvert d'or finement ciselé qui contenait les tables de la loi. Elle était bien là, enfin, sous leurs yeux. Leur joie était immense, mais ils ne la laissèrent pas éclater, respectant le caractère sacré du lieu et de son contenu. Ils approchèrent, l'observèrent longuement avant d'oser poser une main pour caresser la surface de la relique, comme pour s'assurer qu'elle était bien réelle.

« Elle est magnifique ! s'émerveilla Lisa qui n'en revenait toujours pas d'être là, devant l'objet de leur quête.

— C'est vrai qu'elle est belle. » reconnut Théo qui l'observait sous toutes les coutures.

Il ajouta :

« Je la croyais plus grande.

— Tu es déçu ?

— Non. Ce n'est pas sa taille qui compte mais son pouvoir.

— Qu'est-ce qu'on va faire maintenant ? Comment retourne-on à Rome avec elle ?

— On ne va pas à Rome avec elle, pour le moment.

— Ah bon ? fit-elle, étonnée. Mais alors on va où ?

— Loin, très loin.

— Tu m'expliques ?

— J'ai fait un rêve un peu plus tôt. J'ai vu l'Archange. Nous avons parlé et c'est comme ça que j'ai compris que nous devions être tous les deux pour trouver l'arche. Ensuite, mon rêve s'est transformé en cauchemar et j'ai su que le danger nous guettait. Graham ou Kovac et leurs hommes sont sans doute déjà dans la place à nous attendre patiemment.

— On ne risque plus rien maintenant que nous avons l'arche. Ton pouvoir te rend invincible, non ?

— Non, ce n'est pas le cas. Le pouvoir de l'arche n'est pas pour moi, mais pour tous ceux qui combattront à mes côtés. Mes pouvoirs sont ce qu'ils sont, grands certes, mais pas assez pour me permettre de vaincre seul une armée de démons.

— Comment allons-nous partir d'ici ? Nous ne savons même pas où nous sommes ?

— Ce lieu est vraisemblablement quelque part, hors du temps, dans le passé, le futur ou encore ailleurs. Nous devons regagner notre présent et nous mettre à l'abri du père de Jessie et de Kovak. J'ai besoin d'ouvrir le coffre pour entrer en contact avec son pouvoir. Ensuite, nous lui trouverons un lieu où le mettre hors de portée de nos ennemis. »

Devant l'entrée de la chapelle, Théo sortit la dague de son fourreau. Il la regarda avec attention, espérant qu'il réussirait à la maîtriser. Il respira un grand bol d'air et se lança, pointa la dague vers le chemin. Devant lui, le paysage devint mouvant, emporté par un tourbillon qui prit de la vitesse dans un grondement sourd, ouvrant un tunnel assez grand pour permettre le passage d'une voiture. Le tourbillon, bien que rapide, ne provoquait pas de remous autour de lui, n'emportait rien, n'aspirait rien. L'intérieur du tunnel n'était qu'un rapide tournoiement assez flou traversé ci et là d'éclairs sporadiques. Théo se tourna vers l'intérieur de la chapelle et tendit le bras dans sa direction. Lisa vit l'arche se soulever et léviter en direction de Théo. Lorsqu'elle fut proche de lui, il dit :

« Allons-y, nous ne devons pas perdre de temps. Les deux jeunes gens s'engagèrent dans le tunnel, l'arche en tête. Ils traversèrent le tourbillon sans ressentir le moindre effet et ressortirent du tunnel quelques secondes plus tard sur un chemin identique à celui qu'ils venaient de quitter. Lisa fit la moue, se pinça les lèvres, regarda Théo et dit : « Tu es sûr de ton coup ? On dirait que l'on est toujours au même endroit. »

Théo regarda derrière lui le tourbillon qui s'estompait rapidement, laissant apparaître la chapelle, toujours à sa place. Il observa quelques secondes les alentours, regarda la position du soleil et répondit :

« Je crois que ça n'a pas très bien fonctionné. C'est la première fois que j'utilise la dague pour créer un passage temporel. Peut-être que je ne maîtrise pas encore assez ce truc-là. Je vais réessayer, on verra bien. »

Théo recommença l'opération, se concentrant encore plus, faisant appel à ses connexions les plus intimes avec les trois objets sacrés de l'Archange. Ils retraversèrent le tunnel et ressortirent sur le chemin.

« Ce n'est pas normal, songea Théo qui soupçonnait que le problème ne venait ni de la dague ni de lui-même.

— Qu'est-ce qui te fait dire que la dague te permet de créer de tels passages ? demanda Lisa.

— C'est l'Archange qui m'a donné l'information. Je pense que c'est du fiable, non ?

— Certainement. Mais alors, qu'est-ce qui cloche ?

— Je n'en sais rien encore. Je vais recommencer, nous verrons bien. »

Après dix nouvelles tentatives infructueuses, Théo abandonna l'idée d'utiliser la dague pour quitter les lieux. Visiblement quelque chose ne fonctionnait pas.

« Nous sommes coincés ! finit-il par avouer, à contre-cœur. La seule issue est par le sous-sol du Latran, par où nous sommes arrivés jusqu'ici.

— Et si nous y retournons, nous risquons fort d'être attendus, c'est ce que tu crois ?

— J'en suis certain. Les rêves que je fais sont toujours

significatifs. Le dernier était particulièrement terrifiant. Un grand danger nous guette. Graham, Kovak et leurs hommes ont réussi à savoir où nous allions et nous ont suivis. Ils sont là, prêts à nous cueillir, c'est sûr.

— Mais ce que je ne comprends pas, avoua la jeune fille, c'est comment Kovac et le père de Jessie ont pu franchir le passage des portes du temps sans la statuette ?

— Je n'en sais rien, mais je leur fais confiance pour maîtriser la magie ancestrale et pouvoir franchir de nombreuses portes bien plus facilement que nous.

— Qu'allons-nous faire ? Nous ne pouvons pas rester ici ? Et si nous retournions sans l'arche ? Ils ne pourraient pas s'en emparer.

— Non, j'ai besoin de l'arche. Si je l'abandonne ici, tout sera fini et ils auront gagné, de toute façon. Il nous faut trouver une solution, quitte à rester ici le temps qu'il faudra. »

§

Un vent violent soufflait sur la campagne, agitant la végétation, soulevant feuilles et nuages de poussière. Les oiseaux jouaient dans les courants ascendants provoqués par le souffle soutenu. Lisa et Théo s'étaient réfugiés dans la chapelle, seul endroit abrité alentour. Cela faisait des heures qu'ils étaient là, prostrés, incapables de trouver une solution à leur problème. Heureusement pour eux, l'amour leur rendait la chose un peu moins pénible à supporter. Théo avait espéré recevoir un signe de l'Archange ou à défaut des bijoux, qui dans les moments difficiles, s'étaient toujours manifestés pour l'aider à avancer. Mais là, personne ne semblait décidé à intervenir. Maintenant qu'ils avaient l'arche, les bijoux et la possibilité d'engager réellement la lutte, ils étaient bloqués, incapables d'en sortir. Il avait beau tourner et retourner tout ça dans la tête, rien n'y faisait. C'était désespérant.

Il regardait les petites flammes des bougies qui dansaient doucement dans la pénombre, éclairant de leur lueur blafarde la statue du saint patron de la chapelle lorsqu'il prit conscience que celui-ci n'était autre que Saint-Michel et qu'une inscription en ornait le socle. Il secoua avec douceur Lisa qui s'était endormie sur son épaule. Elle ouvrit les yeux. Sans mot dire, il lui montra la statue du doigt. Elle l'observa à son tour, longuement. Elle se redressa d'un bond, plissa les yeux pour mieux lire l'inscription latine gravée dans la pierre :

« Je traduis : *cherche-toi dans le passé*. Ca te dit quelque chose ? »

Théo prit le temps de la réflexion avant de dire :

« Tu crois que cette inscription était là tout à l'heure lorsque nous sommes entrés pour la première fois ?

— J'en sais rien, pourquoi ?

— Parce que je me dis que si ce n'est pas le cas, ça veut dire que l'Archange m'a délivré un message. Si je prends la phrase pour moi, je dois me chercher dans le passé.

— Mais où dans le passé ? »

Théo ne répondit pas. Son esprit bouillonnait. Il essayait de réunir les données du problème et de reconstituer le puzzle de l'histoire afin de comprendre ce que voulait lui dire le message. Après une bonne dizaine de minutes à réfléchir, il finit par affirmer :

« Je crois que j'ai trouvé ! A Venise j'ai été quelques heures dans le passé, au XVIe siècle plus exactement.

— Oui et alors ?

— Imaginons que, par je ne sais quels moyens encore, je puisse entrer en communication avec mon autre moi qui se trouve là-bas. Je pourrai lui demander de nous ouvrir un passage et nous pourrions ainsi quitter ce lieu.

— Tu penses que c'est possible ? Mais comment vas-tu entrer en communication avec toi-même dans le passé ? Ca me paraît complètement fou ! »

Théo se tourna vers l'arche et dit :

« Je dois l'ouvrir. La puissance qu'elle contient est si grande que je devrais pouvoir le faire.

— Tu es sûr de vouloir l'ouvrir maintenant ?

— Nous n'avons guère d'autre alternative de toute façon. Et puis, que je l'ouvre ici ou ailleurs, au final qu'est-ce que ça change ?

— On tente le coup alors ?

— On tente. »

Théo se tenait face à l'arche, les mains tendues, concentré sur le couvercle en or massif qu'il commença à soulever délicatement, non sans une pointe d'émotion et de peur également. Il allait savoir dans quelques secondes ce que contenait le coffre sacré, si tant est qu'il puisse le voir. Il avait un peu d'appréhension aussi, car il connaissait la réputation de l'arche qui pouvait s'avérer mortelle pour qui cherchait à connaître son contenu. Il était toutefois confiant, songeant qu'il n'avait pu parvenir à la trouver pour mourir bêtement au moment d'en découvrir la puissance. Le couvercle, qui portait le nom spécifique de propitiatoire, glissa sur le côté et vint atterrir avec délicatesse sur le sol. Le moment était venu de découvrir ce qui se cachait dans ce mystérieux coffre. Théo et Lisa s'approchèrent ensemble. Le jeune homme barra le chemin à sa compagne, du bras droit et lui dit :

« Il vaut mieux que je jette un œil seul, on ne sait jamais. »

Lisa ne protesta pas et demeura là, immobile. Théo avança lentement jusqu'à atteindre l'arche. Ses yeux virent l'intérieur du coffre. Il était en bois clair, sans capitonnage ni fioritures d'aucune sorte. Mais surtout il était… vide !...

« Alors, tu vois quoi ? questionna Lisa, impatiente.

— Rien.

— Rien ? Comment ça rien ? C'est pas possible !

— Viens voir par toi-même. »

Lisa constata de ses propres yeux que l'arche ne contenait rien. Elle regarda Théo qui semblait dépité et abattu.

C'était la première fois qu'elle le voyait ainsi. Elle le trouva fragile tout à coup, ce qui le rendait touchant. Elle prit sa main et se rapprocha de lui un peu plus. Elle eut des gestes tendres pour essayer de lui remonter le moral. Il caressa sa joue, lui décocha un petit sourire et déposa un baiser sur ses lèvres. Du coin de l'œil les deux jeunes amoureux aperçurent quelque chose qui venait d'apparaître dans le coffre. Ils se tournèrent vers l'arche et virent deux tablettes de pierre gravées d'inscriptions écrites en Hébreu. Lisa réussit à balbutier :

« Ce… Ce sont les… tables ?

— On dirait bien, répondit-il avec prudence, à la fois surpris et heureux.

— Mais elles n'étaient pas dedans il y a deux secondes, je n'ai pas rêvé ?

— Elles ne peuvent être vues que par quelqu'un au cœur pur. Il semblerait que nous ayons tous deux les critères recherchés. »

Ils rirent de joie.

« Tu crois qu'on peut les toucher ? demanda-t-elle.

— On peut essayer. Elles n'ont pas l'air de vouloir mordre. »

Théo plaisantait, essayant de détendre un peu l'atmosphère après toutes ces émotions. Lisa approcha une main, très lentement, non sans appréhension. Ses doigts effleurèrent la pierre, la caressant avec délicatesse. Théo regardait la magnifique jeune fille dont le visage épanoui respirait le bonheur et la joie de vivre. Elle semblait transcendée par le contact avec les tables de pierre. Il lui souriait, partageant son bonheur lorsque soudain le beau et doux visage se crispa dans un rictus terrifiant qui déforma son image dans une vision cauchemardesque. Théo cria :

« Lisa ! Mon amour ! Mon amour ! »

Il prit son bras et la tira loin des tables. Elle s'effondra sur le sol comme un pantin désarticulé. Son visage meurtri et déformé avait pris une couleur violacée. Théo se pencha sur elle, posa son oreille sur sa poitrine afin d'écouter son cœur. Il ne battait plus ! Elle était morte…

Loin de paniquer et de sombrer dans le chagrin et le désarroi, Théo garda son sang-froid et sa capacité de raisonnement intacts. Il prit les poignets de sa belle et concentra tous ses efforts sur elle afin de lui insuffler l'énergie nécessaire pour la ranimer. Il sentit le travail concerté du médaillon, de la chevalière, de la dague et… de l'arche ! Quelle ironie ! C'était pourtant elle qui venait d'ôter la vie à la jeune fille.

Théo ressentit un flux vital puissant le traverser jusqu'au bout de ses doigts et se déverser dans le corps sans vie. Après quelques dizaines de secondes il perçut à nouveau la vie en Lisa. Son cœur se mit à battre, le sang à circuler, l'esprit à irradier. Lisa était revenue dans son enveloppe charnelle. Son visage retrouva petit à petit sa beauté, ses couleurs et sa douceur. Elle inspira à pleins poumons, poussa un cri de frayeur et de douleur. Elle enroula les bras autour du cou de l'Elu et le serra très fort contre elle. Ils restèrent ainsi plusieurs minutes, enlacés, immobiles, silencieux.

§

Lisa avait repris ses esprits mais pas son sourire. L'effroi se lisait encore sur son visage. Théo attendit qu'elle soit disposée à lui parler. Cela faisait plus d'une heure qu'elle demeurait prostrée, assise sur l'un des bancs de la chapelle. Elle lança un regard plein de douceur à son compagnon, se redressa et lui annonça avec solennité :

« Tu ne dois pas contacter ton autre moi, dans le passé. Tu créerais un paradoxe temporel qui pourrait avoir des conséquences incalculables.

— D'accord, répondit-il sans demander plus de précisions.

— La phrase que t'a laissée l'Archange était bien là

pour te guider sur le XVIe, plutôt le début du XVIIe siècle, du reste, et sur Venise, mais pour que tu te concentres sur Fra Paolo.

— Fra Paolo ? s'étonna-t-il. Pourquoi Fra Paolo ?

— Parce que tu as modifié le passé en prenant contact avec cet homme et qu'après ton départ, il a concentré tous ses efforts dans la mise au point de puits temporels à partir de l'étude de celui de l'abbaye de San Gregorio.

— Et je suppose qu'il a réussi ?

— Oui. Douze ans après ton départ, il a enfin découvert le secret de ces passages. Il en a construit un dans sa maison de Venise. C'est par là que nous pourrons nous échapper d'ici.

— Est-ce que tu as su pourquoi nous sommes coincés ici ?

— Oswald Graham et Dragan Kovac, unis pour l'occasion, ont bien investi le sous-sol du Latran, prévenus de notre petite incursion par le Cardinal MacDonnell. Ils ont tout prévu depuis longtemps te concernant et concernant l'arche et les bijoux. Ils ont conçu une machine qui permet de bloquer les passages temporels afin que tu ne puisses t'échapper et n'ont laissé ouvert que le passage qui conduit au sous sol du Latran. Ainsi, tu es pris au piège et tu ne peux que tomber dans leurs filets. Une fois de retour là-bas, tes pouvoirs ne te seront d'aucune utilité car ils ont prévu une bulle temporelle particulière dans laquelle les lois de la physique de notre univers n'existent plus. Aucun pouvoir quel qu'il soit ne sera opérant dans cet espace singulier.

— Je vois. Pris au piège comme un rat ! Ils avaient tout prévu depuis le début !

— Oui, c'est ce qu'il semble. Ils attendaient que tu aies mis la main sur l'ensemble des pouvoirs de l'Archange avant de tendre leur piège. Dès qu'ils ont été certains de ta réussite, ils ont déployé leur arsenal technologique.

— Mais alors, si tous les passages temporels sont bloqués, comment est-ce que nous pourrons en sortir ?

— Seules les sorties sont bloquées. Tu avais vu juste en voulant faire ouvrir un passage depuis le passé par ton autre moi. L'idée était bonne, sauf pour la personne choisie. Fra Paolo a la capacité de nous atteindre, depuis sa maison de Venise.

— Comment puis-je le contacter si toutes les sorties sont fermées ?

— Le médaillon a beaucoup plus de capacités qu'il n'a bien voulu t'en dévoiler jusqu'ici. Il a la particularité de prendre l'empreinte psychique de tous les individus que tu rencontres. Cette empreinte reste gravée en lui, ce qui lui permet, entre autres, d'identifier immédiatement et à distance respectable, toute personne que tu as pu côtoyer durant ton existence. Cette empreinte psychique, il peut la retrouver à travers l'espace mais aussi à travers le temps. Une fois le contact établi, tu pourras dialoguer avec Fra Paolo.

— Dans ses rêves ?

— Oui, c'est ainsi que se passent les contacts psychiques. Tu en as fait l'expérience plus d'une fois déjà.

— Bon, c'est parfait. Nous avons enfin le moyen de nous sortir du piège tendu par Graham et Kovak. Mais du coup je viens d'avoir une petite idée dont je te parlerai plus tard, le temps qu'elle mûrisse en moi.

— C'est comme tu voudras, mon chéri. »

Lisa termina sa phrase un peu timidement. Elle n'avait pas l'habitude d'exprimer ses sentiments. Théo lui retourna un sourire plein de tendresse et caressa sa main avec la plus grande douceur :

« Comment te sens-tu ?

— Je récupère doucement.

— D'accord. »

Lisa voulait dire à Théo ce qu'elle avait vécu, ce qu'elle avait ressenti, mais c'était difficile. Elle hésita avant de dire :

« Théo.

— Oui, mon amour ?

— J'ai bien cru te perdre à jamais. C'était si dur, si douloureux. Je n'arrivais pas à crier mon désarroi. J'ai cru que mon esprit allait exploser, que mon âme allait se disloquer dans le néant, que je ne serai plus. Pour l'éternité ! C'était affreux !

— Tu es là, c'est l'essentiel.

— Oui. Mais jamais je n'oublierai cette sensation. J'ai failli aller au-delà de la mort. J'ai failli disparaître, effacée comme on efface les mots écrits à la craie sur un tableau.

— Tu as reçu toutes les informations que contiennent les bijoux et, sans doute, l'arche. Je les ai reçues avant toi mais, en ce qui me concerne, progressivement, à chaque nouveau contact d'un objet sacré. C'était déjà très difficile à vivre. Je n'ose imaginer ce que tu as dû endurer et je comprends que tu aies pu être choquée d'avoir tout reçu d'un coup, sans ménagement.

— Maintenant je sais qui je suis.

— Et je suppose que tu sais que je sais ?

— Oui. Nous sommes deux désormais. L'Archange à bien fait de sauver deux enfants. A deux, nous avons deux fois plus de chances de réussir. »

§

Antoine Priolo

Chapitre XXI

« Le piège se referme »

« Théo, je suis si heureux de vous revoir ! Cela fait si longtemps.

— Oui, surtout pour vous, Fra Paolo. Moi je vous ai quitté il y a seulement quinze jours.

— Vraiment ? Comme c'est étrange, vous ne trouvez pas ? Douze longues années se sont écoulées pour moi. Voyez comme je suis vieux désormais. Vous, vous n'avez pas changé d'un cil. Mais c'est bien normal puisque vous n'avez que quinze jours de plus.

— C'est exact. Je vous trouve plutôt en forme pour un homme de votre âge. »

Fra Paolo rit. Il était devenu vieux et courbé. Sa peau était profondément ridée. Ses mains tremblaient, accrochées à une canne qui soutenait son vieux corps décharné. Il n'était plus que l'ombre de lui-même. Toutefois son esprit était resté intact et ses yeux pétillaient toujours.

« Laissez-moi vous présenter Lisa, reprit Théo en tendant une main ouverte en direction de la jeune fille. Elle est mon amie et une alliée. »

Fra Paolo observa Lisa de bas en haut avant de dire :

« Vous êtes une bien belle jeune femme, Lisa. Théo a bien de la chance de vous avoir à ses côtés. Je vous souhaite beaucoup de bonheur ensemble.

— Ne vous fatiguez pas, Fra Paolo, Lisa ne comprend pas l'italien.

— Je vous remercie, Fra Paolo, ajouta Lisa dans un italien qu'elle maîtrisait à la perfection, laissant Théo sans voix.

— Elle ne le comprend peut-être pas, mais elle le parle parfaitement! » plaisanta Fra Paolo.

Théo fronça les sourcils et lança un regard interrogateur en penchant légèrement la tête sur le côté. Lisa haussa les épaules en écartant les bras, pour dire qu'elle ne comprenait pas plus que lui qu'elle parle cette langue.

Fra Paolo s'intéressa très vite au magnifique coffre sculpté recouvert d'or que Théo et Lisa avaient apporté avec eux. Il l'observa longuement sous toutes les coutures, admirant le travail d'orfèvre réalisé sur ce splendide objet :

« C'est une pièce unique, n'est-ce pas ? questionna-t-il, en passant une main sur le propitiatoire en or.

— Absolument unique, oui. Elle est belle, n'est-ce pas ?

— Oh oui ! Si l'on m'avait dit qu'un jour j'aurais le privilège de poser mes yeux sur elle, je ne l'aurais certainement pas cru. Mais comment l'arche d'alliance peut-elle se trouver en votre possession ? C'est inouï Théo !

— C'est une longue histoire Fra Paolo. Je n'ai malheureusement pas le temps de vous la raconter.

— On lui prête des pouvoirs fabuleux. Est-ce que vous les avez constatés ?

— Oui, elle a bien des pouvoirs. Ils ne sont fabuleux que si on les utilise pour faire le bien.

— Avez-vous vu ce qu'elle contient ?

— Oui, nous l'avons vu. Je peux vous le confirmer, elle contient bien deux tablettes de pierre, écrites de la main même de Dieu.

— Oh! mon Dieu ! C'est fantastique ! Puis-je les voir, ne serait-ce qu'un instant ? Vous vous rendez compte, écrites de la main du Seigneur lui-même ! La preuve formelle de son existence !

— Je ne pense pas que ce soit une bonne idée, Fra Paolo.

— Pourquoi ? s'offusqua le moine.

— Parce qu'il se peut que vous ne puissiez les voir. Seul un cœur pur le peut.

— Je vois, dit Fra Paolo un peu déçu. En tout cas, vous les avez vues, vous ? Vous avez vu la preuve indéniable, n'est-ce pas ?

— Oui, indéniable. Elles sont bien là, preuve de son existence.

— Je peux mourir en paix alors.

— Vous pouvez, mais pas encore. J'ai besoin de vous. Vous avez bien fait ce que je vous ai demandé la dernière fois que nous nous sommes rencontrés, n'est-ce pas ?

— Ah, oui, bien entendu, Théo. J'ai fait selon vos instructions. L'autre est prête. Du travail d'orfèvre. Un vrai chef d'œuvre !

— Parfait Fra Paolo. Il me reste une dernière chose à faire avant de repartir.»

§

Lisa regardait par la fenêtre les navires passer sur le canal. Elle n'en revenait toujours pas de se trouver là, à Venise, au début du XVIIe siècle ! Elle avait pourtant vécu des aventures qui lui avaient fait découvrir un monde fantastique et surnaturel, mais là ça dépassait tout ce qu'elle avait vu et ressenti jusqu'ici. Elle regarda Théo qui était assis devant un secrétaire, en train d'écrire à la plume sur une feuille de papier de couleur vieux rose. Elle se tourna vers lui en disant :

« Tu peux m'expliquer ce que tu trames avec l'arche ?

— Nous allons livrer l'arche à Graham et Kovak.

— Livrer l'arche ! Tu es sérieux ?

— Oui, très. Mais rassure-toi, juste une copie.

— Une copie ?

— Oui. J'ai demandé à Fra Paolo de trouver les meilleurs artisans et orfèvres de Venise pour la faire réaliser.

— Ils vont en avoir pour des semaines, au mieux ! »

Théo rit gentiment, amusé à l'idée de ce qu'il allait lui révéler :

« J'ai demandé à Fra Paolo de le faire, il y douze ans. Enfin douze de ses années à lui bien sûr.

— Je ne comprends rien à tout ça, je te l'avoue. Comment as-tu pu faire ça alors que tu ne savais pas ce qui allait se produire ?

— C'est à cause de la lettre. Tu sais, celle que nous avons découverte au monastère de Lérins ?

— Ah oui, je me souviens de l'anecdote. Jessie m'en a longuement parlé. Elle a eu du mal à l'avaler sur le moment.

— Oui, je sais. Je n'avais pourtant pas le choix.

— Qu'est-ce qu'il y avait dans cette lettre, je peux savoir ?

— Bien sûr. Ca tombe bien, je viens juste de la terminer… »

Lisa resta sans voix, les yeux fixés sur la feuille de papier que Théo agitait devant elle. Elle ne comprenait pas vraiment ce qu'il voulait dire et lui fit savoir :

« Ce n'est pas la lettre que tu as récupérée dans le coffret du monastère ? Jessie m'a dit que tu l'avais brûlée.

— Oui, je l'ai brûlée, en effet. Mais là je viens de finir de l'écrire.

— Tu… Mais… balbutia-t-elle.

— Oui, c'est moi qui l'ai écrite cette fameuse lettre. Voici ce que j'y disais :

« *Samedi 01 septembre.*

Je m'écris cette lettre que je lirai le 12 juillet à 14h27mn très précisément, dans la suite de l'hôtel Kampinski de Genève. Les évènements se sont précipités ces derniers jours et le sort de l'humanité est entre mes mains. Nos ennemis, Graham et Kovak, unissant leurs forces, nous ont tendu un piège que nous devons à tout prix déjouer. Nous devons retourner la situation à notre avantage. Nous sommes allés jusqu'au bout de notre quête et avons trouvé chevalière, médaillon, dague et arche. (Dans cet ordre). Bientôt Théo, mon moi du passé, tu iras à Venise et tu rencontreras Fra Paolo. Demande-lui de faire exécuter une copie de l'arche d'alliance dont tu trouveras les photos et les dimensions détaillées dans la cachette de ta chambre. Dis lui Qu'elle devra être parfaitement identique en tout point et disponible le 01 septembre 1609. Tu peux avoir confiance en lui.

Tu peux également te fier aveuglément à Lisa. N'explique pas à Jessie et Yu ce qui se trame et ne leur fait pas lire cette lettre, ne leur en parle sous aucun prétexte et brûle là immédiatement avec le briquet qui se trouve sur la petite table, devant toi.

Ah, j'oubliais, l'Elu c'est moi, c'est toi...

Dernière chose. Lorsque Lisa mourra, reste zen, tu la ramèneras à la vie.

Toi, depuis ton futur proche. »

Lisa demeura silencieuse un moment, essayant de bien comprendre la situation. Elle finit par dire :

« Dans quel but tout ça ? Où veux-tu en venir exactement ?

— Nous allons faire d'une pierre deux coups en leur livrant une copie de l'arche ainsi que le médaillon et la chevalière.

— Tu plaisantes ? Tu ne vas tout de même pas leur laisser les bijoux ! Sans eux nous ne pourrons pas les vaincre.

— Ne t'inquiète pas, j'ai tout prévu. Ils n'ont pas connaissance de l'existence de la dague. Je la conserverai. Grâce à elle je resterai en contact permanant avec les deux bijoux et je saurai toujours exactement où ils se trouvent. Ils me serviront d'espions dans la place. Le jour où je le déciderai, je n'aurai aucun mal à les récupérer, crois-moi. En leur laissant croire qu'ils ont bien récupéré les bijoux et l'arche, ils vont nous lâcher et se concentrer sur la façon de détourner le pouvoir de l'archange à leur profit. Ils pourront chercher longtemps avant de s'apercevoir qu'ils ne tireront rien de quoi que ce soit. Pendant ce temps-là nous pourrons nous organiser tranquillement. Nous allons devoir recruter une véritable armée et ce ne sera pas une mince affaire.

— Comment ferons-nous pour leur transmettre les pouvoirs que nous possédons ?

— La transmission c'est l'affaire de l'arche. Nous possédons l'arche. Pour le reste, aujourd'hui, je maîtrise suffisamment le sujet pour pouvoir utiliser toute la puissance des bijoux, via la dague. Comme tu le vois, nous conserverons toute notre force et avec un peu de chance, nous pourrons nous organiser avant que Graham et Kovak aient compris ce que nous avons fait.

— C'est pas mal raisonné, à condition que tu puisses réellement faire tout ce que tu dis.

— Je le peux. Et tu le pourras très vite toi aussi. A deux, tu l'as dit toi-même, nous serons deux fois plus forts. Si tout se passe comme je le prévois, nous écraserons le mal avant même qu'il ait eu le temps de nous voir venir.

— Ton plan implique que nous retournions nous jeter dans la gueule du loup, tu en as bien conscience ?

— Oui, mais maintenant que tu as reçu le pouvoir, je n'ai aucune crainte. Nous ne risquons pas grand-chose. Fais-moi confiance, si mon plan réussi, nous serons débarrassés de Graham et de tous ceux dont le mal est la seule raison d'exister.

— J'ai confiance en toi Théo, tu le sais bien. Ton plan me paraît réalisable, mais il ne faut pas qu'il n'y ait le moindre accroc. Autrement, il capotera et nous risquons de le payer cher.

— Cela marchera, j'en suis sûr. Et si ça ne devait pas être le cas, nous trouverons une parade. N'oublie pas que c'est nous qui possédons les armes les plus puissantes, désormais. Il ne nous manque plus qu'une armée de combattants dévoués à la cause de Dieu et du bien pour triompher. Avec ce plan, nous nous donnons le temps de recruter et préparer cette armée. En attendant je vais aller poster mon courrier.

— Je viens avec toi. Je trouve ça amusant d'aller déposer cette lettre dans le coffret et de me dire que j'y ai participé. »

§

Les deux jeunes gens franchirent le passage temporel que Théo avait ouvert avec la pointe de la dague et se retrouvèrent dans le bureau du Père Jean-Marie, supérieur de l'abbaye de Lérins, sur l'île St Honorat. Il faisait nuit noire. Le monastère était silencieux. Théo alluma une lampe de bureau. Lisa l'éteignit aussitôt en disant :

« Qu'est-ce que tu fais ? On va se faire repérer.

— J'ai allumé pour toi. Moi je n'en aie pas besoin.

— Moi non plus, idiot ! J'ai reçu les mêmes pouvoirs que toi, tu l'oublie ?

— C'est vrai. Je n'ai pas encore l'habitude, expliqua-t-il en souriant.

— Où est le coffret ?

— Là, dans le secrétaire. »

Théo s'apprêtait à user de ses pouvoirs pour l'ouvrir lorsque Lisa le stoppa :

« Attends, je vais le faire. Ca me fera un entraînement. »

Elle se concentra sur la serrure du meuble et ressentit le mécanisme comme si elle en faisait partie. Elle trouva la sensation étonnante et assez amusante à vrai dire. Elle la fit pivoter et entendit un petit bruit sec. Elle ouvrit la porte et se saisit du petit coffret qui était bien rangé, dans un coin.

« C'est lui ? demanda-t-elle.

— Oui. Ouvre-le vite, qu'on en finisse. Nous devons nous dépêcher de rejoindre le Latran. Une trop longue absence risquerait de mettre la puce à l'oreille de nos ennemis.

— Bien chef ! » dit-elle en plaisantant.

Elle ouvrit avec dextérité le petit coffret qui contenait le carnet de George Hubert Trahan. Théo y glissa l'enveloppe sur laquelle il avait pris le soin d'écrire ces mots qui les avaient tant étonnés, lui, Jessie et Yu : *pour Théo.* Lisa regarda Théo et lui posa une question :

« Dis-moi, tu nous as conduits ici à quelle époque ?

— Pourquoi ?

— Juste pour savoir combien de temps cette lettre est restée dans le coffret à attendre ta venue.

— Nous sommes le onze juillet et il est exactement trois heures seize.

— Le onze juillet ? C'est le jour même où vous avez récupéré le coffret !

— Oui. Inutile de la déposer plus tôt.

— Et Jessie qui pensait que cette lettre était là depuis des siècles !

— Allez viens, on a encore du pain sur la planche aujourd'hui »

Après cela, ils firent un saut temporel jusqu'à la maison de Théo afin d'y déposer les photos et un schéma détaillé avec les côtes exactes de l'arche. Ainsi, Théo aurait tous les éléments nécessaires pour faire réaliser la copie de l'arche par Fra Paolo douze ans plus tôt pour l'un, seulement quinze jours pour l'autre.

L'Elu savait qu'il jouait avec le feu en modifiant les évènements du passé, risquant de provoquer des changements irréversibles pour le présent avec des conséquences incalculables. C'était si dangereux que ses ennemis, eux-mêmes s'y risquaient le moins possible. Toutefois, il pensait que les modifications qu'il opérait étaient minimes et non de nature à modifier de façon importante le cours des évènements. La seule chose importante était qu'il disposerait de la copie de l'arche, lui permettant ainsi de piéger ceux qui pensaient à ce moment même avoir refermé leur propre piège sur lui.

Après de poignants adieux, Fra Paolo actionna le mécanisme qui ouvrait le passage temporel. Lisa et Théo, accompagnés de la fausse arche, quittèrent définitivement le vieil homme et partirent vers leur destinée.

La salle des portes du temps était plongée dans la pénombre, éclairée par seulement deux torches dont les flammes vacillantes peinaient à dispenser leur faible lumière. Lisa regarda Théo. Il esquissa un sourire du coin des lèvres.

Autour d'eux, une dizaine d'hommes, tous vêtus de combinaisons noires et armés jusqu'aux dents. Théo tenta d'utiliser ses pouvoirs, en vain. Lisa avait dit vrai, ils étaient plongés dans une bulle temporelle aux propriétés physiques différentes de celles du monde réel. Ici, la matière se comportait de façon différente, au niveau atomique et subatomique, empêchant de les utiliser.

Théo supposa que les armes des hommes qui leur faisaient face, étaient adaptées à cet état différent. Une voix s'éleva dans le silence. Théo la reconnut immédiatement. C'était Dragan Kovak qui s'avançait vers eux, sortant d'un tunnel tourbillonnant qui se trouvait juste devant les portes de la salle. Il arborait un large sourire de satisfaction, persuadé d'avoir piégé Théo et gagné la partie.

« Théo, comme je suis heureux de vous revoir ! Lança-t-il, sarcastique.

— Je ne peux pas en dire autant ! rétorqua l'Elu, sur le même ton, ce qui fit éclater de rire son interlocuteur.

— Vous vous demandez sans doute pourquoi vous ne pouvez pas utiliser vos pouvoirs, n'est-ce pas ?

— Oh ! Avec vous je ne m'étonne plus de rien, vous savez. Vous avez sans doute trouvé un truc pour les inhiber.

— On ne peut rien vous cacher, Théo. Mais il est vrai que vous êtes particulièrement intelligent, pas vrai ?

— La preuve que non.

— Oui, c'est vrai. Vous êtes intelligent, mais nous le sommes aussi. Vous voulez sans doute savoir comment nous avons fait pour vous retrouver ? »

Kovak était si sûr de lui, si confiant dans l'idée qu'il

avait vaincu l'Elu des Mikelians, qu'il avait envie de se vanter, d'expliquer comment son intelligence avait surpassé celle du jeune homme. Théo décida de lui couper son élan de vantardise en répondant sur un ton détaché :

« Non, pas vraiment. Je vous fais confiance pour savoir user de tous les stratagèmes possibles. Savoir comment n'a que peu d'importance à mes yeux. »

Kovak perdit son sourire. Il enrageait de voir que Théo, du haut de ses quatorze ans, était plus malin, plus intelligent et bien plus fin psychologue que lui. En deux petites phrases, il avait fait retomber l'enthousiasme qui l'animait. Il reprit, sur un ton sec et cassant :

« Bon, fini la plaisanterie. Vous allez me donner les bijoux que vous portez et que vous m'avez déjà subtilisés une fois, ainsi que l'arche.

— Et si je refuse ? »

Kovac éclata de rire, amusé par l'humour du jeune homme :

« Vous croyez vraiment que vous avez le choix ? Je vais vous dire ce que je vais faire si vous ne voulez pas me les donner. »

Il s'approcha de Lisa, sourire aux lèvres et prit le menton de la jeune fille dans sa main droite, le serrant fort dans l'intention délibérée de lui faire très mal. La douleur la fit grimacer, mais elle ne cria pas. Théo ne bougea pas. Il fallait jouer le jeu de Kovac et lui donner l'impression qu'il était le plus fort :

« Si vous ne me donnez pas ce que je veux, je m'occupe d'abord d'elle. Ensuite, je vous couperai la main pour prendre la chevalière puis la tête pour le médaillon ! Pour l'arche, je n'ai pas besoin de vous. »

Dragan Kovak approcha de l'arche et voulut soulever le propitiatoire. Son poids l'en dissuada. Il claqua des doigts et deux hommes se précipitèrent pour soulever le précieux couvercle d'or pur. Au moment où les deux hommes commencèrent à le soulever, Théo adressa une mise en garde à

Kovak :

« Vous ne devriez pas faire ça.

— Faire quoi ?

— Ouvrir l'arche ainsi sans précaution. »

Kovak regarda Théo dans le fond des yeux, cherchant à savoir si l'Elu voulait l'embrouiller. Il ricana avant de dire :

« Qu'est-ce que vous mijotez ?

— Rien. Je vous préviens, c'est tout. Vous connaissez la réputation de l'arche ?

— Vous parlez de ces histoires qui prétendent que l'on peut mourir si on l'ouvre ?

— C'est ça.

— Allons, allons ! Vous n'allez pas essayer de me faire avaler ça, tout de même ?

— Vous faites ce que vous voulez. » laissa tomber négligemment l'Elu.

Kovak regarda l'arche longuement, pesant le pour et le contre puis ordonna à ses hommes de s'écarter. Il reprit :

« Nous l'ouvrirons plus tard. Il n'y a aucune urgence. Donnez-moi les bijoux ! » ordonna-t-il en tendant une main devant lui, l'agitant fiévreusement, marquant son impatience.

Théo demanda aux bijoux d'apparaître. Il les ôta et les tendit à Kovak qui s'en saisit prestement. Celui-ci respira profondément et soupira, visiblement satisfait de la tournure que prenaient les évènements. Il ordonna à ses hommes d'emporter les bijoux et l'arche. Ils disparurent à travers le tunnel temporel. Kovak s'adressa une dernière fois à Théo :

« Bien, la partie est terminée. Je crois que nous n'avons plus rien à nous dire. Je ne vous souhaite pas bonne chance, ça m'étonnerait que vous en ayez cette fois. »

Kovak tourna les talons et quitta la pièce, suivi de ses hommes, laissant Lisa et Théo seuls. Le tunnel s'estompa rapidement jusqu'à disparaître définitivement.

Flemming franchit le seuil de la porte du sinistre loft. Derrière son immense bureau, tournant le dos à la mégapole new-yorkaise, Oswald Graham semblait perdu dans ses pensées. Son subordonné se campa devant le bureau, debout, immobile, attendant patiemment que Graham ne daigne lui adresser la parole. Celui-ci sortit de sa rêverie, eut un léger mouvement de recul en apercevant Flemming et dit :

« Vous êtes là, Flemming. Je ne vous avais pas entendu entrer.

— Je vous demande pardon monsieur, si j'ai pu vous effrayer.

— M'effrayer ? s'étonna Graham. Vous pensez, Flemming, que quelqu'un puisse réellement m'effrayer ?

— Non, monsieur, je ne crois pas.

— Bien, j'aime mieux ça. Alors, où en est-on avec notre affaire ?

— Ca y est, monsieur, c'est fait. Les informations du Cardinal MacDonnell étaient bonnes.

— Ah ! Enfin ! s'exclama Graham avec une réelle satisfaction dans la voix. Je commençais à désespérer d'entendre une bonne nouvelle. Tout s'est bien passé ?

— Parfaitement bien, monsieur. Selon votre plan.

— Il était parfait, affirma-t-il avec conviction.

— Oui, monsieur, parfait. Les bijoux et l'arche sont en notre possession.

— Et l'Elu ?

— Prisonnier de la bulle temporelle, comme prévu.

— Voilà qui est une excellente nouvelle ! Il ne nous créera plus le moindre problème.

— Il aura du mal, je le crains pour lui.

— Bien, dit Graham en se frottant les mains, les objets de l'Archange sont-ils en route comme c'était convenu ?

— Oui, monsieur, ils le sont.

— Et Kovak ?

— Il l'est aussi. Comme convenu également.

— C'est parfait ! Tout est prêt pour le recevoir ?

— Bien sûr, monsieur. Dès qu'il sera arrivé à notre point de rendez-vous, il sera placé à son tour et à son insu, dans une bulle temporelle qui l'empêchera d'utiliser ses pouvoirs. Dès lors il ne sera plus une menace et nous pourrons nous occuper de lui définitivement. »

Oswald Graham avait le visage d'un homme particulièrement heureux à ce moment précis. Il savourait l'instant présent. Cet instant où enfin, après des années passées à rechercher les bijoux et l'arche, il les possédait. Cet instant où, faisant d'une pierre deux coups, il se débarrasserait de son rival, Dragan Kovak. Un rival avec qui il s'était allié par ruse afin de mieux le contrôler et le faire tomber dans son piège le moment venu. Et ce moment était enfin venu !

Graham resterait seul à posséder les bijoux et l'arche. Cette puissance dont il finirait bien par jouir, dès que ses chercheurs auraient trouvé le moyen de l'utiliser, lui permettrait d'asseoir sa domination sur la planète entière. Il en deviendrait le maître absolu et tout-puissant.

§

Théo et Lisa se regardèrent, le visage fermé, puis sourirent de concert, heureux d'avoir réussi le plan de Théo, avant de s'embrasser longuement. Ils furent tirés de leur étreinte par les gémissements de James Darlington qui gisait au fond de la pièce, dans un coin sombre. Les deux jeunes gens se précipitèrent pour l'aider. Lisa demanda :

« Professeur, vous allez bien ?

— Oh non ! Ils m'ont assommé les barbares ! J'ai une bosse énorme et un mal de crâne… »

Ils l'aidèrent à se relever et lui laissèrent le temps de reprendre ses esprits. Après quelques étirements et un massage de son cuir chevelu, il finit par dire :

« Je suis désolé, je n'ai rien pu faire. Ils ont débarqué en force. Lorsque j'ai voulu protester, un imbécile m'a assommé avec sa matraque ! Je suis content de vous revoir en tout cas. Mais au fait, vous l'avez trouvée ?

— Quoi donc ? L'arche ? demanda Lisa.

— Bien sûr, quelle question ? Quoi d'autre ?

— Nous l'avons trouvée, mais ils s'en sont emparés, ajouta Théo.

— Oh non ! Ce n'est pas vrai ! Tout ce temps passé à la chercher. Et tout ça pour se la faire souffler sous le nez ! C'est rageant !

— C'est le moins qu'on puisse dire, en effet. Dites-moi, professeur…

— Oui, Théo ?

— Combien de temps avons-nous été absents de cette pièce ?

— Attendez voir, dit-il en regardant sa montre. Là, ça fait près de vingt minutes environ, mais comme j'ai été inconscient une bonne dizaine de minutes, je ne sais pas depuis combien de temps vous êtes revenus.

— Merci professeur. »

Lisa interrogea Théo du regard. Comment était-ce possible qu'ils ne se soit écoulé que vingt minutes depuis qu'ils avaient quitté la pièce ? Théo, qui avait compris son interrogation, lui expliqua :

« C'est tout à fait possible, car le lieu où était cachée l'arche est sans doute hors du temps. Ce qui veut dire que même si tu devais y passer une année entière, à ton retour, le temps écoulé ici ne serait que de quelques minutes tout au plus.

— Mais nous avons quitté cet endroit hors du temps pour Venise ?

— Ca ne change rien. Quelque soit le temps passé à Venise, comme nous sommes revenus à la chapelle, puis ici, le temps écoulé est toujours le même. Là aussi, nous aurions sûrement pu rester à Venise des années et ç'aurait été le même laps de temps qui se serait écoulé ici.

— C'est assez incroyable tout de même !

— Oui, ce sont quelques-unes des conséquences des déplacements temporels qui peuvent nous conduire dans des lieux dont la durée du temps est radicalement différente de celui qui nous est propre, ici.

— En attendant de résoudre les mystères du temps, jeunes gens, si nous rentrions ? J'ai la tête qui va exploser et j'ai besoin d'une bonne aspirine pour la calmer.

— Vous avez raison, professeur, rentrons. »

§

Sortir de la pièce était plus facile à dire qu'à faire. Ils venaient d'avoir la mauvaise surprise, en ouvrant la lourde porte à double battant, de tomber sur... le néant ! Le vide. Rien. Il faisait noir, un noir absolu, profond, inquiétant et effrayant même. Le faisceau de lumière des torches électriques s'arrêtait net derrière la porte. Les photons de lumière ne semblaient pas se déplacer dans cet espace sombre. Théo avança un pied devant lui pour essayer de tâter le sol. Il ne trouva aucun appui, recula, se gratta la tête avant de dire :

« Je crois que nous sommes pris au piège. Ils nous ont mis dans une bulle et ils l'ont isolée, loin de tout. Je comprends pourquoi Kovak et ses hommes ont franchi un tunnel temporel.

— Ce n'est pas bon signe, si je comprends bien, s'inquiéta Darlington.

— Pas trop, non.

— Nous pouvons peut-être, émît Lisa, repartir vers la chapelle et de là, vers Venise. Qu'en penses-tu ?

— Que ce passage a dû être fermé. Mais nous allons quand même essayer. On n'est pas à l'abri d'une négligence, qui sait. »

Théo et Lisa tentèrent en vain de repartir par le passage menant à la chapelle. Comme Théo l'avait soupçonné, il n'existait plus. Ils songèrent aux sept portes, mais Théo savait qu'elles ne conduisaient nulle part par où l'on pouvait sortir.

« Qu'est-ce qu'on va faire ? s'inquiéta Lisa. Si nous n'avons aucune issue, nous allons mourir ici.

— Je crains que nous n'ayons pas de solutions pour le moment.

— Pas de solutions ? Eh ! Attendez ! Il faut que nous en trouvions une. Je ne veux pas mourir ici ! s'indigna James Darlington. J'ai une année de cours qui commence dans quelques jours seulement et mes étudiants comptent sur moi !

— Je suis désolé professeur, mais je ne sais pas quoi faire pour l'instant. S'il y a une solution, je compte sur les bijoux pour me la donner.

— Tu crois que, de là où nous sommes, tu peux encore communiquer avec eux et avec l'arche ? questionna Lisa, dubitative.

— Tu as raison, nous devons être totalement isolés. Ce vide autour de nous ne me dit rien qui vaille.

— Alors c'est fini ? Vous capitulez ? se désola Darlington. Je ne comprends pas. Vous avez toujours trouvé des solutions à tous nos problèmes jusqu'ici.

— Oui, mais là nous ne pouvons plus rien faire. Je n'ai plus les bijoux et l'arche non plus. Et je n'arrive plus à entrer en contact avec eux. Je crois que nous devons compter sur un miracle pour nous en sortir cette fois. »

§

Le miracle tant attendu se produisit une demi-heure plus tard, alors qu'ils avaient perdu tout espoir de sortir de la salle des portes du temps. Une légère ondulation de l'air déforma la vision devant eux. Ce fut Lisa qui, la première, constata le phénomène. Elle était assise à même le sol, tout contre Théo. Elle lui donna un coup d'épaule et pointa du doigt l'ondulation qui commençait à s'amplifier et à se transformer en tourbillon. Les deux jeunes gens se dressèrent sur leurs jambes, suivis par Darlington qui avait également sursauté en voyant ce qui était en train de se produire. Lisa dit à Théo :

« Tu crois que c'est ce que je pense ?

— Je n'en sais rien mais ça en a tout l'air.

— L'air de quoi ? demanda Darlington qui ne voyait pas de quoi ils voulaient parler.

— Un passage temporel qui se forme.

— Un passage temporel ? S'écria le professeur.

— Oui, on dirait bien.

— Provoqué par qui ? se demanda Lisa.

— Nous allons vite le savoir. »

Le tourbillon accéléra fortement, formant un tunnel immatériel traversé d'éclairs à l'éclat bleuté. Au bout d'une bonne minute il fut stabilisé et ils virent Yu en sortir, suivi quelques instants après de Jessie. Les deux jeunes étaient souriants, heureux d'avoir retrouvé leurs camarades. Les quatre amis s'embrassèrent et même Darlington eu droit à l'accolade chaleureuse de Jessie et Yu.

Après ces effusions, vint le temps des questions. Ce fut Théo qui commença :

« Mais comment avez-vous fait pour nous retrouver ?

— Après que vous soyez entrés dans le Latran, relata Jessie, j'ai vu passer un convoi d'énormes semi-remorques qui sont venus s'immobiliser autour du site. Je me suis faite toute petite au fond du véhicule, comprenant qu'il se passait quelque chose de grave. J'ai compris que j'avais raison lorsque j'ai vu débarquer des dizaines d'hommes en combinaison noire, cagoulés pour la plupart. J'ai vite contacté Yu afin de nous concerter pour savoir quoi faire. Il m'a rejointe et nous sommes entrés dans le cloître nous aussi.

— Vous avez réussi à entrer malgré tout ce monde ? s'étonna Lisa.

— Oui, car j'ai oublié de vous dire que Yu a eu la bonne idée de venir avec deux cagoules noires. Avec nos combinaisons noires, nos cagoules noires et le noir de la nuit, ils n'y ont vu que du feu, surtout qu'ils étaient très occupés à installer tout un tas de matériels autour du Latran. Nous avons pu descendre dans le puits, ils avaient installé un matériel qui leur permettait le passage et nous avons suivi les couloirs jusqu'à ce que nous tombions sur la pièce qui se trouve juste derrière celle-ci. On aurait dit une fourmilière tellement il y avait de monde. Personne ne s'est aperçu de notre présence, mais nous nous sommes tout de même cachés dans un recoin sombre jusqu'à ce que tout soit terminé et qu'ils aient commencé à débarrasser les lieux, moins d'une heure plus tard.

— D'accord, reconnut Théo, mais tout ça n'explique pas comment vous avez réussi à ouvrir ce passage qui vous a mené ici ?

— J'ai bien précisé : commencé à débarrasser les lieux. Les soldats en armes sont partis les premiers et il restait encore plusieurs techniciens en blouses blanches qui s'affairaient à démonter et à emporter tout leur matériel. Yu comprit qu'il fallait agir avant qu'ils aient le temps de tout démonter, car nous avions suivi les opérations et repéré en particulier un appareil qui, d'après leurs conversations, semblait ouvrir et refermer le passage temporel. Nous avons eu la chance qu'à un moment donné, il ne reste plus qu'un technicien sur place, les autres étant partis, poussant des chariots d'appareils déjà démontés. Nous sommes sortis de notre cachette en urgence et Yu à mit un coup derrière la tête du gars et l'a assommé.

— Incroyable ! s'exclama Darlington, admiratif devant la présence d'esprit des jeunes gens.

— Et nous voilà ici.

— Je ne veux pas vous presser les amis, intervint Yu, mais on ferait bien de partir tout de suite. Ca grouille encore de types de l'autre côté et dès qu'ils auront découvert le gars qu'on a assommé, ils vont refermer le passage et on sera tous piégés ici.

— Yu a raison, confirma Jessie, filons d'ici avant qu'il ne soit trop tard ! »

Les cinq amis empruntèrent le tunnel temporel afin de quitter cette bulle prison qui faillit mettre fin aux espoirs de l'Elu des Mikelians de vaincre le mal.

§

Un franc soleil brillait dans un ciel magnifiquement bleu à peine tâché par quelques nuages semblables à des flocons blancs qui le traversaient à vive allure. Une douce brise soufflait, tempérant l'atmosphère chaude et humide qui régnait ici. La plage de sable fin n'était pas très grande et était encadrée à chaque extrémité de rochers sombres, usés et patinés par l'océan.

Lisa, allongée sur une chaise longue, sirotait un cocktail de fruits en se faisant bronzer. Elle songeait que cela faisait du bien de se reposer un peu, au calme, sous les rayons d'un chaud soleil tropical. Elle tourna la tête vers sa voisine de droite et dit :

« Ca fait du bien.

— Oui, on apprécie vraiment, après tout ce tumulte, reconnut Jessie qui lisait un roman pour se détendre.

— Profitez-en bien les filles, ça ne va pas durer bien longtemps, dit Théo, un peu rabat-joie.

— On le sait. Laisse-nous juste profiter, précisa Lisa.

— Eh, regardez Yu ! lança Théo qui regardait en direction de l'eau. Il a attrapé un poisson ! »

Yu, masque et tuba sur la tête, fusil arpon dans une main, sortait de l'eau, tenant dans l'autre un énorme poisson qui frétillait encore au bout de son arpon:

« Regardez ce que je rapporte pour le dîner, dit-il fièrement en tendant son poisson à bout de bras.

— Ouah ! Il est superbe ! reconnut Jessie. Je ne savais pas que tu étais un si bon chasseur.

— Je pratique la chasse sous-marine depuis tout petit. »

La petite voix de Véra résonna dans le lointain. Théo se retourna et vit ses parents qui descendaient vers eux avec, en tête, sa petite sœur. Elle accourut vers lui et le tira par le bras :

« Tu viens, on va dans l'eau ? »

Elle le traîna jusque dans l'eau où ils passèrent un bon moment de détente.

De retour sur le sable chaud, Théo embrassa ses parents, allongés eux aussi sous le soleil tropical. C'était leur dernier jour dans l'île. Ce soir, Théo les ramènerait chez eux, en Suisse et ils reprendraient leur vie là où ils l'avaient laissée à peine quinze jours plus tôt. Ces vacances forcées, en famille, leur avaient fait beaucoup de bien. Ils étaient rayonnants, heureux et détendus. Véra avait même grandi un peu. Théo était heureux à cet instant. Il avait auprès de lui tous ceux qui comptaient dans sa vie, à commencer par Lisa dont il était éperdument amoureux.

Demain, Jessie et Yu partiraient, eux aussi, chacun de leur côté. Théo et Lisa leur avaient donné une partie des pouvoirs qu'eux-mêmes possédaient grâce à l'arche que Théo avait mise à l'abri ici dans l'île. Ils étaient devenus ainsi les premiers membres de la nouvelle armée des Mikelians. Désormais, investis de leur nouveau statut, ils œuvreraient pour la cause de cette armée. Théo leur avait confié pour mission de recruter des hommes et des femmes répondant aux critères requis. Ils seraient aidés en cela par leurs nouveaux pouvoirs.

James Darlington avait regagné Oxford où une nouvelle année de cours allait bientôt commencer.

Lisa et Théo, quant à eux, prépareraient activement le plan de bataille afin d'éradiquer le mal pour, espéraient-ils, un bon bout de temps…

A suivre…

NOTE DE L'AUTEUR

Je suis un écrivain amateur, auto éditeur. Cela veut dire que je ne vie pas de l'écriture de mes histoires. J'ai un travail qui me prends huit heures par jour en moyenne. J'écris souvent le soir tard, les week-end et durant mes congés. Ecrire un roman de 400 pages est un travail long, parfois fastidieux, mais toujours un plaisir pour moi. J'essaye de produire un travail de qualité, aussi bien quant au contenu que dans la forme. Une fois le roman écrit, je passe de très longues heures à le relire et à le corriger, afin de donner au lecteur l'œuvre la plus parfaite possible. D'autres personnes le lisent et le corrigent, au premier rang desquelles, mon épouse Caroline.

Je n'ai pas derrière moi une maison d'édition et la ribambelle de spécialistes de l'édition (du moins je pense que c'est ainsi que cela doit être) et le travail final que je produit pour vous, lecteurs, peut comporter quelques petites coquilles, quelques fautes passées au travers de nos séances de correction (faites la plupart du temps le soir tard elles aussi).

Ces petites imperfections, je vous prie de bien vouloir les excuser. Mes livres sont vendus sur la plate-forme Amazon. C'est pour moi l'unique moyen de faire connaître mon travail.

Si l'histoire que vous venez de lire vous a plu, rendez-moi service en allant sur la page Amazon de ce livre, postez un commentaire et notez-le.

Parlez-en autour de vous, sur les réseaux sociaux, soyez l'ambassadeur(drice) de ma modeste œuvre.

Aidez-moi à me faire connaître. Aidez-moi à continuer de vous raconter mes histoires. Je ne fais pas cela pour espérer vivre de l'écriture car pour cela il faudrait que je sois connu, célèbre même, que j'écrive des livres sérieux et compliqués à écrire et a lire.

Ce ne sera jamais le cas en ce qui me concerne. Je veux

juste continuer à avoir le plaisir d'écrire des histoires en me disant qu'elles seront lues et, je l'espère, appréciées.

Si elle ne vous a pas plu, ayez un peu d'indulgence pour mon travail.

Dans tous les cas, nous pouvons dialoguer, si cela vous tente, via mon e-mail : antoine.priolo@free.fr

Je vous remercie d'avoir porté votre attention sur ce livre et espère avoir de vos nouvelles.

Antoine Priolo

Sommaire

www.ingramcontent.com/pod-product-compliance
Lightning Source LLC
Chambersburg PA
CBHW020926020726
47495CB00002B/358